U0611483

本书出版获

湖南省中国语言文学重点学科（0501）经费

湘潭大学文学与新闻学院学科建设经费

湖南省教育厅重点项目（14A150）

湖南省社科基金项目（14JL06）

资助

国家社会科学基金项目（批准号：09CZW004）
结项鉴定等级优秀（证书号：20141022）

瞿秋白与俄国马克思主义文学理论关系研究

Quqiubai Yu Eguo Makesizhuyi Wenxue Lilun Guanxi Yanjiu

刘中望　著

中国社会科学出版社

图书在版编目（CIP）数据

瞿秋白与俄国马克思主义文学理论关系研究／刘中望著 . —北京：中国社会科学出版社，2014. 12

ISBN 978 - 7 - 5161 - 5395 - 6

Ⅰ.①瞿… Ⅱ.①刘… Ⅲ.①瞿秋白（1899～1935）—文学理论—研究②马克思主义—文学理论—研究—俄罗斯 Ⅳ.①I206.6②A811.691③I511.206.5

中国版本图书馆 CIP 数据核字（2014）第 310095 号

出 版 人	赵剑英
责任编辑	罗　莉
责任校对	李　林
责任印制	戴　宽

出　　版	中国社会科学出版社
社　　址	北京鼓楼西大街甲 158 号（邮编100720）
网　　址	http://www.csspw.cn
	中文域名:中国社科网　　010 - 64070619
发 行 部	010 - 84083685
门 市 部	010 - 84029450
经　　销	新华书店及其他书店

印　　刷	北京市大兴区新魏印刷厂
装　　订	廊坊市广阳区广增装订厂
版　　次	2014 年 12 月第 1 版
印　　次	2014 年 12 月第 1 次印刷

开　　本	710 × 1000　1/16
印　　张	17.25
插　　页	2
字　　数	293 千字
定　　价	56.00 元

凡购买中国社会科学出版社图书,如有质量问题请与本社联系调换

电话:010 - 84083683

版权所有　侵权必究

图书在版编目（CIP）数据

瞿秋白与俄国马克思主义文学理论关系研究／刘中望著．—北京：中国社会科学
出版社，2014.12

ISBN 978 - 7 - 5161 - 5395 - 6

Ⅰ.①瞿…　Ⅱ.①刘…　Ⅲ.①瞿秋白（1899～1935）—文学理论—研究②马克思
主义—文学理论—研究—俄罗斯　Ⅳ.①I206.6②A811.691③I511.206.5

中国版本图书馆 CIP 数据核字（2014）第 310095 号

出 版 人	赵剑英
责任编辑	罗　莉
责任校对	李　林
责任印制	戴　宽

出　　版	中国社会科学出版社
社　　址	北京鼓楼西大街甲 158 号（邮编 100720）
网　　址	http://www.csspw.cn
	中文域名:中国社科网　　010 - 64070619
发 行 部	010 - 84083685
门 市 部	010 - 84029450
经　　销	新华书店及其他书店

印　　刷	北京市大兴区新魏印刷厂
装　　订	廊坊市广阳区广增装订厂
版　　次	2014 年 12 月第 1 版
印　　次	2014 年 12 月第 1 次印刷

开　　本	710×1000　1/16
印　　张	17.25
插　　页	2
字　　数	293 千字
定　　价	56.00 元

凡购买中国社会科学出版社图书,如有质量问题请与本社联系调换

电话:010 - 84083683

版权所有　侵权必究

国家社会科学基金项目（批准号：09CZW004）

结项鉴定等级优秀（证书号：20141022）

瞿秋白与俄国马克思主义文学理论关系研究

Ququbai Yu Eguo Makesizhuyi Wenxue Lilun Guanxi Yanjiu

刘中望　著

中国社会科学出版社

Content

序

务实严谨　守正创新

季水河

　　中国马克思主义文学理论的产生与发展，主要受到两个方面的影响。一方面，它是中国社会和文艺主动选择的结果。近代以来，中国饱受西方列强的欺压和凌辱，中国传统文艺观念饱受启蒙者的诟病与批判。中国的一批先觉者，试图引进西方文化来改造中国与中国文艺。经过一百多年的探索，终于认识到只有马克思主义才能解决中国的社会问题，只有马克思主义文学思想才能改造中国的旧文艺。于是，中国人主动选择了马克思主义和马克思主义文学理论。另一方面，它是外国文学理论，特别是马克思主义文学理论影响的结果。20世纪中国的马克思主义文学理论，受到过多种外国文学理论的影响，其中，俄苏马克思主义文学理论的影响尤为重大。在一定意义上可以说，20世纪中国马克思主义文学理论的重要范畴，没有一个不带有俄苏马克思主义文学理论的痕迹；20世纪中国马克思主义文学理论家，没有一位不受到俄苏马克思主义文学理论的影响。

　　瞿秋白，作为20世纪中国马克思主义文学理论的杰出代表，与俄苏马克思主义文学理论有着极为密切的关系。他既是俄苏马克思主义文学理论在中国的传播者，所译介的马克思主义文学理论著作在中国广为传播；又是俄苏马克思主义文学理论在中国的践行者，所初创的中国化马克思主义文学理论在中国影响巨大。研究瞿秋白与俄苏马克思主义文学理论的关系，是20世纪中后期至21世纪初期中国学术界的一个重点，也是一个热点。在这一时期，中国的学者们对瞿秋白与俄苏文学、俄苏文学理论，特别是俄苏马克思主义文学理论的关系，展开了多方面的探讨，取得了丰硕成果。其中，刘中望博士的博士论文，也是国家社会科学基金项目的优秀成果——《瞿秋白与俄国马克思主义文学理论关系研究》，无疑是最具代表性的成果之一。与同类成果相比，该著具有四个突出的特点。

一是"全"。过去，学术界对瞿秋白与俄苏马克思主义文学理论关系的研究，多是从某一个方面，某一个节点，某一个时段去探讨。或描述瞿秋白对俄苏马克思主义文学理论的译介，或梳理瞿秋白与俄苏某一位马克思主义文学理论家的关系，或讨论瞿秋白受俄国马克思主义文学理论某一方面的影响，缺少对瞿秋白与俄国马克思主义文学理论关系的全面把握。刘中望博士的《瞿秋白与俄国马克思主义文学理论关系研究》一书，对瞿秋白与俄国马克思主义文学理论的关系进行了全面研究和整体透视。既有对瞿秋白与俄国马克思主义文学理论关系的动因探讨，又有对瞿秋白与俄国马克思主义文学理论关系的特征分析；既有瞿秋白与俄国著名马克思主义文学理论家列宁、高尔基、普列汉诺夫等人关系的个案研究，又有瞿秋白与拉普文学理论、拉普文学理论与左翼文学批评等思潮、观念的审视；既有瞿秋白与俄国马克思主义文学理论关系的总体评价，又有瞿秋白与俄国马克思主义文学理论关系当代启示的全面展现。可以说，《瞿秋白与俄国马克思主义文学理论关系研究》一书对瞿秋白与俄国马克思主义文学理论关系研究应该涉及的方面和问题，几乎全都涉及了，全都做了研究。

二是"深"。如果说"全"是一种横向覆盖的广阔性，那么，"深"就是一种纵向开掘的深刻性。《瞿秋白与俄国马克思主义文学理论关系研究》一书对所研究的每一个问题，都进行了纵向开掘，深入剖析。小到一个关键术语的界定，中到一个问题的探讨，大到全书框架的构成，都体现了这一特点。术语界定如"瞿秋白"。作者以时间展开为序，简明扼要地介绍了瞿秋白的一生，从出生到受教育，到参加革命，到赴俄采访，到加入中国共产党，到牺牲，最后到对瞿秋白的评价和研究，后一时段相对于前一时段，是一种承前，更是一种深入。随着时间的推移，读者对瞿秋白的了解和认识逐渐深入了。问题探讨如"瞿秋白与20世纪30年代中国武侠小说批评热潮"。首先，作者从整体上论述了20世纪30年代中国武侠小说批评；然后，将瞿秋白20世纪30年代的中国武侠小说批评放到这一整体背景下进行考察；最后，对20世纪30年代中国武侠小说批评作深入反思。由总到分，由述到论，由史到思，环环相扣，步步深入。全书的结构也是先宏观把握，后个案分析，再价值评判，从整体到专题，从现象到本质，逐步开掘，逐层深化。

三是"细"。细，既体现为作者的细心，又体现为著作的细致。作者的细心，指作者对自己提出的每一个观点，每一种结论，都细心求证，做到言必有据，据必可信。如"瞿秋白的高尔基崇拜"部分，不管是论述瞿秋白对高尔基的译介，还是分析瞿秋白眼中的高尔基形象，亦或审视瞿秋白推崇高尔基的原因，每一个观点都有多段引文，多个事例，引文出处详细，事例时间具体，有的引文和事例，还征引了多人的说法，多种文献的记载，准确度高，可信性强。著作的细致，指著作思路严谨，思维缜密，特别是在论点、结论、论据的关系上，论由据出，据论一体。如在论述瞿秋白致力于建构文学理论的"政治话语"时，既考察了列宁文艺阶级性思想作为理论资源对瞿秋白"政治话语"的影响，又考察了瞿秋白"政治话语"对列宁文艺阶级性思想的转换，还考察了瞿秋白"政治话语"与20世纪30年代中国政治文化语境、文学政治化氛围的关系，思维严谨缜密，观点与观点之间，观点与材料之间，材料与材料之间协调一致，高度自洽。

四是"新"。新，指成果的创新之处或新意。《瞿秋白与俄国马克思主义文学理论关系研究》的创新之处有两个重要标志。首先，研究方法上有新的突破。作者引入比较政治学的政治文化分析范式，准确地把握了瞿秋白所处的20世纪30年代的中国社会语境，对瞿秋白与俄国马克思主义文学理论的关系，作出了更为清晰、更为明确的界定；作者借鉴心理学研究方法，深入探究了瞿秋白"政治家的理论家"与"文学家的理论家"的身份矛盾，"半政治家"与"半知识分子"的角色冲突，对瞿秋白与俄国马克思主义文学理论的关系，作出了心理学方面的解答；作者运用比较文学研究中的影响研究方法，综合分析了瞿秋白对俄国马克思主义文学理论的译介、影响、转换、创新等多重关系，使研究成果达到了历史与逻辑的一致。其次，理论观点上有新的结论。《瞿秋白与俄国马克思主义文学理论关系研究》关于瞿秋白与俄国马克思主义文学理论关系的特点，瞿秋白在马克思主义文学理论中国化中的作用，瞿秋白的高尔基崇拜，瞿秋白对普列汉诺夫的批判与扬弃等方面的研究，都提出了一些新的观点和结论。特别是作者明确指出，在马克思主义文学理论中国化的历史进程中，瞿秋白走的是一条"理论资源"与"现实语境"对接的路子，他的文学理论体系中存在着"译介话语""政治话语""学术话语"等多种话语形态并存，体现了话语的复调性。这个观点与目前学术界的已有结论迥异，是富有创新性的学术话语。

从总体上说，刘中望博士的《瞿秋白与俄国马克思主义文学理论关系研究》是一部学风严谨，富有新意的学术著作，也是相关领域研究中的一部代表性作品。但这也并非说该著已达到了十全十美，炉火纯青的程度。该著在外文资料的利用，尤其是俄文资料的利用上可以更全面些；在著作章节标题的表述上还可以更具文学性。当然，这仅是美中不足，瑕不掩瑜。我作为刘中望博士的导师，对他博士论文的出版感到由衷的高兴，也对他未来的发展充满期待。他学术基础好，起步早，起点高，加之他聪慧勤奋，相信他在未来的学术道路上一定大有可为。

2014 年 10 月 5 日于湘潭大学静泊书屋

绪　　论

　　1859 年，英国作家查尔斯·狄更斯在小说《双城记》开头第一段写道："那是最好的年月，那是最坏的年月，那是智慧的时代，那是愚蠢的时代，那是信仰的新纪元，那是怀疑的新纪元，那是光明的季节，那是黑暗的季节，那是希望的春天，那是绝望的冬天，我们将拥有一切，我们将一无所有，我们直接上天堂，我们直接下地狱——简言之，那个时代跟现代十分相似，甚至当年有些大发议论的权威人士都坚持认为，无论说那一时代好也罢，坏也罢，只有用最高比较级，才能接受。"① （英文原文：It was the best of times, it was the worst of times, it was the age of wisdom, it was the age of foolishness, it was the epoch of belief, it was the epoch of incredulity, it was... received, for good or for evil, in the superlative degree of comparison only.) 与此颇为相似的是，1923 年 6 月，24 岁的青年诗人闻一多也在评论郭沫若诗集《女神》时疾呼，"二十世纪是个悲哀与奋兴底世纪。二十世纪是黑暗的世界，但这黑暗是先导黎明的黑暗。二十世纪是死的世界，但这死是预言更生的死。这样便是二十世纪，尤其是二十世纪底中国"。② 瞿秋白文学理论就产生在这样的时空里。学界普遍认为，一方面，瞿秋白文学理论对于 20 世纪中国文学理论，尤其对毛泽东文学理论，做出过开创性贡献，它在文艺的本质与属性，文艺与群众，文艺与生活，文艺与革命，文艺与阶级，文艺与语言，文艺与形象塑造以及鲁迅研究等诸多方面，对毛泽东文学理论发挥着"前理解"式的巨大召唤作用；另一方面，瞿秋白文学理论内涵丰富，开放性强，思维极富现代性，值得深入

---

　　① ［英］查尔斯·狄更斯：《双城记》，石永礼、赵文娟译，人民文学出版社 1993 年版，第 1 页。

　　② 《闻一多全集》第 2 卷，湖北人民出版社 1993 年版，第 114—115 页。

研究。

20 世纪中国文学理论的发展，离不开对俄苏文学理论的积极选择与不断扬弃。其中，瞿秋白与俄国马克思主义文学理论的关系，尤具考察价值：在中国马克思主义文学理论发展史上，瞿秋白最早直接从俄文译介、引进俄国马克思主义文学理论，快速推动了列宁、高尔基、普列汉诺夫等文学理论在中国的传播与运用，产生了巨大而深远的影响；瞿秋白初步实现了马克思主义文学理论的中国化，并且特色鲜明，他是中国马克思主义文学理论的伟大开拓者和主要的奠基人之一；瞿秋白较早地将马克思主义文学理论应用到当时中国文艺界"革命文学"论争、"文艺自由"论辩等几次大论战当中，直接影响了中国现代文学理论批评的发展走向。

第一节　国内外研究现状述评

如瞿秋白在《列宁与社会主义》一文中所说的，"最难论的是历史的事实和历史的人物！中国人说：'盖棺论定'。其实历史的'棺'是永久不盖的"，① 瞿秋白研究领域获得了许多成果，各家的言说共同书写了瞿秋白评价的历史篇章。自 1922 年 10 月王统照（署名剑三）在《晨光》杂志第 1 卷第 3 期撰文将《新俄国游记》评论为"一个奋勇的少年人的人生观的自述"，"游记中最赋有感动的文学兴味的作品"，并称瞿秋白为"盗火的普罗米修斯"开始，据笔者统计，到目前为止，国内外学术界共发表了研究瞿秋白的论文 4400 余篇，出版论著、传记 120 余部，撰写硕士、博士学位论文 30 余篇；以成果问世的时间为序，其对瞿秋白的评判立场，经历过从肯定到否定、再至肯定为主的嬗变过程；聚焦主题涉及中共党史、政治学、文化理论、文学艺术、哲学、美学、社会学、语言学、教育学、新闻传播学、翻译学、佛学等十多个领域，其研究历经 90 多年，可谓成果累累、兴盛不已，不断推动瞿秋白研究走向科学、系统、深入。中外学者与本书相关研究的主要内容有以下几个方面。

一　瞿秋白与马克思主义文学理论中国化
美国学者保罗·皮柯维支② （Paul G. Pickowicz）《瞿秋白和中国马克

① 《瞿秋白文集》（政治理论编）第 2 卷，人民出版社 1988 年版，第 501 页。
② 另译为"保罗·皮科威兹"。

思主义文学思想之发展》《马克思主义文学思想与中国》《书生政治家：瞿秋白曲折的一生》等著作，从我国接受马克思主义文学思想等维度，简明扼要地梳理了瞿秋白与俄苏思想的关系。保罗·皮柯维支称瞿秋白为"马克思主义文学思想介绍者之一"①，认为他吸收了俄国民粹派、普列汉诺夫、列宁、托洛茨基、无产阶级文化派、卢那察尔斯基等众多流派或理论家的思想，赞赏其立足中国语境的独立思考，保罗·皮柯维支"以发展史述的方式将人物评传和文艺思想探索结合，把瞿秋白文艺思想讨论带入一种思想史视野"②。顾震宇的硕士学位论文《瞿秋白的文艺探索与苏俄左翼思潮的关系》，从反欧化、大众化两个方面，集中探讨了俄苏左翼思潮对瞿秋白的影响，其中，瞿秋白与鲁迅接受俄国马克思主义文学理论的比较等部分内容，论述不乏深度。胡明《经典的当时与未来——重读瞿秋白马克思主义文艺观的译介与诠释》、鲁云涛《瞿秋白在中国马克思主义文艺理论建设中的历史作用》、叶楠《瞿秋白在马列文论"中国化"进程中的地位》、杨慧《"现实"的诞生——再论瞿秋白对马克思主义文学理论的译介》等论文，对瞿秋白与马克思主义文学理论中国化进行了针对性强、集中度高的专题研究。其中，胡明认为，"瞿秋白在上海系统地清理了马克思主义文艺理论批评体系的主要线索与经典文本，认真翻译并作了尽可能正确而清晰的阐发。这是马克思主义文艺理论在中国第一次得到完整、系统而正确的阐释"③；鲁云涛强调，"瞿秋白第一次将马克思主义文艺理论系统地、全面地介绍给中国读者"④；叶楠表示，"瞿秋白对马列文论'中国化'起到奠基、承上启下作用"，"他的文艺理论与毛泽东的文艺思想有共同性"⑤；杨慧指出，"瞿秋白在其马克思主义文学理论

---

①　［美］保罗·皮柯维支：《马克思主义文学思想与中国》，尹慧珉译，中国社会科学院文学研究所国外中国学（文学）研究组编：《国外中国文学研究论丛》（中国现代文学专辑），中国文联出版公司1985年版，第43页。

②　傅修海：《20世纪以来的瞿秋白文艺思想研究述要》，《海南师范大学学报》（社会科学版）2009年第6期。

③　胡明：《经典的当时与未来——重读瞿秋白马克思主义文艺观的译介与诠释》，《清华大学学报》（哲学社会科学版）2007年第5期。

④　鲁云涛：《瞿秋白在中国马克思主义文艺理论建设中的历史作用》，《西南民族大学学报》（人文社会科学版）2008年第8期。

⑤　叶楠：《瞿秋白在马列文论"中国化"进程中的地位》，《徐州工程学院学报》2007年第2期。

的译述活动中体现了强烈的现实文化斗争关切"①。总之，上述成果都肯定经由俄苏资源范式与思想中介，瞿秋白在马克思主义文学理论中国化进程中的巨大功绩。

二　瞿秋白文学本体思想研究

斯洛伐克学者玛利安·高利克（Marian Galik）专著《中国现代文学批评发生史》，美国学者尼克·奈特（Nick Knight）专著《马克思主义哲学在中国——从瞿秋白到毛泽东（1923—1945）》，傅修海专著《时代觅渡的丰富与痛苦——瞿秋白文艺思想研究》，彭维锋博士学位论文《瞿秋白左翼时期的文艺思想研究》，张亚骥博士学位论文《瞿秋白的文艺思想与文化领导权》，王铁仙专著《瞿秋白文学评传》《瞿秋白论稿》，丁守和专著《瞿秋白思想研究》，刘福勤专著《从天香楼到罗汉岭——瞿秋白综论》，刘小中专著《瞿秋白与中国现代文学运动》，严慈专著《瞿秋白：学者兼革命家》，马驰专著《艰难的革命：马克思主义美学在中国》，毛剑博士学位论文《"左联"时期马克思主义文艺理论的引进与发展研究》，王铁仙论文《在政治与文学之间——左联时期的瞿秋白》《中国左翼文论的当代反思》等，对瞿秋白文学理论进行了整体研究，不少内容涉及瞿秋白与高尔基、列宁、卢那察尔斯基、托洛茨基、拉普文学理论之间的联系，部分著述的探讨具有较大深度、富有启示价值。其中，玛利安·高利克以瞿秋白翻译路卜询《灰色马》为分析重点，指出"瞿秋白在前言中使用了卢那察尔斯基书中的主要材料。但是对卢那察尔斯基关于路卜询与其小说的评论的实质内容有所删减"②，基于主体理念的选择性姿态与意味明显；尼克·奈特探讨了瞿秋白在辩证法和唯物主义中国化历程中的思想地位，肯定了瞿秋白在马克思主义哲学中国化方面的巨大贡献，尤其强调他对列宁哲学思想的继承与发展；彭维锋以"作为范例的高尔基"为标题，在博士学位论文中以一整节的篇幅，从"左翼作家的范例""无产阶级革命文学的范例"这两个方面，深入研究了瞿秋白与高尔基文学理

---

① 杨慧：《"现实"的诞生——再论瞿秋白对马克思主义文学理论的译介》，《中国现代文学研究丛刊》2008 年第 3 期。

② ［斯洛伐克］玛利安·高利克：《中国现代文学批评发生史》，陈圣生译，社会科学文献出版社 1997 年版，第 219 页。

论的内在关系，强调其对 20 世纪中国文学及其发展的示范、样板作用；①
张亚骥以文化领导权为论述核心，突出苏俄经验对瞿秋白文艺思想形成的
重要性；王铁仙以瞿秋白的文学活动、人生经历、思想轨迹为基本线索，
强调他"在马克思主义文艺理论的介绍、翻译和探索上作出了突出的成
绩"②，认为"瞿秋白在 20 世纪 30 年代参与左联文学活动时期，处于政
治家与文学家两种身份的自我认同之间"③，这直接影响了他与拉普文学
理论的关系；马驰立足于中国马克思主义美学史的开阔视域，抓住"文
艺大众化"这一核心概念，敏锐地捕捉到了瞿秋白与列宁文学理论的紧
密联系；④毛剑从"左联"时期马克思主义文艺理论的引进与发展出发，
重点研究了瞿秋白对列宁文学理论的吸收与应用，强调瞿秋白"更多地
是从文艺活动的外部关系即他律性方面来吸收列宁的思想观点"⑤。

三 瞿秋白与俄国马克思主义文学理论关系的专题研究

瞿秋白与俄国马克思主义文学理论关系的专题研究重点主要包括：
（1）瞿秋白与俄国马克思主义文学理论的整体关系。杨慧专著《思想的
行走：瞿秋白"文化革命"思想研究》，杨慧《"现实"的诞生——再论
瞿秋白对马克思主义文学理论的译介》《瞿秋白对现实主义的正名和对自
然主义的批评——从〈"现实"〉的中俄文文本对勘说起》等系列论义，
将瞿秋白编著《"现实"》一书与俄文原刊《文学遗产》进行对勘，分
析瞿秋白"撰述"的具体策略及其现实原因，论述深刻，启发性强。⑥
（2）瞿秋白与普列汉诺夫文学理论的关系。胡明《经典的流播与纠

---

① 彭维锋：《瞿秋白左翼时期的文艺思想研究》，博士学位论文，北京师范大学，2006 年，
第 144—155 页。
② 王铁仙：《瞿秋白文学评传》，百花文艺出版社 1987 年版，第 201 页。
③ 王铁仙：《在政治与文学之间——左联时期的瞿秋白》，《华东师范大学学报》（哲学社
会科学版）2004 年第 1 期。
④ 马驰：《艰难的革命：马克思主义美学在中国》，首都师范大学出版社 2006 年版，第
75—96 页。
⑤ 毛剑：《"左联"时期马克思主义文艺理论的引进与发展研究》，博士学位论文，山东大
学，2006 年，第 122 页。
⑥ 杨慧：《思想的行走：瞿秋白"文化革命"思想研究》，商务印书馆 2012 年版；杨慧：
《"现实"的诞生——再论瞿秋白对马克思主义文学理论的译介》，《中国现代文学研究丛刊》
2008 年第 3 期；杨慧：《瞿秋白对现实主义的正名和对自然主义的批评——从〈"现实"〉的中俄
文文本对勘说起》，《中国现代文学研究丛刊》2009 年第 2 期。

察——瞿秋白译介普列汉诺夫文艺理论的历史是非》一文，对瞿秋白译介普列汉诺夫文学理论进行了深入探讨，他认为瞿秋白"在'普列汉诺夫'的工程点却留下了理论阐发与历史评估的一些误区，经典的流播与纠察发生了一些似是而非的结论与猜测"①。季甄馥《瞿秋白哲学思想评析》一书，高放等《瞿秋白与普列汉诺夫》、丁言模《瞿秋白与普列汉诺夫的"五项式"》等论文，对瞿秋白与普列汉诺夫哲学思想的关联进行了专门研究。其中，通过文本细读，季甄馥认为，"瞿秋白的《社会科学概论》一书是以普列汉诺夫'五项因素'理论作为全书的框架和理论基础的，并且从理论和实际相结合上，对普列汉诺夫'五项因素'的理论，作了详细的具体的阐发，丰富和发展了普列汉诺夫的思想"，"瞿秋白的《社会科学概论》又有他自己的特色"②；高放、高敬增指出，"瞿秋白在二十年代写的文章中谈到普列汉诺夫时，主要是评述他的政治活动和政治观点。而到了三十年代，瞿秋白在研究和宣传马克思主义文艺理论的过程中，则转向评介普列汉诺夫的文艺理论"③，二者的差异性明显；丁言模强调，瞿秋白对待普列汉诺夫的态度前后反差很大，前期瞿秋白以"'独立性'的思考吸取了普列汉诺夫的'五项式'思想方法和其他的哲学观点"，后期瞿秋白"为了把普列汉诺夫作为客观主义唯心论的典型来批判，而在某种程度上否认了瞿秋白自己曾经给予高度评价的'五项式'的辩证思想，则不能不使人深思"④。（3）瞿秋白与高尔基文学理论批评的关系。白井澄世《20世纪20年代瞿秋白之"市侩"观——以与高尔基之关系为中心》、彭维锋《政治规范与文本诉求：瞿秋白的高尔基批判》、徐娟《中俄革命知识分子的思想苦斗——瞿秋白的〈多余的话〉和高尔基的〈不合时宜的思想〉》等论文，有的部分梳理了瞿秋白"市侩"观与高尔基文学理论批评的关系，有的横向比较了瞿秋白与高尔基的某些经典文本，具有启示价值。（4）瞿秋白与其他俄国马克思主义文学理论家的关系。日本学者长堀佑造著、王士花译《试论鲁迅托洛茨基观的转

---

① 胡明：《经典的流播与纠察——瞿秋白译介普列汉诺夫文学理论的历史是非》，《陕西师范大学学报》（哲学社会科学版）2008年第1期。

② 季甄馥：《瞿秋白哲学思想评析》，华东师范大学出版社1998年版，第264页。

③ 高放、高敬增：《瞿秋白与普列汉诺夫》，《东岳论丛》1982年第4期。

④ 丁言模：《瞿秋白与普列汉诺夫的"五项式"》，《上海师范大学学报》（哲学社会科学版）1991年第4期。

变——鲁迅与瞿秋白》一文，涉及瞿秋白与托洛茨基的交往、评价，强调瞿秋白对托洛茨基态度的前后差异。① 季甄馥的专著《瞿秋白哲学思想评析》、论文《瞿秋白与布哈林》，从哲学理论、方法论等多个角度，深入探讨了瞿秋白与布哈林哲学思想的关系。②（5）瞿秋白与拉普文学理论的关系。汪介之《回望与沉思：俄苏文论在 20 世纪中国文坛》、艾晓明《中国左翼文学思潮探源》等著作，谭一青《怎样看待瞿秋白与"拉普"文艺思潮的关系》一文，集中探讨了瞿秋白与拉普文学理论的关系，汪介之强调负面影响，艾晓明与谭一青则看重瞿秋白对拉普文学理论的纠偏、清算，所持观点分歧较大。毛剑博士学位论文《"左联"时期马克思主义文艺理论的引进与发展研究》，在探讨瞿秋白译介马克思主义文学理论时，附带谈及拉普文学理论对他的消极影响。

四 瞿秋白与俄罗斯文学关系研究

瞿秋白与俄罗斯文学关系研究主要涉及以下两个方面：（1）瞿秋白早期文学批评与俄罗斯文学、思想文化的关系。钟菲《接受·失却·创造——瞿秋白早期文学批评与俄国文学》，陈春生、汪发文《瞿秋白早期文学批评与俄罗斯文学》，陈春生《瞿秋白与俄罗斯文学史研究》等论文，探讨了瞿秋白在果戈理与普希金小说、俄罗斯文学史、"多余人"形象等翻译与研究方面所取得的成绩。其中，钟菲指出，"以俄罗斯异质文化为参照系，瞿秋白的文化思想、审美意识及个性心理等不断发展、变化，并在俄国文化体系的比较、映照中，显示出自己较独特的文化价值"③，强调俄罗斯文化对瞿秋白的影响；陈春生、汪发文认为，"瞿秋白的现实主义文学批评观念源自于俄罗斯文学的滋养，瞿秋白把俄罗斯现实主义精神与'文学为人生'的理念相结合，不断完善自己的现实主义美学观，为五四现实主义文学提供了理论支持，对瞿秋白早期文学批评观念的研究，是了解瞿秋白整个现实主义文学理论体系演进轨迹的不可缺少的

---

① ［日］长堀佑造：《试论鲁迅托洛茨基观的转变——鲁迅与瞿秋白》，王士花译，《鲁迅研究月刊》1996 年第 3 期。

② 季甄馥：《瞿秋白与布哈林》，《马克思主义研究》1989 年第 1 期。

③ 钟菲：《接受·失却·创造——瞿秋白早期文学批评与俄国文学》，《常州工学院学报》（社会科学版）2005 年第 3 期。

环节"①，他们注意到了瞿秋白与俄罗斯现实主义文学精神二者之间的联系；陈春生表示，"瞿秋白在撰写《俄罗斯文学史》时，从现实主义批评观念出发，勾勒出俄罗斯文学发展的基本线索，并影响了 20 世纪中国文学史的编写思路"，他强调，"对瞿秋白研究文学史成果的考辨，不仅能够凸现瞿秋白在外国文学史研究上的地位，而且还能够追溯一种文学史撰写方式的发展演进过程"②。陈春生《瞿秋白早期创作与俄罗斯文学》、钟菲《瞿秋白精神世界中异质文化资源探寻》等论文，研究了瞿秋白早期文学批评与托尔斯泰主义的关系，强调托尔斯泰关于"爱"的宗教观和自我反省、自我忏悔的意识，为瞿秋白提供了思想资源和美学标准。其中，陈春生认为，"瞿秋白在接受俄罗斯文学的影响时，显示了人格的矛盾，一方面他注重外在的行动，另一方面却迷恋托尔斯泰主义。瞿秋白在具体创作中，借用托尔斯泰等作家的表现方法进行文体实验，在'五四'文学发展史上写下了重要的一笔"③；钟菲指出，"瞿秋白全部文学活动中主要的异质文化资源来自俄罗斯文化和文学，而在众多的俄罗斯作家中对瞿秋白影响最大、最深刻的作家首推托尔斯泰，托尔斯泰关于'爱'的宗教观和自我反省、自我忏悔的意识为瞿秋白提供了思想的水准和审美标准"④。（2）瞿秋白散文创作与俄罗斯文学的关系。李丽在论文《论俄罗斯文学对瞿秋白散文创作的影响》中指出，"在俄罗斯文学的影响下，瞿秋白的散义呈现出明显的政治散文的特征，具体表现在其散文作品中蕴含着深沉的忧患意识、使命意识、审丑意识和忏悔意识。他的散文不仅为现代散文增添了深沉严肃的内容，更为其创作注入一种真诚严肃的品格，将散文表现自我、真实的特性推向更高境界"⑤；她在另一篇论文《试论瞿秋白散文中的忏悔意识》中指出，"在俄罗斯文学的影响下，瞿秋白的散文具有了深刻的忏悔意识，在散文集《饿乡纪程》、《赤都心史》和散文

---

① 陈春生、汪发文：《瞿秋白早期文学批评与俄罗斯文学》，《湖北师范学院学报》（哲学社会科学版）2003 年第 2 期。

② 陈春生：《瞿秋白与俄罗斯文学史研究》，《海南师范学院学报》（社会科学版）2003 年第 5 期。

③ 陈春生：《瞿秋白早期创作与俄罗斯文学》，《石河子大学学报》（哲学社会科学版）2002 年第 1 期。

④ 钟菲：《瞿秋白精神世界中异质文化资源探寻》，《江西社会科学》2005 年第 12 期。

⑤ 李丽：《论俄罗斯文学对瞿秋白散文创作的影响》，《江西社会科学》2008 年第 3 期。

《多余的话》中他做了深刻的阶级自我、个性自我、政治自我的忏悔"①。

以上成果对于推动瞿秋白与俄国马克思主义文学理论的关系研究，无疑具有重要意义与参考价值，但总的来看，目前已有成果多为零星梳理、局部分析，有待于全面探讨和深入研究，并且存在以下不足：（1）对于瞿秋白政治家、文学理论家的双重身份关注不够，尤其缺少从政治文化、理论语境、话语构成、心理因素等新角度，对瞿秋白与俄国马克思主义文学理论的关系进行深入探讨；（2）没有对瞿秋白与列宁、高尔基等文学理论家的关系进行深入、集中的个案研究；（3）对于瞿秋白与俄国马克思主义文学理论的整体关系，缺少动因、特征、评价等多个层面的宏观研究；（4）瞿秋白与拉普文学理论、普列汉诺夫文学理论的关系研究，虽然已经为学术界重点关注，但文本细读尚待加强，缺乏成因、态度、价值等方面的细致分析，视野还不够开阔，评价的客观性、全面性还需加强；（5）对于瞿秋白文学理论与当时俄苏文学、社会思潮的关系研究，尚流于表面，亟待以二者的核心范畴为纽带，进行专题式的深入探讨；（6）对于瞿秋白与同时代的鲁迅、冯雪峰、周扬等人接受俄国马克思主义文学理论的异同，缺乏专门、具体的比较研究，难以凸显瞿秋白接受俄国马克思主义文学理论的独特性品格。（7）在俄国马克思主义文学理论中国化的宏观视域中，对于瞿秋白与20世纪中国马克思主义文学理论批评的关联，如瞿秋白的"五四"观、中国武侠小说批判、与毛泽东文学理论的关系等，缺乏专门研究，缺少瞿秋白与俄国马克思主义文学理论关系研究应有的深度、广度。所以，笔者认为，很有必要对瞿秋白与俄国马克思主义文学理论的关系进行全面、系统、深入的专门研究和集中反思，并写出一部思路清晰、启发性较强、具有较大深度的研究著作。

第二节　主要研究内容和方法

本书在马克思主义的指导下，将瞿秋白与俄国马克思主义文学理论的关系研究，置于20世纪中外文学理论关系的整体背景与宏观场域下加以

---

① 李丽：《试论瞿秋白散文中的忏悔意识》，《苏州大学学报》（哲学社会科学版）2008年第2期。

审视，以瞿秋白旅俄经历与思想变化历程为主线，同时关注事实联系与文本影响，注重思想主潮、政治文化、心理动因等因素的综合考量，从整体论、人物论、思潮论等多个层面，将瞿秋白接受俄国马克思主义文学理论与鲁迅、冯雪峰、周扬等人进行多维比照，深入探究、全面反思瞿秋白与俄国马克思主义文学理论的关系，探索其产生影响的原因、特征与规律，从而推动 20 世纪中国文学理论研究不断走向深入。

一　主要研究内容

本书的内容主要包括以下三个方面：第一部分，绪论。这部分主要进行选题设定与研究史的梳理。具体包括本选题的研究缘起、国内外研究现状述评、主要研究内容和方法、关键术语的界定等内容。第二部分，本论（第一、二、三、四章）。这部分从多个层面，在把握瞿秋白思想、俄国马克思主义文学理论的基本内容、总体特征、内在精神的基础之上，进行瞿秋白与俄国马克思主义文学理论关系的专门研究，拟从人物论、思潮论等层面展开论述，以揭示它们与瞿秋白文学理论，20 世纪二三十年代中国马克思主义文学理论批评的多维联系。此部分是本书的主体，又细分为四章，即瞿秋白与俄国马克思主义文学理论关系的整体把握、瞿秋白与俄国马克思主义文学理论关系的个案研究、俄国马克思主义文学理论影响下的瞿秋白与 20 世纪中国文学理论批评、瞿秋白与俄国马克思主义文学理论关系的总体评价与当代启示。具体而言，第一章，瞿秋白与俄国马克思主义文学理论的整体把握，主要探讨瞿秋白与俄国马克思主义文学理论关系的动因、特征。第二章，瞿秋白与俄国马克思主义文学理论的个案研究，具体分析瞿秋白与列宁文学理论的关系、瞿秋白的高尔基崇拜、瞿秋白对普列汉诺夫文学理论的批评、瞿秋白与拉普文学理论的关系。第三章，俄国马克思主义文学理论影响下的瞿秋白与 20 世纪中国文学理论批评，集中研究瞿秋白的文学理论成就、瞿秋白的"五四"观、瞿秋白与 20 世纪 30 年代中国武侠小说批评热潮的关系、瞿秋白与毛泽东文学理论的关系。第四章，瞿秋白与俄国马克思主义文学理论关系的总体评价与当代启示，总体揭示瞿秋白与俄国马克思主义文学理论关系的正面价值、负面影响、当代意义、现实启示。第三部分，结语。这部分的具体内容包括，总结本书所做的主要工作，指出本研究存在的不足，同时进行研究展望。

二　主要研究方法

俄罗斯著名生物学家、心理学家、高级神经活动学说创始人巴甫洛夫曾经说过："科学是随着研究法所获得的成就而前进的。研究法每前进一步，随之在我们面前就开拓了一个充满种种新鲜事物的更辽阔的远景，因此，我们头等重要的任务乃是制定研究法。"① 方法对于研究的重要性可见一斑。就整体而言，本书运用的主要研究方法是，紧密结合20世纪中国文学理论研究、文学理论建设的实际，遵循系统辩证法的指导性原则、对象与方法一致的适应性原则、有机构成的协调性原则，综合运用影响研究与平行研究并重、历史与逻辑一致、分析与综合统一等多种研究方法，理性思考与文本分析相结合，对瞿秋白与俄国马克思主义文学理论关系进行细致分析和深入反思，探索外国文学理论对20世纪中国文学理论产生影响的规律，从而为21世纪具有中国特色文学理论的建设提供思想资源和经验借鉴。

第三节　几个关键术语的界定

在黑格尔看来，"科学只有通过概念自己的生命才可以成为有机的体系"②，离开一系列的内在规定性以及对规定性的扬弃，学术研究就不可能得到发展，而"整个范畴体系的建立和发展则是通过概念的自舍定或无限返回自身的辩证过程而实现的"③。在开展瞿秋白与俄国马克思主义文学理论关系研究时，有几个关键性的研究对象或术语，需要进行详细界定。

一　瞿秋白

瞿秋白（1899.1.29—1935.6.18），江苏省武进县（今江苏省常州市）人，中国共产党早期的主要领导人之一，伟大的马克思主义者，卓

---

① ［苏］巴甫洛夫：《巴甫洛夫选集》，吴生林等译，科学出版社1955年版，第49页。

② ［德］黑格尔：《精神现象学》上卷，贺麟、王玖兴译，商务印书馆1979年版，第35页。

③ 赵林：《〈精神现象学〉与黑格尔概念（范畴）体系的建立》，《现代哲学》2001年第6期。

越的无产阶级革命家、理论家和宣传家，中国革命文学事业的重要奠基人之一。

1899 年 1 月 29 日，瞿秋白出生在常州城（阳湖县）东南角青果巷 86 号八桂堂天香楼一个没落的封建士大夫家庭，幼年因母亲引导而习诗词歌赋，深受中国传统文化的熏陶。1905 年进常州冠英小学堂学习，1910 年以高小毕业同等程度考入常州府中学堂预科一年级，学习认真，成绩优异，用心研修国学。1915 年夏因无力支付学费而被迫辍学，后到无锡一小学任教。1916 年底远赴湖北武昌堂兄瞿纯白处，在此期间曾对佛学产生浓厚兴趣。1917 年随堂兄至北京，到北京大学旁听，同年 9 月考入外交部所设俄文专修馆，开始学习和译介俄国文学名著，参编《新社会》旬刊、《人道》月刊等进步刊物，开始接触马克思主义思想，逐步完成"民主主义者"向"马克思主义者"的转变。瞿秋白积极投身五四运动，得"少年老成"的"谋主"之称，"显出他的领导天才"（郑振铎语），人生观由此产生巨变，性格中厌世、消极部分日减。1920 年 3 月，加入李大钊创立的马克思主义研究会。

1920 年 10 月，瞿秋白以记者身份赴俄实地采访两年，是国内最早向中国人报道十月革命后苏俄情况的新闻界先驱人物。1922 年 2 月，加入中国共产党。1923 年 1 月，回国。1923 年春夏之交，翻译《国际歌》并发表译词。1923 年 4 月，经李大钊推荐，担任上海大学教务长兼社会学系主任，主讲"社会科学概论""社会哲学"课程，推动上海大学成为中国共产党开展革命教育、培养党团员的重要基地。1923 年 6 月，以苏俄归国代表身份参加中国共产党第三次全国代表大会，负责起草《中国共产党党纲草案》，当选为中共中央执委会候补委员，负责全党宣传工作。1923 年 6、7 月，筹办和主编中共中央理论机关报《新青年》季刊（后改为月刊）、政治经济机关报《前锋》杂志。1925 年 1 月，在中国共产党第四次全国代表大会上，瞿秋白当选为中央执行委员会委员，与蔡和森同为中央宣传部委员，先后担任中共中央第一份政治机关报《向导》周报第二任、第四任主编，为中国共产党的宣传工作做出了重要贡献。1925 年 5 月，上海"五卅惨案"发生后，中共中央创办党的第一张日报《热血日报》，瞿秋白担任主编。1927 年 8 月，主持召开中共中央紧急会议（即"八七"会议），纠正和结束了陈独秀右倾错误，并确定了土地革命和武装反抗国民党反动派屠杀政策的总方针。1927 年 10 月，任中共中央理论机关刊物《布尔塞维克》编辑委员会主任兼总编（任职时间为半年）。1927 年 11 月至 1928 年 4 月，犯过"左"倾错误，提出或同意执行"不断革命"论、"革命不断高涨"论和"合流直达社会主义"的"一次革命"论，但很快就认识并改正了自己的错误。① 1928 年 5 月，第二次远赴苏俄。1928 年 6 月至 7 月，在莫斯科出席中国共产党第六次全国代表大会，代表第五届中央委员会作题为《中国革命与共产党》的政治报告，对中国社会性质和革命性质、当时革命形势和党的任务等重要问题，做出了基本正确的回答，随即参加共产国际第六次代表大会，后担任中共中央驻共产国际代表团团长，期间译介共产国际纲领，开展文字改革研究，著《中国拉丁化字母草案》。1930 年 8 月，归国。1930 年 9 月，主持召开中国共产党六届三中全会，纠正了李立三的"左"倾冒险主义错误。

1931 年 1 月，在中国共产党六届四中全会上，瞿秋白被王明和共产国际派来的米夫错误打击、无端指责为所谓的"调和主义""右倾机会主义"，被排挤出中央政治局、解除中央领导职务。此后三年，瞿秋白在上海撰写大量文学理论论文、杂文，系统翻译一批马克思文学理论文本和俄苏作家作品，致力于建构文艺大众化理论，开展文化战线的"反围剿"斗争，一度担任中国共产党文化委员会的负责人，并起草其下属社联、左联、教联、剧联、新闻学研究会这五大联盟的工作提纲，同鲁迅密切合作，实际领导左翼文化运动，同"新月派""民族主义文学""第三种人""自由人"等文化派别进行激烈论战，译著大量文学理论和文艺作品，为革命文学事业做了大量奠基性的工作，共同谱写中国现代文学史上的灿烂篇章。受王明"左倾"集团的打击和排挤，1934 年 2 月，瞿秋白奉命来到中央苏区瑞金，任中华苏维埃共和国中央执行委员会委员兼苏维埃大学校长，连任中央苏维埃政府教育人民委员，担任党报《红色中华》报社社长兼主编，组织开展文艺大众化活动，继续遭到"左倾"领导人的错误打击，瞿秋白随主力部队转移的要求没有被批准，1934 年 10 月中央红军开始长征后，留在已被国民党军队控制的中央苏区。1935 年 2 月，从江西往福建转移途中被国民党逮捕，蒋介石多次派要员进行劝降，均遭

---

① 据李维汉回忆说："当时党还不成熟，秋白还年青，他主持中央工作期间只有二十八岁，犯错误的时间也只有几个月。"参见张家康《陈独秀与瞿秋白的悲壮人生》，《红岩春秋》2009 年第 1 期。

瞿秋白的严词拒绝，在狱中抱着必死的信念（"我瞿秋白纵然一死，又何足惜哉！"），作《多余的话》，严肃解剖自己，并向世人告别。1935年6月18日，赴刑途中用俄语高唱《国际歌》《红军歌》，高呼"中国共产党万岁""中国革命胜利万岁"等口号，留"为中国革命而牺牲，是人生最大的光荣"遗言，瞿秋白在福建省长汀县西门外罗汉岭前英勇就义，"慷慨赴死易，从容就义难"，年仅36岁。

对于瞿秋白"临危慷慨高歌死，从容就义气如虹"的这种坚贞、智勇，负责处决瞿秋白的国民党将军宋希濂后来回忆说，"我国历史上一位杰出的革命家和文学家——瞿秋白先生，竟死于我之手，将我碎尸万段，亦不足以蔽吾之辜！这是我一生中最大的憾事"①。新中国成立后，《瞿秋白全集》被马上纳入国家出版计划。1950年12月31日，毛泽东为瞿秋白遗著出版题词，"瞿秋白同志死去十五年了。在他生前，许多人不了解他，或者反对他，但他为人民工作的勇气并没有挫下来。他在革命困难的年月里坚持了英雄的立场，宁愿向刽子手的屠刀走去，不愿屈服。他的这种为人民工作的精神，这种临难不屈的意志和他在文字中保存下来的思想，将永远活着，不会死去。瞿秋白同志是肯用脑子想问题的，他是有思想的。他的遗著的出版，将有益于青年们，有益于人民的事业，特别是在文化事业方面"②，对瞿秋白的革命精神、思想进行了高度评价。1953—1954年，冯雪峰主持编辑出版反映瞿秋白文学成绩的《瞿秋白文集》（四本八卷），在序言中对瞿秋白进行中肯评价。

1955年6月18日瞿秋白就义20周年纪念日，在瞿秋白遗骸迁葬北京八宝山革命烈士公墓的仪式上，周恩来、董必武等参加，周恩来亲笔题写"瞿秋白同志之墓"，称颂他"毕生服务人民大众，卒以成仁"；陆定一代表中共中央做报告，称颂瞿秋白为"中国共产党的卓越的政治家和宣传家""中国无产阶级的无限忠诚的战士"；同一天，茅盾在《人民日报》发表《纪念秋白同志，学习秋白同志》文章。在"文化大革命"浩劫中，瞿秋白被诬陷为"叛徒"，他在狱中所撰《多余的话》被诬称为"叛变投降的自白书"，其历史功绩被全面抹黑，北京八宝山革命公墓中的瞿秋白墓和福建长汀"瞿秋白烈士纪念碑"及常州的瞿秋白母亲"瞿秋白烈士

---

① 宋希濂：《鹰犬将军——宋希濂自述》，中国文史出版社1986年版，第107页。
② 《毛泽东文集》第6卷，人民出版社1999年版，第128页。

金太夫人之墓"均被砸，思想文化界还推出《瞿秋白批判集》4 集、《讨瞿战报》10 多期。

1980 年 10 月 19 日，中共中央办公厅转发中纪委《关于瞿秋白被捕就义情况的调查报告》，为瞿秋白平反，"恢复瞿秋白同志的名誉"，洗刷了其被诬加的所谓"叛徒"罪名。同年 6 月 18 日，在纪念瞿秋白就义 45 周年座谈会上，李维汉认为，"中国共产党历届的主要领导人中，瞿秋白是最能贯彻执行民主集中制的，他不搞家长制"，"秋白是一个正派人，他没有野心，能平等待人，愿听取不同意见，能团结同志，不搞宗派主义"①；周扬强调"秋白同志是我们党的一位才识卓越的领导人，他不仅挑起过革命实际工作的领导重担，而且在马克思主义理论建设和无产阶级文化事业建设上，做了大量开拓性、奠基性的工作"②。

1985 年，在瞿秋白英勇就义 50 年之际，杨尚昆代表中共中央在纪念会上讲话，对他进行了具有高度、较为全面的评价，肯定其为"中国共产党早期的主要领导人之一，伟大的马克思主义者，卓越的无产阶级革命家、理论家和宣传家，中国革命文学事业的重要奠基人之一"，纪念会召开后的第二天，《人民日报》全文发表杨尚昆这篇讲话，并在头版显著位置刊登纪念会新闻报道，配发瞿秋白照片，下注"中国共产党早期著名领导人瞿秋白"。③ 同年，江苏常州建立瞿秋白纪念馆（邓小平亲笔题写馆名"瞿秋白同志纪念馆"，1983 年开始筹建），福建长汀重建瞿秋白烈士纪念碑、修建瞿秋白烈士纪念馆，北京八宝山革命烈士公墓为其恢复墓地。1999 年 1 月 16 日至 18 日，为纪念瞿秋白 100 周年诞辰，中共中央文献研究室、中共中央党史研究室、中共江苏省委在江苏省常州市联合举办全国瞿秋白生平和思想研讨会，年底《瞿秋白百周年纪念——全国瞿秋白生平和思想研讨会论文集》由中央文献出版社出版。同年 1 月 29 日，在纪念瞿秋白诞辰 100 周年座谈会上，尉健行代表中共中央讲话，"缅怀这位为中国的民族独立和人民解放事业作出杰出贡献并献出生命的革命先

---

① 李维汉：《对瞿秋白"左"倾盲动主义的回忆与研究》，《中国社会科学》1983 年第 3 期。
② 《周扬文集》第 5 卷，人民文学出版社 1994 年版，第 278 页。
③ 杨尚昆：《在瞿秋白同志就义五十周年纪念会上的讲话》，《人民日报》1985 年 6 月 19 日。

驱"，对瞿秋白做出了高度评价，称"瞿秋白的一生，是为中国人民解放事业英勇奋斗的一生"，"瞿秋白是伟大的马克思主义者"，"瞿秋白是艰苦探索中国革命道路的优秀先行者"，"瞿秋白还是中国革命文学事业的奠基者之一"，"瞿秋白是经过五四运动洗礼那一代中国先进知识分子中的优秀代表，是开风气之先的早期共产党人之一"。①

1999 年，江苏省瞿秋白研究会成立，原中共江苏省委书记沈达人任会长，挂靠江苏省委党史研究室，与中共中央文献研究室、中共中央党史研究室等单位联合举办了瞿秋白诞辰 100 周年、纪念瞿秋白英勇就义 70 周年、瞿秋白与先进文化等多次大型学术研讨会，编辑出版《瞿秋白对毛泽东思想形成的重要贡献》、《瞿秋白研究新探》及大型文献画册《瞿秋白》等 20 多部书，承担大型文献纪录片《瞿秋白》的制作并获全国"五个一工程"奖，出版《瞿秋白研究文丛》15 辑（2007 年前称《瞿秋白研究论丛》）。瞿秋白纪念馆编《瞿秋白研究》14 辑，21 世纪初开始，江南大学编《瞿秋白研究通讯》（截至 2014 年 8 月，已出 181 期），常州工学院于 2005 年 6 月成立瞿秋白研究中心。

在 36 年的短暂人生旅程中，瞿秋白创造了中共党史、中国近现代史上一系列的"第一"，"先行者"形象明显：作为记者第一个报道苏俄，最早译介列宁著作，最先提出无产阶级领导权问题，首创党报《热血日报》，开创以"北方拉丁拼音"为代表的汉字改革新路，最早系统介绍马克思主义文艺学经典理论，创作党的第一首革命歌曲《赤潮曲》，最早翻译《国际歌》，最早用"现实主义"取代"写实主义"，最早把"普通话"发展成为系统的理论，率先发起影响深远的"第二次文艺大众化"讨论，最先起草党的文件管理办法，开创党的档案管理工作……②虽然英年早逝，"千古文章未尽才"，但瞿秋白还是"给我们留下了那么丰富的著述。他不顾当年环境的恶劣，个人遭遇的坎坷，竟能够以情文并茂的、数以百万字计的论述译作贡献给中国人民，表现出那样充沛的精力、渊博的知识和喷泉般的不竭才思"，"领受了世界和中国人民革命斗争的洗礼，

---

① 尉健行：《在纪念瞿秋白同志诞辰一百周年座谈会上的讲话》，《瞿秋白研究新探》2003 年第 1 期。

② 剑秋：《瞿秋白在党史上的八个第一》，《上海师范大学学报》1992 年第 1 期；杨慧：《文化革命：瞿秋白文化思想之匙》，《辽宁大学学报》（哲学社会科学版）2009 年第 3 期。

有一颗为中国人民革命事业、为共产主义事业贡献一切的火热的心"①，将"哲学的沉思和战歌式的激励紧合在一起"，写下了多达500万字的政治理论、文学艺术、中国语言文字研究等方面的著作和译文，虽然这些著述未必都是精当的，难免有欠妥乃至错漏之处，但就整体而言，正如胡绳1983年作《长汀秋白同志殉难处》（《长汀瞿秋白墓》）七绝诗"从容就义早忘身，荒冢空山草拂茵。莫道书生非大器，怀霜诸夏尽沾巾"②，并高度评价、深切缅怀的那样，"透辟的见解和锐利的远见"，"至今依然散发着光辉"③，对于我们研究中国近现代史，研究中国共产党历史和中国无产阶级文化运动以及新文学运动的发展，都具有十分重要的价值。

二　马克思主义文学理论

马克思主义文学理论，指马克思主义学说中有关文学的本质、属性、创作、鉴赏、发展、功能等问题的理论形态。马克思主义文学理论萌芽于19世纪40年代初期，由马克思、恩格斯创立，散见于他们的政治经济学、哲学、人类学、历史学著作和大量书信中。马克思主义文学理论以历史唯物主义、辩证唯物主义为指导思想，从人类学、哲学、美学、社会学、经济学等多个维度研究文艺现象，提出了文学活动论、文学反映论、艺术生产论、文学审美意识形态论、艺术交往论、文学与人的全面解放等基本观点，强调"文学艺术的意识形态性"④ 等多种属性，具有"反映社会变革和历史发展趋势"，"促进人的解放和全面自由发展"⑤ 等价值取向。

马克思主义文学理论经历了一个不断发展、逐步完善的历史过程，马克思、恩格斯、梅林、拉法格、普列汉诺夫、列宁、斯大林、高尔基、卢那察尔斯基、托洛茨基、布哈林、李大钊、鲁迅、瞿秋白、毛泽东、邓小平等人都做出过贡献。作为不同于传统形态、经典范式的理论体系，西方马克思主义文学理论强调"重新研究""重新发现""重新创造"马克思

---

① 《周扬文集》第5卷，人民文学出版社1994年版，第278页。

② 胡绳：《长汀秋白同志殉难处》，《瞿秋白研究文丛》2000年第2—3期。

③ 周建明：《从瞿秋白看新闻评论工作者的基本素质》，《新闻与写作》1997年第1期。

④ Raman Selden, Peter Widdowson, *A Reader's Guide to Contemporary Literary Theory*, 3th ed. Guildford & King's Lynn: Biddles Ltd, 1993, p. 71.

⑤ 陆贵山、周忠厚：《马克思主义文艺论著选讲》"第四版序"，中国人民大学出版社2007年版，第6—7页。

主义的旗号，发展与偏离了马克思主义文学理论①。西方马克思主义文学理论初创于 20 世纪 20、30 年代，以 1923 年卢卡奇发表《历史和阶级意识》为标志，兴盛于 60、70 年代，在 80、90 年代继续发展、不断深化，是 20 世纪西方文学理论的重要一脉，影响深远而广泛，其著名理论家包括卢卡奇、葛兰西、阿多诺、本雅明、马尔库塞、萨特、阿尔都塞、马歇雷、戈德曼、威廉斯、伊格尔顿、杰姆逊等人。

三　俄国马克思主义文学理论

俄国马克思主义文学理论，是马克思主义文学理论在俄国语境中的具体转化，是俄国形态的马克思主义文学理论，它是"面向俄国社会现实、历史现实、民族心理现实、思想现实和文学创作现实进行思考、理论归纳、总结的表现"②，它是新的社会历史条件下，为应对俄国特殊的政治文化语境而发展、完善的马克思主义文学理论形态。

在理论的民族身份上，俄国马克思主义文学理论"首先是扎根在俄国现实土壤里的理论，是建立在对俄国社会、历史、现实和未来的深切关系的基础上形成的观念体系，它必须面对俄国的生活表达自己的感情和评价，这就决定了它的民族身份是俄国的"，其定义指涉具有广义性，既包含十月革命后的苏联马克思主义文学理论，亦涵盖十月革命前的俄国马克思主义文学理论（狭义）；在理论的话语身份上，俄国马克思主义文学理论"始终是整个马克思主义文学思想话语中的一个组成部分，而且是一个特征鲜明、具有相当的思想独创和理论开拓的组成部分"，这两者"不是方法和内涵的关系，更不是形式与内容之间的关系，而是一个纯然无间的整体"③。

19 世纪、20 世纪之交，因"世界工人运动的高涨和革命中心转移到俄国"，"俄国文艺以先锋主义姿态获得巨大发展"④，俄国马克思主义文学理论思想活跃，建树达到了最高峰，其著名理论家包括普列汉诺夫、斯

---

①　季水河：《多维视野中的文学与美学》，东方出版社 2002 年版，第 273 页。

②　邱运华等：《19—20 世纪之交俄国马克思主义文学思想史论》，北京大学出版社 2006 年版，第 5 页。

③　同上书，第 7 页。

④　［苏］彼得·尼古拉耶夫：《马克思主义文艺学在俄罗斯的出现》，莫斯科大学出版社 1970 年版，第 3 页。

大林、列宁、卢那察尔斯基、高尔基、托洛茨基、布哈林、巴赫金等人，它具有"现实优先的原则、深厚的文化解读、学派对话性存在和实践性品格"① 等明显特征，是意识形态话语、政治话语、制度化话语的统一体。

---

① 邱运华等：《19—20 世纪之交俄国马克思主义文学思想史论》，北京大学出版社 2006 年版，第 51 页。

第一章　瞿秋白与俄国马克思主义文学理论关系的整体把握

在 20 世纪中国文学理论发展史上，始终伴随外国文学理论复杂而多元的影响。作为重要外域文化资源的俄国马克思主义文学理论，它对 20 世纪中国文学理论所产生的影响尤其广泛、深远。众多的中国文学理论家，置身于建构新文学体系的整体场域，以个体观照视角和主体感知方式，对俄国马克思主义文学理论做出了各自的积极选择和不断扬弃，瞿秋白是其中颇具考察价值的个案。① 瞿秋白多次的旅俄经历，精通俄文，推崇俄苏文化与苏联革命社会建设，加上其对"叫喊和反抗"品格突出的俄苏文学的浓厚兴趣，"俄罗斯文化和文学成了他文学活动的全部的异质文化资源"②，俄国马克思主义文学理论对瞿秋白文学理论的形成、发展、应用，有着至关重要的影响，从中可以窥见外域文学思想在政治化特征明显的 20 世纪中国文学理论及其文艺实践中的独特价值、突出意义、特殊际遇。故此，本章从动因、特征等层面，拟对瞿秋白与俄国马克思主义文学理论关系进行整体研究。

第一节　社会需要与主体选择
——瞿秋白与俄国马克思主义文学理论关系的动因探讨

任何一种思想学说，都是特定社会环境和具体文化传统的产物。当这

---

① 钟菲：《接受·失却·创造——瞿秋白早期文学批评与俄国文学》，《常州工学院学报》（社会科学版）2005 年第 3 期。

② 陈春生：《关于瞿秋白与俄苏文学的几点思考》，《瞿秋白研究论丛》2003 年第 1 期。

种学说向异域传播时,又进入了不同的社会历史情境,被接受的程度与发挥效力的侧重点,必然受到异域社会氛围及其文化条件的各种制约。瞿秋白对俄国马克思主义文学理论的选择、接受、运用,同样也不例外,它亦是特定时代与主体选择进行对接的历史产物。研究瞿秋白与俄国马克思主义文学理论关系的动因,对于界定其特征,进行科学评价意义重大,笔者拟作专门探讨。

一 时代原因

20 世纪上半叶的中国,虽然有相当一部分人"把马克思主义教条化,把共产国际决议和苏联经验神圣化"[①],犯过不少错误,但恰如马克思、恩格斯深刻指出的,"理论在一个国家的实现程度,总是决定于理论满足这个国家的需要的程度"[②],而"马克思列宁主义有一套切实可行并已见成效的具体行动方案和革命的战略策略","符合了急迫追求实效的当时青年们的现实要求和中国实用理性的无意识心理传统"[③],因此,在与自由主义、保守主义等思潮的多次较量中,马克思主义在中国最终取得了胜利。

在 20 世纪的中国社会中,"各种西方思想都发生了作用。但产生最重要影响的西方思想是马克思主义,马克思主义不仅使儒学,也使其他传统思想黯然失色,成为指导中国继续变革的主流意识形态","五四思想家转向马克思主义,是因为它是现代西方杰出的革命者和社会主义者的思想体系,其他也被证明是有影响的西方观念,太平天国的清教主义和晚清的自由主义,可能对中国革命和大同成分有支持,但马克思主义似乎更为合适。同时,俄国革命和第一次世界大战结束时欧洲各种不同的共产主义运动也使该学说引起中国政治活动家的极大注意,并使他们相信其真理性,相信该学说必然能够取得胜利"[④]。

上述思想较量与社会事实表现在文学理论领域,便是马克思主义文学理论"以其鲜明的现实性,强烈的革命性,极大的未来指向介入到中国

---

① 柳国庆:《马克思主义中国化历史经验研究》,浙江大学出版社 2006 年版,第 2 页。
② 《马克思恩格斯选集》第 1 卷,人民出版社 1995 年版,第 11 页。
③ 李泽厚:《中国现代思想史论》,三联书店 2008 年版,第 27 页。
④ [美] 石约翰:《中国革命的透视》第 2 版,王国良译,中国人民大学出版社 2011 年版,第 151、188 页。

现实社会中，与中国社会生活的联系越来越紧密，对中国文化的指导作用越来越明显，其生命力越来越旺盛"①，在此发展过程中，虽然"在 20 世纪初期，几乎没有'留学生'从俄国回来。所以，俄罗斯模式在中国不像西方经验那样具体和直接地为人所知"②，但"那时中国士人对西方那种爱憎交织的曲折情绪在民初中国人学习的榜样由英美转向苏俄这一进程中表现得最充分。近代中国自西走以来，最初提出来要学习的就是日本与俄国。因为这两国的情形究竟比欧美更接近中国"③，诸如，胡适观看俄剧果戈理《钦差大臣》时曾有中俄如"鲁、卫之政兄弟也"的亲近感，周作人认为"中国的特别国情与西欧稍异，与俄国却多相同的地方"④，傅斯年强调"俄之兼并世界，将不在土地国权，而在思想也"，黄炎培主张中国人将"俄国精神、德国科学、美国资本这三样集中起来"，在此种社会大背景下，从 20 世纪 20 年代中后期起，俄国马克思主义文学理论开始在中国广泛传播，并产生了巨大的社会影响。瞿秋白与俄国马克思主义文学理论产生关联，同样根源于上述时代动因。

一方面，俄国十月革命的胜利，引发了国人"以俄为师"的学习热潮，这为俄国马克思主义文学理论以俄苏思想形态的样貌引入中国创造了可能条件。

据阿英（钱杏邨）所编《中国新文学大系·史料索引》统计，1917—1927 年这十年内，中国翻译的外国文学理论和文学作品一共刊印了 225 种单行本，其中，俄罗斯文学与文学理论多达 65 种，占据将近三分之一的比重，绝对数量之多，增长速度之快，远远超过以往任何时期和其他国家。至于个中原因，李大钊在 1918 年撰写的《俄罗斯文学与革命》一义中这样指出，"俄国革命全为俄罗斯文学之反响"，"俄罗斯文学之特质有二：一为社会的彩色之浓厚；一为人道主义之发达。二者皆足以加增革命潮流之气势，而为其胚胎酝酿之主因"，"俄罗斯文学与社会之接近，乃一自然难免之现象。以俄国专制政治之结果，禁遏人民为政治的

①　季水河：《回顾与前瞻——论新中国马克思主义文艺理论研究及其未来走向》，中国社会科学出版社 2009 年版，第 6 页。

②　［美］费正清：《伟大的中国革命》，刘尊棋译，世界知识出版社 1999 年版，第 244 页。

③　罗志田：《权势转移：近代中国的思想、社会与学术》，湖北人民出版社 1999 年版，第 70 页。

④　周作人：《文学上的俄国与中国》，《东方杂志》第 17 卷第 23 号，第 107 页。

活动，自由遭其剥夺，言论受其束缚。社会中进步阶级之优秀分子，不欲从事于社会的活动则已，苟稍欲有所活动，势不能不戴文学艺术之假面，而以之为消遣岁月，发泄郁愤之一途。于是自觉之青年，相率趋于文学以代政治事业，而即以政治之竞争寓于文学的潮流激荡之中，文学之在俄国遂居特殊之地位而与社会生活相呼应"①，"文学之于俄国社会，乃为社会的沉夜黑暗中之一线光辉，为自由之警钟，为革命之先声"②，"俄罗斯革命之成功，即俄罗斯青年之胜利，亦即俄罗斯社会的诗人灵魂之胜利也"③，李大钊特别强调俄罗斯文学对于"十月革命"发生的推动作用、酝酿功能。

与李大钊的上述论述颇为相似，1920 年 3 月 16 日，瞿秋白在《〈俄罗斯名家短篇小说集〉序》中的一段话，从时代风潮角度作出了更为简洁、精当的总体阐释，"俄罗斯文学的研究在中国确已似极一时之盛。何以故呢？最主要的原因，就是：俄国布尔什维克的赤色革命在政治上、经济上、社会上生出极大的变动，掀天动地，使全世界的思想都受他的影响。大家要追溯他的远因，考察他的文学，所以不知不觉全世界的视线都集于俄国，都集于俄国的文学；而在中国这样黑暗悲惨的社会里，人人都想在生活的现状里开辟一条新道路，听着俄国旧社会崩裂的声浪，真是空谷足音，不由得不动心。因此大家都要来讨论研究俄国。于是俄国文学就成了中国文学家的目标。"④ 可以这么说，俄国十月革命的巨大胜利，以无可辩驳的历史事实为中国送来了马克思主义的福音，"俄国革命是列宁主义的杰作，是马克思主义与俄国具体情况相结合的结晶"，"中国知识分子是通过十月革命和列宁主义来接受马克思主义的"⑤，俄国社会实践的成功案例引发了中国人对其理论的格外关注，"以俄为师""走俄国人的路"被迅速提上议程，一下子成为那个时代最强劲的求索弦音，"俄罗斯之革命是二十世纪初期之革命，是立于社会主义上之革命，是社会的革命而并著世界的革命之采色者也"⑥，"今俄人因革命之风云，冲决'神'

---

① 《李大钊全集》第 2 卷，人民出版社 2006 年版，第 233 页。
② 同上书，第 234 页。
③ 同上书，第 239 页。
④ 《瞿秋白文集》（文学编）第 2 卷，人民文学出版社 1986 年版，第 248 页。
⑤ 李泽厚：《中国现代思想史论》，三联书店 2008 年版，第 151 页。
⑥ 《李大钊全集》第 2 卷，人民出版社 2006 年版，第 226 页。

与'独裁君主'之势力范围，而以人道、自由为基础，将统制一切之权力，全收于民众之手。世界中将来能创造一兼东西文明特质、欧亚民族天才之世界的新文明者，盖舍俄罗斯人莫属"①，"俄罗斯之革命，非独俄罗斯人心变动之显兆，实二十世纪全世界人类普遍心理变动之显兆"，"吾人对于俄罗斯今日之事变，惟有翘首以迎其世界的新文明之曙光，倾耳以迎其建于自由、人道上之新俄罗斯之消息，而求所以适应此世界的新潮流，勿徒以其目前一时之乱象遂遽为之抱悲观也"②，持各种立场的人如"国民党人和共产党人或者看到的是革命夺权的成功，自由主义者看到的恐怕更多是夺权后的建设和'改造社会'的措施"③，而都颇为关注俄苏，"资本主义已经日薄西山，社会主义正蒸蒸日上。正是在这两相对比中，人们开始把希望转向苏联，不仅劳动阶级，而且知识分子普遍倾向革命，倾向走激进的道路"④，这为其时的中国人纷纷结缘俄苏，提供了最根本性的时空背景。

受此思潮之热切感染，1920 年底旅俄临行前，瞿秋白这样憧憬"红色"苏俄——"一线的光明！一线的光明，血也似的红，就此一线便照遍了大千世界。遍地的红花染着战血，就放出晚霞朝雾似的红光，鲜艳艳地耀着。宇宙虽大，也快要被他笼罩遍了"⑤，并作《去国答〈人道〉》，抒发出"采花酿蜜：蜂蜜成时百花谢，再回头，灿烂云华"⑥ 的豪情壮语，强调决不"只做个邮差"，形象地表露了学习苏俄、进行创造转化的坚定决心。旅俄期间，面对苏俄"近几年来，在艺术理论、特别是诗学领域中的许多珍贵著作丰富了俄罗斯文艺学科。甚至可以径直地说，俄罗斯的艺术学繁荣起来了"⑦ 等欣欣向荣的景象，瞿秋白激动地发出"'我'不是旧时代之孝子顺孙，而是'新时代'的活泼稚儿"⑧ 的心声，强调即便只是充当一名地位低微的"小卒"，也将努力"编入世界的文化

---

① 《李大钊全集》第 2 卷，人民出版社 2006 年版，第 227 页。
② 同上书，第 228 页。
③ 罗志田：《激变时代的文化与政治——从新文化运动到北伐》，北京大学出版社 2006 年版，第 188 页。
④ 李今：《三四十年代苏俄汉译文学论》，人民文学出版社 2006 年版，第 11 页。
⑤ 《瞿秋白文集》（文学编）第 1 卷，人民文学出版社 1985 年版，第 65 页。
⑥ 同上书，第 36 页。
⑦ ［苏］米哈伊尔·巴赫金：《文学与美学问题》，莫斯科文艺出版社 1975 年版，第 7 页。
⑧ 《瞿秋白文集》（文学编）第 1 卷，人民文学出版社 1985 年版，第 213 页。

先锋队"，筚路蓝缕，积极前行，将发展个性志趣与实现社会理想、推动中西文化交流有机统一，以推动社会发展的现代化进程。1922 年 7 月，同样年轻的蒋光慈读了瞿秋白所作诗稿《赤潮集》①之后，心潮澎湃，题诗《西来意》相赠，以俄罗斯比"当年的印度"，把自己和瞿秋白比作"今日的唐僧"，称他们远赴苏俄学习、考察，"渡过了千道江河，爬过了万重山岭……不计跋涉的艰辛，俄乡的风雪冷"，其目的就是为了取得十月革命这部"真经"，瞿秋白读后，激动地对蒋光慈说，"你道出了大家的心声！"这从另一个侧面、以生动传神的特写方式，诠释了瞿秋白结缘俄国马克思主义文学理论的时代原因、环境氛围、社会背景，②"文艺成为推动中华民族实现现代化的巨大机器之中的一分子"③，在当时已经蔚然成为风尚。

更为重要的是，如茅盾在1955 年所精辟指出的，"三十多年前，现在的五十多岁的人，当时被'十月革命'的炮声所惊醒，往往幻想着那个横跨欧亚两洲的大国在革命以后就该是一下子变成怎样一个极乐的世界。……后来发见事实的发展不能一下子就符合他们的幻想，就觉得受了骗了（其实是他自己受了自己幻想的骗），于是从火热变成冰冷，甚至走了相反的道路。对于这样的人，我以为《饿乡纪程》和《赤都心史》可以医治他的病"。④"十月革命"发生以后，国内外反动势力对社会主义苏联极力进行封锁、干涉和破坏，指责马克思主义为"过激主义""野蛮主义""暴力主义"（如，英国著名哲学家罗素1920 年 5 月随英国代表团访问苏联后，将苏俄政权与英国克伦威尔军事独裁政府相提并论，声称"新近的俄罗斯生活，和清教徒时的英格兰一样，许多地方是违人本能

---

① 其中有一首《赤潮曲》："赤潮澎湃，晓霞飞动，惊醒了五千余年的沉梦。远东古国，四万万同胞，同声歌颂，神圣的劳动。猛攻，猛攻，捶碎这帝国主义万恶丛！奋勇！奋勇！解放我殖民世界之劳工。何论黑、白、黄，无复奴隶种。从今后，福音遍被，天下文明，只待共产大同……看！光华万丈涌。"

② 同样面对十月革命，鲁迅看重俄苏文学对农奴压迫的揭露，强调旧俄的苦难性；瞿秋白着眼赤色革命的胜利，倡导因之关注俄苏文学，使中国"政治上、经济上、社会上生出极大的变动"，接受方式迥然不同，其根本原因在于，鲁迅没有瞿秋白那种现代化道路探索的文学意识。参见顾震宇《瞿秋白的文艺探索与苏俄左翼思潮的关系》，硕士学位论文，首都师范大学，2007 年，第17 页。

③ Pickowicz, Paul G, *Marxist Literary Thought in China：The Influence of Ch'ü Ch'iu—pai*, Berkeley：University of California Press, 1981, p. 179.

④ 茅盾：《纪念秋白同志，学习秋白同志》，《人民日报》1955 年6 月18 日。

的"，预言"俄国未经过资产阶级，所以很难成功"），丑化布尔什维克为"穷党"，污蔑苏俄为"饿乡"，并大量散布"共产公妻""妇人国有之奇闻"等妖魔化言论，企图煽动人们对苏俄的不满和厌恶（如，俄国诗人叶赛宁，十月革命开始时高呼"万岁，天上和地上的革命"，"我是一个布尔什维克了"，但后来看到革命并不如他想象的那样，尤其是强烈渴望保留特定时代的地域文化，高尔基曾将其患精神病、自杀的成因归于城乡文明的冲突，加上其与美国舞蹈家邓肯夫人、列夫·托尔斯泰孙女托尔斯塔娅等引人注目的三次婚姻及相继失败的打击，叶赛宁从根本上难以理解革命和苏维埃制度），以便控制十月革命的辐射作用和示范效应。与此形成鲜明对比，瞿秋白建立在亲赴苏俄采访基础上的社会事实报道和理论效用诉求便更具可信度、权威感，有如震撼人心的雷鸣闪电，对于"以俄为师"道路的迅速确证和执着践行无疑具有十分重要的推动作用、展示功能。事实上，瞿秋白的访俄报道和周恩来的旅欧通信互相配合，相互补充，共同营造了马克思主义在中国早期传播的活跃环境和生动局面，可谓功不可没。

另一方面，肇始于20世纪20年代中后期，伴随中国共产党党员数量的骤增，中国掀起了一股大规模译介、传播马克思主义文学理论的时代热潮，这为俄国马克思主义文学理论，以马克思主义文学理论形态进入中国创造了宝贵的便利条件。

根据有关统计资料，1921年中国共产党成立时，党员人数不超过100人，1924年也只增加到500人，1925年底中国共产党宣布自己已拥有2万名党员，1927年上半年党员人数更是增到5.8万人，同时，共青团等外围组织的人数也日益增多。① 当时，"马克思主义从东、西、北三个方面在中国登陆。东面是日本；西面是西欧，主要是法国，代表性人物有周恩来、蔡和森等；北面是苏俄，代表性人物有杨明斋、瞿秋白、张太雷等"②，因"马克思主义作为分析各种社会现象的有力工具"③，而"近现

---

① ［美］莫里斯·迈斯纳：《毛泽东的中国及后毛泽东的中国》，杜蒲等译，四川人民出版社1989年版，第33页。

② 田子渝：《马克思列宁主义在中国早期传播研究综述》，《马克思主义研究》2001年第3期。

③ Pickowicz, Paul G, *Marxist Literary Thought in China：The Influence of Ch'ü Ch'iu—pai.* Berkeley：University of California Press，1981，p. 171.

代救亡主题的急迫现实要求所造成，同时也是中国传统的实用理性的展现，即要求有一种理性的信仰来作为行动的指针。马克思主义的基本理论和十月革命的实践效果使这种潜在的要求变为现实"。① 文学革命反对封建主义，五四运动声讨帝国主义，"五卅"运动呼唤无产阶级的革命领导权，这一系列重大历史事件的发生，加上《语丝》《小说月报》《新月》等杂志围绕"革命文学"口号参与其中的激烈的文学论战，促成了马克思主义在中国的传播热潮。

其中，1929 年是中国社会科学界的翻译年，大批人士热衷于译介社会科学论著，1930 年 5 月 20 日成立的中国社会科学家联盟（简称"社联"）尤其"在介绍和宣传马克思主义方面，作出了重大贡献"，"他们翻译出版了许多马克思恩格斯的著作，如朱镜我的《社会主义从空想到科学》、吴亮平的《反杜林论》、李一氓的《马克思论文选译》、杨贤江的《家族和私有财产及国家的起源》等等"，"它在理论方面的贡献，也比其他联盟更大，没有'社联'的努力，马克思主义思想是不可能在中国迅速普及的"②。伴随这种思想热潮，以 1928 年的"革命文学"论争为标志，其时传播马克思主义文学理论的主阵地有《萌芽月刊》《文艺研究》《文艺讲座》《朝花旬刊》《译文》等一大批刊物，有水沫、开明、光华、南强、北新、现代、大江、神州国光等许多书店，出版了《科学的艺术论丛书》《马克思主义文艺论丛》《唯物史观艺术论丛书》《艺术理论丛书》《文艺理论丛书》《文艺理论小丛书》等多套丛书。这方面，瞿秋白、鲁迅、冯雪峰等人做了大量贡献。其中，鲁迅的主要译作有：《苏俄的文艺政策》[鲁迅根据藏原惟人和外村史郎的日译本重译，主要内容是 1924 年至 1925 年间俄共（布）中央《关于对文艺的党的政策》《关于文艺领域上的党的政策》两个文件和全俄无产阶级作家协会第一次大会通过的决议《观念形态战线和文学》]、卢那察尔斯基的《文艺与批评》和《艺术论》，普列汉诺夫的《车勒芮绥夫斯基的文学观》和《艺术论》，片上伸的《现代新兴文学的诸问题》等；冯雪峰的主要译作有：列宁的《论新兴文学》（即《党的组织与党的出版物》——笔者注），梅林的《现代艺术论》《文学评论》《资本主义与艺术》，卢那察尔斯基的《艺术之社

---

① 李泽厚：《中国现代思想史论》，三联书店 2008 年版，第 152 页。
② 夏衍：《懒寻旧梦录》，三联书店 1985 年版，第 158 页。

会的基础》,普列汉诺夫的《论法兰西的悲剧与演剧》和《艺术与社会生活》,弗里契的《艺术社会学之任务及诸问题》,伏洛夫斯基的《社会的作家论》,藏原惟人的《艺术学者弗里契之事》和《法兑耶夫底小说》,冈泽秀虎的《以理论为中心的俄国无产阶级文学发达史》,法捷耶夫的《创作方法论》等;其他译作还有:托洛茨基的《文学与革命》(韦素园、李霁野合译),卢那察尔斯基的《关于马克思主义文艺批评底任务之大纲》(朱镜我译)、《艺术之社会的基础》(林柏修译),布哈林的《音乐之唯物史观的分析》(李史翼译),法捷耶夫的《创作方法论》(何丹仁译),弗里契的《绘画底马克思主义的考察》(朱镜我译)、《艺术上的阶级斗争与阶级同化》(许幸之译)、《艺术社会学》(刘纳鸥、胡秋原分别译过),冈泽秀虎的《苏俄的文艺理论》(陈秋帆译),青野季吉的《艺术简论》(陈望道译),平林初之辅的《文学之社会学的研究》(陈望道译),藏原惟人的《到新写实主义之路》(林柏修译)、《关于艺术作品的评价》(之木译)、《再论新写实主义》(之木译),等等,数量巨大,涉及广泛。上述著述当中,有不少是俄国马克思主义文学理论的重要著作,对它们的译介与引进亦即俄国马克思主义文学理论向中国的移植、传播,其他日本、欧洲马克思主义文学理论著作的引进与介绍,则为俄国马克思主义文学理论进入中国提供了参照、塑造了氛围,同样富有价值。

与此同时,从1923年起,瞿秋白、邓中夏、恽代英、萧楚女、沈雁冰、沈泽民、蒋光慈等人,发表了一批宣传马克思主义文学理论的文章,其中包括瞿秋白《荒漠里》,秋士《告研究文学的青年》,邓中夏《新诗人的棒喝》《贡献于新人之前》《思想界的联合战线问题》,恽代英《文学与革命》《八股?》,萧楚女《艺术与生活》,沈雁冰《论无产阶级艺术》《文学者的新使命》,沈泽民《文学与革命的文学》《我们需要怎样的文艺》,蒋光慈《无产阶级革命与文化》《现代中国社会与革命文学》等,它们"以革命的文艺理论、美学观念对当时的新文学实践提出了超前意义的引导,也是马克思主义美学思想第一次应用于中国当时的文艺实践"。① 与翻译、介绍一起(尤其应该提及的是,在鲁迅的亲自主持、直接推动下,1925年8月北京未名书社、北新书局出版了任国桢精心挑选、

---

① 马驰:《艰难的革命:马克思主义美学在中国》,首都师范大学出版社2006年版,第35页。

直接从俄文翻译的《苏俄的文艺论战》译文集，以区别于此前鲁迅从日文转译的《苏俄的文艺政策》，强调对苏俄文艺政策的全面了解、直接译介），上述成果共同推动了马克思主义文学理论在中国的快速传播与普遍运用，在"文学革命"转向"革命文学"的发展大潮中，产生了深远而广泛的影响。

二　个人因素

时代氛围无疑为瞿秋白结缘俄国马克思主义文学理论提供了可能的环境条件，但仅此还是远远不够的，否则，我们无法解释同以记者身份、共赴苏俄进行新闻报道的李宗武（李续忠）、俞颂华（俞澹庐）为何没有像瞿秋白那样走上俄国马克思主义文学理论的引进、译介、传播道路。显然，不同主体的自身禀赋、内在选择也非常重要。因为所学外语为英语，俞颂华于 1921 年 5 月去了欧洲、担任《时事新报》驻德特派记者，著有《赤俄见闻记》《柏拉图》等，成为蜚声中国新闻界的著名报人。李宗武也在莫斯科加入共产党，担任远东劳动大会、莫斯科东方大学、鲍罗廷顾问营的翻译，但此后并无多大影响。① 三位青年记者同赴苏俄采访，最后大家走的职业道路各不相同。可见，瞿秋白选择、接受、运用俄国马克思主义文学理论，离不开其得天独厚的主体条件。

首先，瞿秋白两次长时间的旅俄经历、精通俄语、仰慕俄罗斯文化，为其结缘俄国马克思主义文学理论提供了直接便利、语言基础和心理条件。

一是在瞿秋白两次、长达 4 年的旅俄经历②当中，曾与列宁、卢那察尔斯基、斯大林就中国革命、中苏关系与文化交流、东方文化等问题进行过面谈，聆听过列宁、托洛茨基的激情演讲，与列宁合过影，非常熟悉俄苏文坛的最新情况，通读过俄文版的列宁全集，广泛涉猎卢那察尔斯基、托洛茨基、普列汉诺夫等人的著作，瞿秋白与上述俄国马克思主义文学理论家其人其作的这种紧密关联，为同时代其他人所无法比拟。

二是瞿秋白深具研习外语的天赋，以俄文专修馆的短暂学习为基础，

---

① 张秋实：《瞿秋白与共产国际》，中共党史出版社 2004 年版，第 2、54 页。

② 据笔者考证，其具体时间是，1920 年 12 月至 1922 年 12 月，1928 年 5 月至 1930 年 7 月。参见刘小中、丁言模《瞿秋白年谱详编》，中央文献出版社 2008 年版；周永祥《瞿秋白年谱长编》，学林出版社 1992 年版。

主要通过刻苦自学，阅读过大量俄文版的俄罗斯文学作品。据郑振铎回忆，俄文专修馆"用的俄文课本就是普希金、托尔斯泰、屠格涅夫、契诃夫等的作品"①。这种通过直接阅读俄文经典文学作品提升俄文水平的方法，后来被瞿秋白广泛运用到教学当中，据丁玲亲身参与的回忆，瞿秋白在上海大学社会学系任教期间，所授课程引证古今中外的大量故事，讲文艺复兴运动，也讲唐宋元明文学，对学生很具吸引力，印象特别深刻的是，为了帮助大家迅速体会普希金语言的美丽、魅力，瞿秋白采用很特别的教法，即短暂学习字母拼音后，就直接阅读俄文诗，瞿秋白在诗句中讲文法，谈变格，话俄文用词特点，在赏析一首诗的过程中，就得读 200 多个生字和许多文法，而当读完三四首诗后，大家简直以为自己已经掌握俄文了。② 这方面的例证还有，20 世纪 20 年代初，曹靖华在莫斯科东方劳动共产主义大学（简称 KYBT）学习，他后来也曾这样回忆，"他发音清晰、用字准确，举止斯文，风度优雅，颇受学生们的欢迎。在俄语的学习和翻译上，瞿秋白同志对我的帮助实在太大了，我一直把他作为自己的良师益友来怀念"，"加上他是一个有很高文化修养和感情丰富的人，以他的细心和热情、才华和学识，在同学们中间很快就赢得了极高的声誉。我能比较快地学会了俄语，这与他真诚的帮助、耐心的辅导是分不开的"，"他开辟了道路，散播了种籽。这对后来的中国革命，是有用的"。③

可见，瞿秋白高超俄文水平的获得，不仅受益于小时候母亲引导他熟读大量中国古典诗词而拥有较强的语言能力，并与其自身超强的记忆能力有关，更重要的是，找到了上述学习俄文的科学方法，俄文文学作品在其中更是直接发挥了重要作用，同时也提升、培养了瞿秋白的文学感受能力、审美欣赏水平，这一定程度上为瞿秋白结缘俄国马克思主义文学理论提供了得天独厚的语言基础、深刻细腻的文学体验、准确可信的理论掌握。实际上，瞿秋白的俄文水平竟然达到很高层次，用"精通"来形容，丝毫不为过，这从他翻译俄文作品数量之多、质量之高，多次担任重要场合的俄文翻译（比如，在莫斯科举行的共产国际第四次代表大会期间，瞿秋白是陈独秀的俄文翻译和秘书；第一次国共合作期间，瞿秋白担任鲍

①　郑振铎：《回忆早年的瞿秋白》，《文汇报》1949 年 7 月 18 日。
②　唐宝林、陈铁健：《陈独秀与瞿秋白》，中国青年出版社 1997 年版，第 194 页。
③　钟子硕、李联海：《曹靖华访问记》（一），《新文学史料》1981 年第 1 期。

罗廷的俄文翻译和工作秘书达一年多）等，便可以充分见出。这些为他了解、介绍俄国马克思主义文学理论提供了语言优势，"瞿秋白的俄语水平和办杂志的经验，引起了北京晨报社的注意，他因此被其委以记者身份去莫斯科采访"①，成为"研究系"言论机构北京《晨报》和上海《时事新报》驻莫斯科特派记者（俄国特派员）而远赴苏俄进行实地采访，仅在北京《晨报》就发表 41 篇新闻报道（另据《晨报》公布，还有 15 篇通信在邮寄过程中丢失），还撰写了《饿乡纪程》《赤都心史》两本散文集，写作了《俄罗斯文学史》《俄罗斯革命论》两部学术著作，加上"当时中国文坛真正懂俄文的人，不过耿济之、瞿秋白、蒋光慈、萧三、韦素园、曹靖华等人而已。除瞿秋白外，其余的人都不搞理论批评，也不能全面观照苏联文艺运动的发展变化"②，使其比较优势愈加明显，也更令人信服，使瞿秋白当之无愧地成为中国译介与传播俄国马克思主义文学理论的"第一人"，再加上瞿秋白具有雄厚的旧学根底、扎实的国文基础，这为他"成为翻译家、文学家、理论家，提供了很好的人文素质基础"③。

　　关于时代剧变之际国学根底对于知识生产、社会发展的重要性，胡适曾有不少精当之论。④ 胡适曾经说过，"要输入新知识为祖国造一新文明，非多著书多译书多出报不可"，但当时大部分西洋留学生"国学无根底，不能著译书"，这是导致中国"晚近思想革命政治革命，其主动力多出于东洋留学生"的关键因素，而此中症结在于，西洋留学生不能"著书立说"而只能"寂然无闻"，东洋留学生因善此行而"颇多影响"，胡适由此感慨道："美留学界之大病在于无有国文杂志，不能出所学以饷国人。"⑤ 反诸比较，瞿秋白良好的国学功底对于其传播苏俄主张、扩大马克思主义思想影响等的极大助益，由此可见一斑。正是基于此，当冯雪峰将瞿秋白对鲁迅从日文转译的马克思主义文学理论著作译文意见转致他时，鲁迅并不急着解释和匆忙作答，如苏轼所强调的那样，"求物之妙，

---

　　① Jamie Greenbaum, *Qu Qiubai: Superfluous Words*, Canberra: the Australian National University, 2006, p. 16.

　　② 张大明：《西方文学思潮在现代中国的传播史》，四川教育出版社 2001 年版，第 478 页。

　　③ 张秋实：《瞿秋白与共产国际》，中共党史出版社 2004 年版，第 7 页。

　　④ 罗志田：《权势转移：近代中国的思想、社会与学术》，湖北人民出版社 1999 年版，第 293 页。

　　⑤ 胡适：《非留学篇》，周质平编：《胡适早年文存》，台北远流出版公司 1995 年版，第 356—362 页。

如系风捕影，能使是物了然于心者，盖千万人而不一遇也；而况能使了然于口与手者乎！是之谓'辞达'。辞至于能达，则文不可胜用矣"，而是很怕错过机会似的，激动地说，"我们抓住他！要他从原文多翻译这类作品！以他的俄文和中文，确是最适宜的了"①。之后，鲁迅请瞿秋白翻译的第一部苏联文学作品是格拉特柯夫的长篇小说《新土地》，1931 年下半年瞿秋白将该译稿送至商务印书馆，但书稿在出版前因"一·二八"事变而毁于日军炮火、令人颇感遗憾，但还是生动反映了鲁迅对瞿秋白俄文水平、文学修养的高度认可。1931 年秋鲁迅托冯雪峰请瞿秋白翻译《铁流》（曹靖华译）涅拉托夫撰写的长篇序言，1931 年底鲁迅请瞿秋白翻译卢那察尔斯基的剧本《解放了的堂·吉诃德》，鲁迅曾经以赞许的眼神鼓励瞿秋白"把俄国文学的精品译给中国人看，无异是在暗夜里烛照人生的火光"，便是这方面的另外一些力证。

　　三是瞿秋白具有浓厚的俄苏文化情结，他十分仰慕俄罗斯文化，注重从文化角度研究俄苏革命的必然性、意义、启示。虽然瞿秋白在《多余的话》中这样回忆，1917 年夏天，他初学俄文时，"也不知道俄国文学的伟大意义，不过当作将来谋一碗饭的本事罢了"，当时对俄罗斯文学与文化并无特别兴趣。五四运动期间，"因为已经能够查着字典看俄国文学名著"，瞿秋白的注意力"就大部分放在文艺方面了"，他阅读了大量的俄罗斯文学作品，俄苏情结逐步形成；后来在排解杨之华思念女儿独伊的忧伤时，瞿秋白所讲的故事是俄罗斯文学名著《安娜·卡列尼娜》；1930 年初离开中央领导岗位后，与杨之华一起翻译苏联文学作品，生活虽清苦但其乐融融；1933 年底临行去江西之际，瞿秋白对杨之华叹息说，"可惜《茨冈》没有译完，来不及完成了"，还在留恋俄罗斯文学经典作品。1919 年与瞿菊农、郑振铎、耿济之、许地山、赵世炎等人，在北京联合创办《新社会》旬刊，并撰稿、参与编辑工作，正式加入李大钊领导的社会主义研究小组（即"马克思学说研究会"，也称"马克思主义研究会"），成为激进的民主主义者，向往马克思主义，追求进步，对苏俄充满好奇；1920 年底，瞿秋白以新闻记者身份远赴苏俄采访时，他感慨道，"看一看那'新国家'尤其是借此机会把俄国文学好好研究一下，的确是

---

① 冯雪峰：《关于鲁迅和瞿秋白同志的友谊》，《忆秋白》编辑小组编：《忆秋白》，人民文学出版社 1981 年版，第 261 页。

一件最惬意的事"，对于俄罗斯文学研究，已经产生了浓厚的兴趣。在《饿乡纪程》中，瞿秋白这样深情地写道："俄罗斯文化的伟大，丰富，国民性的醇厚，孕育破天荒的奇才，诞生裂地轴的奇变，——俄罗斯革命的价值不是偶然的呵！社会之文化是社会精灵的结晶，社会之进化是社会心理的波动。感觉中的实际生活教训，几几乎与吾人以研究社会哲学的新方法。进赤俄的东方稚儿预备着领受新旧俄罗斯民族文化的甘露了。理智的研究侧重于科学的社会主义，性灵的营养，敢说陶融于神秘的'俄罗斯'。"① 他无比激动地说："二十年来盲目摸索不知所措，凭空舞乱我的长袖，愈增眩晕。如今幸而见着心海中的灯塔，虽然只赤光一线，依微隐约，总算能勉强辨得出茫无涯际的前程"，强调俄国人所走之路"不仅具有民族主义性质，而且具有国际主义性质"②，认为"中国经济上历史上与俄国之过去现在，同者甚多。……小资产阶级式的经济现象及帝国主义围困的国际地位，已甚显著。中国幼稚的无产阶级前途，还有无限困苦艰难而又非常紧切重大的责任，如何能不急起直追与俄国胜利的无产阶级携手并进，努力奋斗！尤当利用其经验"③，加上"民族主义与在文化上对传统的背叛这二者令人不可思议的结合，是现代中国知识分子历史的一个十分显著的特征"④，"以俄为师"与改变中国黑暗现实由此被有机融汇起来。

在苏联实地采访的两年日子里，上至革命领袖列宁、托洛茨基，中至教育人民委员卢那察尔斯基、《真理报》主笔美史亦略夸夫等政府各部门的负责人，下至幼儿园孩童、普通工人、家庭主妇，瞿秋白都进行过访问或观察，其采访活动遍及苏联社会生活的各个方面，报道涵盖苏联政治制度、经济体制、教育改革、外交政策、旅俄华侨、劳工保险、国家管理等众多领域。他深入苏联工人、农民、士兵生活当中，尽力与马雅可夫斯基等知识分子打成一片，也同地主、投机商、没落贵族、妓女等各式人物进行了接触，还注意到俄国社会存在严重的旱灾饥荒、官僚腐败、宗教迷信问题，试图全面了解苏联整个社会状况。瞿秋白以巨大的热忱、浓厚的兴

---

① 《瞿秋白文集》（文学编）第1卷，人民文学出版社1985年版，第104页。
② 《瞿秋白文集》（政治理论编）第8卷，人民出版社1998年版，第152—153页。
③ 《瞿秋白文集》（文学编）第1卷，人民出版社1998年版，第213页。
④ ［美］莫里斯·迈斯纳：《毛泽东的中国及后毛泽东的中国》，杜蒲等译，四川人民出版社1989年版，第14页。

趣和记者的敏锐，积极参加各种聚会、社会活动，他参加了远东民族和革命团体代表大会，远东劳动界大会，共产国际第三、第四次代表大会等多个重要会议，参加在莫斯科红场举行的盛大阅兵典礼，来到无政府主义者组织的克鲁泡特金葬礼现场、会见克鲁泡特金夫人并"送他一袋白面"，感受和记录莫斯科最大教堂举行的"复活节"庆祝活动，参加知识分子们举行的家庭音乐会，参观托尔斯泰故居陈列馆并赠苏菲·托尔斯泰（列夫·托尔斯泰孙女）《皓月》诗（皓月落沧海，碎影摇万里。生理亦如斯，浩波欲无际），游历过德理觉夸夫斯嘉画馆，在莫斯科大剧院欣赏卢那察尔斯基所编《国民》等歌剧并作"花露润融，高吟沉抑"的评价，经常到一些华侨工人家作客。

经过丰富的实地采访，瞿秋白实现了由激进的民主主义者向马克思主义者的思想转变，蜕变为"新时代的活泼稚儿"，加入共产党的愿望也就更加迫切。1921 年 5 月，由江苏常州同乡张太雷担任介绍人，瞿秋白成为共产党的一名预备党员，同年 9 月转为正式党员，属俄共（布）党组织①，1922 年 2 月正式加入中国共产党。对俄苏文化的这种深切体验，对俄国社会大变动历史及其起因的深刻了解，对十月革命意义的生动领会，对马克思列宁主义、共产主义理想社会的深切向往，使瞿秋白格外关注包括俄国马克思主义文学理论在内的各种俄苏思想。

其次，瞿秋白良好的文学修养、浓厚的文艺兴趣、扎实的理论功底，为其译介与传播俄国马克思主义文学理论提供了内在动因、审察视野和知识储备。

一方面，瞿秋白给后人留下了大量关于"政治和社会问题的论著与译述"，这从《瞿秋白文集》（14 卷本）中有 8 卷的篇幅是政治论著就可以明显看出，这无疑是瞿秋白思想精华的重点所在。但瞿秋白关于文艺的论著，其数量也是十分巨大的，《瞿秋白文集》（14 卷本）中即有 6 卷收录其文艺论著，同时，瞿秋白的文学活动异常丰富，文学著述质量也很高。他在马克思主义文学理论研究、文学创作（包含散文、杂文、诗歌等多种题材）、文学翻译及其研究、文学批评等方面，都取得了数量巨

---

① 不同时期，苏联共产党的名称有所区别：1898 年 3 月，俄国社会民主工党成立；1918 年 3 月，全俄布尔什维克第七次代表大会改党的名称为俄国共产党（布尔什维克），简称俄共（布）；1925 年 12 月，苏联党的十四大将俄共（布）改为全联盟共产党（布尔什维克），简称联共（布）；1952 年 12 月，苏联党的十九大将联共（布）改为苏联共产党，简称苏共。

大、质量很高的一大批成果。瞿秋白曾说，"马克思关于文艺的议论，散见于他的许多著作里，例如《资本论》里就有好些说到莎士比亚或者巴尔扎克的话"，可以充分见出他对马克思主义文学理论的通晓程度、掌握高度，在当时恐怕难以找出可与之比拟的第二人。在 1953 年版《瞿秋白文集》的序言中，冯雪峰指出："瞿秋白同志又是一个著名的有天才的革命作家、批评家和文学翻译家，虽然他不曾有更多的时间从事文学活动，可是他所留下的文学著译，不仅分量仍然不少，而且无疑是中国现代文学中的十分宝贵的财产。"1950 年 12 月，毛泽东为《瞿秋白文集》出版题词时，他认为瞿秋白的遗集"特别是文化事业方面"有益于青年、有益于人民。曹靖华曾回忆说："马列主义的文艺理论通过他的生花妙笔得以在中国读者中生根开花。"① 1980 年 6 月 18 日《人民日报》发表周扬撰写的文章《"为大家开辟一条光明的路"——纪念瞿秋白同志就义四十五周年》，强调"秋白同志留给我们的理论著述，是一份很珍贵的革命遗产，值得我们认真进行研究"，"秋白同志在文化战线上立下的不朽功绩，是众所公认的"②。1924 年 7 月，瞿秋白在上海执弟子礼（1917 年瞿秋白曾在北京大学文学院旁听过胡适的课）拜访胡适，胡适很重视这位青年学子的到访，希望瞿秋白能多参与商务印书馆的工作，做些学问，从事翻译和写作，并当场写信给商务印书馆负责人王云五推荐瞿秋白，这也从一个侧面反映当时的瞿秋白已经具备相当的理论水平、知识学养。

　　另一方面，除了从瞿秋白巨大的文学功绩可以看出文艺对他的重要性之外，从他的生平和著述也可以证明，文学更是瞿秋白一生倾心向往、最为热爱的追求。瞿秋白曾对年少时的好友羊牧之说："我这个人始终摆脱不了文人习气。今后革命成功了，年纪大了，我一定选个有山有水的地方，整理整理中国古典作品，到那时你也来帮同搞吧！"③ 不仅如此，他还实事求是地解剖自己，更觉得"象我这样性格、才能、学识，当中国共产党的领袖确实是一个'历史的误会'"④，他认为自己"做个中学教师教授俄国文学倒是绰绰有余的"，"讲到我仅有的一点具体智识，那就

---

① 曹靖华、苏玲：《自述经历》（上），《新文学史料》1998 年第 1 期。

② 《周扬文集》第 5 卷，人民文学出版社 1994 年版，第 280—281 页。

③ 羊牧之：《我所知道的瞿秋白》，《忆秋白》编辑小组编：《忆秋白》，人民文学出版社1981 年版，第 74 页。

④ 《瞿秋白文集》（政治理论编）第 7 卷，人民出版社 1991 年版，第 699 页。

只有俄国文罢",希望自己"能够考进北大,研究中国文学,将来做个教员度过这一生"①。1935 年 5 月,在福建狱中瞿秋白给郭沫若写信称"我自己知道虽然一知半解样样都懂得一点,其实样样都是外行,只有俄国文学还有相当的把握,而我到如今没有译过一部好好的文学书。这个心愿恐怕没有可能实现了"②。正如有论者指出的:"紧张的政治斗争使他无暇旁顾。因为文学虽然也可以是革命斗争的一部分,但毕竟不是处在战斗的最前线。然而在他内心,就他的性格而言,总还是文学。这也可说是丁玲所谓'两个个性两重人格'的更深的含义吧。"③ 1925 年,丁玲为瞿秋白与杨之华传递书信后认为,"里面也许没有宏言谠论,但可以看出一个伟大人物性格上的、心理上的矛盾状态"④,"田园将芜胡不归?"是瞿秋白用诗歌表达出的虽然"酷爱文学",但为革命操劳无法分身因而略带遗憾的心声,这一点如他曾就报纸宣传工作对杨之华所说的,"这样工作比在大学讲台上讲课要有效得多"⑤,职责要求和勇于担当使瞿秋白将主要精力倾注在政治工作和社会组织上,无暇分身从事更多的文学创作和理论研究。可以这么说,只有钟情文学,才会关注俄苏文学;只有文学知识丰富,才能完全理解俄苏文学理论;只有理论积淀良好,才能全面把握俄国马克思主义文学理论的本质、问题、价值。瞿秋白以上三者兼备,其主体禀赋堪称优越、超凡,这些为他结缘俄国马克思主义文学理论提供了诸多便利。

再次,对于理论引进与付诸实践,瞿秋白具有突出的责任感、紧迫感,目的意识非常明确,这为他译介和传播俄国马克思主义文学理论提供了强大的主体动力。

在瞿秋白看来,译介俄罗斯文学,引进俄国马克思主义文学理论,是为了建设中国新文学,推动中国文学理论的发展,即他·贯主张的,临行前疾呼"中国人应当用一用心","俄国革命史是一部很好的参考书"⑥,

---

① 《瞿秋白文集》(政治理论编)第 7 卷,人民出版社 1991 年版,第 695 页。
② 《瞿秋白文集》(文学编)第 2 卷,人民文学出版社 1986 年版,第 418 页。
③ 王铁仙:《瞿秋白文学评传》,百花文艺出版社 1987 年版,第 122 页。
④ 丁玲:《我所认识的瞿秋白同志》,《文汇增刊》1980 年第 2 期。
⑤ 朱少伟:《在沪出版的早期党报党刊珍闻》,《新民晚报》2011 年 6 月 26 日。
⑥ 《瞿秋白文集》(政治理论编)第 1 卷,人民出版社 1987 年版,第 230 页。

正是基于此，瞿秋白"旅俄的愿望如此强烈，难以抵挡"①，为了"求一个'中国问题'的相当解决，略尽一分引导中国社会新生路的责任"，他毅然"决定到俄国去走一走"，为了中国革命，瞿秋白抱着"宁死亦当一行"的态度，表示"我一天不读，一天不'想'，就心上不舒泰。不能不工作，要工作"，即便在高山疗养院治疗肺病（肺结核早期）之际，瞿秋白仍然激情高呼，"还我为社会服务的精力来"，在病中仍"一秒钟也不能停息"，"病得不能起床了，就把电灯拴在床架上，躺在床上看书，伏枕写文章。他是从病魔手中夺回着每一分工作的可能"，② 这种精神品质堪称中国的"普罗米修斯"。关于这一点，恰如周扬所深刻指出的："秋白同志之所以能够做出这样异乎寻常的卓越贡献，固然是由于他个人天资的聪颖，修养的深厚，治学态度的勤奋刻苦等等，但更重要、更根本的，还是因为他领受了世界和中国人民革命斗争的洗礼，有一颗为中国人民革命事业、为共产主义事业贡献一切的火热的心。"③

　　早在 1920 年 3 月 16 日，瞿秋白在《〈俄罗斯名家短篇小说集〉序》一文中就指出，"不过我们决不愿意空标一个写实主义或象征主义，新理想主义来提倡外国文学，只有中国社会所要求我们的文学才介绍——使中国社会里一般人都能感受都能懂得的文学才介绍……"能够为中国社会所需是介绍的前提条件，解决自身问题是引进之目的，"瞿秋白文学活动一开始，其责任感就比二十年代初中国年轻的文学家强"④。早在去苏俄的列车上，瞿秋白就商定了分工，要俞颂华进行通讯事务报道，自己"决定了有系统的理论事实双方研究的目的，研究俄国共产党，研究俄罗斯文化"。当此之时，瞿秋白曾经这样感慨道，"哈尔滨得空气，满洲里得事实，赤塔得理论，再往前去感受其实际生活"，"来俄之前，往往想：俄罗斯现在是'共产主义的实验室'，仿佛是他们'布尔塞维克的化学家'依着'社会主义理论的公式'，用'俄罗斯民族的元素'在'苏维埃的玻璃管里'，颠之倒之试验两下，就即刻可以显出'社会主义的化合

---

① Jamie Greenbaum, *Qu Qiubai*: *Superfluous Words*, Canberra: the Australian National University, 2006, p. 18.

② 曹靖华：《点滴秋白》，《文艺报》1965 年 6 月 15 日。

③ 《周扬文集》第 5 卷，人民文学出版社 1994 年版，第 279 页。

④ ［斯洛伐克］玛利安·高利克：《中国现代文学批评发生史》，陈圣生译，社会科学文献出版社 1997 年版，第 210 页。

物’。西伯利亚旅行的教训，才使人知道大谬不然”。① “于理论之研究，事实之探访外，当切实领略社会心理反映的空气，感受社会组织显现的现实生活，应我心理之内的要求，更将于后二者多求出世间的营养”②，“必须令理论的文辞，事实的名物服从于现实生活”③，秉持“世间的唯物主义”理念，灵活使用“望远镜”“显微镜”的观察方法，以便使理论研究更好地服务于现实社会需要。

1921 年 2 月 6 日，瞿秋白、俞颂华、李宗武三人联合署名发表在苏联《消息报》上的文章《致俄国工人和新闻工作者呼吁书》指出，“我们愿意相信，在不久的将来，我国人民也将能掌握和实现马克思主义的伟大原则”，“我们的责任就在于研究这一建设并把它广泛地介绍给我国人民”。责任感突出，学习见出成效的自信心明显。1924 年 10 月，当瞿秋白得知其上海大学办公室和住所被搜查、他在莫斯科省吃俭用换来的俄文书刊被焚毁的消息时，他冷静而又刚毅地说，“书烧了，思想是毁灭不了的！”1925 年底，瞿秋白在蒋光慈的陪同下，在上海与郭沫若初次见面，瞿秋白向郭沫若推荐俄罗斯文学作品，建议他翻译托尔斯泰名著《战争与和平》，强调“那部小说的反波拿伯主义，在我们中国有绝对的必要”，借此揭露、批判中国大地主、金融资产阶级的剥削、腐朽，这对留学日本多年的郭沫若向马克思主义的思想转变发挥了一定作用，瞿秋白引进俄罗斯文学服务中国现实的责任感可见一斑。这方面的例证还有，瞿秋白曾经这样对曹靖华说，“苏联是一座琳琅满目的革命宝山，你要拼着你的病弱的生命，把革命的宝贝更多地运到祖国来”。④ “中国文艺土壤太贫疮了，教我作一个搬运肥料的农夫”，“马克思列宁主义的文艺理论和苏联的革命作品，中国太需要了。你应该专力从事这种工作，把它当作庄严的革命的政治来完成”。⑤ 从中可以看出，因为瞿秋白肩负着繁重的政治工作，无法分身从事苏联文学的研究和翻译工作，“他将自己一时无法实现的愿

---

①　《瞿秋白文集》（文学编）第 1 卷，人民文学出版社 1985 年版，第 93 页。

②　同上书，第 84 页。

③　同上书，第 83 页。

④　曹靖华：《罗汉岭前吊秋白》，《忆秋白》编辑小组编：《忆秋白》，人民文学出版社 1981 年版，第 164 页。

⑤　杨之华：《回忆秋白》，人民出版社 1984 年版，第 121 页。亦可参见曹靖华《罗汉岭前吊秋白》，《忆秋白》编辑小组编：《忆秋白》，人民文学出版社 1981 年版，第 166 页。

望，转移到了曹靖华的身上，希望曹靖华能专力做好这方面的工作"①，瞿秋白译介与引入俄国马克思主义文学理论的这种强烈使命感、明确目的性，符合中国现代历史上"早期的思想家们都是怀着经世致用、救国济民的目的去寻求真理，引进马克思主义文艺理论"② 的一般规律，亦如瞿秋白自己所强调的那样，新型知识分子应自觉担负"社会的喉舌""平民的先锋"等职责，要"成为中国真革命思想的先驱"，"要与中国思想以正确的指导，要与中国劳动平民以知识的武器"，要"成为革新思想的代表，向着千万重层层压迫中国劳动平民的旧文化，开始第一次的总攻击"③，实用功利性明显，推动社会变革意识浓烈。"对中国知识分子来说，唯物史观与进化论一样，不是作为具体科学，不是作为对某种客观规律的探讨研究的方法或假设，而主要是作为意识形态、作为未来社会的理想来接受、来信仰、来奉行的"④，在瞿秋白身上便是如此。

在研究中国现代政治中的"代表"及其身份问题时，澳大利亚学者费约翰曾经区分了两类不同的范式形态：同情式代表（representation-by-sympathy）、觉悟型代表（representation-by-consciousness）。对于前者，知识分子"代表"被压迫者，是经由"人类的同情心"而实现的；与人道主义话语不同，后者则萌发于他们同具的内在觉悟。在瞿秋白的革命之路、理论之旅中，青少年时期的成长环境、曾经对佛学萌发的浓厚兴趣等，使其早期心性深具"同情"情结，但旅俄经历、时代风潮等多种因素，推动了他由"同情"型向"觉悟"型的快速转变，并直接影响了他的思想旨趣、理论品格。也正是因为这样，经由译介与传播，由马克思主义文学理论、现实主义思想、庸俗社会学观点、无产阶级文化派主张、拉普文学理论等构成的社会批评资源，悉数进入了瞿秋白视野，并为其所重点关注，而"探讨文学与人的心灵世界、文学与历史文化关系为基本目的"的历史文化批评潮流（如象征主义、宗教文化批评和历史诗学等）、"强调艺术审美功能、重艺术形式研究"的审美批评潮流（如阿克梅主义、未来主义、俄国形式主义、布拉格学派等）则基本上被他遮蔽，瞿

---

① 丁言模：《瞿秋白与曹靖华》，《常州教育学院学报》（综合版）1997 年第 4 期。

② 季水河：《回顾与前瞻——论新中国马克思主义文艺理论研究及其未来走向》，中国社会科学出版社 2009 年版，第 8 页。

③ 《瞿秋白文集》（政治理论编）第 2 卷，人民出版社 1988 年版，第 6—7 页。

④ 李泽厚：《中国现代思想史论》，三联书店 2008 年版，第 157 页。

秋白对其视而不见、置若罔闻。① 可见，由俄文向中文的直接翻译使瞿秋白"声名显赫"，拥有影响与传播链条上的语言先发优势，这是同时代其他人所难以比拟的，然而，在信服力强、译介经典的光环大旗下，瞿秋白的语义强调抑或逻辑舍弃，使其有意无意地成为量度、勾勒中国现代文学理论体系线条的尺子和画笔之一，某些偏差、错漏、误读也随之产生，如影随形。

这种类似情况也发生在曹靖华身上，作为鲁迅、瞿秋白的挚友，被著名学者李何林称为"为中苏文学艺术交流共同努力并做出卓越贡献的三位开拓者（鲁迅、瞿秋白、曹靖华）"之一，曹靖华抱持"一声不响，不断地翻译着"（鲁迅语）的实地劳作精神，这位著名翻译家曾译介高尔基《一月九日》、绥拉菲靡维奇《铁流》、阿·托尔斯泰《保卫察里津》、卡达耶夫《我是劳动人民的儿子》、拉夫列尼约夫《第四十一》、华西列夫斯卡娅《虹》、列昂诺夫《侵略》、费定《城与年》等 30 余种苏联革命文学作品（共计三百万字）而享誉我国外国文学翻译界，主持《苏联文艺丛书》编译工作，创立并担任北京大学俄国语言文学系主任长达 32 年（1951—1983 年），但改革开放新时期以来曾有人说曹靖华所译的东西都是"不入流"的，据曹靖华的儿子彭龄少将回忆说，父亲并非不知道有普希金、托尔斯泰这些俄罗斯古典文学大师，其中缘由可从曹靖华与河南卢县老乡、著名作家姚雪垠的一次闲聊中找到答案，姚问"俄国有那么多文学名著，你为什么只翻译苏联文学？"曹回答道，当时中国读者更需要苏联的革命文学，而且当年鲁迅和瞿秋白正是要他把这项工作"当作庄严的革命的政治任务来完成的"。② 可见，在当时的历史语境下，中国社会的现实需要成为理论引进、文学译介的出发点、旨归处和标杆物。事实上，不仅如此，曹靖华与瞿秋白还有不少相似之处：生于 19 世纪末，幼年时受父母引导完成中国古典诗文、传统文化的学习，中学阶段便已接受新思想的初步洗礼，"五四"时深受马克思主义影响并积极投身这场运动，俄文水平很高且长期从事翻译工作，20 世纪 20 年代初、20 世纪 20 年代后期至 20 世纪 30 年代初两次去苏联学习、工作，曾深入苏联社会生

---

① 张杰、汪介之：《20 世纪俄罗斯文学批评史》（绪论），译林出版社 2000 年版，第 2—5 页。

② 李明滨：《曹靖华与俄苏文学学科创建》，《中华读书报》2007 年 11 月 21 日。

活的各个方面，高度评价列宁，强调文艺的价值，具有很高的文学修养，译介大量苏联文学理论与文艺作品且深具责任感……而且，瞿秋白多次鼓励曹靖华从事苏联革命文学与文学理论的译介工作，曹靖华首部译作（契诃夫独幕剧《蠢货》）是由瞿秋白推荐到《新青年》季刊发表的，所译介的契诃夫三幕剧《三姊妹》也经瞿秋白推荐给郑振铎列入"文学研究会丛书"出版，曹靖华非常尊敬且发自内心地感谢瞿秋白对其文学生涯的引领。不过，曹靖华作为鲁迅一样的"党外布尔什维克"（曹靖华1956 年加入中国共产党）明显区别于瞿秋白"政治活动家"的首要身份，20 世纪 20 年代后期大革命失败后曹靖华去莫斯科中山大学、列宁格勒大学、列宁格勒东方语言学院等校任教而得以拥有悉心翻译、研究苏联文学的时间、机会，1933 年秋回国后因长期在北京活动而相对脱身文化领导权争夺气息浓烈的上海文坛，加上他第二次回国后很长一段时间（将近 6年）在北平大学女子文理学院、东北大学、中国大学等高校从事文学翻译、教学研究工作而卷入社会运动相对较少，1939 年到重庆后任中苏文化协会常务理事、主编《苏联文学丛书》，新中国成立后一直在北京大学任教，故而，曹靖华最终成为著名翻译家、教育家、作家而非政治家、职业革命家，其所走之路又明显不同于瞿秋白。可以这么说，时代因缘，风云际会，在波澜壮阔、思想纷争的现代中国社会文化场域里，个人的气力才情、思想心结、阅历机缘之于理论形成、价值呈现的关联度，有时真难以估量，历史以深邃、复杂的方式辩证展示了其内在规律和外在样貌。

第二节　思想建构与文化实践
——瞿秋白与俄国马克思主义文学理论关系的特征分析

20 世纪的前五十年，瞿秋白、鲁迅、冯雪峰、周扬、陈望道等一大批先进知识分子，通过借鉴俄国马克思主义文学理论资源，并将其广泛应用于中国文艺实践，快速推动了中国文学理论的所谓"现代化"进程。在这一时代风潮当中，相比于其他人，瞿秋白对于俄国马克思主义文学理论的选择、接受、运用，具有鲜明的个性特征，尤具复杂性，值得专门探讨。

一　翻译的直接性

德国著名思想家马克斯·舍勒曾经说过：“词语意义还有一种力量——确定我们在自身体验和他人体验上所感知事物的力量。若没有什么专门的词可描述一种体验，也就不能被经历该体验的个人所感知；或者，若只有一种极为一般的、毫无差别的词汇意义可用于一种体验，则该体验的特殊品质则大都只在与该词义相应的程度上被经历，被该体验的个人所感知。”① 瞿秋白一踏上苏俄的国土，异域所带给他的第一感受便是以陌生者面貌现身的俄语，这种体验充满新奇感、刺激感，引其向往。同样，瞿秋白将俄国马克思主义文学理论引入中国，所做的第一件工作便是翻译。他翻译了大量俄国马克思主义文学理论著述。与同时代这方面贡献同样巨大的鲁迅、冯雪峰、周扬、陈望道等转译者明显不同，瞿秋白采用了由俄文直接翻译的方式，他的翻译具有直接性的鲜明特点。所谓翻译的直接性，主要包含以下两个方面的意思。

首先，就译介语言来说，瞿秋白对俄国马克思主义文学理论的翻译，属于由“俄文”向“中文”的直接翻译，而鲁迅、冯雪峰、周扬、陈望道等，大多数人是从日文、少数人是从英文或法文转译俄国马克思主义文学理论著作，在翻译的“归化”与“异化”的二元关系中，属“翻译的翻译”，即“二次转译”，个别甚至是“三度转译”，“每一次翻译，既是对原文的创造，又是对原文的偏离”②，普遍存在扭曲、变形的情况，可信度因之大打折扣。实际上，由马克思主义文学理论领域放大到整个马列主义理论，中国共产党成立前后，“李大钊、陈独秀、毛泽东……这些中国的最大的马克思主义者当时并没有读过许多马、列的书，他们所知道的，大都是从日本人写作和翻译的一些小册子中所介绍、解说的马克思主义和列宁主义”③。就鲁迅译介普列汉诺夫的《艺术论》，梁实秋在1933年7月《新月》杂志发表《论翻译的一封信》一文指出，“鲁迅所译，系根据日译本转译的，虽然许多是直接译自俄文，但俄文原所引用的达尔文

---

① ［德］马克斯·舍勒：《舍勒选集》上册，刘小枫选编，上海三联书店1999年版，第196页。

② 季水河：《回顾与前瞻——论新中国马克思主义文艺理论研究及其未来走向》，中国社会科学出版社2009年版，第8页。

③ 李泽厚：《中国现代思想史论》，三联书店2008年版，第151页。

的文章又是译自英文的。所以达尔文的原文，由英而俄，由俄而日，由日而鲁迅，——经过了这三道转贩，变了原形自是容易有的事"①，难免出现翻译变形乃至错误。在当时围绕"硬译""复译""重译"等展开的几次翻译大讨论中，瞿秋白强调，"既然叫做翻译，就要完全根据原文，翻译的人没有自由可以变更原文的程度"，倡导"等效论"原则，语言的直接性为其翻译提供效力支持与文本信心。瞿秋白的直接翻译不等于直译，译文质量是有保证的。既不同于赵景深主张的"宁顺而不信"，也好于鲁迅倡导的"宁信而不顺"的"硬译"，瞿秋白的翻译是"既顺而又信"，"信而且达、并世无两"（鲁迅语），加上他建构"真正的现代中国话"，"要做绝对的白话文"的语言学译介目的，翻译即传播，本土化即大众化，在这里，"语言表征"关涉"功用撒播"，"文化实践"联系"革命叙事"，二者相互配合、相得益彰。

其次，就翻译对象而言，瞿秋白翻译的俄国马克思主义文学理论之中，有相当一部分属于马克思主义文学理论的重要著作，其中包括由俄国学者翻译的恩格斯致玛·哈克奈斯、保·恩斯特的三封信②——《恩格斯论巴尔扎克》《恩格斯论易卜生的信》《社会主义的早期"同路人"——女作家哈克奈斯》；列宁论列夫·托尔斯泰的两篇重要论文——《列甫·托尔斯泰象一面俄国革命的镜子》《L. N. 托尔斯泰和他的时代》；列宁文学理论代表作《党的组织与党的出版物》中的关键段落③；高尔基的二十多篇义艺论文；普列汉诺夫的四篇著名文章——《易卜生的成功》《别林斯基的百年纪念》《法国的戏剧文学和法国的图画》《唯物史观的艺术论》（第一讲）；卢那察尔斯基论高尔基的著名论文——《作家与政治家》，等等，这些都属于马克思主义文学理论经典著述的直接翻译。最为关键的是，依据苏联"公谟学院"［即 1918 年成立的苏联共产主义学院，是苏共（布）中央的最高"教学和科学研究机关"，后并入苏联科学院，今俄罗斯科学院］所主办杂志《文学遗产》总第 1、2 期内容，瞿秋白翻译、

---

① 梁实秋：《论翻译的一封信》，《新月》1933 年第 4 卷第 5 期。

② 马克思、恩格斯都是德国人，他们的文学理论显然不属于俄国马克思主义文学理论的范围。笔者探讨瞿秋白与俄国马克思主义文学理论关系时，之所以将其纳入研究视域，主要考虑是瞿秋白从俄文、通过关涉俄国马克思主义文学理论，才第一次架起马克思、恩格斯文艺著作被大规模译成中文、向中国传播的桥梁。

③ 相关详细论述，参见本书的第 2 章第 1 节。

编撰的上述马克思主义文学理论经典文献，即被西方不少学者称之为马克思恩格斯论文艺的"很不完全的断片汇编"，很多都是全世界范围内的首次出版，对于多维呈现、准确把握马克思、恩格斯的文艺思想，在当时具有十分重大的意义。

实际上，马克思主义文学理论在中国的译介、传播、应用，曾经出现过"经典文本与阐释文本的混杂性"① 等明显不足，经历过从"间接"到"直接"的转变过程，即从译介马克思主义文学理论阐释著作、非马克思主义文学理论著述，逐渐过渡到直接译介马克思、恩格斯、列宁等马恩经典作家的原著。在此变化过程中，以上述翻译成果为标志，瞿秋白是一个至关重要的转折点。对比瞿秋白，除冯雪峰曾经节译列宁名篇《党的组织与党的出版物》、翻译马克思《艺术形成之社会的前提条件——关于艺术的断片》一文，彭康译过列宁名作《托尔斯泰——俄国革命的明镜》《托尔斯泰》，亦曾译介普列汉诺夫、卢那察尔斯基的一些著作之外，鲁迅、冯雪峰、陈望道、林柏修、彭康、何丹仁、朱镜我、许幸之、刘纳鸥、胡秋原等还翻译了弗里契、法捷耶夫、藏原惟人、冈泽秀虎、青野季吉、片上伸等人的大量著述，而这些均非马克思主义文学理论创始人原著，基本不是马克思主义文学理论的经典文本，大部分是马克思主义阐释者、研究者的论著，甚至包含了不少非马克思主义因素，与马克思主义文学理论经典尚有一定距离，有的甚至差距明显，作为庸俗社会学代表人物的弗里契，更是背离了马克思主义文学理论的基本观点，其理论主张对苏俄、中国都产生了巨大的负面影响。② 但 20 世纪 20 年代末期的中国文坛，却普遍视普列汉诺夫、卢那察尔斯基甚至弗里契的论著为马克思主义的经典著述。如，在《萌芽月刊》第 1 卷第 1 期中，冯雪峰便认为弗里契是"最优秀的马克思主义艺术学者，马克思主义艺术批评家"，视其《艺术社会学》为用"严正的马克思主义的方法"揭示艺术规律的巨作，提醒"弗里契底论文，我们很希望研究艺术的人，加以注意"，强调"在世界上，他却是现在差不多唯一的社会的艺术学者。他底死，不但苏联失

① 季水河：《百年反思：20 世纪马克思主义文艺理论在中国的传播、发展与问题》，《湖南师范大学社会科学学报》2005 年第 1 期。

② 郄智毅：《中国马克思主义文艺理论传播史中的一次关键转折——评瞿秋白对马列文论的译介》，《河北大学学报》（哲学社会科学版）2007 年第 3 期。

去一个理论的强有力的斗争者，就是世界的学术界也受很大损失的"。①
20世纪20年代中后期，鲁迅从日文转译的主要是普列汉诺夫、卢那察尔斯基的著作，而非马克思、恩格斯、列宁的文艺论著，其可能的原因是多方面的，一是，在国民党严厉的新闻出版审查体制（如1931年初公布的《危害民国紧急治罪法》中，有多款涉及文化宣传控制）之下，马克思、恩格斯、列宁著作目标太明显，难以被批准出版；二是，在很多人看来，这三位经典作家似乎并没有论述文艺的系统著作，而且马克思、恩格斯论文艺的几篇经典文献在当时还没有公布，而列宁《党的组织和党的出版物》一文所论及的问题并非鲁迅当时最关心的问题，相对而言，普列汉诺夫、卢那察尔斯基的文艺论述比较集中、专门，且他们当时在苏联声望巨大、文艺地位很高，比较容易被鲁迅视为可以信赖的权威，对其文艺论述进行重点翻译也就理所当然。② 与之比照，在翻译对象的内容遴选方面，瞿秋白的直接翻译消除了马克思主义文学理论传播初期"阐释文本的混杂""译介的双重间接"等不良倾向和负面影响，可谓迈出了马克思主义文学理论中国化的第一大步，吹响了建构中国马克思主义文学理论的号角，并为中国现代文艺批评观念、原则和方法的确立提供了直接的思想资源和具体的理论范式，意义独特而深远。通过上述比较，我们可以清晰发现，在与俄国马克思主义文学理论的关系上，瞿秋白的翻译具有直接性的鲜明特征。

二　撰述的重要性

瞿秋白翻译了一大批俄苏文学作品，并且非常喜欢与高度重视这项工作，其译文准确性高、流畅性强，他翻译的高尔基《海燕》③ 等作品，被鲁迅称赞为"信而且达"，经受住了历史的检验，至今享有较高声誉。瞿秋白非常自信自己的翻译水平，曾经谦虚地作如是感慨，"假如能够仔细而郑重的，极忠实的翻译几本俄国文学名著，在汉文方面每字每句的斟酌

① 冯雪峰：《艺术学者蒲里契之死》，《萌芽月刊》第1卷第1期。

② ［美］李欧梵：《铁屋中的呐喊》，尹慧珉译，岳麓书社1999年版，第183页。

③ 近年来有学者从词汇学角度指出，瞿译《海燕》中有大量的"着"字（根据笔者统计，多达18个），读起来令人有生硬之感，这与其汉字拉丁化改革方案有关，"着"实际上是他设计的现在时字尾。参见周冰心《高尔基〈海燕〉与中国现代语言文学——以瞿秋白、戈宝权的译文为例》，《俄罗斯文艺》2008年第2期。笔者认为，此乃白璧微瑕，不影响该译作流畅、准确、生动的高质量整体水平。

着也许不会'误人子弟'的"①。这与其严谨的翻译态度密切相关。瞿秋白认为:"翻译是革命的桥梁,文化的桥梁,对中国革命很有好处,我们自己也可丰富知识。所以要象蜜蜂采蜜那样,下苦功夫,认真细致地做,一字一句也不要马虎。"②鲁迅曾经这样高度评价瞿秋白的俄国马克思主义文学理论译文质量:"'现实'中的论文……原是属于'难懂'这一类的。但译这类文章,能如史铁儿之清楚者,中国尚无第二人,单是为此,就觉得他死得可惜。"③此处所提"现实"即瞿秋白翻译的《"现实"——马克思主义文艺论文集》,"史铁儿"是瞿秋白曾经用过的一个笔名。事实上,以其内容之要、质量之高、时效之用,瞿秋白的马克思主义文学理论译文产生了重要而长久的影响:在欧阳凡海编译《马恩科学的文学论》(读书出版社 1939 年版)一书所收录马克思、恩格斯的四封文艺书信中,即有两封(恩格斯致玛·哈克奈斯、保·恩斯特)采用了瞿秋白译文;戈宝权辑译的论文《列宁论文学艺术与作家》(载 1941 年《文艺阵地》第 6 卷第 1 期)沿用了瞿秋白的部分译文;肖三编译《列宁论文化与艺术》(上册)一书(北方出版社 1949 年版)使用了瞿秋白所译《列甫·托尔斯泰象一面俄国革命的镜子》一文;1940 年鲁迅艺术文学院出版的《马克思恩格斯列宁论艺术》(周扬编校,曹葆华、天蓝译)一书选用了瞿秋白所译《L. N. 托尔斯泰和他的时代》一文;1944 年周扬主编《马克思主义与文艺》一书,除"个别字眼上有所变动",瞿秋白所译列宁《党的组织和党的出版物》中的关键段落被悉数采用,并被历次重译所一直沿用。

然而,在瞿秋白译介俄国马克思主义文学理论方面,情况却比较复杂:既有准确、忠实、严谨的"等值"翻译,更有以翻译为外衣,却有意增删、故意变形、面目全非的"撰述",前者如瞿秋白翻译恩格斯、列宁、高尔基、普列汉诺夫、卢那察尔斯基、史铁茨基、布勃诺夫、吉尔珀汀等人的文学论述,后者如瞿秋白撰述的《文艺理论家的普列哈诺夫》《拉法格和他的文艺批评》《关于左拉》等论文。所谓撰述,即"编撰"与"叙述",或者按照瞿秋白自己的说法,是"自己编",它以领会原著

---

① 《瞿秋白文集》(政治理论编)第 7 卷,人民出版社 1991 年版,第 718 页。
② 杨之华:《回忆秋白》,人民出版社 1984 年版,第 121 页。
③ 《鲁迅全集》第 15 卷,人民文学出版社 2005 年版,第 168 页。

为基础，根据主体旨趣、现实需要，进行灵活删改与有意增补，目的指向性明确，现实针对性较强，以实现思想强调、语义转移等目的。对于俄国马克思主义文学理论与其他思想资源在中国的引入与传播，瞿秋白经常使用这一方法。关于瞿秋白的这种撰述，通过中俄文文本的对勘，近年来国内青年学者杨慧指出，评价左拉方面，通过对俄文原文的大幅增删、编辑、改写，瞿秋白成功地以"现实主义"取代"自然主义"，为现实主义"正名"，进而实现了对左拉及其自然主义的有力批判，为其以"辩证唯物主义创作方法"为核心的现实主义的确立扫清了道路。① 笔者也发现，着眼于当时的中国文坛，批评普列汉诺夫文学理论时，撰述的色彩同样突出，亦有明显的针对性。②

　　在瞿秋白看来，对于文学理论著作，为了"传布这些理论到广大的群众中间去"，"不但要用同样的方法翻译，而且尤其要编纂"③。正是基于此，瞿秋白认为，需要综合运用翻译与撰述这两种形式：一方面，翻译不能够曲解原文的意思，不要夹杂使用文言白话，中国文法不能同外国文法杂糅使用，而必须使用完全的白话和现代中国语文的文法、词汇，以大众化的方式进行理论翻译，"用浅近的中国白话文编辑许多文艺理论的常识丛书，编辑马克思列宁主义的文艺理论的书籍，使它们能够成为研究那些翻译过来的理论书籍的初步读本"；另一方面，系统研究、具体批评广大中国民众对于文艺的许多旧观念，发挥文学理论的现实斗争作用，把马克思列宁主义的方法，实际运用到中国的文艺现象当中，尤其是指导群众的文艺生活，实现理论与实践的有效对接。在这里，翻译和撰述是两种不同的理论斗争策略，发挥着迥异的思想文化作用：对待俄国马克思主义文学理论的经典文本，瞿秋白坚持"翻译"策略；对待俄国研究者为之撰写的"序言"，瞿秋白采取"撰述"方式；"翻译"工作侧重于传播，注重译文与原著意义内涵的一致性、等值性，是扎实的范式引入与理论建设工作，可用学术标准来衡量；"编撰"工作则接近鼓动，以动员效果、氛围渲染取胜，难以使用学术规范来考量，服务于革命功利、匹配于现实环

---

　　① 杨慧：《瞿秋白对现实主义的正名和对自然主义的批评——从〈"现实"〉的中俄文文本对勘说起》，《中国现代文学研究丛刊》2009 年第 2 期。

　　② 相关详细论述，参见本书的第 2 章第 3 节。亦可参见杨慧《"现实"的诞生——再论瞿秋白对马克思主义文学理论的译介》，《中国现代文学研究丛刊》2008 年第 3 期。

　　③ 《瞿秋白文集》（文学编）第 1 卷，人民文学出版社 1985 年版，第 496 页。

境很大程度上成为工作的出发点和旨归点，并且发挥着决定性作用。①

　　瞿秋白翻译俄国马克思主义文学理论以"可信"为标准，强调"应当把原文的本意，完全正确的介绍给中国读者，使中国读者所得到的概念等于英俄日德法……读者从原文得来的概念"，允许以流畅口语进行语言风格的某种"改译"，但不可改换其义，不能随意输入个人看法，"对照原文，并比照中央编译局和罗大冈等人的新译本，我们可以发现瞿秋白对经典文献的翻译高度忠实原文，除了技术性和语言习惯上的差异外，没有明显个人改动"②，瞿秋白翻译拉法格所撰《左拉的〈金钱〉》一文便是这方面的典型代表，这充分体现了瞿秋白扎实的知识功底和认真的研究精神。但瞿秋白撰述俄国马克思主义文学理论常常是以"有用"为标准的，通过添加着重号、选择印证材料等文本技巧的运用，他强调"结合中国革命斗争语境对其进行再'撰述'完全合理和必要"③。事实上，"学术问题只有在与中国现实的'文化革命'斗争息息相关之际，才能正当地进入瞿秋白的'撰述'视野"④，它大幅删减了原文的学术性信息，其中包括"对西方和苏联马恩文艺理论研究状况的概述"，"恩格斯与《城市姑娘》发行人维藉德莱及其翻译者爱赫哥夫讨论本书的书信"，"左拉文集的版本问题以及对左拉逸文的考证方面征引"，"左拉与包括屠格涅夫在内的一系列俄国作家的通信"，"拉法格著作的版本，手稿整理和保存情况以及拉法格文集的翻译情况"等学术价值很高的信息，均是采用"撰述"之法。⑤ 这方面，鲁迅却与瞿秋白大不相同。在 1928 年初开始的"革命文学"论争中，钱杏邨、李初梨、朱镜我、成仿吾等人猛烈攻击鲁迅，他们以马克思主义文学理论为思想武器，自诩为革命文学理论的掌握者，新术语、新概念在其所撰文章中不断出现。鲁迅为窥见马克思主义文学理论的真谛，"如鲁迅自己所承认的，他的激进的青年论敌们批评的惟一积极效果是'挤'他看了并翻译了一些马克思主义的文艺理论，使他

---

　　① 杨慧：《"现实"的诞生——再论瞿秋白对马克思主义文学理论的译介》，《中国现代文学研究丛刊》2008 年第 3 期。

　　② 同上。

　　③ 同上。

　　④ 同上。

　　⑤ 有关这方面的详细论述，参见杨慧《"现实"的诞生——再论瞿秋白对马克思主义文学理论的译介》，《中国现代文学研究丛刊》2008 年第 3 期。

有了一种新理论基础"①，以取得先进的思想武器，准确找出激进者们论点上的偏颇。他更为注重分辨真伪，主张"马克思主义的文艺理论，能够译得精确流畅，现在是最要紧的了"②，倡导引入西洋文法以改造不够精密的汉语文法，强调翻译的准确性，以"硬骨头精神"进行译介，即便"硬译"也在所不辞，视"信"为第一要求，宁可译文不顺畅，甚至艰涩难懂，也要保持原作面貌。在鲁迅这里，对待外国大师文本（主要是苏俄思想家）的谦恭态度和针对本国事物惯常的批评性思维，构成了对比鲜明的两极。总之，鲁迅"横着站"的怀疑主义精神、"同路人"的核心立场、相对较少的具体政治工作介入，使其援引外国先进思想与理论资源时，将译介的主要精力更多地放在求真、求准、求信方面，明显不同于瞿秋白翻译、撰述兼重与并举的做法。

瞿秋白对俄国马克思主义文学理论的撰述，力图做到大众化与中国化的统一，具有多方面的现实价值。同时，身处政治化的 20 世纪中国文学理论场域当中，深受苏联思想资源的直接影响，基于中国现代文学理论批评的外部研究倾向，瞿秋白对俄国马克思主义文学理论的"撰述"，对中国文坛后来的影响又是极为复杂的。

首先，在瞿秋白文艺大众化思路的总体框架下，"撰述"是快速实现马克思主义文学理论"大众化"的有效方法，它发挥着与理论翻译异曲同工的功能。"撰述"具有意识形态的引导、统率、象征功能，符合中国无产阶级争夺文化领导权的客观需求。依据此种思路，也就不难理解，借助撰述与翻译，"被瞿秋白接受译介了的，是马克思主义文学理论中体现出文学的阶级性、党性、意识形态性的那一部分，但这只是其中的一部分而不是全部。被瞿秋白所接受译介的部分，只是这一庞大体系的一角，而马克思主义文学理论中艺术审美和人的全面解放的关系、艺术生产和消费的辩证关系、艺术主体和客体的辩证关系、艺术语言的审美特征等十分重要的范畴和命题，由于和瞿秋白的接受图式相斥而被轻轻搁置"③。瞿秋白的主体选择发挥了关键作用，直接影响其内容、格局、结构的生成。

---

① ［美］李欧梵：《铁屋中的呐喊》，尹慧珉译，岳麓书社 1999 年版，第 163 页。

② 冯雪峰：《关于鲁迅和瞿秋白同志的友谊》，《忆秋白》编辑小组编：《忆秋白》，人民文学出版社 1981 年版，第 261 页。

③ 郗智毅：《中国马克思主义文艺理论传播史中的一次关键转折——评瞿秋白对马列文论的译介》，《河北大学学报》（哲学社会科学版）2007 年第 3 期。

其次,"撰述"在理论可信度、实践针对性这两大维度上同时发力,将"照着说"和"接着说"有效统一起来,是马克思主义文学理论中国化早期阶段的现实策略。一方面,"撰述"以作为"苏联先进经验"的俄国马克思主义文学理论为对象、外衣,是在此基础之上的编撰与叙述,从而确保其较高的理论可信度,使它快速获得相对权威性、某种合法性;另一方面,"撰述"以理论应用的中国文学理论界与中国革命现实为场域、观照,是在此语境之内的改写与适用,从而生成其较强的实践针对性,使它明显具有某种适应性、具体对策性。两者对接的过程,即马克思主义文学理论的中国化历程。只有前者,意味着对马克思主义文学理论的全盘接受、照搬照抄,主体缺席,这对应于马克思主义文学理论向中国传播的最初阶段;只有后者,意味着马克思主义文学理论的本土孕育、自生自长,缺少借鉴,这是一种对马克思主义文学理论的国粹式排斥。在瞿秋白的"撰述"中,以上两者处于相对"和合"、平衡、统一之中,体现了瞿秋白"既自信、尚不够自信"的马克思主义文学理论中国化的初级状态:既有外域理论资源的输入,强调借鉴一切先进经验,已经超越"公式的马克思主义者,只是对于马克思主义和中国革命开玩笑,在中国革命队伍中是没有他们的位置的"① 所处的初级阶段,但离马克思主义文学理论中国化的成熟形态、建构原创性较强的中国本土理论,还有一定距离,如在学术层面尚"很少考虑马克思主义哲学如何适用于中国"②;亦有着眼于现实社会的调整,关注理论运用的时空条件,开始致力于马克思主义文学理论的中国化,并且取得了一定成效,成功悟出"照抄别国的经验是要吃亏的,照抄是一定会上当的"③ 这一条重要的国际经验,已经初步生成建构中国化理论的自信心、判断力,正向着"将马克思主义的普遍真理和中国革命的具体实践完全地恰当地统一起来"④ 的理想状态前进。可以这么说,对于建构大众化与本土化并举的中国马克思主义文学理论,瞿秋白作为当时中共党内首席马克思主义文学理论家,他进行的这种撰述贡献巨大,涉及文艺的缘起、核心、特性,中国文艺的发展方向、载体、创作

---

① 《毛泽东选集》第 2 卷,人民出版社 1991 年版,第 707 页。

② Nick Knight, *Marxist Philosophy in China*:*From Qu Qiubai to Mao Zedong*,1923—1945,The Netherlands:Springer,2005,p. 223.

③ 《毛泽东文集》第 7 卷,人民出版社 1999 年版,第 64 页。

④ 《毛泽东选集》第 2 卷,人民出版社 1991 年版,第 707 页。

方法等各个方面，直接助益于现代中国马克思主义文学理论体系的初步构建。

三　语境的指涉性

在瞿秋白眼中，文学理论的译介、传播具有重大意义，必须"实行理论的思想的斗争，去反对一切反动派，直到托派。这种思想斗争，这种深刻的哲学、科学、文艺的理论的研究，必须完全和群众工作以及政治斗争联系起来，必须和研究现实的社会现象联系起来"①，故而他在《"现实"——马克斯主义文艺论文集》（以下简称《"现实"》）一书的后记中坦言，"不免略为关涉到中国文学界的现象，这是完全由编者负责的"②。此处所说的"关涉"，指他1932年编撰《"现实"》之际，与"自由人"胡秋原、"第三种人"苏汶等展开的激烈论战，它具体表现了瞿秋白与俄国马克思主义文学理论关系的语境指涉性特征。瞿秋白译介与传播俄国马克思主义文学理论时，语境的这种指涉性，不仅指涉作为理论输出国的俄苏社会语境，而且指涉作为理论输入者的中国社会语境；不但指涉俄国马克思主义文学理论自身的生成语境、效用语境、评价语境，同时指涉俄国马克思主义文学理论在中国的传播语境、接受语境、应用语境，具有动态性、应对性、多元性等明显特征，它要处理的是俄国马克思主义文学理论与中俄外部环境、译介传播、客观需要的关系，从中反映出瞿秋白与俄国马克思主义文学理论的关系具有复杂性、整体性、变化性等诸多特点。

一方面，瞿秋白根据当时中国的革命社会语境，富有策略性地引进适合需要的俄国马克思主义文学理论，并且非常注重对其进行改造，以便发挥更大的现实斗争作用。

马克思主义文学理论与意识形态、时代精神的紧密关联，社会政治层面的话语指向，现实性、革命性的基本品格，表明它"不是装饰品，不是学者书斋里的事业，而是救济社会、除却弊害、解放思想的武器"③，加上"马克思主义在中国，一开始便是作为指导当前行动的直接指南而被接受、理解和运用的"④，中国知识分子通过十月革命和列宁主义接受

① 《瞿秋白文集》（政治理论编）第7卷，人民出版社1991年版，第234页。
② 《瞿秋白文集》（文学编）第4卷，人民文学出版社1986年版，第226页。
③ 马驰：《艰难的革命：马克思主义美学在中国》，《山东社会科学》2007年第5期。
④ 李泽厚：《中国现代思想史论》，三联书店2008年版，第151页。

马克思主义，"这不但直接决定了他们对中国现实斗争道路的选择（不走社会民主党的和平道路，而走俄国布尔什维克的暴力革命道路），而且也决定了他们所接受和理解的唯物史观，总是与激烈的阶级斗争紧密连在一起"①，它们共同催生了瞿秋白引进俄国马克思主义文学理论的语境指涉性特征。自 20 世纪 20 年代后期肇始，到 20 世纪 40 年代中后期基本结束，以"革命文学"论争、"文艺大众化"和"民族形式"讨论、"两个口号"的争论、《在延安文艺座谈会上的讲话》等为标志，中国共产党以思想整合为核心，通过制定文艺政策、强化组织领导、进行舆论调控等多种手段的综合运用，致力于争夺无产阶级的文化领导权。瞿秋白译介传播俄国马克思主义文学理论的 20 世纪 20 年代中后期至 20 世纪 30 年代中期，"资产阶级、小资产阶级趣味的文学、御用的民族主义文学、革命文学的小资产阶级狂热病和幼稚病等现象的存在，阻碍了对文化/意识形态领导权的争夺"②，通过援引俄国马克思主义文学理论、对接中国语境，瞿秋白综合运用"推行现实主义的创作方法"，"倡导文艺大众化"，"正确评价鲁迅，树立革命文学的典范"等多种策略，初步实现了意识形态的整合。③ 瞿秋白"在三十年代初曾提出一系列批评的问题，试图解决在不是西方的中国环境中怎样运用和发展、修正这些来自西方的观念，以适应中国的特殊需要"④。瞿秋白的这种思考具有突出的前沿性、原创性、针对性，集中体现了其敏锐眼光、全局视野、政治智慧。事实上，瞿秋白"首先关注的是战线而并非文艺，其内在逻辑自然就是现实政治革命"⑤，这是瞿秋白选择、接受、运用俄国马克思主义文学理论资源的贯穿主线和基本立场，放大到整个中国现代文学理论视域而论之，可以这么说，它吻合"中国现代文学批评在其发生中并非没有矛盾。原因在于它的发生不完全出于文学建设的需要，同时，它的发生，更多地出于文化政治革新的

---

① 李泽厚：《中国现代思想史论》，三联书店 2008 年版，第 154 页。
② 张亚骥：《瞿秋白策略性文论的建构》，《社会科学论坛》（学术研究卷）2009 年第 8 期。
③ 同上。
④ ［美］保罗·皮柯维支：《马克思主义文学思想与中国》，尹慧珉译，中国社会科学院文学研究所国外中国学（文学）研究组编：《国外中国文学研究论丛》（中国现代文学专辑），中国文联出版公司 1985 年版，第 44 页。
⑤ 傅修海：《语言乌托邦里的革命激情——瞿秋白"文腔革命"论的当下析解》，《湘潭大学学报》2011 年第 2 期。

需要"① 的基本规律。瞿秋白以"只有实际生活中可以学习，只有实际生活能教训人，只有实际生活能产生社会思想"② 的感慨方式，诠释了外域经验中国语境化的重要性。

另一方面，瞿秋白不仅熟谙俄国马克思主义文学理论的生成语境、实际效用，而且密切关注俄苏文坛、理论界、政治界的最新动向，以便迅速了解与准确掌握俄国马克思主义文学理论各种具体资源的评价语境，灵活采用消息报道、理论阐释、思想溯源等多种形式，在中国语境框架之内作出了适当调整。

注重俄苏语境与中国语境的对接、调整、应对，上述这种语境的指涉性特征，直接反映在瞿秋白对高尔基、普列汉诺夫文学理论、拉普文学理论等的评价上③，亦生动体现于瞿秋白与托洛茨基文学理论的关系上。列夫·托洛茨基（1879—1940），俄国著名的革命家、理论家、思想家、外交家，曾经领导 1905 年俄国革命和十月革命，一度担任外交人民委员、军事人民委员、最高革命军事委员会主席，亲手缔造了苏联红军，并且亲率这支军队粉碎了白军叛乱和外国干涉，拯救了新生的苏维埃共和国，代表苏联与德国签订停战协定，在内战后的经济恢复建设中，他也发挥了重大作用。托洛茨基在苏维埃俄国的声望曾经仅次于列宁，他与列宁的肖像一度长期并排悬挂。列宁逝世后，托洛茨基逐渐陷入和斯大林、加米涅夫及其他人的内部冲突，在残酷的政治斗争中，托洛茨基被斯大林等人打倒，流亡国外，1940 年被斯大林派人在墨西哥暗杀，托洛茨基著有《被背叛的革命》、自传《我的生涯》等著作，流传甚广。托洛茨基的文学主张富于辩证思考，闪烁着智慧火花。英国著名文学批评家 F. R. 利维斯赞称托洛茨基为"这位智力吓人的马克思主义者"。英国著名左翼批评家特里·伊格尔顿同样高度评价托洛茨基的文学主张及其文学理论代表作《文学与革命》，称其"既对革命后非马克思主义艺术抱着富有想象力的开放态度，又锐利地批评了这种艺术的盲点与局限，并把这两个方面巧妙地结合起来"，"《文学与革命》结合了马克思主义的原则性与灵活性，又

---

① 刘锋杰：《中国现代六大批评家》，北京大学出版社 2005 年版，第 31 页。
② 《瞿秋白文集》（文学编）第 1 卷，人民文学出版社 1985 年版，第 93 页。
③ 相关详细论述，参见本书的第 2 章第 2、3、4 节。

有感觉灵敏的实际批评，是一部使非马克思主义的批评家感到不安的著作"①，强调托洛茨基认为文艺创作"是根据艺术的特殊规律，对于现实的偏斜、变化和改造"②的观点有效修正了视文艺为反映的简单化倾向。托洛茨基文学理论的地位、价值和影响，可见一斑。

受苏联评价托洛茨基的直接影响，瞿秋白对托洛茨基及其政治理论的评价，同样可以分为前后两个时期：前期高度肯定，后期完全否定。瞿秋白早期著作《赤都心史》曾经多次提到托洛茨基，其高大形象丝毫不逊色于列宁。1921 年 7 月 6 日，瞿秋白撰写《列宁托洛茨基》一文，形象地描绘道："丰采奕奕的杜氏，演说辞以流利的德语，延长到三小时余……说话时眉宇昂爽，流利倜傥……他说得兴高采烈的时候，手里一枝短铅笔，因他指划舞弄，突然失手飞去，大家都哄然笑起来了。"③ 1921 年 11 月 8 日，《赤色十月》一文中记叙，"列宁末后几句话，葬在热烈的掌声中。还没来得及静下，演坛上突然又出现杜洛次基的伟影"，"全场震动天地的回应声浪四散"。④ 此时的瞿秋白视托洛茨基为与列宁并列的革命领袖，评价很高。1923 年 11 月 15 日，瞿秋白撰写了介绍苏俄文学情况的《艺术与人生》一文，他依据托洛茨基《文学与革命》第八章"革命的艺术与社会主义艺术"的相关内容，介绍了在克留耶夫与马雅可夫斯基的论争中，"那'轻裘缓带'的杜洛茨基也就——不是投笔从戎，而是'投戎从笔'的——出马参战"⑤。同时引用托洛茨基肯定马雅可夫斯基的两段言论，强调"将来并技术与自然之'对立'而消灭之；艺术的综合的人生观将广泛至于无涯"⑥，生动传神地摹写了托洛茨基对马雅可夫斯基的推崇，间接反映了当时的瞿秋白认可托洛茨基的文学观及其著名革命家和文学批评家的身份。随后，苏联的风潮发生骤变，瞿秋白对托洛茨基的评价也随之改变。1923 年 12 月，俄共党内"斯大林派"开始批斗"托洛茨基派"。可能缘于格局尚不明朗、消息传入国内的滞后性，1924 年 6 月出版的瞿秋白《赤都心史》中，仍有"列宁托洛茨基""赤

---

① ［英］特里·伊格尔顿：《马克思主义与文学批评》，文宝译，人民文学出版社 1980 年版，第 47—48 页。

② 同上书，第 56 页。

③ 《瞿秋白文集》（文学编）第 1 卷，人民文学出版社 1985 年版，第 161—162 页。

④ 同上书，第 204 页。

⑤ 同上书，第 307 页。

⑥ 同上书，第 308 页。

色十月"等内容，8 月他发表了《艺术与人生》一文，尚有多处引用托洛茨基言论，可见，1924 年的瞿秋白并没有明确否定托洛茨基。

1925 年 1 月，托洛茨基被免去军事人民委员职务，同年 4 月，斯大林派的胜利已经成为定局。1925 年 1 月，中国共产党第四次全国代表大会决议及宣言中指出，"中国共产党第四次大会，看着欧美反动潮流，对于世界无产阶级非常危险，认托洛茨基最近言论上的态度，反对俄国共产党之布尔塞维克的中央委员会及第三国际的领袖，实际上可以受世界共产主义运动之仇敌所利用。中国共产党大会对于俄国共产党领袖所解释之托洛茨基主义亦为投机主义之一派，完全同意；并且希望托洛茨基同志改正自己的错误而完全承受列宁主义，以后不再继续其一九一七年以前与布尔塞维克主义相异之理论的宣传，对于列宁主义为修正之尝试。中国共产党大会恭贺共产国际及列宁派之俄国共产党中央委员会"①，同意以斯大林为首的俄共（布）中央委员会对托洛茨基的态度与做法，可以说，中国共产党的这一反应是非常迅速的。1925 年 2 月，瞿秋白发表《列宁主义与杜洛茨基主义》一文，借中国革命路线问题批判托洛茨基的农民政策，指出列宁主义与托洛茨基主义的区别，将托洛茨基主义界定为"少数主义""机会主义"。另外，瞿秋白还撰写过、但未发表的《列宁主义克服托洛茨基主义》一文，详细梳理前者与后者及其具体阵营作斗争的过程，同时，围绕中国革命路线问题批判了托洛茨基的农民政策。可见，当时俄共党内斗争的动向与趋势，使他改变了对托洛茨基的固有看法，但瞿秋白的可贵之处在于，他对托洛茨基的责难，并非先验式批判，而是围绕中国革命路线问题进行的合乎逻辑的论证。②

1931 年 11 月，瞿秋白在《布尔什维克》第 4 卷第 6 期上，发表了论文《托洛茨基派和国民党》，批判托洛茨基式"陈独秀派"的革命消沉论，不过，非常滑稽的是，1935 年瞿秋白被捕后，陈立夫、徐恩曾等商量的劝降计划中，除了包括称颂瞿秋白"俄文程度在中国是数一数二的"、请他在南京主持编译室（可以担任大学教授，也可以化名做编译工作）之外，竟然还有恳请瞿秋白负责翻译托洛茨基的书刊［翻译托洛茨

---

① 《共产国际与中国资料选辑》（一九二五～一九二七），人民出版社 1985 年版，第 2 页。
② ［日］长堀佑造：《试论鲁迅托洛茨基观的转变——鲁迅与瞿秋白》，王士花译，《鲁迅研究月刊》1996 年第 3 期。

基最近批判联共（布）的著作］等具体内容，瞿秋白严词拒绝道，"我对俄文固然懂得一些，译一点高尔基等文学作品，自己觉得还可以胜任。如果译托洛茨基反对联共的著作就狗屁不通了！我与托匪毫无共同语言，他的谬论，我看也看不下去，那里说得上翻译呢"，表示"情愿作一个不识时务的笨拙的人，不愿作个出卖灵魂的识时务者"，此时瞿秋白对托洛茨基其人、其思想的批判态度，可见一斑。

1932 年 6 月，在《中学生》杂志第 25 期上，瞿秋白发表《托洛茨基》一文，批判托洛茨基的英雄史观。其后，中国不断掀起"反托派"浪潮，1931 年前后，瞿秋白甚至也被王明等诬陷为"半托洛茨基分子"，历史开了个令人哭笑不得的"玩笑"，但此时瞿秋白对托洛茨基的批判态度却是坚定的，这一看法在文学理论、文学翻译这两个领域都有所体现。例如，在《苏联文学的新阶段》一文中，瞿秋白指出，"否认艺术上有价值的普洛文学有造成的可能，这是托洛茨基的孟塞维克的文学观"①。在他看来，"托洛茨基"与"孟什维克"式修正主义，其含义具有内通性；在《并非浪费的论争》一文中，他说胡秋原"最气我曾说过他是社会民主主义派托罗茨基派的文艺理论家"，称托洛茨基为"去过势的马克思主义的文艺理论"②，托洛茨基的文学理论价值不大。在瞿秋白看来，对应"不断革命理论""社会主义不能在一个国家获胜"理论，托洛茨基提出的"无产阶级在社会主义过渡时期不可能也不必要建立无产阶级文艺"文学论断，在苏联、在中国都同样难以成立和不被接受。

再如，瞿秋白翻译别德纳依《没工夫唾骂》一诗也可以看出瞿氏态度之坚定。作为布尔什维克诗人的别德纳依，擅长写作政治寓意诗，托洛茨基曾经在《文学与革命》中高度肯定其为"真正"诗人，但在斯大林的独裁统治下，别德纳依后来蜕变为斯大林的"御用诗人"。托洛茨基流放国外的第二年，即 1930 年 3 月 14 日，别德纳依摘取 1929 年出版的托洛茨基自传《我的生涯》中的某些片断，在《真理报》发表了《没工夫唾骂》一诗，斥骂托洛茨基自诩为英雄，冠之以"那样的阴谋家""惯写匿名信的文学家"，批判他的"不间断革命理论"，以及脱离群众、个人英雄主义。此时的斯大林为谋求党内领导权，急切渴望清除对托洛茨基的

① 《瞿秋白文集》（文学编）第 2 卷，人民文学出版社 1986 年版，第 288 页。
② 《瞿秋白文集》（文学编）第 3 卷，人民文学出版社 1989 年版，第 88—89 页。

"个人崇拜",这首诗正合其意,因而受到高度赞扬。1932年8月,瞿秋白翻译了这首长诗,同年10月15日,发表在《文学月报》第1卷第3期上,在该篇译作的注释中,瞿秋白戏称托洛茨基为吹牛皮大家"蒙赫豪任"男爵、"不断领袖",披露托洛茨基在他自传中的狂妄语录"十月革命是他的创造"。瞿秋白此举明显隐含他对托洛茨基的批判态度,其做法的直接源头便是苏联官方对托洛茨基的批判与贬低。总之,瞿秋白对托洛茨基文学理论的评价,前褒后贬,反差很大。缘于政治视野的苏联官方评价决定了一切,这已经不再是一个单纯的文学理论接受与估量问题,从中可以窥见20世纪中国文学与政治的复杂关系,亦反映了译介与传播俄国马克思主义文学理论时,瞿秋白对俄苏语境、中国语境的双重指涉性。

正是基于语境的指涉性,在对待普列汉诺夫的态度上,瞿秋白与鲁迅、冯雪峰的差异很大。虽然,如果可以说鲁迅有如左联这支大军的统帅,那么瞿秋白就像把握其方向的政治委员,且二者披肝沥胆、友谊深厚而至"人生得一知己足矣,斯世当以同怀视之"的程度。1980年茅盾曾赋《赠丁景唐》诗,其中有两句"左翼文台两领导,瞿霜鲁迅各千秋",对他们的友谊、贡献表示称颂,但是,二者对普列汉诺夫及其思想的认识却大相径庭。

首先是翻译方面的差异。在翻译对象上,"鲁迅译的《艺术论》以原始民族艺术作为唯物史观的艺术学之例证,用唯物史观考察艺术的发展;而瞿秋白译的一些文章和作为《艺术论》附录的《论文集(二十年间)第三版序》主要是具有示范性的马克思主义文学批评及见解"。[①]鲁迅、冯雪峰翻译的普列汉诺夫《艺术论》《艺术与社会生活》,致力于艺术起源、艺术作用等方面的学术探讨;瞿秋白翻译的《易卜生的成功》《别林斯基的百年纪念》《唯物史观的艺术论》,更多强调文学研究的马克思主义方法。相对而言,"鲁迅注重翻译那些探讨文艺规律的理论,而瞿秋白偏重那些讨论文艺理论正确与否的辩驳"[②]。鲁迅强调普列汉诺夫文艺思想的唯物主义性质(尽管列宁、卢那察尔斯基曾批评其为"违反布尔什维克主义""客观主义",指出其受康德学说的影响),而对于"普列汉诺

---

① 李今:《三四十年代苏俄汉译文学论》,人民文学出版社2006年版,第6页。
② 顾震宇:《瞿秋白的文艺探索与苏俄左翼思潮的关系》,硕士学位论文,首都师范大学,2007年,第18页。

夫这些变化着的而且互相矛盾的态度来自他哲学前提中同样的‘内在悖论’，这一点鲁迅似乎完全不了解，只是爱好这位他认为是正统的马克思主义者的艺术和阶级性、历史制约艺术、艺术的功利的社会功能等等教义"①。在援用马克思主义文艺理论进行现实的文艺论战这一点上，瞿秋白比鲁迅兴趣更浓、目的更明确、强调更多，走得要远很多。在翻译接受上，鲁迅设定的目标读者是"有志于革命文艺创作和批评的作家，最起码也是有志于此的青年，而不在于普及大众"②；瞿秋白最为看重的，恰好是理论的大众化、普及化，注重发挥其宣传、鼓动、感染价值。在翻译目的上，以笔墨致力于"文明批评"和"社会批评"的鲁迅，始终以文学家的身份、立场、眼光，担负现实斗争和社会改革的责任。因此，对于鲁迅译介的马克思主义文学理论，不宜过分强调其无产阶级政治活动性质，不可混淆学术与政治的界限，应当视其为学术行为。③　与之不同，瞿秋白"把俄国资源上升为中国的指导性资源，从而更注重不是文艺理论本身的探讨，而是文艺理论对中国社会开创俄国那种现代化道路的作用"④。服务政治、助益革命的追求，远远多于文学理论学科建设的考量。

　　其次是评价方面的差异。鲁迅对于普列汉诺夫所作的评价，主要比照列宁进行，其核心思想为，列宁是政治实践家，普列汉诺夫是思想理论家，二者存在许多不同之处。虽然"蒲力汗诺夫是于列宁的强处，有着弱处的"⑤，其政治实践才能无法同列宁相提并论，但普列汉诺夫"所擅长的是理论方面，对于敌人，便担当了哲学底论战。列宁却从最先的著作以来，即专心于社会政治底问题，党和劳动阶级的组织的"⑥，各有其用，"蒲力汗诺夫不但本身成了伟大的思想家，并且也作了俄国的马克斯主义者的先驱和觉醒了的劳动者的教师和指导者了"⑦，在俄国革命的现实实践中，普列汉诺夫理论亦发挥了巨大功用。鲁迅认为，一方面，在政治实

---

①　[美]李欧梵:《铁屋中的呐喊》，尹慧珉译，岳麓书社1999年版，第185页。

②　李今:《三四十年代苏俄汉译文学论》，人民文学出版社2006年版，第17页。

③　柳传堆:《学术视角下的译介实践——评冯雪峰对马克思主义文艺理论的译介工作》，《三明学院学报》2005年第3期。

④　顾震宇:《瞿秋白的文艺探索与苏俄左翼思潮的关系》，硕士学位论文，首都师范大学，2007年，第17页。

⑤　《鲁迅全集》第4卷，人民文学出版社2005年版，第267页。

⑥　同上书，第262页。

⑦　同上书，第261页。

践领域，普列汉诺夫有过动摇，他坦言"蒲力汗诺夫对于无产阶级的殊勋，最多是在所发表的理论的文字，他本身的政治底意见，却不免常有动摇的"①，的确犯过不少"政治错误"，他是"俄国社会主义的先进，社会主义劳动党的同人，日俄战事起，党遂分裂为多数少数两派，他即成了少数派的指导者，对抗列宁，终于死在失意和嘲笑里了"②，政治命运与现实归宿实在令人叹息。另一方面，在理论研究领域，普列汉诺夫贡献巨大，不应该抹杀其价值。鲁迅强调，"我们毫不迟疑，将蒲力汗诺夫算进俄国劳动者阶级的，不，国际劳动者阶级的最大的恩师们里面去"③，普列汉诺夫的理论对于俄国工农运动的高涨，是有过贡献的，他"使俄国的劳动者和智识阶级，确实明白马克斯主义是人类思索的全史的最高的科学底完成，蒲力汗诺夫是与有力量的。惟蒲力汗诺夫的种种理论上的研究，在他的观念形态的遗产里，无疑地是最为贵重的东西"④，不可忽视这一点。在鲁迅看来，这种理论建树表现在文艺领域，则是"蒲力汗诺夫也给马克斯主义艺术理论放下了基础。他的艺术论虽然还未能俨然成一个体系，但所遗留的含有方法和成果的著作，却不只作为后人研究的对象，也不愧称为建立马克斯主义艺术理论，社会学底美学的古典底文献的了"⑤，在马克思主义文学理论发展史上，普列汉诺夫具有开拓性的重要价值，"在治文艺的人尤当注意的，是他又是用马克斯主义的锄锹，掘通了文艺领域的第一个"⑥，不应该否定其所做工作的巨大价值。鲁迅"作为一位从事文学的知识分子而非政治活动家，鲁迅执着地关心的，主要是文学与革命的理论问题以及在政治承担的框架以内确定自己生命'存在'的意义的问题，而不是革命的策略问题"⑦，与之完全不同，瞿秋白从文艺与政治功利、阶级本位、哲学观念等关系维度，围绕客观主义、象形论、智识本位、笼统主义、不充分的辩证法等论题，深入批判了普列汉诺夫文学理论，对其否定远多于肯定。⑧ 相对而言，瞿秋白对于普列汉诺夫

---

① 《鲁迅全集》第4卷，人民文学出版社2005年版，第261页。
② 《鲁迅全集》第10卷，人民文学出版社2005年版，第347页。
③ 《鲁迅全集》第4卷，人民文学出版社2005年版，第264页。
④ 同上书，第267页。
⑤ 同上书，第267页。
⑥ 《鲁迅全集》第10卷，人民文学出版社2005年版，第347页。
⑦ ［美］李欧梵：《铁屋中的呐喊》，尹慧珉译，岳麓书社1999年版，第156页。
⑧ 相关详细论述，参见本书的第2章第3节。

文学理论的评价，则更多反映出其对于俄苏语境的指涉：20 世纪 30 年代苏联开始的意识形态整顿中，普列汉诺夫被严重贬低；在后期拉普等苏联流行的文艺风潮中，受德波林、米丁等人的严厉批评，普列汉诺夫文学理论的正统地位被彻底颠覆；在苏联官方"神化"高尔基的过程中，普列汉诺夫曾经对高尔基及其作品采取的冷淡态度、贬低做法等被无限放大，普列汉诺夫的文学眼光被公开怀疑。上述这种语境指涉，直接生成了瞿秋白对普列汉诺夫文学理论的评价立场。

由上可见，在瞿秋白与俄国马克思主义文学理论的关系上，瞿秋白综合运用前文所论的直接翻译与灵活撰述等文本手段，加上其丰富的语境指涉性，它走的是一条"理论资源"与"现实语境"对接的路子：既重视作为思想资源的俄国马克思主义文学理论本身的先进性、科学性、正确性，亦强调其评价语境、应用语境的变迁性、指导性、适用性，试图在二者之间求得一种平衡式的"和谐"对接。然而，面对俄国马克思主义文学理论，瞿秋白的这种语境指涉，更多地侧重于从现实政治层面而非学术思想视域，去把握理论、界定问题、评判现象，相对缺乏以深入的学术研究为基础的独立审视，阶段性的现实逻辑、动态式的政治倾向居于主导地位，往往使这种对接难以真正两全，极易生出影响与接受、紧随与自创的二元对立式焦虑，这体现了瞿秋白作为政治家的理论家和作为文学家的理论家之间的矛盾，亦反映出马克思主义文学理论中国化的艰巨性、曲折性，还与瞿秋白"半政治家""半知识分子"的特殊身份及其分裂有关。

在瞿秋白短暂一生的大部分岁月里，一直饱受肺病的折磨，早在 1916 年瞿秋白在湖北黄陂就发现染上了肺病，1919 年爆发五四运动时他的肺部病情加重并出现咯血，1921 年抵达莫斯科后因经常吐血、医生说其"一叶肺已烂"而不得不住进高山疗养院，1925 年五卅运动发生后"肺结核的发展曾经在 1926 年走到非常危险的阶段"，1931 年被王明集团排斥后"病危几死"……不仅是革命与健康的矛盾冲突严重，更要命的是，瞿秋白置处政治家与文学家的身份旋涡中难以脱身，"勉强做着政治工作——正因为勉强，所以也永久做不好，手里做着这个，心里想着那个"①，"这个"即"政治工作"，"那个"即"文艺工作"，始终未能妥善处理文学与革命的关系，曾经 28 岁时便短暂主持中央工作、担任中共中

---

① 《瞿秋白文集》（政治理论编）第 7 卷，人民出版社 1991 年版，第 694 页。

央政治局常委等重要政治职务，回忆自己人生时却说"不要以为我以前写的东西是代表什么什么主义的"①，坦言"对于政治，从一九二七年起就逐渐减少兴趣，到最近一年——在瑞金的一年，实在完全没有兴趣了"②，试图避开、甚至抹掉自己长期扮演的政治角色，即便是在 1925 年左右，亦发出"虽然我当时对政治问题还有相当的兴趣，可是有时也会怀念着文艺而'怅然若失'的"③ 这样的感慨，理想性与现实性，交织心灵、身体的焦虑与衰弱，外在理论与内在心性，启示他人与点拨自我，现实世界与精神体验，总是处于矛盾与纷争之中。

笔者以为，这是比瞿秋白英年早逝更令人惋惜的悲剧，也是根本性的悲剧。瞿秋白曾经这样描述他政治上的疲倦感、无力的掌控感，"一只赢弱的马拖着几千斤的辎重车，走上了险峻的山坡，一步步的往上爬，要往后退是不可能，要再往前是实在不能胜任了。我在负责政治领导的时候，就是这样的一种感觉。欲罢不能的疲劳使我永久感觉一种无可形容的重厌（压）。精神上政治的倦怠，使我渴望'甜密（蜜）的'休息，以致于脑经麻木停止一切种种思想"。④ 又曾用"戏子"一词来剖析、总结自己"大学教授""政治家"的角色扮演，忘记自己在不经意之间已经完全成为"剧中人"，"每天盼望着散会，盼望同我谈政治的朋友走开，让我卸下戏装，还我本来面目——躺在床上去极疲乏的念着回'家'去罢"⑤。然而，陷入政坛十多载，"已忍伶俜十年事"，"廿载浮沉万事空，年华似水水流东，枉抛心力作英雄"，"徒然抱着对文艺的爱好和怀念，起先是自己的头脑，和身体被'外物'所占领了，后来是非常的疲乏笼罩了我三四年，始终没有在文艺方面认真的用力"⑥，文学田园将芜恐难归，他难以回"家"，文学的慰藉作用难以发挥，始终要肩负具体的政治工作，常常卷入政治旋涡中，难以自拔。

1931—1934 年，瞿秋白被迫离开中央领导岗位、同鲁迅在上海实际领导左翼文化运动，为革命文学事业做了大量的奠基性工作。这本是瞿秋

---

① 《瞿秋白文集》（政治理论编）第 7 卷，人民出版社 1991 年版，第 694 页。
② 同上书，第 699 页。
③ 同上书，第 697 页。
④ 同上书，第 700 页。
⑤ 同上书，第 715 页。
⑥ 同上书，第 718 页。

白重返文学阵地、建设文学家园的好机会，然而，其左翼文化运动领导者的身份、强烈的马克思主义理论家角色意识、中国共产党争取文化领导权的意识形态整合意图，加上 20 世纪 30 年代的中国文坛盛行"阶级论"外部研究方法、社会科学化思维，生成了瞿秋白文艺思想"强调文艺在革命斗争中的宣传、教育、团结、揭露功能，以革命为中心、以大众为本位、以反帝反封和救亡图存为主题、强调文学外部规律研究"① 的基本品格，并具体反映在推崇高尔基、批判普列汉诺夫、高度评价鲁迅、批评胡秋原、评价茅盾《子夜》、批评华汉《地泉》三部曲等文艺活动和工作当中。文学的阶级性、社会性、集体性、内容性，更为瞿秋白所看重，文学的审美性、自为性、私人性、形式性则相对被轻视乃至遮蔽，文学俨然成为政治主张、革命方针、宣传手段的附属品、利用物，政治压倒文学，革命统领审美，在当时也就成为理所当然的主导观念与惯常选择。经由对左翼文艺作品的共鸣性阅读，当时中国人身上常见的"政治焦虑"以审美方式被成功"置换"。一位叫大卫·威拉德·莱昂的外国人曾经调查过当时中国人的读书习惯，他统计了 1934 年北京图书馆借阅最多的外国作品译本后发现，奥格涅夫《一本共产党学生的日记》、柯伦太夫人《赤恋》、革拉特柯夫《土敏土》以及伊凡诺夫和皮涅克的作品最受欢迎，尽管这些苏联作家的大部分作品已被查禁，当时只能在朋友间偷偷传阅一些残旧的本子，但它丝毫不影响其被追捧的程度。② 这种阅读偏爱无疑反映了当时读者对政治的关心和具体的政治价值取向。面对俄国马克思主义文学理论，作为"文人政治家"③ 的瞿秋白，其对象选择、编撰策略、语境指涉也就必然打上这些烙印，从中生动展现了马克思主义或者说激进主义话语的诠释风格，倾向性突出，指向性明确。

然而，当我们试图进入瞿秋白的内心世界来加以审视时，这个问题则变得更为复杂，因为瞿秋白不仅强调文学的革命功利、社会价值，也看重文学的审美之维、形式属性。在他看来，文学关联却相异于政治，文学拥

---

① 刘中望：《历史语境与思想旨趣——毛泽东与瞿秋白文艺理论比较研究》，《东北师大学报》（哲学社会科学版）2010 年第 3 期。

② ［美］尼姆·威尔斯：《活的中国·附录一：现代中国文学运动》，《新文学史料》1978 年第 1 期。

③ 张亚骥：《瞿秋白的文艺思想与文化领导权》，博士学位论文，苏州大学，2010 年，第 11—12 页。

有"博弈"政治的自主性力量。对于其中的况味,瞿秋白曾做这样的反思:通过"学着比较精细的考察人物,领会一切'现象'",重新阅读一些中国和西欧的文学名著,发现"从这些著作中间,可以相当亲切的了解人生和社会,了解各种不同的个性,而不是笼统的'好人'、'坏人',或是'官僚'、'平民'、'工人'、'富农'等等。摆在你面前的是有血有肉有个性的人,虽则这些人都在一定的生产关系、一定的阶级之中"①。文学审美不同于阶级归属、宣传指向、伦理判断、"图解"社会科学,文学世界是一个丰富多彩、复杂多样的审美世界。再进一步,如果忘却功利、舍弃沉重,瞿秋白每每幻想着"我愿意到随便一个小市镇上去当一个教员,并不是为着发展什么教育,只不过求得一口饱饭罢了,在余的时候,读读自己所爱读的书,文艺、小说、诗词、歌曲之类,这不是很逍遥的吗"②,文学之梦便可轻松实现,直抵审美境界是很容易做到的事。然而,历史不允许假设,这是瞿秋白所难以奢望的。当时的环境氛围、角色扮演、外部要求不得不迫使瞿秋白承载更多使命,即便革命文学的所谓本质"现实"很可能只是一种合政治目的性的话语构造物,左翼文学的"主义话语""政策话语"也要求他带着特殊眼光去审视文艺。可见,任何人都难以超越其所处的历史阶段、身份担当,瞿秋白与俄国马克思主义文学理论发生关系亦然,从中反映了作为个体生命的瞿秋白其思想的独特性、丰富性、细腻性,这一点也可以从他与沈泽民的比较中鲜明看出。

同样出生于 1900 年前后的沈泽民,虽然读中学时"数学、物理、化学在全校算是最好的",大学就读于南京河海工程专门学校,但日渐舍弃"实业救国"理想、倾心于政治和文学并对马克思主义产生了浓厚兴趣,并且译介《俄国的批评文学》《俄国的农民歌》等许多十月革命爆发后几年的苏联文学作品,20 世纪 20 年代初曾与兄长沈雁冰(茅盾)合译、发表《新俄艺术的趋势》《赤俄诗坛》两篇文章。正是缘于这种对文艺日益浓厚的兴趣,沈泽民大学期间毅然辍学,1920 年 7 月与好友张闻天东渡日本,"是为了掌握日文以便研究社会主义",东京留学期间遇田汉等人,更加深刻地意识到中国革命必须效仿苏俄才能取得成功。1921 年初回国后,在主持、参加中国社会主义青年团工作的同时,于 1923 年前后,沈

① 《瞿秋白文集》(政治理论编)第 7 卷,人民出版社 1991 年版,第 717—718 页。
② 同上书,第 702 页。

泽民还撰写了《我们需要怎样的文艺》《文学与革命的文学》等影响巨大的文章，坚持"生活的反映"的文艺唯物论，强调"诗人若不是一个革命家，他决不能凭空创造出革命的文学来"，号召青年作家"不要望空徘徊！起来，为了民众的缘故，为了文艺的缘故，走到无产阶级里面去"，传播马克思主义文学主张，推动无产阶级革命文学运动。1926 年，沈泽民进入苏联中山大学和莫斯科红色教授学院学习、工作近 5 年，回国后曾任中共中央宣传部部长、鄂豫皖中央分局委员、鄂豫皖省委书记等职。不仅如此，他们的相似性和联系还表现在，瞿秋白曾赠沈泽民一块怀表以示纪念，并亲自担任"国立沈泽民苏维埃大学"校长以表怀念；两人从小均深受母亲人文启蒙教育的影响；创办或参与《热血日报》的编辑工作，批判李立三的冒险主义错误，评论茅盾小说《幻灭》；都长期患有肺病，英年早逝，等等。沈泽民的文学活动成效明显，《沈泽民文集》收录其文学著述、译文达 34.7 万字，《中国新文学大系·史料索引集》为数不多的《作家小传》中同时载录沈雁冰、沈泽民二人名字，便是这方面的一些力证，但两人最大的区别在于，沈泽民虽然也行走在文学和革命的双行线上，但并没有感受到文艺与政治的直接冲突，其临终遗言"一定要以万死的精神，实现党的斗争方针的转变，去争取革命胜利"，反思的是革命策略，并未涉及人生理想与现实选择的激烈冲突，在这一点上，显然迥异于瞿秋白。

文艺研究的范式体系中，"政治—艺术"模式强调从政治角度切入文艺研究，"艺术—政治"模式注重从艺术角度融入政治研究，二者明显不同。基于政治身份、心性呈现、思想时空等方面的差异，在人生的不同阶段，瞿秋白交替使用这两种模式，很难说以哪种为主、哪种为辅，这是作为理论家的瞿秋白最为特别之处，表现了他强烈的历史使命感和强大的理论创造力，然而这正是其焦虑产生的根源。比较庆幸的是，缘于瞿秋白丰富的理论储备、当时中苏关系的稳定态势、瞿秋白"政治与文学相统一"[①] 的文学理论观、俄苏思想资源输入的相对强势、瞿秋白深谙文艺规律等多种因素，在他身上，这种焦虑尚不突出，其对接仍以平稳、顺畅、和谐的方式进行，但到周扬那里，此种冲突则表现得极为明显，源于苏联文艺政策的变化，1933 年 9 月和 11 月周扬分别撰文，前者推崇、后者否

---

①　艾晓明：《中国左翼文学思潮探源》，北京大学出版社 2007 年版，第 157 页。

定拉普所倡导的"辩证唯物主义创作方法",便是这方面的典型例证。在文艺与政治的关系维度之内,对应于鲁迅坚守的"艺术—政治"模式,周扬践行着"政治—艺术"模式。1946 年,他曾在《表现新的群众的时代》一书的前记中这样说,"我努力使自己做毛泽东文艺思想、文艺政策之宣传者、解说者、应用者",文艺实践证明,周扬确实也成了毛泽东文艺思想、文艺政策的权威阐释者、执行者、捍卫者,在他那里,文艺领域的"政治权力"与"知识分子"得以空前结合。与之关联,周扬对俄苏文论的译介、传播、接受①,在当时更多的是理论动态与文艺政策、国际左翼文学②的最新动向与重要决议的介绍,他以强烈的政治敏感为准绳,极力做到"援用资源"与"本土适用"的对接,强调"苏联文艺界现在当然不同了。他们已经产生了反映社会主义的伟大时代的艺术作品,而且为目前的爱国自卫战争作了有效的光荣的服务。他们已无愧于斯大林所给予他们的'灵魂工程师'的称号。比起人家来,我们是惭愧的。新民主主义的伟大时代也应当产生它的伟大的作品,而且我相信,只要有了正确的方向和坚持的努力,一定会产生伟大的作品,我们急起直追吧,毛泽东同志的《在延安文艺座谈会上的讲话》就是对于我们的一个有力的鞭策和号召"③。然而,事与愿违的却是,周扬当时处于紧跟苏联文艺变化与国际左翼文学"影响的焦虑"之中,难以适从,并因此受到很多人的诟病,周扬有自己的考量和苦衷,马克思主义文学理论中国化显然是一个长期探索、不断追求、努力奋斗的过程。笔者不想用左、中、右定位法,来抽象概括他们与俄苏文学理论的关系,周扬、鲁迅各居一边,瞿秋白处在中间地带,但可以肯定的是,基于语境指涉的程度各异、方向有别,他们对于俄国马克思主义文学理论的接受与运用,确实代表着不同的范型,而且产生了不同的影响。

---

① 周扬文学理论的来源比较丰富,受俄苏文学理论、日本式马克思主义文学理论、欧美文学理论等多方面的影响,但最大的还是俄苏文学理论。

② 左翼文学是指"马克思主义产生以来,特别是在俄国十月革命胜利之后,在各国无产阶级的斗争中、特别是在共产党领导的反法西斯斗争的影响下,在世界范围内发展和繁荣起来的进步文学"。参见吴岳添《马克思主义对法国现当代左翼文学的影响》,《外国文学评论》2007 年第 3 期。

③ 周扬:《马克思主义与文艺——〈马克思主义与文艺〉》(序言),延安文艺丛书编委会编:《延安文艺丛书·文艺理论卷》,湖南人民出版社 1984 年版,第 217—218 页。

四　话语的复调性

瞿秋白对俄国马克思主义文学理论的选择、接受、运用，既是与其文学理论家、文学思潮等发生关系的过程，也会与其文学理论话语产生某种联系。它不是简单的"被影响""被接受"的关系，而是跨国别、跨种族、跨文化语境中的"理论对话"与"二度变形"，其思想传递与知识重构围绕"话语运作实践"这一中心工作而展开。英国当代著名语言学家诺曼·费尔克拉夫在其名著《话语与社会变迁》一书中，将"话语"界定为"包含着口头或者书写文学的意义、语法结构、言说与其对象的相互关系，以及它的生产和解释的整个过程"，它是"表现形式"与"行为形式"的统一体，既受制于社会现实结构、客观物质世界，又拥有社会学意义的建构性、生成性。① 在瞿秋白与俄国马克思主义文学理论的关系世界中，其话语指涉具有复调性的突出特点，它关乎瞿秋白的理论建树和思想分裂，牵涉甚广，值得专门研究。

就形式而言，复调的原初词源，来自古希腊语 poliphonia，其中，poli 意为"多"，phonia 指代"声音"，因此复调的本义即"多种声音"，相当于俄文固有词汇 Полифония。从语义来看，复调原本为音乐术语，它是欧洲 18 世纪古典主义音乐产生之前运用非常广泛的一种音乐体裁，与和弦、十二音律音乐（主调音乐）不同，复调不分主旋律和伴声，所有声音均按自身声部行进，相互层叠，构成所谓的复调体音乐，它具体包括经文曲、赋格曲与复调幻想曲等类型。② 作为多声部音乐的范型之一，复调音乐的各个声部在横向关系上具有重音、力度、旋律起伏等方面的独立性，在纵向延展上又彼此和合、相得益彰。

20 世纪 20、30 年代，俄苏著名文学理论家米哈伊尔·巴赫金首次将音乐中的"复调"概念引入小说研究，并以其作为"关键词"建构了他的文学理论体系，成为 20 世纪最具原创性、思想性的文学理论与批评范畴之一，并产生了世界性的广泛影响。在其专著《陀思妥耶夫斯基的创作问题》（1929 年）中，巴赫金用"复调"来描述陀思妥耶夫斯基长篇

---

① 邱运华等：《19—20 世纪之交俄国马克思主义文学思想史论》，北京大学出版社 2006 年版，第 12—13 页。

② 凌建侯：《"复调"与"杂语"——巴赫金对话理论研究》，《欧美文学论丛》2003 年第 1 期。

小说的多声部、对位、对话等特点，以区别于欧洲小说"独白型"的传统模式。在 1963 年更名再版的《陀思妥耶夫斯基诗学问题》一书中，他撰写了一篇提纲（《关于陀思妥耶夫斯基一书的修订》，1961 年）、两篇札记（《语言学、语文学和其他人文学科中的文本问题》，1959—1961 年；《1970—1971 年笔记摘录》）进一步修正、发展了复调理论，强调陀思妥耶夫斯基的创作"把世界的所有内容作为同时存在的事物加以思考，探索出它们在某一时刻的横剖面上的相互关系"，遵循共时原则，"有着众多的各自独立而不相融合的声音和意识，由具有充分价值的不同声音组成真正的复调"[1]，"对话型的世界感受"贯穿复调小说始终，通过所谓的"复调型艺术思维""复调性意识""对话性方式"，得以建构一个多元共存的审美世界，从而使原有理论体系更加趋于完整和系统。在巴赫金看来，复调小说彰显了拥有自在世界、具有等量价值、处于平等地位的各种独立意识，其最大的艺术魅力在于，准确界定了现实世界的多元、暧昧和边界含混的状态，展现了复调思维的矛盾性、对话性、开放性和未完成性。复调理论不仅描述了小说的一种艺术特征，拓展了文艺创作的美学视野，而且表征着一种独特的认知话语和思维方式，即各主体之间具有"既不相融合也不相分割""互动互识"的"复调性关系"，是"我眼中之我""我眼中之他人""他人眼中之我"的三位一体[2]，由此强力冲击着独白论、孤立论、中心论等判断模式，巴赫金的复调说"由人物的主体性谈其独立性，由意识的流动性谈其多重性，由话语的双向性谈其对话性"，"经历了从音乐形式到文学理论再到艺术思维直至文化理念这样一种垂直变奏，一种滚雪球式的扩展与绵延"，"孕生于 20 世纪 20 年代巴赫金向苏联文艺学界两大显学——偏执于文学的意识形态内涵之'解译'的社会学文艺学与偏执于文学的语言艺术形态之'解析'的形式论文艺学——的双向挑战，或曰'左右开弓'。巴赫金看出了弗里契、彼列韦尔泽夫及其弟子们'一律以文学之外的要素来解释文学现象'的'可悲倾向'，看出了将拉斯柯尔尼科夫或伊万·卡拉玛佐夫与陀思妥耶夫斯基本人完全等同的荒唐，看出了什克洛夫斯基及其同道们执迷于艺术创作技巧

---

① ［俄］巴赫金：《陀思妥耶夫斯基诗学问题》，《巴赫金全集》第 5 卷，白春仁、顾亚铃译，河北教育出版社 1998 年版，第 4 页。

② 曾军：《作为审美交往活动的"复调"和"对话主义"》，《人文杂志》2011 年第 5 期。

的局限，也看出了将诗学束缚在语言学之中而陷入'材料美学'的危险。巴赫金批判地吸纳了社会学文艺学与形式论文艺学的积极成果，主张'从文学内部去阐述文学的社会特性'，从话语内在的对话本质，从话语创作总体上的对话品格切入文艺学研究，这一路径，对于 20 世纪 20 年代苏联文艺学两大研究范式的偏颇，无疑是一有力的校正"，其理论核心包括"复调式小说世界的'多声部性'、复调式叙事结构的'对话性'、复调式艺术思维的反'独白主义'精神"，"具有极大的思想容量与极强的理论辐射力"①，体现了巴赫金作为一位文化哲人所具有的广阔视野与辩证思维，因此在文学艺术创作、研究界产生了巨大影响。

　　由上述关于复调词源与含义的考察可知，所谓话语的复调性，即指存在多种性质与范式的话语，它们共同建构了一个矛盾性、对话性、开放性和未完成性的理论世界与话语空间。需要说明的是，本书借用"复调"一词来"标示"瞿秋白与俄国马克思主义文学理论的关系维度，并不意味着二者的语义指涉完全相同，而只是为了强调瞿秋白文学理论中"政治话语"与"学术话语"的对话、共生、博弈，指涉其"学科性"文学理论与"策略性"文学理论的统一、配合，凸显其外向性、生成性、包容性。笔者以为，在瞿秋白这里，主要存在"译介话语""政治话语""学术话语"这三种话语，它们一起生成了瞿秋白与俄国马克思主义文学理论的复杂关系、丰富指涉。

　　"译介话语"，即瞿秋白翻译与介绍的俄国马克思主义文学理论内容的具体呈现形态，它以"翻译"和"撰述"为主要文本手段；"政治话语"强调俄国马克思主义文学理论的政治性、实践性、工具性品格，主要指向中国当时的社会现实语境；"学术话语"看重俄国马克思主义文学理论的学术性、思想性、自为性特征，重点关涉文学理论学科的建设语境。在瞿秋白关联俄国马克思主义文学理论的话语世界中，"译介话语"为这种关系提供了发生学的前提，处于基础地位；"政治话语"为"译介话语"和"学术话语"提供了论述方向，生成了呈现形态，做出了相应评价，居于主导地位；"学术话语"虽然处于次要地位，但它为"译介话语"和"政治话语"输入了理论可信度，提供了研究参照系，一定程度上舒缓了"政治话语"的单一性、强势性，从而有效确保了瞿秋白文学

---

　　① 周启超：《复调》，《外国文学》2002 年第 4 期。

理论的长久生命力、价值生成性。在瞿秋白与俄国马克思主义文学理论的关系领域，"政治话语"与"学术话语"的共谋与博弈，构成了其话语运作实践的核心主题。

首先，瞿秋白依据俄国马克思主义文学理论资源，以"文艺阶级性"为核心，致力于建构文学理论的"政治话语"，注重发挥文艺的煽动、宣传功能，意识形态化倾向浓烈。

在文艺与阶级的关系上，瞿秋白以列宁阶级性的文艺属性论、反映论的文艺本质论等为主要理论武器，视文艺为"意识形态的得力的武器"，强调文艺是阶级性的附属工具，以"文艺——能动反映——阶级工具——意识形态"为逻辑递进与理论核心，建构了一套文学理论的"政治话语"。瞿秋白认为，"每一个文学家其实都是政治家。艺术——不论是那一个时代，不论是那一个阶级，不论是那一个派别的——都是意识形态的得力的武器，它反映着现实，同时影响着现实"[①]，文艺与阶级关系密切，"文艺和政治是不会脱离的，即使作家主观上要脱离政治也是不行的"[②]，文艺具有或多或少的政治属性，"文学是附属于某一个阶级的"。在这一点上，不同于鲁迅对俄国马克思主义文学理论的接受，瞿秋白"更多的是考虑其文论上的正确与否，而不是文本本身的文学性"[③]。在文艺与社会的关系上，瞿秋白认为，无产阶级"要创造新的艺术，他们的艺术要公开的号召斗争，要揭穿一切种种的假面具，要提出自己的理想和目的；他们要不怕现实，要认识现实，要强大的艺术力量去反映现实，同时要知道这都是为着改造现实的"[④]，文艺具有巨大的现实功用，同时，他以高尔基的文学创作与文学理论作为有力证据，强调"高尔基等等虽然没有中国的'作者之群'那么死抓住了文学不肯放手，然而不见得就比中国的文学家低微到了什么地方去。同时，高尔基等等的确是些伟大的宣传家"[⑤]，瞿秋白主张文艺煽动价值与文学性的和谐统一，"艺术和煽动并不是不能并存的"，文艺"到处是政治的'留声机'。问题是在于做那

---

① 《瞿秋白文集》（文学编）第 1 卷，人民文学出版社 1985 年版，第 541 页。

② 《瞿秋白文集》（文学编）第 3 卷，人民文学出版社 1989 年版，第 128 页。

③ 顾震宇：《瞿秋白的文艺探索与苏俄左翼思潮的关系》，硕士学位论文，首都师范大学，2007 年，第 20 页。

④ 《瞿秋白文集》（文学编）第 1 卷，人民文学出版社 1985 年版，第 543 页。

⑤ 《瞿秋白文集》（文学编）第 3 卷，人民文学出版社 1989 年版，第 68 页。

一个阶级的'留声机'。并且做得巧妙不巧妙。总之，文艺只是煽动之中的一种，而并不是一切煽动都是文艺"。① 在尊重文艺特性的前提下，着力发挥文艺的宣传功能、煽动作用，这种做法的正确性是无须怀疑的。在这方面，以建构"政治话语"为标志，瞿秋白文学理论"着重的是策略性而非学科性"，"他强调其文艺策略的暂时性，过分强调政治话语、阶级话语"②。这与当时"承认或否认从而积极参加或消极拒绝阶级斗争，便几乎在中国成了是否接受马克思主义的一个理论上的区分界线和标准尺度"③ 的社会整体氛围有关，"共产主义作为唯物史观的未来图景，提供的只是革命的信念和理想，阶级斗争作为唯物史观的现实描述，才既是革命的依据，又是革命的手段和途径。于是它就成了马克思主义在中国最根本的理论学说和基本观念"④。在这里，"激发民众"取代"感动人心"成为瞿秋白主要的文艺功能观，"瞿秋白的民粹主义方式受到俄国的影响最大，也最具列宁式的民粹主义方式"，并"对'精英文学'的爱好和对'大众文艺'的提倡之间的矛盾带给了瞿秋白极深的内心痛苦，也造成了瞿秋白文学批评中的矛盾"——"瞿秋白经常以'阶级'、'经济出身'、'社会作用'等政治语言加以归纳和评定，显示出意识形态化的倾向，但是他在具体分析文学作品时有悖于这些归纳的行文，又显示出其对文艺内部规律的独特理解"。⑤ 可见，在瞿秋白对俄国马克思主义文学理论资源的援用和使用当中，政治话语拥有最为重要、相对优先的地位，"政治话语""学术话语"并存于统一与对立之中。

借助俄国马克思主义文学理论资源，瞿秋白建构其文学理论的"政治话语"，还与20世纪30年代中国的政治文化语境、文学的政治化倾向氛围密切相关。"政治文化"（political culture）一词，最早由美国学者布里埃尔·阿尔蒙德（G. A. Almond）于1956年在《政治杂志》发表的一篇文章《比较政治系统》中提出，在后来与西德尼·维尔巴合著《公民文化——五国政治态度与民主》一书中，将其明确界定为"政治文化一

---

① 《瞿秋白文集》（文学编）第3卷，人民文学出版社1989年版，第67—68页。
② 张亚骥：《瞿秋白策略性文论的建构》，《社会科学论坛》（学术研究卷）2009年第8期。
③ 李泽厚：《中国现代思想史论》，三联书店2008年版，第158—159页。
④ 同上书，第159页。
⑤ 顾震宇：《瞿秋白的文艺探索与苏俄左翼思潮的关系》，硕士学位论文，首都师范大学，2007年，第39页。

词代表着特定的政治取向——对于政治制度及其各个部分的态度，对于自己在这种政治制度中的作用的态度"①，后又在与鲍威尔合著的《比较政治学》（1972 年）一书中，将政治文化进一步明确为"一个民族在特定时期流行的一套政治态度、信仰和感情。这个政治文化是由本民族的历史和现在社会、经济、政治活动进程所形成。人们在过去的经历中形成的态度类型对未来的政治行为有着重要的强制作用。政治文化影响各个担任政治角色者的行为、他们的政治要求内容和对法律的反应"②，具有"自发性、深层性、社会性、代传性、缓变性"③ 等特征，包括政治认知、政治情感和政治评价等具体组成部分，是观念取向、行为模式、制度设计的统一体，是"主体性"文化、隐型性文化、中介性文化、整体性文化的综合物。对应于政治制度的"硬件"功能，政治文化主要发挥"软件"功能，犹如计算机运行需要硬件、软件的相互兼容一样，政治制度与政治文化也需要相互配合。虽然"政治文化"概念提出不过 50 余年，但政治文化研究的历史却相当悠久。古希腊哲人亚里士多德曾经专门研究政治革命和社会变迁的心理因素，近代思想家孟德斯鸠《论法的精神》《罗马盛衰原因论》，马克斯·韦伯《新教伦理与资本主义精神》，托克维尔《旧制度与法国大革命》和《论美国的民主》等著作，均可视为政治文化研究的典范。

自从阿尔蒙德提出这一概念之后，"政治文化"很快取代传统政治学"民族精神""国民性格"等意义类同，却难以开展实证研究的术语，成为西方政治学最重要的概念之一，政治文化研究不断升温。20 世纪 60 年代，政治文化研究成为西方学者尤其是美国学者热衷的显学之一。问卷调查、焦点访谈等实证方法被广泛应用，并相继出版了一批著作，其中较有影响的有：G. A. 阿尔蒙德、西德尼·维尔巴著《公民文化》（1963 年），L. W. 派伊、S. 韦伯著《政治文化与政治发展》（1965 年），G. A. 阿尔蒙德、G. B. 鲍威尔（小）著《比较政治学：发展研究途径》（1966 年）等。尤其值得一提的是，G. A. 阿尔蒙德、西德尼·维尔巴采用行为分析

---

① ［美］布里埃尔·阿尔蒙德、西德尼·维尔巴：《公民文化——五国政治态度与民主》，徐湘林译，华夏出版社 1989 年版，第 15 页。

② ［美］阿尔蒙德、鲍威尔：《比较政治学：体系、过程和政策》，曹沛林等译，上海译文出版社 1987 年版，第 29 页。

③ 俞可平：《权利政治与公益政治》，社会科学文献出版社 2000 年版，第 90 页。

方法，借助民意调查等手段，系统研究、集中分析了美国、英国、德国、意大利和墨西哥五国国民的政治态度，1963 年出版了专著《公民文化》，该书为政治文化研究提供了基本概念和理论框架，被视为当代政治文化研究的经典之作。此后，其他许多国家的学者，也开始重视政治文化研究，他们采用随机抽样、焦点访谈、数据分析等社会调查手段，进行了更为广泛、更加深入的研究。20 世纪 80 年代初期，中国学界也开始研究政治文化，孙正甲、潘一禾、徐大同、俞可平、丛日云、刘泽华、万高、马庆钰、冯钢、高洪涛、徐宗华、刘学军等一批学者贡献较大。就总体而言，当代政治学研究一般"把政治生活方式作为一个整体进行研究，揭示政治文化与政治体系的各种互动关系，探讨如何实现它们之间的动态协调"①，并以此来解释政治行为及其变迁趋向，他们强调，"平息冲突与政治社会化这两组功能成了划分政治文化最重要的基础"②，可分为非整合模式、半整合模式、整合模式这三种类型的政治文化。

　　瞿秋白所处的 20 世纪 30 年代的中国社会，国民党为巩固其统治地位，积极推行与之相适应的文艺、文化政策，但"国民党政权这个权力主体与广大人民群众这个权力客体之间造成了严重疏离，因而必然地会造成包括文化界、文艺界人士在内的广大人民群众在最大程度上的不满情绪"③，加上中国国民党政权所制定的文化政策在执行上的软弱无力（表现在文艺人才缺乏、人员配备不足、经费投入不够、没有制订具体条文、缺少行之有效的详细措施等各个方面），1934 年 6 月设立中央图书审查委员会、发布《图书杂志审查办法》但因图书实在太多而使审查成为"走过场的形式"，1935 年南京国民政府立法院修订《出版法》遭到新闻出版界的强烈反对而迫使政府承认其"不无束之过严"，希冀于强化电影、广播、戏剧领域的管理但同样"收效甚微"，导致国民党政权文化管制的主要方法只是"消极地查禁书籍，封闭书店，乃至逮捕、杀害反政府的左翼作家"④，应对措施显得十分被动，再加之中国共产党文学主张的持续

---

　　①　潘一禾：《观念与体制——政治文化的比较研究》，学林出版社 2002 年版，第 20 页。

　　②　［德］克劳斯·冯·柏伊姆：《当代政治理论》，李黎译，商务印书馆 1990 年版，第 161 页。

　　③　朱晓进等：《非文学的世纪：20 世纪中国文学与政治文化关系史论》，南京师范大学出版社 2004 年版，第 75 页。

　　④　倪伟：《"民族"想象与国家统制：1928—1948 年南京政府的文艺政策及文学运动》，上海教育出版社 2003 年版，第 194 页。

渗透、快速扩张和强力挑战（中国国民党上海市党部监察委员会委员、民族主义文艺倡导者之一的朱应鹏，在回答文艺新闻社记者提问时曾经这样说，主张三民主义文艺的中国文艺社"是由于党的文艺政策所决定的，而所谓党的文艺政策，又是由于共产党有文艺政策而来的；假如共党没有文艺政策，国民党也许就没有文艺政策"①），使其身处非整合模式的政治文化氛围当中，一定程度上动摇了中国国民党政权的合法性基础。

在这种独特的政治文化语境中，"由于意识形态与政治系统的内在关系，当中国知识分子通过构建新的意识形态进入政治舞台时，都自觉与不自觉地与中国的政党政治发生了联系。国民党为了使自己的权威主义政治具备意识形态基础，力图从儒家学说中挖掘道统的合法性，于是有一批文人参与了国民党官方意识形态'唯生论'、'唯生史观'的构建及与'法西斯主义'的嫁接；共产主义知识分子则在外来的马列主义中国本土化的基础上为中国共产党奠定了一个坚实的意识形态基础。而一批自由主义知识分子则以西方自由主义为意识形态资源，在抗战前后组建了第三党或中间党派。这样，主动的边缘与被动的边缘这里交汇在一起，以政党为凭藉的舞台，向'中心'涌进②，宏观上生成了文艺领域"权力主体施行控制""权力客体进行抵抗"的特殊景观，形成了文学的政治化倾向：

一是文学群体发挥"次级国家组织的团体"功能，具有"亚政治文化"属性。"对统治者权力主体政治文化取对立或游离的态度"，其成员往往扮演政治参与者角色，"在其政治倾向上各文学群体都多少代表了各种不同的'政治利益'"，他们在重要文学观念上的一致性"往往不是出自审美性追求"，"而常常是从自身的政治立场、政治态度出发，针对自身对当时政治文化形势的理解而采取的某种文学策略"；二是在文学论争中，各派"所依据的常常是其政治文化立场，而文学自身的要求则往往被隐去"，政治化思维遮蔽了关于文学自身规律的学术研究，成为界定问题、分析规律、研判事实最重要的出发点和旨归处；三是作家的文学选择经常受其政治意识的影响，他们的政治观念往往决定了其选取文学题材的眼光、艺术传达的方式、审视问题的角度，从而使文学创作成为政治表态

---

① 朱应鹏：《朱应鹏氏的民族主义文学谈》，《文艺新闻》第 2 号，1931 年 3 月 23 日。
② 金安平：《从批判的武器到武器的批判——二十世纪前半期中国知识分子与政党政治》，黑龙江人民出版社 2000 年版，第 99 页。

的某种隐性方式。①

正是基于此，"鲁迅以敏锐的洞察力看到，促使出版商和书商不顾国民党当局的巨大压力区销售左翼作家的作品的，与其说是因为他们同情左翼事业，不如说是因为他们常常看到靠政治赚钱的机会"②，在 1934 年 11月 5 日致姚克的信中，鲁迅这样说："他们也知道禁绝左倾刊物，书店只好关门，所以左翼作家的东西，还是要出的，而拨其骨格，但以渔利。有些官原是书店股东，所以设了这圈套，这方法我看是要实行的，则此后出版物之情形可以推见。"③ 出版商和书商的这些行为，一方面固然反映了当时左翼作家政治倾向之浓烈、社会氛围中激进政治意识之盛行，另一方面也体现了国民党政权无力发挥政治文化的整合功能，虽然国民党当局采取各种办法对良友公司等进行控制、警告，因为"如果继续印刷丁玲、鲁迅、阿英、周扬、夏衍及其他左翼作家的著作，将会带来可怕的后果"④，但出版发行界"其中一些企业家知道把资金投入左翼文学是在冒生意的风险，但常识或许使他们知道，激进政治刊物会畅销，他们的钱花得值"⑤，"一万块钱或三千块钱，由一个商人手中，便可以定购一批恋爱的或其他的创作小说，且同时就俨然支配一种文学空气，这是一九二八年以来的中国的事情"⑥，文学生产的商业化逻辑发挥着相当重要的作用，这就表明，在政治文化层面整个社会的非整合色彩非常明显。

作为"政治文化人"的瞿秋白身处其中，其文学理论必然打上政治化的鲜明烙印，引进俄国马克思主义文学理论时亦多有表现：在引进目的上，以列宁文学理论为核心，侧重于发挥其文学领域内的政治指导功能，打击中国国民党的所谓"三民主义文学""民族主义文艺"主张，致力于争夺无产阶级的文化领导权；在文学论争上，以普列汉诺夫文学理论为批判焦点，推崇以政治为导向的实用主义，"态度和理论"的集团化色彩明

---

① 朱晓进等：《非文学的世纪：20 世纪中国文学与政治文化关系史论》，南京师范大学出版社 2004 年版，第 8—11 页。

② ［美］刘禾：《跨语际实践：文学、民族文化与被译介的现代性》，宋伟杰等译，三联书店 2002 年版，第 314—315 页。

③ 《鲁迅全集》第 12 卷，人民文学出版社 2005 年版，第 477 页。

④ ［美］刘禾：《跨语际实践：文学、民族文化与被译介的现代性》，宋伟杰等译，三联书店 2002 年版，第 315 页。

⑤ 同上书，第 314 页。

⑥ 《沈从文批评文集》，珠海出版社 1998 年版，第 91 页。

显，论断常具独断性、绝对化等特征；在思维习惯上，以高尔基文学理论
批评为典型，坚持"二元对立"思维模式，"简化"一切问题。总之，置
处20世纪30年代中国社会的政治文化语境当中，催生了瞿秋白文学理论
的"政治话语"，并直接影响他对俄国马克思主义文学理论的接受与
应用。

其次，面对俄国马克思主义文学理论资源，瞿秋白从哲学、文学批评
等各个角度，强调了文学理论"学术话语"的重要性，在具体行文上彰
显了他对文艺内部规律的同样尊重与独特理解，具有一定的学术色彩，为
其赢得了"卓越的马克思主义文学理论家"①的巨大声誉。

瞿秋白文学理论的"学术话语"品格既建立在对俄苏思想资源的多
维体察和深刻把握基础之上，又着眼于现代中国社会的发展需要和文化传
统，视角新颖，思维开阔，论证有力。瞿秋白与布哈林哲学思想的关联，
便是这方面的突出例证。布哈林主要在哲学观念与方法论这两个层面影响
了瞿秋白的文学理论。被列宁称为"最可贵和最大的理论家"的布哈林
是马克思主义著名理论家，他最著名的一部著作是《历史唯物主义理
论》，瞿秋白正是与它发生了直接关联。1921年，以记者身份旅俄的瞿秋
白，在苏联便已见到刚刚出版的《历史唯物主义理论》一书。1923年夏
天，瞿秋白在上海大学讲授马克思主义哲学，他根据课堂讲稿，整理出
《社会哲学概论》《现代社会学》《社会科学概论》这三部著作，并于
1924年由上海书店出版。这三部著作主要依据恩格斯《反杜林论》等马
克思主义经典著作阐明的哲学原理、布哈林《历史唯物主义理论》等苏
联哲学界阐述的哲学理论，结合中国实际编撰而成，其中的《现代社会
学》一书颇多布哈林的思想成分，"基本上是《历史唯物主义理论》的框
架，各章节的题目基本相同，内容大多是该书的意译"②，是对它展开的
消化、吸收、批判、扬弃工作。根据国内学者季甄馥所做的细致考察③：
布哈林对瞿秋白的正面影响，在哲学理论上的表现是，瞿秋白吸收了布哈
林视"辩证唯物主义"和"历史唯物主义"为有机统一体的观点，肯定
与概述了布哈林的"平衡论""社会系统理论"等思想，舍弃了布哈林用

---

① 不仅左联视瞿秋白为马克思主义文学理论家的杰出代表，即便胡秋原、苏汶等人，亦推
崇瞿秋白高深的理论水平，称其"对于马克思主义深有素养"。
② 余玉花：《瞿秋白学术思想评传》，北京图书馆出版社2000年版，第270页。
③ 季甄馥：《瞿秋白与布哈林》，《马克思主义研究》1989年第1期。

"现代力学语言"表述"辩证法语言"等看法，并在上层建筑各因素与经济基础的辩证关系、上层建筑各因素发展史及其社会意义、阶级社会中上层建筑各因素的阶级性与阶级斗争的关系这三个方面发展了布哈林的思想。布哈林对瞿秋白的正面影响，在哲学方法论上的体现是，瞿秋白汲取了布哈林的彻底辩证法、坚持革命性和批判性的统一等方法精髓，并且在审察中国社会现实时，将其广泛应用。布哈林思想对瞿秋白的负面影响主要是，将必然性绝对化，否认偶然性的客观存在；忽视否定之否定的辩证法规律；忽略恩格斯关于两种生产的理论，忽视人类自身生产的历史作用。布哈林的上述思想体现在瞿秋白文学理论中，便是在《文艺的自由与文学家的不自由》《"自由人"的文化运动》《再论大众文艺答止敬》《并非浪费的论争》等文章中，瞿秋白运用这些哲学思想与方法论，在列宁文学理论的核心指导下，参与到文学的本质、功能、与其他上层建筑因素的关系等问题的论述当中。虽然在深度、准度等方面还不尽如人意①，但瞿秋白与布哈林思想的这种关联，却从一个生动个案的角度说明"因信奉唯物主义哲学，使瞿秋白成为一位决定论者，理论在革命实践中的社会化给他带来了巨大挑战"②，直接反映了学术话语亦普遍存在于瞿秋白与俄国马克思主义文学理论的关系之中。

　　瞿秋白的上述学术话语与理论考察固然存在明显不足，但其独立思考精神、真诚坦率态度却是难能可贵的，集中体现了瞿秋白的高尚人格和书生本色，这方面的直接表现是，1928 年中国共产党第六次代表大会在莫斯科闭幕之后，瞿秋白之所以能留在苏联担任中共中央驻共产国际代表团团长、共产国际执行委员会委员、主席团成员、政治书记处成员，这与当时共产国际负责人布哈林的支持密切相关，在此后斯大林发动的所谓反右倾斗争中，布哈林受到批判，被清洗、开除党籍，乃至 1938 年同李可夫

---

　　① 近年有学者深刻指出，葛兰西尖锐批判布哈林的《历史唯物主义理论：马克思主义社会学通俗读本》，他质疑道，该书主标题谈论马克思主义哲学及葛兰西所指称的实践哲学，副标题却贴出社会学研究的标签，弄混了上述学科的性质，亦降低了实践哲学的地位；这部哲学论著没有任何关于辩证法的论述，割裂了实践哲学的完整性，犯了"反历史主义"的形而上学错误。与之不同，瞿秋白以《现代社会学》的讲义形式，全面克隆了布哈林的这部著作。这体现了不同革命语境中、具体思想家理论建构路径的主体性与差异性。参见张志忠《在热闹与沉寂的背后——葛兰西与瞿秋白的文化领导权理论之比较研究》，《文艺争鸣》2008 年第 11 期。

　　② Nick Knight, *Marxist Philosophy in China: From Qu Qiubai to Mao Zedong*, 1923—1945, The Netherlands: Springer, 2005, p. 52.

等 16 人一起以叛国罪被处死，在此过程中，因苏联中山大学风潮事件，瞿秋白被污蔑为"机会主义和异己分子的庇护者"并被撤销团长职务，于 1930 年 8 月离开苏联返回中国，这从一个侧面生动反映了瞿秋白与布哈林思想关联的现实背景、切入程度，但瞿秋白并不因此而盲目接受布哈林的所有思想主张。

在中共六大刚刚闭幕之后召开的共产国际第六次代表大会上，瞿秋白作为中共代表发言，照样质疑和否定与斯大林意见一致、布哈林所作《世界革命形势与中国共产党的任务》《关于国际形势与共产国际任务的提纲》报告中提出的"过左"理论（"第三时期"理论），呼吁作为共产国际下属支部的各国政党真正支持、真心帮助中国革命。此外，瞿秋白1926 年所译，同年由新青年出版社出版，1930 年明日书店再版的苏联哲学家郭列夫·波里斯·伊萨科维奇《无产阶级之哲学——唯物论》，为中国最早宣传唯物论哲学的译著之一，比李达《社会学大纲》、艾思奇《大众哲学》等马克思主义哲学著作早出版 10 余年，影响很大。1943 年底毛泽东曾致信刘少奇推荐该书"郭列夫的《唯物论》，瞿秋白曾有译本，我看过，还好……"①，评价不低。该书第八节专门论述了唯物论的艺术观，提出"人类的言语歌唱是从共同劳动时之劳动声里发展出来的"，"社会经济的物质生产足以规定艺术之性质"，"艺术是实际生活的反映"等观点，哲学观念与文艺主张关系密切。瞿秋白对此书的译介与重视，具体承载了他敏锐的学术眼光、求真的学术态度，亦可作他对布哈林思想所持辩证态度的旁证和参照。

瞿秋白的这种独立思考习惯，与其先天个性、阅读喜好有关。李子宽在《追忆学生时期之瞿秋白、张太雷两先烈》中写道，12 岁时的瞿秋白"独于课外读物，尤其是思想性读物，研读甚勤，如《庄子》、《仁学》、老子《道德经》等"，"惟《庄子》除秋白外，他人皆不易无师自通，亦惟秋白能独立思考"。瞿秋白少年时代的好友羊牧之在《我所知道的瞿秋白》中回忆，13 岁时的瞿秋白得知辛亥革命爆发的消息，兴奋地剪下自己的辫子，连跑带跳地喊母亲说，"皇帝倒了，辫子剪了"，生动传神地记录了少年瞿秋白进步情绪与独立意识兼备的优良品质。瞿逸群在《怀念哥哥秋白》中指出，辛亥革命后的第一个国庆节，众人挂红灯笼、书

①《毛泽东书信选集》，人民出版社 1983 年版，第 219 页。

"国庆"于其上以表庆祝，唯独 12 岁的瞿秋白悬白灯笼、写"国丧"慨叹"民国"因袁世凯窃位而名存实亡，没有深沉的忧国之心、明晰的政治见识，是难以做出如此"出格"行为的。1917 年，19 岁的瞿秋白曾经严肃地对表弟周均适说，"'老庄'是哲学，佛经里也有哲学，研究学问，知识不妨广泛些，真理是在不断的探讨中积累和总结起来的"。根据中国国民党少校主任曹文桂回忆，1935 年临刑之际，瞿秋白毫无惧色地、乐观幽默地说"人之公余为小快乐，夜间安眠为大快乐，辞世长逝为真快乐"，并对枪决执行者提出"我不能屈膝跪着死，我要坐着"，"不能打我的头"两点要求，在笔者看来，这一举动颇具隐喻、象征的意蕴，前者强调基于平等、气节、尊严的独立性，后者体现瞿秋白对思考器官及思考本身的极端重视，合二者的意思来说，独立思考俨然成为瞿秋白一生中最为看重的东西，即使生命行将结束，匆忙得无法留下家庭遗嘱，或者说共产党人"四海为家"决舍小家、成就大义，亦要拼死捍卫独立思考、研究世界的自由、权利。①

在评论大量中俄文学作品，研究普列汉诺夫文学理论，批判弗理契文学理论，编译《"现实"》，依据列宁文学理论与"自由人""第三种人"进行文艺论争等许多方面，亦是如此，瞿秋白文学理论的"学术话语"属性明显。"如果说李大钊、陈独秀是在中国传播和运用唯物史观的伟大先驱，那么瞿秋白则是第一个'把辩证唯物论'介绍到中国来的理论家"②，瞿秋白是从李大钊到毛泽东之间的一位继往开来、承前启后的著名马克思主义思想家，其理论牢固建立在辩证唯物主义和历史唯物主义的基础之上，科学性、实用性兼备，坚持"革命的理论永不能和革命的实践相离"，"革命的理论必须和革命的实践相密切联结起来，否则理论便成空谈"，强调马克思主义基本原理与中国革命具体实践的有机结合。学术话语离不开先进哲学思维的指引，其建构首先得益于瞿秋白良好的思维素养。在与胡适、杜威的实用主义，梁启超、张君劢的主观唯心论，章士钊"非代议制农村建国论"，梁漱溟等东方文化派主张，戴季陶主义，蒋介石"假三民主义"，"民族主义文学"的法西斯主义主张，新月派的非

---

① 姚守中等编著：《瞿秋白年谱长编》，江苏人民出版社 1993 年版，第 15、18、19、35、453 页。

② 周忠厚、边平恕、连铗、李寿福：《马克思主义文艺学思想发展史》下册，中国人民大学出版社 2007 年版，第 762 页。

政治主义美学，自由人，"第三种人"等进行论争或斗争的过程中，瞿秋白这种高超的思维能力与理论水平展露无遗。① 1923 年中国共产党第三次全国代表大会闭幕当天，马林在给共产国际执委的信中夸张地说，瞿秋白是中共党内除陈独秀、李大钊之外"最好"的同志，"瞿的确是唯一能按马克思主义的方法分析实际情况的同志"，"瞿秋白曾在俄国学习过两年，唯一真正懂得马克思主义理论的人"②，"感谢上帝，中国的领导同志陈独秀、李大钊在年轻的瞿秋白的帮助下，在代表大会上取得了一致意见，大家想在国民党内引导这个政党去执行国民革命的政策"，"他是这里最优秀的马克思主义者"③，这些也从不同侧面反映了瞿秋白高超的理论水平。

以直接阅读俄文文本、翻译大量经典名篇为基础，瞿秋白的俄罗斯文学批评涉及普希金、陀思妥耶夫斯基、托尔斯泰、果戈理、莱蒙托夫、冈察洛夫、屠格涅夫、邱特切夫、高尔基、马雅可夫斯基等人，范围广泛，论述精当；联系亲身从事小说、散文、诗歌等文学创作，瞿秋白撰写了大量的文学评论文章，对鲁迅、茅盾、田汉、蒋光慈、张天翼等大批中国作家及其作品进行了评价，不少分析见解深刻，论述独到。瞿秋白从文艺与政治功利、阶级本位、哲学观念等维度出发，围绕客观主义、象形论、不充分的辩证法等论题，深入批判了普列汉诺夫文学理论。在文艺论战中，胡秋原等坦言，"我要赞美易嘉先生的态度"，"易嘉先生毕竟是曾经写过好些文章的人，尤其是文艺与革命问题，既革命，又艺术，有这双重资格，所以他的文章，也是一篇'美丽的'，革命的散文——是一篇革命的'艺术品'，不象有一些文章使人望而却步"④，"虽然他站在他的党的立场，但能保持论辩风度，也就是战场上的武士风度"⑤。在他们看来，与周扬"神拳勒手"、舒乙貌似"主持公道"不同，瞿秋白（易嘉是瞿秋白曾经用过的一个笔名）辩论态度真诚，"与那种对其他敌人采取的强烈反击态度相比，这算是一种温和的反应了"，"至于对同路人的政策，瞿秋白否定了那种激进观点（'倘若不服从我们，你就是反革命'），把这种观

①　丁守和：《瞿秋白思想研究》（自序），四川人民出版社 1985 年版，第 7 页。

②　中共中央党史研究室第一研究部编：《共产国际、联共（布）与中国革命文献资料选辑（1917—1925）》，北京图书馆出版社 1997 年版，第 480 页。

③　同上书，第 419 页。

④　胡秋原：《浪费的论争——对于批评者的若干答辩》，李敏生编：《中华心——胡秋原政治·文艺·哲学文选》，社会科学文献出版社 1995 年版，第 213 页。

⑤　姜新立：《瞿秋白的悲剧》胡秋原序，幼狮文化事业公司 1982 年版，第 4 页。

点说成是教条主义和感情用事"①。在捍卫左联作家内部创作自由的同时，对非左联作家也抱以最大的包容（底线是承认文学尤其是文学创作存在列宁所强调的党性原则），而且瞿秋白"对于马克思主义深有素养"，自然有助于澄清问题、推动理论研究、扩大同路人队伍、引导多数文艺家树立正确的社会历史观和文学艺术观。可见，上述著述研究态度真挚，学术色彩浓烈，具有社会、历史、审美、文化、心理等丰富向度，学术话语的不时入场，大幅提升了瞿秋白文艺批评的深刻性、说服力、准确性。

　　瞿秋白注重创设"学术话语"，主张"不要存着愤嫉的心，固执的空想，要细心去观察社会的根源。我们于热烈的感情以外，还要有沉静的研究，于痛苦困难之中，还要领会他的乐趣"②，强调"要文艺理论的发展，需要一些深刻的讨论，辩难，尤其需要指出事实的本质，指鹿为鹿，指马为马的工作，这决不能说是谩骂，也并非浪费的论争"③。认真开展研究，某种程度上反映了他重视文学理论的学科建设，也体现了他尊重客观事实、注重学术本身的研究态度，并且确保了瞿秋白文学理论的学术价值、恒久魅力。正是基于此，我们认为瞿秋白文学理论具有丰富的内涵，开放性强，思维富有现代性张力，强调其对毛泽东文学理论的奠基性贡献。④

　　关联俄国马克思主义文学理论，在瞿秋白的复调话语世界中，"政治话语"与"学术话语"处于互补与矛盾之中。这种状况的出现，主要缘于瞿秋白的具体接受方式、俄国马克思主义文学理论资源的复杂性、瞿秋白文学理论生成的时空条件等多种因素，亦内在关联瞿秋白"二元式"的独特个性。国内学界已从"揭露隐患说""心忧说""人生悲情说""心灵史诗说""忏悔说""诗性生命说""自传文体说""内疚说"等不同角度，以《多余的话》为研究重点，全面、深入地分析了瞿秋白的"二元式"性格。在他们看来，瞿秋白的"二元式"性格，即瞿秋白自己坦言的"一部分的生活经营我'世间的'责任，为自立生计的预备；一部分的生活努力于'出世间'的功德，做以文化救中国功夫"⑤，对应其

---

① ［美］李欧梵：《现代性的追求》，三联书店 2000 年版，第 265、267 页。
② 《瞿秋白文集》（政治理论编）第 1 卷，人民出版社 1987 年版，第 38 页。
③ 《瞿秋白文集》（文学编）第 3 卷，人民文学出版社 1989 年版，第 87 页。
④ 刘中望：《历史语境与思想旨趣——毛泽东与瞿秋白文艺理论比较研究》，《东北师大学报》（哲学社会科学版）2010 年第 3 期。
⑤ 《瞿秋白文集》（文学编）第 1 卷，人民文学出版社 1985 年版，第 25 页。

两个"自我",即政治工作与文艺追求、革命主义与厌世情结、党的领袖与旧文人、马克思主义者与没落的"士"阶级等之间的对立与分裂。瞿秋白气质上"主要倾向于粘液质,并兼有部分多血质"①,"书生本色"式的本我、"志士情怀"式的自我、"君子风范"式的超我②,三者并存,容易引发矛盾。

以此类指,瞿秋白的这种"政治话语"与"学术话语"的关系,一方面,俨如"文人的感性激情可能将政治染上更多的理想色彩、冲动和激愤或者使政治家优柔寡断;而政治家的斗争意识也会渗透在思想创造的过程中,使活生生的思想工具化、教条化"③,二者之间既有配合,亦有冲突;另一方面,对应他自称"犬耕"的释义,"没有牛时,迫得狗去耕田,我是狗耕田","我搞政治,好比使犬耕田,力不胜任务的"④,加上体质羸弱、常年患病、身心俱疲,而"政治文化的一大功能是把'文化人'塑造成'政治文化人'"⑤。如瞿秋白在《多余的话》中反复提到的,他钟情于文艺,却勉强拖延着做了不少政治工作,"实在违反我的兴趣和性情的结果,这真是十几年的一场误会,一场噩梦",瞿秋白很难妥帖处理二者的关系:被"推荐"上来的承担政治工作非其心性所愿,却是责任所系,亦是时代主潮、汹涌大势下所应有的理性选择与适宜行为;被"挤压"出去的从事文艺活动乃其内心所向往,但只能是"从一九二〇年到一九三〇年,整整十年我离开了'自己的家'——我所愿意干的俄国文学的研究"的惋惜,文学娱情、书生情怀必须让位于政治使命的担当,必须采用更为有效的方式,直接服务于当时的社会革命形势,因为"革命既是知识分子与传统国家分离的表现,也是重建新政治以达到与国家融合的努力。新知识分子的革命选择既基于现实的功利目的即'救亡图存',更是为了获得终极价值即'明道'和重建国家、社会与文化认

---

①　赵晓春:《瞿秋白人格研究》,硕士学位论文,华东师范大学,2003 年,第 15 页。

②　白葵阳:《瞿秋白文化人格的内部研究》,《常州工学院学报》(社会科学版)2007 年第 2 期。

③　余玉花:《瞿秋白学术思想评传》,北京图书馆出版社 2000 年版,第 115 页。

④　茅盾:《回忆秋白烈士》,《忆秋白》编辑小组编:《忆秋白》,人民文学出版社 1981 年版,第 161 页。

⑤　孙正甲:《政治文化》,北方文艺出版社 1992 年版,第 24 页。

同"①，按此选择是天经地义的举动；在这一点上，理性选择与情感逻辑，外部行为与内在心态，群体身份与个体特征，相互交织，藕断丝连，于瞿秋白而言，很难做到和谐统一。

瞿秋白的人生悲剧在于，他既要理性地、尽力去承担政治使命，自觉遵从时代、主流所赋予的选择，又想感性、个体式地从事文艺活动，渴望二者兼得、和谐共进，而实际情况却是，一方面，他低估自己的政治能力，怀疑履行政治使命于他本人的意义；另一方面，他对自己的文艺天赋颇为自信，相信创作、研究具有巨大价值，期盼二者并行不悖，然而，这两种工作的差异性、对抗性本质，其他人对他身份认知的政治指向性，加上他精力、身体的诸多不济，时间的远不够用，而"政治是件用力而缓慢穿透硬木板的工作，它同时需要激情和眼光"②，如此种种，使瞿秋白对此无法统领、难以妥处，厌恶政治工作、向往文艺活动互为因果，在印象判断与情感想象、职责履行与意义追寻的往返互动中，"排斥"与"渴慕"的两极态度倾向不断强化，以致矛盾冲突愈演愈烈，直至1931年初，瞿秋白退出中央领导核心，离开权力中心的旋涡，转而领导上海左翼文艺运动、中央苏维埃文艺活动，政治身份相对纯粹、简单，这种情况才有所好转。

借鉴与援用俄国马克思主义文学理论资源时，瞿秋白的这种独特心理，直接催生了其文学理论"政治话语""学术话语"的互补与矛盾关系：以学术的言说方式，强调其政治倾向性，致力于建构革命性、进步性的文学理论，文艺助益革命、服务政治的功能得到彰显，文艺与政治相互兼容、互相配合，这体现了"政治话语""学术话语"的互补性；就政治实践与学术研究而言，它们有着迥然不同的关注内容、价值取向、言说方式，政治使命与文艺追求难以协调、无法对接，这反映了"政治话语""学术话语"之间的矛盾性。郑超麟曾在《回忆沈雁冰》中披露，瞿秋白曾经刊发文章，"借用'幻灭'、'动摇'、'追求'的字眼讽刺沈雁冰"，但他临死前留恋的茅盾（沈雁冰）作品，却并非凝聚作者巨大心血的《子夜》，而是他并不首肯的《动摇》，它与高尔基、屠格涅夫、托尔斯

---

① 刘晔：《知识分子与中国革命：近代中国国家建设研究》，天津人民出版社2004年版，第151页。

② ［德］马克斯·韦伯：《学术与政治》，冯克利译，三联书店2005年版，第117页。

泰、鲁迅、曹雪芹的名著并列，被瞿秋白推崇为"都很可以再读一读"①。笔者以为，赞美《子夜》的瞿秋白，是作为政治活动家与马克思主义理论家的瞿秋白；留恋《动摇》的瞿秋白，则是作为文学家与平凡读者的瞿秋白，它们遵循着不同的判断逻辑，都有其合理性。

可见，在瞿秋白与俄国马克思主义文学理论的关系层面，复调话语服务于处理"艺术与社会革命之间的关系"②，对应其思想的挣扎，亦与其心路历程的分裂性、《多余的话》所揭示的矛盾，具有某种异质同构性，"政治话语"与"学术话语"虽然具有一定的配合性，但亦处于对立与矛盾之中。这是马克思主义文学理论中国化初级阶段的历史产物，亦反映出瞿秋白文学理论的内在张力，表明"主体的建构、文化的建构总是在自我与他者的积极对话中实现的"③，此种局面直至马克思主义文学理论中国化的成熟形态，即毛泽东文学理论的出现，政治标准统领阶级论文学观，"政治话语"与"学术话语"做到高度合一，"现实引导"与"学术思考"得以内在和合，话语指向纯粹，才宣告结束。

总之，相比于同时代的其他理论家，瞿秋白对于俄国马克思主义文学理论的选择、接受、运用，具有翻译的直接性、撰述的重要性、语境的指涉性、话语的复调性等几个明显特征。同时，这些特征也很大程度上体现了瞿秋白文学理论的思想品格和价值追求，并且生动展现了瞿秋白文学理论的独特魅力和启示意义。瞿秋白与俄国马克思主义文学理论关系的上述特征，直接反映在他与列宁文学理论、高尔基文学理论批评、普列汉诺夫文学理论、拉普文学理论的关系上，对此，本书在下一章将进行专题探讨、具体研究。

---

　　① 《瞿秋白文集》（政治理论编）第 7 卷，人民出版社 1991 年版，第 723 页。

　　② Pickowicz, Paul G, *Marxist Literary Thought in China: The Influence of Ch'ü Ch'iu—pai*, Berkeley: University of California Press, 1981, p. 175.

　　③ 汪介之：《文学接受与当代解读——20 世纪中国文学语境中的俄罗斯文学》，北京师范大学出版社 2011 年版，第 56 页。

第二章　瞿秋白与俄国马克思主义文学理论关系的个案研究

瞿秋白与俄国马克思主义文学理论的总体关系，是通过瞿秋白与俄国马克思主义阵营中的多位文学理论家、多种文学理论思潮，特别是在与列宁、高尔基、普列汉诺夫等重要理论家和拉普文学理论思潮的集中关联中，得以具体展开、微观呈现的。列宁文学理论是瞿秋白之俄国马克思主义文学理论资源的正脉，列宁文学理论对瞿秋白影响巨大，成为瞿秋白文学理论的主基石、风向标、参照系。高尔基从列宁时代开始，即被苏联官方逐步塑造为样板作家，瞿秋白与高尔基文学理论的关联，根源于"样板化"与"大众化"双重逻辑下的推崇，亦指涉列宁文学理论对瞿秋白思想的某种导引性、规定性。瞿秋白与普列汉诺夫文学理论之间主要是批评与纠偏关系，而非学界所普遍强调的译介与传播关系，这在瞿秋白与俄国马克思主义文学理论的关系维度中，属于一种批评性的新型维度。就思潮论而言，拉普文学理论本身及其与瞿秋白的关系，同时满足"重要性""复杂性"这两大要求，"阶级话语""民族话语"相互交织，值得专门探讨。

第一节　文学与政治的博弈
——瞿秋白与列宁文学理论关系研究

学界普遍认为，在 20 世纪中国文学理论发展史上，影响最大的外域资源是俄苏文学理论。基于时代的迫切需要，得益于优越的主体条件，瞿秋白深受俄国马克思主义文学理论的影响，尤以列宁文学理论的影响为最。他全面接受和充分运用了列宁文学理论，并使其在中国快速传播与普遍接受，产生了广泛而深远的影响。

一　瞿秋白对列宁文学理论的全面接受

虽然瞿秋白没有写过研究列宁文学理论的专门文章，但从二者的交往联系看，他三次见到列宁，曾经多次聆听列宁演讲，并与其合过影、进行短暂交谈（共产国际第三次代表大会期间，列宁曾向瞿秋白介绍几个关于东方问题的材料，建议他去学习、研读），列宁"德法语非常流利，谈吐沉着果断"，"诚挚果毅的政治家态度流露于自然之中"的形象，演说"为霹雳的鼓掌声所吞没"① 的气势，都令瞿秋白印象深刻，他形象地写道，"无意之中，忽然见列宁立登演坛。全会场都拥挤簇动。几分钟间，好象是奇樽不胜，寂然一陶，后来突然万岁声，鼓掌声，震天动地。工人群众的眼光，万箭一心，都注射在列宁身上。大家用心尽力听着演说，一字不肯放过。列宁末后这几句话，埋在热烈的掌声中。鼓掌声，万岁声，国际歌乐声，工厂的墙壁都显得狭隘似的——伟大的能力正生长"。从二者的文本联系看，瞿秋白第一个采用文艺手法，将列宁"无产阶级革命导师"的光辉形象展现在中国人面前，节译了列宁名篇《党的组织和党的出版物》，翻译了列宁论托尔斯泰的两篇经典文章，《瞿秋白文集》高频引用了列宁的文艺论述，其篇幅居所有文学理论家之首，在发表的《列宁与社会主义》《列宁主义概说》《列宁主义与中国的国民革命》等文章中，瞿秋白比较系统和全面地评价了列宁、列宁主义，均是这方面的力证。可以说，通过亲身交往、著述译介、学习研究，瞿秋白彻底消除了对社会主义"隔着纱窗看晓雾"的朦胧状态，全面接受了列宁文学理论，"他对文艺阶级性的强调，对文艺人民性的关注，则更多地是来自列宁文艺思想的灌注"②，具体表现在以下几个方面。

首先，瞿秋白接受了列宁反映论的文艺本质论，强调文艺"反映着现实，同时也影响着现实"，较为正确地认识了文艺与现实的关系，完成了自身文学理论体系的核心建构。

从文艺与生活关系的角度认识文艺本质，是欧洲文学理论的一个重要传统，也是俄国 19 世纪以来许多批评家的共同视角。列宁也是如此，他

---

① 《瞿秋白文集》（文学编）第 1 卷，人民文学出版社 1985 年版，第 162 页。
② 毛剑：《"左联"时期马克思主义文艺理论的引进与发展研究》，博士学位论文，山东大学，2006 年，第 122 页。

从文艺与现实关系的角度，探讨了文艺本质，界定了文艺价值，评论了作家作品。① 可以说，瞿秋白抓住了列宁文学理论的这一特点。在《论弗理契》一文中，他指出，列宁视文艺为"一种特别的上层建筑，一种特别的意识形态"，它"反映实质而且影响实质"，包含文艺在内的"意识并不是消极的"②。在瞿秋白看来，列宁上述看法是"最科学的"，"真正的马克思主义对于艺术的观点，还是乌梁诺夫的"③。

瞿秋白不仅接受了列宁的上述文艺思想，还用他自己的语言，将其表述如下：一方面，文艺只是社会的反映，由"社会"而"思想"再至"文学"，这构成了文艺的生成序列。瞿秋白说，"文学只是社会的反映，文学家只是社会的喉舌。只有因社会的变动，而后影响于思想，因思想的变化，而后影响于文学。没有因文学的变更而后影响于思想，因思想的变化，而后影响于社会的"，强调社会为文学提供源头和素材，"因为社会的不安，人生的痛苦而有悲观的文学，譬如人因为伤感而哭泣，文学家的笔就是人类的情感所寄之处"④，凸显文学作品所抒情感的社会性本质。另一方面，文艺具有能动性，其反作用各不相同。在瞿秋白看来，文艺"能够回转去影响社会生活"，它"反映着现实，同时也影响着现实"，"文艺的反映生活，并不是机械的照字面来讲的留声机和照相机"⑤，而是具有主观能动性和相对独立性，正是基于此，他希望、要求广大的普罗文学作家要从无产阶级的观点、立场"去反映现实的人生，社会关系，社会斗争"⑥。列宁的文艺本质观，甚至浸润到了瞿秋白的生活智慧当中，可见其笃信之深、确认之切。这方面的生动例子有，瞿秋白的夫人杨之华曾经回忆道，有一次，瞿秋白和朋友们在中山公园玩，他说文学当然应该搞，但根本问题不在文学，有人就问他根本问题在哪里，当时他们正在吃包子，瞿秋白幽默答道，"根本问题在包子上面"。⑦ 在这里，"包子"隐喻物质生产、社会关系、政治斗争，它为文艺反映提供对象、内容、主题，发挥着决定作用，但文艺也有其独特的重要作用，所以"应该搞"。

---

① 季水河：《毛泽东与列宁文艺思想比较研究》，《文学评论》2008 年第 2 期。
② 《瞿秋白文集》（文学编）第 2 卷，人民文学出版社 1986 年版，第 270 页。
③ 同上。
④ 《瞿秋白文集》（文学编）第 1 卷，人民文学出版社 1985 年版，第 248—249 页。
⑤ 《瞿秋白文集》（文学编）第 3 卷，人民文学出版社 1989 年版，第 68 页。
⑥ 《瞿秋白文集》（文学编）第 1 卷，人民文学出版社 1985 年版，第 476 页。
⑦ 杨之华：《回忆秋白》，人民出版社 1984 年版，第 103 页。

列宁"反映论的文艺本质论"思想在瞿秋白身上深刻体现，由此可见一斑。

其次，瞿秋白继承了列宁阶级性的文艺属性论，认为文艺"都是意识形态的得力的武器"，强调文艺与阶级、政治、意识形态的紧密关联，确立了自身文学理论的基本品格。

就总体而言，较之马克思、恩格斯"更进了一步"，列宁"旗帜鲜明地从阶级的观点去看待文艺，用阶级的方法去分析文艺并赋予文艺鲜明阶级性"①，坚持阶级性的文艺属性论。早在1905年，他就强调包括文学在内的写作事业，应当成为"由全体工人阶级的整个觉悟的先锋队开动的一部巨大的社会民主主义机器的'齿轮和螺丝钉'"②，注重发挥文艺的阶级整合、思想团结功用。1908年致信高尔基时，列宁又要求"把文艺批评同党的工作，同领导全党的工作更紧密地结合起来"③，强调文艺的意识形态属性。

瞿秋白直接从列宁那里接受和继承了这一思想，并做了如下阐发：一是文艺是进行意识形态宣传的强大武器，具有鲜明的阶级属性。在《"自由人"的文化运动》一文中，瞿秋白引用列宁《党的组织和党的出版物》中的一段话——"资产阶级的著作家，艺术家，演剧家的自由，只是戴着假面具的（或者是伪善的假面具的）去接受钱口袋的支配，去受人家的收买，受人家的豢养"④，用于强调文艺的阶级属性、意识形态功能。在他看来，"每一个文学家其实都是政治家"，"都是意识形态的得力的武器"⑤，"文学是附属于某一个阶级的，许多阶级各有各的文学"⑥，文艺与政治、意识形态、阶级具有千丝万缕的联系。二是文艺带有阶级性，要求无产阶级文艺坚持党性原则。在长文《文艺理论家的普列哈诺夫》中，瞿秋白引用列宁"无党派的文学家滚开！超人的文学家滚开！社会民主主义的无产阶级，应当反对着资产阶级的习惯，反对着资产阶级的企业式的商业化的出版界，反对着资产阶级的文艺上的升官主义和个人主义，老

---

① 季水河：《毛泽东与列宁文艺思想比较研究》，《文学评论》2008年第2期。
② 《列宁论文学与艺术》，人民文学出版社1983年版，第68页。
③ 同上书，第249页。
④ 《瞿秋白文集》（文学编）第1卷，人民文学出版社1985年版，第502页。
⑤ 同上书，第541页。
⑥ 《瞿秋白文集》（文学编）第3卷，人民文学出版社1989年版，第69页。

爷式的无政府主义和赚钱的狂热……"的大段论述，强调文艺的党性原则，倡导"尽可能的在完全的充分的形式里去实行这个原则"①，以便发挥功能、实现价值。在他看来，马克思列宁主义肯定文艺的阶级性，坚持艺术的党派性，强调文艺是阶级斗争的锐利武器。三是文艺的阶级性、党性原则，要求其创作坚持正确的政治立场。在《并非浪费的论争》一文中，瞿秋白强调，列宁关于文学党派性的原则，理当应用于普罗革命文学创作，"问题只在于应用得正确不正确"②。在《〈鲁迅杂感选集〉序言》中，瞿秋白称列宁为"现代最伟大的革命政治家"，并引用他分析"反抗"与"剥削"之关系、批判小资产阶级文艺的两段话，说明鲁迅所处创作环境之黑暗，用于强调文艺立场的重要性。由上可见，瞿秋白全面接受、普遍运用了列宁"阶级性的文艺属性论"思想。

再次，瞿秋白借鉴了列宁大众化的文艺方向论，强调无产阶级文艺为劳动者、为人民服务的价值取向，用以规范、指导、推动中国的普罗文艺运动，体现出鲜明的人民性特征。

早在马克思、恩格斯那里，大众化的文艺方向论就被表述为"歌颂倔强的、叱咤风云的和革命的无产者"，但论述并不具体、丰富。列宁关于这一命题的回答，则要详细得多，它包括文艺的服务对象、服务方式这两大内容。关于前者，列宁强调文艺"为千千万万劳动人民，为这些国家的精华、国家的力量、国家的未来服务"，而不是为那些"百无聊赖、胖得发愁的'一万个上层分子'服务"③；对于后者，列宁要求艺术"深深地扎根于广大劳动群众中间"，"为群众所了解和爱好"，"从群众的感情、思想和愿望方面把他们团结起来并使他们得到提高"④，强调"艺术是属于人民的。它必须在广大劳动群众的底层有其最深厚的根基"，苏维埃的进步文艺是"一种按照内容而规定其形式的，真正新兴的、伟大的艺术，一种共产主义的艺术"⑤。

瞿秋白不仅继承了列宁的上述思想，并以之为核心命题，做了如下阐释：一是在文艺对象上，强调为普通劳动者服务。在长文《普洛大众文

---

① 《瞿秋白文集》（文学编）第 4 卷，人民文学出版社 1986 年版，第 59 页。
② 《瞿秋白文集》（文学编）第 3 卷，人民文学出版社 1989 年版，第 90 页。
③ 《列宁选集》第 1 卷，人民出版社 1995 年版，第 666 页。
④ 《列宁论文学与艺术》，人民文学出版社 1983 年版，第 435 页。
⑤ 同上书，第 438 页。

艺的现实问题》中，瞿秋白引用列宁《党的组织和出版物》中的一段话，"这种文艺并不是给吃饱了的姑娘小姐去服务的，并不是给胖得烦闷苦恼的几万高等人去服务的，而是给几百万几千万劳动者去服务的"①，明确了普罗文艺的服务对象。在《文艺的自由和文学家的不自由》一文中，瞿秋白引用列宁的观点，强调"并不是为着要弄出什么无阶级的文学和艺术，而是为着要把真正自由的公开和无产阶级联系着的文学，去和伪善的自由的而事实上联系着资产阶级的文学对立起来"②，突出普罗文艺的无产阶级性。二是在文艺目标上，强调"为人民"的责任意识，重视创建与改进大众文艺语言。在瞿秋白看来，中国普罗文艺的创立与发展，恰如列宁所言，必须是"自由的文艺"、必须负荷"社会主义的理想和对劳动者的同情"，但它目前缺少列宁所推崇的"可爱的屠格涅夫的言语"，中国的普罗文艺运动需要担负起创造这种语言的责任。③ 三是在文艺措施上，主张借鉴列宁时期的普罗文艺运动经验，为我所用。在《苏联文学的新阶段》一文中，瞿秋白指出，苏俄普罗文艺运动经历了三个时期，即波格达诺夫、普列汉诺夫、列宁时期。作为科学、相对成熟阶段的文艺思想产物，列宁时期的文学理论"更加精确更加深刻的揭破普列哈诺夫之中的孟塞维克的成分"④，它开展工农通信员、文学突击队运动，成立世界革命作家联盟，"开始了新的发展"，提出"布尔塞维克的大艺术"任务，等等具体做法，都值得中国普罗文艺学习与借鉴。显然，瞿秋白文学理论直接借鉴了列宁"大众化的文艺方向论"思想。

二　瞿秋白对列宁文学理论的广泛运用

瞿秋白不仅全面接受了列宁文学理论，而且在评论经典作家、开展理论批判、进行文艺论战等多种批评实践中，将其充分运用，使其广泛传播，产生了巨大而深远的影响。可以说，列宁文学理论为瞿秋白文学理论提供了最核心的理论资源，充当了最有力的思想武器，其重要地位为其他文学理论家所无法比拟。

首先，列宁文学理论为瞿秋白文学理论输入了大量的思想观点，成为

① 转引自《瞿秋白文集》（文学编）第1卷，人民文学出版社1985年版，第461页。
② 《瞿秋白文集》（文学编）第3卷，人民文学出版社1989年版，第55页。
③ 《瞿秋白文集》（文学编）第1卷，人民文学出版社1985年版，第469页。
④ 《瞿秋白文集》（文学编）第2卷，人民文学出版社1986年版，第278页。

其审视文艺的参照坐标。列宁论托尔斯泰、高尔基等俄苏著名文学家的经典看法，直接成为瞿秋白针对他们的评价依据与界定标准。

对于列夫·托尔斯泰，从 1908 年至 1911 年，列宁曾经发表一系列文章（共 7 篇），强调其学说的"农民资产阶级"性质，称颂他为"俄国革命的一面镜子"，反映了"革命的某些本质方面"，指出农民所处的矛盾状况是列夫·托尔斯泰学说形成的根源。列宁的评论注重意识形态分析，亦不忘考量审美特性，强调作家必须熟悉生活、拥有真情实感。他的这种托尔斯泰观，为瞿秋白所部分接受、积极运用，其表现主要有二：一是列宁非常重视评论托尔斯泰，这体现在瞿秋白身上，便是后者精心翻译了列宁评论托尔斯泰的两篇重要文章（《列甫·托尔斯泰象一面俄国革命的镜子》《L. N. 托尔斯泰和他的时代》）以及《列宁选集》编选者 V. 亚陀拉茨基等人所做注解，瞿秋白同样注重译介、研究托尔斯泰作品及其思想。二是列宁评价托尔斯泰的某些观点，在瞿秋白所撰《俄罗斯文学史》一书中多有体现，如注重社会历史文化批评，强调社会思潮对文学观念的影响，称托尔斯泰是"有名的两重人格"，"一方面他是艺术家，别一方面他又是哲学家道德家"①，二者之间明显具有某种对应性，影响与接受关系显而易见。对于瞿秋白来说，列宁的看法已经成为列夫·托尔斯泰研究的某种导向性定评，其巨大影响可见一斑。

关于高尔基，虽然其革命态度有过多次变动与反复，对此列宁曾经进行过严厉批评，但他仍然是列宁最为推崇的革命作家、"党的艺术家"，堪称苏联无产阶级文艺的领军人物。瞿秋白全面接受了列宁及斯大林对高尔基的推崇，这主要表现在以下三个方面：一是采用选集、散篇等多种形式，大量编译高尔基的文艺作品、论文，广为传播，以表重视。二是撰写《高尔基作品选集·后记》《高尔基论文选集·写在前面》等重要评论文章，称颂高尔基为"新时代的最伟大的现实主义的艺术家"②，视其为中国左翼作家的典范。三是译述了苏联官方高度评价高尔基的四篇论文，即《高尔基——伟大的普洛艺术家》《高尔基的文化论》《作家与政治家》《马克西谟·高尔基四十年的文学事业》，其中《高尔基的文化论》等文章，多处注释引自列宁，关键论断来自列宁。可见，列宁对于高尔基的态

---

① 《瞿秋白文集》（文学编）第 2 卷，人民文学出版社 1986 年版，第 194 页。
② 《瞿秋白文集》（文学编）第 5 卷，人民文学出版社 1987 年版，第 324 页。

度与看法，成为瞿秋白的判断依据，二者的应和性明显。此外，瞿秋白在所撰《〈鲁迅杂感选集〉序言》中，解答"鲁迅是谁"的自设问题之前，先引述罗马神话人物莱谟斯的故事，称鲁迅为"野兽的奶汁所喂养大的"莱谟斯，而俄国激进民主主义思想家赫尔岑也曾以莱谟斯喝狼乳长大的比喻来讴歌十二月党人，瞿秋白将鲁迅比之为莱谟斯，并引用赫尔岑书简集《结束与开始》第五封信中的名言，俄国的贵族地主之间，"也发展了十二月十四日的人物。这是英雄的队伍，他们像罗谟鲁斯和莱谟斯似的，是野兽的奶汁所喂养大的。这是些勇将，从头到脚都是纯钢打成的。他们是活泼的战士，自觉的走上明显的灭亡的道路，为了要惊醒下一辈的青年去取得新的生活，为的要洗清那些生长在刽子手主义和奴才主义环境里的孩子们"①，显然是对赫尔岑的直接借鉴，而正是在这一点上，列宁曾经撰写《纪念赫尔岑》一文肯定赫尔岑，称他是"属于19世纪前半期贵族地主革命家那一代人的人物"，"十二月党人的起义唤醒了他，并且把他'洗净'了"②。综上可知，瞿秋白的这种论述方式，显然受到列宁阐明赫尔岑"这位在俄国革命的准备上起了伟大作用的作家的真正的历史地位"③ 时所使用论证方法的启发。④

其次，列宁文学理论为瞿秋白的普列汉诺夫文学理论批判，提供了强有力的思想武器，使其"纠察式"分析兼具理论基础、哲学依据、科学精神。

普列汉诺夫在俄国马克思主义史上地位的难以确定，它对于中国文学理论巨大而复杂的影响，瞿秋白"政治追随与理性认识之间的矛盾"，决定了瞿秋白批判普列汉诺夫文学理论的艰难境地与迫切需要。虽然瞿秋白的普列汉诺夫"纠察式"分析"比列宁的判断左了一层，也退了一步"⑤，但其基本观点仍然得益于列宁，具体表现如下：一是根据列宁的看法，瞿秋白界定了普列汉诺夫文学理论的主要错误。瞿秋白引用列宁"普列哈诺夫等类的人，为着微细的派别利益，居然走到了拥护理论上的

① 《瞿秋白文集》（文学编）第3卷，人民文学出版社1989年版，第97—98页。

② 《列宁论文学与艺术》，人民文学出版社1983年版，第125—126页。

③ 同上书，第125页。

④ 曾镇南：《鲁迅是谁？——重读瞿秋白的〈鲁迅杂感选集〉序言》，汤淑敏、蒋兆年、叶楠主编：《瞿秋白研究新探》，南京大学出版社2003年版，第268—269页。

⑤ 胡明：《经典的流播与纠察——瞿秋白译介普列汉诺夫文学理论的历史是非》，《陕西师范大学学报》（哲学社会科学版）2008年第1期。

修正主义"等说法，深刻批评其错误。在他看来，列宁名作《党的组织和党的出版物》，一定程度上是为了反对普列汉诺夫"超人"文学理论"这个问题而写的"，针对性明显。瞿秋白还引用列宁《关于辩证法问题》的札记、摘记黑格尔《哲学历史》旁批中的两段话，由此强调"辩证法的不充分"也是普列汉诺夫的主要错误。二是依照列宁的认识，瞿秋白指出了普列汉诺夫文学理论的具体错误。在批判普列汉诺夫"象形说"时，瞿秋白强调，艺术反映生活，也是"社会斗争和阶级斗争之中的一部分实际行动，表现并且转变意识形态的一种武器"，而列宁的这种艺术论，其理论本质与普列汉诺夫的"象形说"恰好相反。对于普列汉诺夫美学的康德主义成分，瞿秋白指出，马列主义坚决反对"这种蒙蔽和曲解现实的社会现象的"① 学说，指向性明确。在瞿秋白看来，列宁对别林斯基的评价与普列汉诺夫大不相同，前者认为别林斯基的伟大不在于"他是一个很好的文艺批评家，而在于他是反对农奴制度，反对俄皇政府的革命家"，因为别林斯基的文艺批评"包含着这种战斗的革命的精神"②，而后者只看见"别林斯基是一个杰出的文艺批评家"，只把"别林斯基当做学者看待，而没有说明别林斯基在反对封建农奴思想的斗争里的意义"③，二者差异明显。三是接受列宁的观点，瞿秋白树立了研究普列汉诺夫文学理论的科学态度。瞿秋白强调，普列汉诺夫的文学遗产无疑具有价值，理由便是列宁认为"普列哈诺夫在当初是一个革命的马克斯主义者"，"如果不研究普列哈诺夫所写的一切哲学著作，那就不能够成为真正的共产主义者"，"普列哈诺夫的哲学论文'应当成为共产主义的必修的教科书'"④，不应该抹杀普列汉诺夫的思想成就。所以，研究普列汉诺夫文学理论，不能因为其孟什维克理论家的身份"把他一笔勾销"，忘却其文学理论的价值，但问题的关键在于，他"不是充分的辩证法唯物论者"⑤，需要予以批判和清算。在瞿秋白看来，正确的研究态度应该是，一方面"利用他的文艺理论的遗产"，另一方面"对于他的理论加以

---

① 《瞿秋白文集》（文学编）第 4 卷，人民文学出版社 1986 年版，第 66 页。

② 同上书，第 70 页。

③ 同上。

④ 同上书，第 75 页。

⑤ 同上。

批评的观察和分析，使得文艺理论更加深刻，更加精密"①，而这种继承与超越并重的研究旨趣，正是列宁的态度。

再次，在瞿秋白与"自由人""第三种人"的文艺论战中，列宁文学理论是犀利的批判工具，直指"文艺自由论""文艺无关政治论"。

"自由人"主要指胡秋原，他以"马克思主义文学理论拥护者"自称，提出了"自由的文学""文学的自由"等范畴，强调文艺的独立性，反对党派政治"干涉文艺"，因其传播与研究普列汉诺夫文学理论的不小贡献，又出版过《唯物史观艺术论》《艺术社会学》《革命后十二年来之苏俄文学》等多种著译，在当时影响较大。苏汶（杜衡）是"第三种人"的代表，他鼓吹文艺脱离政治，批评左翼文艺运动，自称居于"反动文艺和左翼文艺两大阵营"之外，其论调在当时亦有一定反响。为求得真理，以正视听，推动左翼文艺运动的健康发展，瞿秋白积极与之应战。这是继民族主义文艺运动之后，国内文学理论界马克思主义阵营与自由派进行的第一次大规模论战，讨论围绕文艺的阶级性、真实性、倾向性，文艺与政治的关系等许多问题而展开，产生了巨大而深远的影响。在激烈的论争场域中，文学流派、政治分野、理论资源等多方交织，当时的情况错综复杂。

瞿秋白之所以能够交上一张精彩的论辩答卷，尤其离不开列宁文学理论这一犀利批判工具的助阵。在《"自由人"的文化运动——答覆胡秋原和〈文化评论〉》一文中，瞿秋白指出，虽然胡秋原自诩熟谙列宁理论，喜欢引用其"真正相信自己是在推进科学的人，不会要求新的观点要有和旧的观点并存的自由，而要要求用新的观点去代替旧的"②式的名言，随后瞿秋白笔头一转，引用列宁《党的组织和党的出版物》中强调文艺阶级属性、《国家与革命》中论述马克思主义注重"理论"与"实践"互动的几段话，反驳胡秋原的指责。在这里，列宁文学理论及其哲学思想，成为瞿秋白文艺论战的有效工具。在《并非浪费的论争》一文中，瞿秋白强调，要借鉴列宁科学的研究态度，对普列汉诺夫的艺术理论既要肯定、学习，又要批评、反思，而胡秋原不懂其复杂性，他对普列汉诺夫

---

① 《瞿秋白文集》（文学编）第4卷，人民文学出版社1986年版，第55页。
② 《瞿秋白文集》（文学编）第1卷，人民文学出版社1985年版，第501页。

的研究不客观、有欠公允，存在根本缺陷，"不能了解艺术的列宁的原则"①，"只是舍不得朴列汗诺夫"②，以此批判胡秋原的所谓"文艺唯物史观"理论，清算其理论的负面影响。在《文艺的自由和文学家的不自由》一文中，瞿秋白引用列宁论托尔斯泰的两段话，来批评"第三种人"苏汶的托尔斯泰观，强调新兴阶级能够"真正估定艺术的价值"，"运用贵族资产阶级的文艺的遗产"③，以此批驳苏汶的文艺自由观。对于瞿秋白发表的这些论文，鲁迅曾给予过高度评价，他好几次微笑着对冯雪峰说，"真是皇皇大论！在国内文艺界，能够写这样论文的，现在还没有第二个人！"能得到如此高的评价，主要与瞿秋白的"胆识才力"有关，同样离不开作为思想资源与分析武器的列宁文学理论的有效指引、微观指导。

三　瞿秋白与列宁文学理论关系的总体评价

瞿秋白全面接受与广泛运用列宁文学理论，是理论本身、时代需要、主体选择成功对接的产物，它具有多方面的原因。瞿秋白与列宁文学理论发生紧密关联，对于扩大马克思主义文学理论在中国的影响、推动中国文学理论的快速发展、为毛泽东文学理论的形成提供思想积淀等，具有明显的正面作用，但受时代风潮、研究偏颇、理论范式等方面的局限，客观上也产生了一定的负面影响。

首先，瞿秋白结缘列宁文学理论，其原因是多方面的，它是理论本身、社会需求、主体旨趣共同作用的结果。

一是在于列宁文学理论的科学性、生命力。关于列宁，虽然国外学界一直存在"具体环境中的列宁"与"本质的列宁"，"抽象的理论家、思想家、哲学家"与"行动者"的"两个列宁"之说，评价不一。对于列宁理论，也有"普遍适用说""全面否定说""基本过时说""局部价值说"等不同论断，看法各异。但坚持历史分析、实事求是地看，列宁是20世纪伟大的政治家、社会活动家，是马克思和恩格斯"正统思想"的继承者，他开辟了马克思主义的新阶段，列宁理论是实践中的马克思主

---

① 《瞿秋白文集》（文学编）第3卷，人民文学出版社1989年版，第90页。

② 同上书，第89页。

③ 同上书，第66—67页。

义、20 世纪上半叶的马克思主义、具有俄国特色的马克思主义，它特别强调主观意志的能动性，是一种强有力的现实斗争武器，不仅是"马克思的唯物主义辩证法的恢复"，而且是"这个方法的具体化和进一步发展"①，列宁主义②是"帝国主义和无产阶级革命时代的马克思主义"，是"无产阶级革命的理论和策略，特别是无产阶级专政的理论和策略"③，国际主义与民族主义兼顾，理论思考与实践推行并重，"在政治方面，列宁主义提出了新的、更为严密的关于建立政党组织的措施和夺取政权、动员群众和重建社会的方法——事实上，这是向西方世界借鉴政治谋略的最新步骤。最后，对于个人来说，列宁主义指出一条为了爱国目的而勇于自律和牺牲的道路"④，本身具有突出的科学性、强大的生命力，这是瞿秋白接受与运用列宁文学理论的前提。

　　二是基于所处时代的迫切需要。俄国十月革命的胜利，"资产阶级文化的夜之余，无产阶级文化的晨之初"令人欢欣鼓舞，"布尔什维克主义是马克思主义的俄国版，它继承了马克思关于人类历史发展规律的充满雄辩力量的描述，以及与之相应的一整套道德和认知模式，同时也巧妙地糅合了俄罗斯思想传统的精髓，比如对平等和兄弟之爱的珍视，对共同体的迷恋，尤其是俄罗斯思想中根深蒂固的弥赛亚情结"⑤，苏联作为"世界第一个社会革命的国家，世界革命的中心点，东西文化的接触地"的体

---

①　《斯大林选集》上卷，人民出版社 1979 年版，第 199 页。

②　"列宁主义"在列宁病重、病危和病故后提出，并流传开来。它最早是作为贬义词，由列宁的反对者马尔托夫、普列汉诺夫等使用，指代"背离马克思主义的异端思想"。直到 1923 年列宁病重、不能视事时，未经其同意，"列宁主义"才由加米夫、斯大林等作为褒义词使用，被视为"现代共产主义"的同义语。1924 年 1 月 21 日，列宁逝世，俄共（布）中央于次日发表《告全党和全体劳动人民书》，正式提出"列宁主义"，随即党的领导人斯大林、季诺维也夫、布哈林，理论家波波夫、亚哥列夫等人，以讲演、出版论著等多种形式，在苏联掀起一股学习列宁主义的高潮。他们强调，对应于马克思主义的科学性、理论性、欧洲色彩，列宁主义具有策略性、实践性、俄国性、世界意义等特点。据此，当时由联共（布）掌控的共产国际，要求各国共产党布尔什维克化，实即"苏共化"，更加强调列宁主义。参见高放《"马克思列宁主义"提法的来龙去脉》，《文史哲》2001 年第 3 期。

③　《斯大林选集》上卷，人民出版社 1979 年版，第 185 页。

④　［美］费正清、赖肖尔：《中国：传统与变革》，陈仲丹等译，江苏人民出版社 1992 年版，第 459—460 页。

⑤　倪伟：《"民族"想象与国家统制：1928—1948 年南京政府的文艺政策及文学运动》，上海教育出版社 2003 年版，第 23 页。

认，"世界的进步向着社会主义发展"①，"将来的世运在无产阶级手里了"，对于中国而言，"马克思主义派的直接运动是不可少的"，这些为列宁文学理论引入中国提供了最有力的理由、最迫切的需求。在瞿秋白等人看来，共产主义不再是"社会主义丛书里一个目录"，"俄国革命史是一部很好的参考书"②。同时，在中国革命性质、道路、策略等方面，列宁的一国或几国率先胜利论、无产阶级建党学说、民族和殖民地理论等极富启示意义，而它指导中国革命所取得的巨大成绩，更是证明了由"西化"向"师俄"的范式转换是正确的、适宜的。列宁理论具有指导中国社会革命的巨大价值，关于这一点，正如美国著名汉学家石约翰所深刻指出的，"五四一代人开始对马克思主义感兴趣的时候，马克思主义已经历了若干的变化和补充。从中国的观点看，最重要的是列宁的理论，中国所接受的见解通常也被认为是马克思列宁主义形态。列宁的主要贡献就是证明社会主义革命在工业不发达的国家也是可能进行的。他仍然相信城市无产阶级是向社会主义过渡的关键力量，但他认为实现社会主义也是农民的重要任务。此外，列宁发展了先锋队、领导革命的共产党等概念。他证明，这种团体组织严密，只要条件具备，就能够完成马克思为无产阶级设计的许多历史任务。最后，列宁提出一种帝国主义理论，它论证了社会主义革命不发生在工业发达国家，因为海外扩张给资本主义以再生的机会，输出了它的危机，等等。同时，他断定帝国主义经济发展的结果阻碍了殖民地人民自己的社会经济发展"，"马克思主义通过列宁主义的党的概念，能够提供组织的优势，也即宗教为早期起义提供的、能使信徒们为之献身的、狂热的全体大会的形式。此外，虽然它现在被设想为是世俗组织，最终目的在于社会平等，但共产党的组织结构也保留了西方的军事效率、甚至是无私贵族的责任与义务的更活跃的信仰。这些特征不仅与大同传统相联系，也为处理军事问题及 1911 年后中国政治的混乱局面提供了最恰当的方式"。③ 正是基于此，孙中山主张"以俄为师"，毛泽东强调"走俄国人的路"，此种社会主潮之中，列宁文学理论的引入与传播，便恰逢其时，正适其用，恰如周扬所指出的，"列宁提出了并且解决了革命所提出

① 《瞿秋白文集》（政治理论编）第 1 卷，人民出版社 1987 年版，第 56 页。
② 同上书，第 229—230 页。
③ ［美］石约翰：《中国革命的历史透视》，王国良译，东方出版中心 1998 年版，第 187—188、190 页。

的问题。他把艺术应当直接服务于群众当作艺术运动的全部方针指出来了"，"列宁关于艺术与群众的关系的原则成为了全世界革命文艺的总方针。中国的革命文艺运动也是在列宁的原则的指导之下进行的"①，列宁文学理论有效对接了当时中国社会的时代需求并发挥了重要作用。

　　三是源于瞿秋白对列宁及其理论的推崇。在中国，十月革命曾经一度被污蔑为"阴谋政变"，列宁亦被指责为"极端派的首领"，虽然"苏俄政府在公开的外交和革命颠覆活动两个不同方面对中国采取双管齐下的手法"②，但列宁一直关注中国人民的反帝国主义斗争、对其深重灾难深表同情的事实，经瞿秋白、李大钊等人在报刊上的传播，促使越来越多的中国人开始敬重列宁、亲近列宁。根据罗志田的研究与考据③，因美国总统托马斯·伍德罗·威尔逊（Thomas Woodrow Wilson）积极推行主张各民族平等的"十四点"和平原则，1918 年底陈独秀在《每周评论》的《发刊词》中称颂威尔逊为"世界上第一个好人"，但到 1923 年 12 月北京大学进行民意测验、投票选举世界第一伟人时，列宁获得 497 票中的 227 票居第一，威尔逊得 51 票列第二，威尔逊从"第一好人"滑落到"第二伟人"且票数急剧减少，这些"正是由美到俄这个榜样的典范转移趋于完成的象征"，而列宁声望骤增、影响巨大亦可见一斑。通过亲身交往、著作翻译、借鉴研究等，瞿秋白发自内心地推崇列宁及其理论，这是接受生成的主体条件。对于列宁本人，瞿秋白称颂其为"二十世纪的伟大的人物"，"列宁的伟大不仅在于他的共产主义理论，而在于他能明悉社会进化的趋向，振作自己的革命意志，指出应用客观的环境，以达人类的伟大的目的之方法"，"最能综合革命的理论和革命的实践"，"勇猛的，坚定的，刻苦的，精细的，热烈的领导着群众去斗争"④，评价很高。关于列宁理论，瞿秋白曾经谦虚地说，"我的一点马克思主义理论的常识，差不多都是从报章杂志上的零星论文和列宁的几本小册子上得来的"⑤，他对

<hr>

①　周扬：《马克思主义与文艺》（序言），延安文艺丛书编委会编：《延安文艺丛书·文艺理论卷》，湖南人民出版社 1984 年版，第 210—211 页。

②　［美］费正清、赖肖尔：《中国：传统与变革》，陈仲丹等译，江苏人民出版社 1992 年版，第 466 页。

③　罗志田：《权势转移：近代中国的思想、社会与学术》，湖北人民出版社 1999 年版，第 72 页。

④　《瞿秋白文集》（政治理论编）第 7 卷，人民出版社 1991 年版，第 539 页。

⑤　同上书，第 705 页。

列宁理论的熟悉与推崇，列宁理论对他的影响与意义，显而易见。对列宁的这种推崇表现在文学领域便是，列宁文学理论中关于文学与政治、阶级、革命、人民的关系，文学的服务对象和方式，文学家的阶级立场等许多方面的论述，以侧重于文学活动的外部规律研究即"他律性"研究的形式，为瞿秋白所广泛吸收、高度推崇、全面应用。①

其次，瞿秋白译介、传播列宁文学理论，应用于中国文艺批评实践，具有突出的正面价值。

一是促进了列宁文学理论在中国的广泛传播。虽然李大钊、陈独秀等一大批早期马克思主义者，也曾经积极介绍列宁，译介他的著作，但"及时地、系统地、长期地、有针对性地翻译介绍列宁主义著作及思想的，当首推瞿秋白"②。这表现在文学理论上，瞿秋白以节译列宁名作《党的组织和党的出版物》、翻译列宁论托尔斯泰的多篇重要论文、高频引用列宁的文艺论述、用其广泛指导中国文艺批评等多种方式，推动了列宁文学理论在中国的普遍传播与快速发展，为马克思主义文学理论的中国化做出了突出贡献。尤其值得一提的是，瞿秋白通晓包括革命学说、政治理论、哲学思想在内的列宁全部理论，其文学理论建立在对列宁理论总体把握的基础之上，视野也就更加开阔，认识更为深入，观点更加正确，也就更加有利于列宁文学理论在中国准确、有力、快速的传播，它加速了列宁主义在中国革命中发挥更大功用的进程。据杨之华回忆，瞿秋白翻译的《列宁主义概论》当时广泛受到工人们的热烈拥护，在白色恐怖最严重的1935 年，"我在一个工人家里的箱子里发现了这本书，那个工人说：'这是我最爱读的一本书，已经藏了好几年了！'这位工人不知道我与秋白的关系，他把这本书交给我，要我阅读。那时我白天在怡和蛋厂做工，晚上向工人同志讲解这本书，工人们都很喜欢听"。③ 列宁理论的巨大影响力、广泛传播面，可见一斑。

二是推动了中国文学理论的向前发展。一方面，评价托尔斯泰、高尔

---

① 毛剑：《"左联"时期马克思主义文艺理论的引进与发展研究》，博士学位论文，山东大学，2006 年，第 122 页。

② 孙淑：《瞿秋白在中国传播列宁主义的历史功绩》，《南京大学学报》（哲学人文社会科学版）1995 年第 4 期。

③ 杨之华：《一个共产党员——瞿秋白》，《忆秋白》编辑小组编：《忆秋白》，人民文学出版社 1981 年版，第 37 页。

基等经典作家，批判普列汉诺夫文学理论、"五四"新文学，与"自由人""第三种人"进行文艺论战时，瞿秋白以列宁文学理论为思想武器与斗争工具，致力于创建"科学的文艺论"，使马克思主义文学理论以相对独立的思想体系、新兴的学科面貌登上历史舞台，促进了中国文学理论在当时的快速发展，可以说，瞿秋白以实际行动实践了列宁的相关主张，获得"革命的经验"显然比论述"革命的经验"更有意义。另一方面，1940 年鲁迅艺术学院出版的《马克思恩格斯列宁论艺术》选用了瞿秋白译《L. N. 托尔斯泰和他的时代》，1941 年戈宝权辑译的《列宁论文学艺术与作家》使用了瞿秋白的译文，萧三编译的《列宁论文化与艺术》采用了瞿译《列甫·托尔斯泰象一面俄国革命的镜子》，则生动体现了瞿秋白译介列宁文学理论对于中国文学理论的长远影响。

　　三是搭建了毛泽东与列宁文学理论关联的中间环节。毛泽东重点接受了列宁文学理论，二者的理论图景基本相似。[1] 可以这么说，毛泽东与列宁文学理论紧密联系的发生，很大程度上得益于瞿秋白这一中介。延安文艺座谈会前后，毛泽东曾经多次研读瞿秋白遗著《海上述林》（鲁迅亲自主持《海上述林》编辑工作，参与者包括茅盾、郑振铎等人，该著在国外出版时，署"诸夏怀霜社校印"以示感怀、纪念，"诸夏"即"华夏"、中华之意，"怀"表"怀念"，"霜"指"瞿秋白"，曾用乳名"阿双"，学名"双""霜"。得知瞿秋白被害的消息，鲁迅"在很长一个时期内悲痛不已，甚至连执笔写字也振作不起来了"，发出"这在文化上的损失，真是无可比喻"的叹息，强调"我把他的作品出版，是一个纪念，也是一个抗议，一个示威！……人给杀掉了，作品是不能给杀掉的，也是杀不掉的！"[2]）并感叹其"懂政治，又懂艺术"；在为《瞿秋白文集》出版题词时，称其"肯用脑子想问题"，"特别是文化事业方面"是"有思想的"。[3]《海上述林》中就辑录了列宁论托尔斯泰的文章。瞿秋白节译列宁《党的组织和党的出版物》则"对于党的文艺路线的制定乃至毛泽东在延安文艺座谈会上的讲话都是一个重要的理论依据"[4]。因此可以说，瞿秋白结缘列宁文学理论，搭建了联系毛泽东、列宁文学理论的中间环

---

① 季水河:《毛泽东与列宁文艺思想比较研究》，《文学评论》2008 年第 2 期。
② 葛涛:《〈海上述林〉与鲁迅书单》，《人民日报》2013 年 1 月 14 日。
③ 《毛泽东文集》第 6 卷，人民出版社 1999 年版，第 128 页。
④ 艾晓明:《中国左翼文学思潮探源》，湖南文艺出版社 1991 年版，第 302 页。

节，为马克思主义文学理论中国化的成功实现与高峰出现，做出了开创性贡献。

再次，瞿秋白对列宁文学理论的全面接受、广泛运用，客观上也产生了一定的负面影响。

一是相对忽视文学的审美艺术功能，强化了 20 世纪中国文学理论的政治化色彩。20 世纪 30 年代中国社会非整合模式的政治文化氛围下，文艺政治化与审美化要求尖锐对立，"阶级意识觉醒"取代"人性觉醒"。受时代所限，瞿秋白过于强调文艺的政治性、革命性、阶级性，相对忽视其审美艺术功能。此种功利式的文艺观同样影响了瞿秋白对列宁文学理论的译介与传播，这从其节译《党的组织和党的出版物》便可看出。一方面，瞿秋白误译"出版物"为"文学"，将"政治出版物与文学出版物之间的差别混淆"①；另一方面，漏译列宁关于写作自由的论述。列宁将写作与无产阶级总事业的关系，比作"齿轮和螺丝钉"与"机器"的关系，但又说"写作事业最不能作机械划一，强求一律，少数服从多数"，"绝对必须保证有个人创造性和个人爱好的广阔天地，有思想和幻想、形式和内容的广阔天地"②，强调"在这个领域中是最来不得公式主义的"③。瞿秋白没有翻译这些内容，主要与其翻译底本的注解有关，但他精通俄语，曾经多次提及该文，并称其引用源是列宁全集，不可能没有读过全篇。显然，急功近利的主体态度影响了他的翻译与传播，客观上则强化了 20 世纪中国文学理论的政治化色彩。

二是基于立场、身份的推导逻辑，影响了判断的准确性、评价的公允度。列宁文学理论的科学性、适用性毋庸置疑，但瞿秋白以此进行文学理论批判与论战时，其推导逻辑有时建立在政治立场、阶级身份的基础之上，不利于公允评价。前者体现在对普列汉诺夫的批判上。著名瞿秋白研究专家、美国学者保罗·皮柯维支认为，普列汉诺夫创立了俄国马克思主义文学批评，将马克思、恩格斯的世界观纳入文学理论，批判吸收了别林斯基、车尔尼雪夫斯基、杜勃罗留波夫等人的激进文学批评传统，在俄国

---

① ［荷］佛克马、易布思：《二十世纪文学理论》，林书武等译，三联书店 1988 年版，第 102 页。

② 陆贵山、周忠厚：《马克思主义文艺论著选讲》第四版，中国人民大学出版社 2007 年版，第 298 页。

③ 《列宁选集》第 1 卷，人民出版社 1995 年版，第 664 页。

马克思主义思想家中，"对中国文学思想有影响的首推普列汉诺夫"①，但基于其孟什维克的政治立场，列宁侧重于批判普列汉诺夫，这显然影响了瞿秋白的判断，于是普列汉诺夫的错误也被他主要强调，"谈论、品评政治的热情在以'艺术问题'为由头的探讨中得到发挥，人们的政治情绪在以'艺术问题'为由头的探讨中得到宣泄"②，政治立场成为最重要的评判因素。后者反映在对"自由人""第三种人"的批评上。当时站在民族资产阶级、小资产阶级立场的胡秋原，在争取著作家权益、反对国民党的文化控制、号召抗日等许多方面，均表现出明显的进步性，并非"反动派的走狗"，瞿秋白责难他"反对普罗文学，已经比民族主义者站在更前锋"，显得不够公允。在"无产阶级文艺要不要同盟军"问题上，阶级身份被摆在第一位，"秋白当时也还有'左'的倾向"③。综上可见，瞿秋白以列宁文学理论为论战武器，客观上强化了这种基于阶级身份的推导逻辑，不利于其准确评价。

三是范式转换预示着理论独尊，开始了 20 世纪中国文学理论的苏联模式支配期。张杰、汪介之曾将 20 世纪俄罗斯文学理论与批评，概括为社会批评、历史文化批评、审美批评这三股潮流，但中国首先接受的是以现实主义为核心的社会批评文学理论。瞿秋白对列宁文学理论的普遍接受与积极应用，即是这种需求逻辑下的产物。它加速了 20 世纪中国文学理论的苏联模式化进程，"以俄为师"的范式转换同时预示着理论独尊，苏联文学理论体系在中国由此盛行，直至改革开放新时期，它产生的影响极其深远。虽然"这种理论模式并非一无是处，历史上也确实起过一些进步作用"④，但负面影响同样不容忽视。⑤

瞿秋白对列宁文学理论的全面接受与广泛运用，给我们的启示是，在文学理论的发展史上，必然存在若干个重要的中间环节，它们虽然可能处

---

① ［美］保罗·皮柯维支：《马克思主义文学思想与中国》，尹慧珉译，中国社会科学院文学研究所国外中国学（文学）研究组编：《国外中国文学研究论丛》（中国现代文学专辑），中国文联出版公司 1985 年版，第 6 页。

② 朱晓进等：《非文学的世纪：20 世纪中国文学与政治文化关系史论》，南京师范大学出版社 2004 年版，第 117 页。

③ 夏衍：《懒寻旧梦录》，三联书店 1985 年版，第 204 页。

④ 马驰：《艰难的革命：马克思主义美学在中国》，《山东社会科学》2007 年第 5 期。

⑤ 关于苏联模式与 20 世纪中国文学理论话语转型的详细、深刻论述，参见何云波《苏联模式与中国文论话语转型——兼谈张冠华〈否定之后的思考〉》，《俄罗斯文艺》2003 年第 1 期。

于不同的发展阶段，却呈现出某种相似的品格，这为理论的前后传承、纵向联系提供了直接可能，而对于某种外域文学理论来说，理论创新往往让步于学说传播，适应性即先进性，影响力即生命力。在不同时空条件下发生的这种继承，本身意味着一种选择性的接受与变异，它是受历史规定的文学理论形态，必须适应于新环境、新要求，并在这种适应中得以应用和发展，才能获得蓬勃的生命力。

第二节　样板化与大众化的合一
——瞿秋白的高尔基崇拜

根据现有资料，高尔基作品的最早中译文《忧患余生》（即《该隐和阿尔乔姆》）出现在 1907 年，刊载于《东方杂志》第 4 年第 1 期。1908 年，留日学生所办汉语杂志《粤西》第 4 期，刊登署名"天蜕"的译作《鹰歌》，即高尔基散文名作《鹰之歌》的中文节译，译序中称其为"廿世纪初幕大文豪俄人郭尔奇所作"，高尔基"比年以来，获名视托尔斯泰辈尤高"，这是我国学人对高尔基最早的评介性文字。① 相比之下，高尔基文学理论批评著述在中国的翻译传播与出版介绍，则稍晚于他的文学作品。1920 年 10 月 1 日出版的《新青年》第 8 卷第 2 号，发表了郑振铎译《文学与现在的俄罗斯》，该文是 1918 年高尔基为他倡导建立的世界文学丛书社的第一批出版书籍目录所撰写的序言，介绍了具体出版计划，着重论述了文学的思想实质和重大的社会作用，尤其强调出版各国文学名著的巨大价值，译者称其是"高尔基的思想的结晶"，它开启了高尔基文学理论批评文字汉译、向国内介绍与传播的壮观大幕。随后，基于时代需要与思想资源的成功对接，以 1927 年为分水岭，高尔基文艺思想在中国文坛陡然升温，其译介数量之多、传播范围之广、影响程度之深，远非其他俄苏文论家所能匹及。②

高尔基文学作品与理论的译介，同样贯穿瞿秋白文艺历程、思想演进的主要阶段，所占比重最大，资料搜集最全，涉及面最广，亦为其他俄苏

① 陈建华主编：《中国俄苏文学研究史论》第 3 卷，重庆出版社 2007 年版，第 217 页。
② 汪介之：《高尔基的文学理论与批评在中国的接受》，《吉林大学社会科学学报》2005 年第 4 期。

文学家、理论家所不能比拟，堪称中国接受高尔基文艺著述的典型个案之一。正是基于此，国内学者彭维锋、陈春生、张意薇，日本学者白井澄世等人，近年来围绕瞿秋白的高尔基批判、译介俄苏文学的策略选择、"市侩"观等论题，进行了颇具深度的专门研究。以此为研究基础与路径选择，笔者引入俄国马克思主义文学理论发展史的审察视域，多维吸收近年来取得重大突破的高尔基本体研究成果，试图尽可能地回到瞿秋白文学理论的原初场域与文本空间，并充分考量其主体经验、思想旨趣，在俄苏外域资源与中国本土语境的双向互动中，进一步探讨瞿秋白与高尔基文学理论的复杂关系。

一　瞿秋白视野中的高尔基形象

高尔基是瞿秋白文学与文化视域中的"常客"，瞿秋白极为推崇。瞿秋白译介、传播高尔基的著述和思想，篇目上涵盖后者不同时期的各种作品，类型上融文学作品与文艺论文于一体，题材上包罗诗歌、散文、小说等多种文学形式，对应瞿秋白文艺创作的两次高峰期，并且各有特点：第一次是1921—1922年首次旅俄及之后的一两年内，约3年时间，侧重于简要介绍与总体评价高尔基、零星翻译其文学作品，瞿秋白自己的看法并不多；第二次是20世纪30年代初瞿秋白重返文坛的那几年，也包括随后他领导的中央苏区文艺实践，约4年至5年的时间，详细介绍与多维研究了高尔基，系统翻译了他的文学作品与社会论文，较多体现了瞿秋白自己的识见。

具体而言，自20世纪20年代初开始，高尔基便进入了瞿秋白的视线：1921—1922年旅俄期间，瞿秋白所著《俄罗斯文学史》称高尔基是"当时最著名的文学家，能继承五十年来的伟大精神"[①]，所撰散文集《赤都心史》中拟题《阿弥陀佛》（1922.2.26）译介高尔基短诗《市侩颂》，撰《劳农俄国的新文学家》（1923.9.10）一文称颂其为"劳动贫民的作家"，翻译高尔基小说《劳动的汗》（1923.10.9）、节译《意大利故事》为《那个城》（1923.11.24），翻译散文《时代的牺牲》（1927），如此等等，便是典型例子。20世纪30年代初，瞿秋白笔下的高尔基论著更为高频：受高尔基《海燕》直接影响而写作激情散文《沉默》（1931.12.26）、

----

① 《瞿秋白文集》（文学编）第2卷，人民文学出版社1986年版，第202页。

《暴风雨之前》（1931.12.27），所撰《苏联文学的新的阶段》（1932.1.16）一文中引述高尔基关于"创造许多工厂的历史"的不少言论与建议，举高尔基作品批驳苏汶（1932.10），以类似高尔基来高度肯定鲁迅（1933.7），译介苏联高尔基文学事业四十周年纪念大会上 V. 吉尔珀汀所作演讲《高尔基——伟大的普洛艺术家》（1933.11）、A. S. 布勃诺夫所作《高尔基的文化论》（1933.11），读邹韬奋编译的《革命文豪高尔基》一书而撰写论文《关于高尔基的书》（1933.11）《"非政治化的"高尔基》（1933.11），重译《市侩颂》（1933.12.2），翻译高尔基后期代表作——长篇小说《克里慕·萨慕京的生活》（第一章·部分），翻译《二十六个和一个》（1934.3.1）、《马尔华》，提议以高尔基命名中央苏区的戏剧学校，视高尔基文艺为其办学方向，推崇《母亲》《下层》，要求作家像高尔基那样进行丰富的社会体验（1934—1935），如此种种，不一而足。更重要的是，这一时期瞿秋白还编选出版了高尔基的两部著述，它很大程度上建构了高尔基在中国的定评形象，影响尤其深远：一是《高尔基创作选集》（1932.12），内收高尔基《海燕》《同志!》《大灾星》《坟场》《莫尔多姑娘》《笑话》《不平常的故事》等7篇散文诗、小说，另加《高尔基自传》，卢那察尔斯基评高尔基的经典论文《作家与政治家》，史铁茨基的著名演讲稿《马克西谟·高尔基四十年的文学事业》，瞿秋白所撰总评性的《后记》，共10篇；二是《高尔基论文选集》（1932.12.11），内录高尔基《市侩》《说文化》等文艺与社会论文23篇，另加1篇《高尔基自序》、瞿秋白《写在前面》这篇导言，达25篇。审视这些文本，瞿秋白眼中的高尔基主要呈现为如下三种形象。

首先，从作家身份来看，高尔基是无产阶级的普罗作家，体现在文学内容、艺术旨趣、价值追求等多个方面。

虽然瞿秋白早期曾经认为，高尔基的部分创作"渐渐想望'新的智识阶级'，以为个性应当超越庸众，超越现实"，"他以为新的智识阶级应当为个性自由，为社会幸福的信仰而斗争。他于是渐渐离开'出脚汉'而走进智识阶级"①，带有脱离民众、拥抱"智识阶级"的色彩，瞿秋白的这种观点类似于当时"无产阶级文化派"指责高尔基为"同路人"。但总体视之，在瞿秋白看来，高尔基首先是一位普罗作家，他为无产阶级创

---

① 《瞿秋白文集》（文学编）第2卷，人民文学出版社1986年版，第206页。

作了大量的大众文艺作品，功勋卓著。

一是文学内容上，高尔基的创作"一变文学的风气，从农民生活转入城市农工生活"①，文学题材方面曾经发生过 180 度的大转变，它"不仅止于现实平民的人性，求高等阶级的怜惜，更且进而指出平民的威力，足以颠覆高等阶级的恶浊社会"，于是"游民的无产阶级"式主人公常常出现在高尔基作品中，"他的文学是所谓'出脚汉'的文学"②。

二是艺术旨趣上，高尔基的作品紧密联系群众斗争，坚持普罗大众阶级的创作立场，视普通群众的劳动生活为艺术创作的主要源泉。"高尔基的创作生活一直同广大的群众斗争联系着的。……他自己在斗争，在群众里学习着，他给群众极宝贵的'精神粮食'——伟大的艺术作品。他在斗争和工作的过程里改正自己的错误，磨砺自己的武器。"③ 而高尔基之所以能够做到这一点，主要在于他的创作是为普罗大众阶级说话的，"虽然我们不念书，然而我们的鼻子闻一闻便知道那里有'公道'。——本来'公道'到处都有一样浓厚的——劳动的汗的气味"。④ 普通群众的劳动生活，成为高尔基创作的艺术源泉。

三是价值追求上，高尔基具有人民性的理想价值追求，堪称新兴社会力量的代表、鼓吹者，值得推崇。高尔基这位"劳动贫民的作家"坚信"将来的世运在无产阶级手里了"，其创作"书卷气重而艺术性刚直，他的写实天才决不愿为现实所束缚。他的'出脚汉'亦许是现实生活里所不能有的，他亦并不愿现代社会都成'出脚汉'，然而他的抗议声却只有借那出脚汉之口高呼出来"⑤，明显带有"人民性"⑥ 这一理想价值追求，高尔基大声疾呼"昨天是大欺罔的日子，——那是他的威权的最后一天。今天——可怕的日子，是报复那昨天的'欺罔'的日子。平民久忍之后的爆发力毁灭了那腐败的生活，而这种生活再也不能恢复他的旧形式了。一切旧东西都已杀尽了么？还没有！那末，明天总要杀尽的"，这种观念

---

① 《瞿秋白文集》（文学编）第 2 卷，人民文学出版社 1986 年版，第 205 页。

② 同上书，第 206 页。

③ 同上书，第 113 页。

④ 《瞿秋白文集》（文学编）第 1 卷，人民文学出版社 1985 年版，第 293 页。

⑤ 《瞿秋白文集》（文学编）第 2 卷，人民文学出版社 1986 年版，第 206 页。

⑥ 在俄苏思想资源中，"人民性"（народность）概念的专业表述，由普希金首次提出，后经别林斯基、杜勃罗留波夫等一大批学者的阐发，成为俄苏文学理论、美学的一个独特、重要范畴。参见张铁夫《再论普希金的文学人民性思想》，《外国文学评论》2003 年第 1 期。

体现在文艺创作上，便是自高尔基之后，俄苏文学"一切旧的都已经过去，样样发露新的气象"①，因此可以说，"高尔基的一生，高尔基所代表的'社会力量'的目的，不会不是这种事业的完成。高尔基现在已经能够亲眼看见这方面的伟大的成绩，新的文学——普洛文学也在高尔基的周围放着万丈的光焰了"②。

总之，在瞿秋白眼中，高尔基"代表着新兴的整个'社会力量'。在文化艺术方面，他可以算是这个'力量'的象征"③，他是一位值得推崇的无产阶级普罗作家。

其次，从文艺理念来看，高尔基是现实主义文学理论的实践者，他丰富的创作实践、鲜明的文艺主张，体现了其现实主义文学理论的实践属性。

一方面，通过区分两种真实，高尔基的文艺创作坚持现实主义的能动反映论，具有突出的倾向性、鲜明的革命性。瞿秋白认为，文艺反映"包含着文学家所表示的对于社会现象的态度"，"要从一定的立场——阶级的立场去分辨"④，他判定高尔基为"新时代的最伟大的现实主义的艺术家"，但他的写实决非"只要把现实的事情写下来，或者'纯粹客观地'分析事实的原因结果"⑤。与这种"自欺欺人的'客观主义'"，或者说"明知故犯的假装的客观主义"明显不同，高尔基主张"两个真实"论，"一个是临死的，腐烂的，发臭的；另外一个是新生的，健全的，在旧的'真实'之中生长出来，而否定旧的'真实'的"⑥，后者比前者更加重要、更能反映事物的本质，它"反映着世界的伟大战斗的各方面"，更为高尔基所看重。基于此，瞿秋白认为，高尔基在散文诗《海燕》中"宣布了他的文艺纲领"，即"新的阶级的新的艺术家不但'先天'地要求着改革，要求着旧秩序的推翻，而且最重要的，是他有对于自己力量的信仰，是他有对于'将来'的胜利的信仰"⑦。《同志!》用散文的形式宣告了谁是"将来的胜利者"，小说《大灾星》《坟场》旨在批判市侩主

---

①　《瞿秋白文集》（文学编）第1卷，人民文学出版社1985年版，第272—273页。

②　《瞿秋白文集》（文学编）第2卷，人民文学出版社1986年版，第108页。

③　同上。

④　《瞿秋白文集》（文学编）第5卷，人民文学出版社1987年版，第323页。

⑤　同上书，第324页。

⑥　同上书，第325页。

⑦　同上书，第316页。

义，高尔基提出"创作许多工厂的历史"的口号，强调"苏联革命的国内战争已经产生了伟大的作品"，"预备出'国内战争的历史'，已经有了专门的编辑委员会"，"俄国经济的发展，尤其是社会主义建设的发展，也应当有文学上的反映……"①，如此等等，都体现了高尔基文艺观念方面的倾向性、革命性。瞿秋白强调，"高尔基正是揭穿旧社会的一切欺骗的作家，他挖出了自己的心，把它的火焰来照耀走到新社会去的道路"②，"高尔基的书却不是安慰我们的书，这是惊醒我们的书，这样的书要'教会我明天怎样去生活'"。③

另一方面，高尔基的文学创作绝非抽象说教，它遵循艺术的客观规律，人物塑造内涵丰富，艺术形象栩栩如生。瞿秋白认为，高尔基的许多著作对于俄国式商人，"描写得非常之深刻，非常之具体"，小说《笑话》即表现得淋漓尽致，"这些活泼泼的俄国商人的典型，在高尔基的作品里，决不是死板的公式里印出来的，决不是一些笼统的概念"。④《大灾星》表现了宏阔的革命背景，更形象地反映了卖淫女对自己小孩的深深母爱。小说《不平常的故事》"里面的人物，没有一个不是真实的，活泼泼的站在你的面前"，它融鲜明主题、丰富内涵、生动形象于一炉，"敌人之中本来并没有'非人'的怪物，象中国小说写的秦桧之类的典型，那并不是一个活人，而只是一些'奸臣'，'混蛋'，'恶棍'等等的抽象概念凑合起来的东西。如果真是这样，革命就差不多和做戏一样容易了"。⑤ 高尔基十分尊重文艺的独特性，他的作品绝对不会这样。

总之，在瞿秋白看来，恰如高尔基小说《莫尔多姑娘》所揭示的——他"用极高度的艺术力量，使人认识现实社会之中的关系，更深刻地感觉到亲切的日常生活之中的'困难的症结'，他给我们强烈的反抗，这些困难的火焰，燃烧着这颗赤血的心"⑥。高尔基以实际创作践行现实主义文学理论，真正做到倾向性与丰富性、革命性与真实性的统一，值得充分肯定。

---

① 《瞿秋白文集》（文学编）第2卷，人民文学出版社1986年版，第287页。
② 《瞿秋白文集》（文学编）第5卷，人民文学出版社1987年版，第316页。
③ 同上书，第320页。
④ 同上书，第319页。
⑤ 同上书，第319—320页。
⑥ 同上书，第318页。

再次，从角色扮演来看，高尔基思想观念上支持革命，以实际行动投身革命，追求进步，革命者形象在他身上体现无虞。

一是从社会趋势来看，高尔基的一生恰逢风起云涌的革命时代，这为其文学创作提供了背景。1905 年俄国革命"十月的总同盟罢工显示了那所谓的'更新的'力量"，恰如高尔基指出的，"工农先进队伍的精力，被马克斯，列宁的学说组织着，领导了苏联的劳动民众去达到这样的目的"，即"创造新的世界"①，而"十月革命前后十余年，文学界里的思潮一时伏流，一时显现，——特别有一辈人代表那时种种色色的情感"②，这种文学界的革命风潮起自高尔基，他"号召着为着新生活的斗争"，"发见新生活的萌芽"③，进步性明显。

二是从行动、观念来看，高尔基的确参与了革命。一方面，瞿秋白认为高尔基在行动上参加了革命，他强调"'十月'之后的高尔基虽然经过一些时间的动摇，可是不久就坚决的担负了伟大的'政治工作'"，即"编辑许多种文化杂志，丛书等等"，而"团结和组织许多革命同路人的工作……都是有重大的政治意义的"④。另一方面，瞿秋白认为高尔基的观念转向了革命，他说，"高尔基在革命初期的《新生活报》上，的确，曾经表示些对于革命的失望。然而到了一九一八年五月间，他在《新生活》的论文里的情绪，已经表现着相当的转变"⑤，"赞助劳动民众的真正的文化革命"⑥ 已经成为他的自觉追求，这一点诚如高尔基所坦言，"在一九一七年，我同布尔塞维克争论过，敌对过"，"后来，我相信了，这是我的错误，而现在我完全深信，不管欧洲各国政府的敌视，以及因为这种敌视而发生经济上的困难，俄国的民众已经走进自己的复兴时代"。⑦高尔基的市侩批判，反对个人主义、自私自利，倡导集体主义，助益于社会革命。

三是从文学创作来看，高尔基经常描写革命、讴歌进步，对于中国革命尤具鼓舞价值，革命意义突出。在节译高尔基《意大利故事》第五章

---

① 《瞿秋白文集》（文学编）第 5 卷，人民文学出版社 1987 年版，第 463 页。
② 《瞿秋白文集》（文学编）第 2 卷，人民文学出版社 1986 年版，第 212 页。
③ 《瞿秋白文集》（文学编）第 5 卷，人民文学出版社 1987 年版，第 327 页。
④ 《瞿秋白文集》（文学编）第 2 卷，人民文学出版社 1986 年版，第 111 页。
⑤ 同上。
⑥ 同上书，第 112 页。
⑦ 同上书，第 112—113 页。

而写成的《那个城》中，瞿秋白以"记者按"道出题旨，"这是象征小说。那个城即是俄国大革命，大破坏后的光景，那个小孩即是指的中国"①，"天上满布着云，星也不看见，丝毫物影都没有，深晚呵，又悲哀又沉寂"② 表征革命环境之恶劣，"小孩子站住，掀掀眉，舒舒气，定定心心的，勇勇敢敢的向前看着；一会儿又走起来了，走得更快"③ 隐喻中国应该"以俄为师"地进行革命。瞿秋白强调，革命暴风雨之前，"这种静止和沉默之后，跟着就要有真正震动世界的霹雳"④，他为革命激情呐喊，"暴风雨快要来了"，"没有暴风雨的发动，不经过暴风雨的冲洗，是不会重见光明的"，"暴风雨呵，只有你能够把光华灿烂的宇宙还给我们！只有你！"⑤ 这种激情表现在文学领域内，便是"东方始终是要日出的，人始终是要醒的"⑥，文艺应该生动反映这种巨变。

综上显然可以看出，在瞿秋白眼中，从思想观念、实际行动、文学创作等各个层面视之，高尔基堪称一位伟大的革命者，为瞿秋白所推崇。

二　瞿秋白推崇高尔基的原因分析

瞿秋白之所以推崇高尔基，其原因是多方面的，它是对象资源、阐释视界、现实需要等发生作用的综合结果，是合适性、影响性、必要性等有效对接的认知产物。

首先，源于高尔基自身的主体因素，表现在投身革命、创作心路历程、文学与文化成就巨大、同情中国等多个方面。

高尔基集文学家、革命家、评论家于一身，拥有"无产阶级文学最杰出代表"（列宁语）、无产阶级革命文学导师、社会主义现实主义文学奠基人、苏联文学创始人、"二十世纪的但丁"、苏联"各民族文学之父"等一批光环式称呼，更加容易引起瞿秋白的推崇。

一是高尔基投身革命的各种事实，生成了瞿秋白眼中的革命者形象。高尔基曾经多次参加示威游行，起草讨伐沙皇政府的传单，受革命政党委

---

① 《瞿秋白文集》（文学编）第 1 卷，人民文学出版社 1985 年版，第 300 页。

② 同上。

③ 同上书，第 301 页。

④ 同上书，第 392 页。

⑤ 同上书，第 393 页。

⑥ 同上书，第 316 页。

托建立秘密印刷所，多方筹措起义经费和武器，到国外宣传革命，数次被捕并屡遭流放，写作散文诗《海燕》等气势磅礴的"革命的宣言书"，发表大量政论号召革命，参与创立培养革命家和宣传员的学校，虽然高尔基视文化更重于革命，称革命为"一个具有伟大文化意义的行动"，曾经区分"永远的革命者""暂时的、今日的革命者"，对待二月革命与十月革命的态度大不相同，其革命观内涵丰富，上述革命事迹和事实足以在瞿秋白视野中建构出高尔基的革命者形象。

二是高尔基辛酸的成长史、巨大的创作实绩，生成了瞿秋白"无产阶级普罗作家""现实主义文学理论实践者"的认知建构。高尔基奋起于旧社会的最底层、深切体验苦难生活、自学成才的传奇故事，为其创作提供了丰富素材与真挚体验，更表征着一部无产阶级的辛酸拼搏史、英勇抗争史，感人至深，催人上进。他在所创作的剧本《小市民》中，成功塑造了世界文学史上第一位革命无产者形象（尼尔），戏剧《在底层》深刻批判了等待幸福的消极思想，长篇小说《母亲》虽然艺术技巧方面还有待提升，却成功塑造了为革命事业自觉奋斗的巴维尔、由逆来顺受转变为坚定革命战士的母亲（尼洛夫娜）形象，表明"艺术家的职责根本不是照相，不是记录事实，而在于用想象和幻想的办法去创造事实，即虚构事实而又做得叫你感觉不到这是虚构，却说：这就是它，真实"①，体现了在革命发展中反映现实的创作原则，被列宁称颂为"一本十分及时的书"，长期被推崇为社会主义现实主义的奠基之作。长篇小说《克里姆·萨姆金的一生》虽然被巴本等当代高尔基研究专家指责为文体风格混杂、没有一定情节而"枯燥无味"，却是后期高尔基精神危机、痛苦和自相矛盾的反映，其内涵十分丰富，说它表现了知识分子的反市侩、自我解剖、追求进步，"高尔基在艺术里贬斥了萨谟京们，他暴露了他们的低微，他们的全部空虚，他们的脱离群众和在群众之前的无能为力"②，亦不乏文本之证。虽然高尔基一度由广受推崇到普遍被贬低，但他的《马卡尔·楚德拉》《伊则吉尔老婆子》《在底层》《母亲》等作品，至今仍然收录于俄罗斯中学语文课本，《在底层》依然是高尔基莫斯科模范艺术剧院的保留剧目，并且常演常新，至今迸发着强大的艺术生命力。

---

① ［苏］卢那察尔斯基：《论文学》，蒋路译，人民文学出版社1978年版，第307页。
② 《瞿秋白文集》（文学编）第4卷，人民文学出版社1986年版，第312页。

三是高尔基在文化建设上取得的巨大成就，生成了瞿秋白推崇的视域方向。高尔基曾经长期主持知识出版社工作，出版《知识》丛刊，团结了一大批具有民主主义倾向的俄国作家，创办《新生活报》公开反对"私刑""权力的毒药"，"为学者、创作知识分子在改善日常生活条件方面提供了帮助"①，组织一系列协会防止科学和文化衰落，保护了一批受饥饿、寒冷和政治无常威胁的知识分子，为各界人士亲笔回信多达 2 万封，建立世界文学出版社，尽力抵制拉普等团体的极"左"和宗派主义错误，为培养青年作家、团结不同风格的作家做了大量工作，作品中丰富的浪漫主义民间传说和寓言故事，沟通了俄罗斯文化的连续性，使其在文化界享有良好而广泛的声誉。

四是高尔基关注中国，深切同情近现代中国的悲惨命运，多次声援中国人的正义事业，使瞿秋白在民族情感上认可高尔基。高尔基既痛切批判包括中国传统文化在内的"东方文化"，又倾注对于作为被欺凌、被损害者的"东方"和中国的真挚同情，看法比较复杂。② 义和团运动中，高尔基致信契诃夫，两次邀其同往中国，虽然未能成行，仍然可见其心切之深；日俄战争期间，高尔基揭露其帝国主义性质，控诉沙俄军队暴行，撰写《夏天》《诉苦》等文艺作品，用以表示对中国人民的同情与哀悼；1912 年，高尔基曾经致信孙中山，祝贺辛亥革命成功，说"我们，在精神上是弟兄，在志向卜是同志"，表达了中俄人民友好、理解之意；1928 年，高尔基接见中国济难会代表时，表示要专门写一部书来揭露中国的白色恐怖，并愿意捐献该书的版税，以实际行动帮助中国人民；第二次国内革命战争时期，高尔基称赞中国革命为中国人民"最宏伟的"事业，关注中华苏维埃政权和革命根据地，尤其重视其高涨的新文化萌芽；1934 年，高尔基在苏联报纸上发表《致中国革命作家们的信》，号召以文艺"注入到全世界无产阶级的心灵中去和嘴里面去"，并向"中国的同志们""致热烈的布尔什维克的敬礼"。③ 高尔基同情中国、声讨暴行的上述许多举动，令国人感动，左联甚至曾经就国民党屠杀大批革命作家致呼吁书（1931. 4. 19）给高尔基，以示友谊，以表信任，这些自然容易促使瞿秋

---

① ［苏］M. P. 泽齐娜、П. B. 科尔曼、B. C. 舒利金：《俄罗斯文化史》，刘文飞、苏玲译，上海译文出版社 2005 年版，第 258 页。

② 汪介之：《人文关怀：高尔基笔下的"东方"与中国》，《学习与探索》2009 年第 3 期。

③ 郭蕴深、郭宇春：《高尔基和中国》，《边疆经济与文化》2009 年第 5 期。

白在情感上接受高尔基。

总之，高尔基自身的上述主体因素，情感真挚，成绩巨大，条件优越，为瞿秋白的推崇提供了对象可能。

其次，受到苏联打造"样板"的影响，瞿秋白亦接受、强调高尔基的示范效应，进一步强化了瞿秋白对高尔基的推崇。

伴随苏联新经济政策的停止实施，所对应的自由主义文艺文化活动也随之结束。1928 年苏联开始执行第一个"五年计划"，联共（布）中央委员会颁布法令，要求文学必须服务于党的利益，把大批作家派往建设工地，以便创作歌颂机器劳动的小说，同时通过之后不久对无产阶级文化派的批评与整顿，大幅强化了布尔什维克政党对文艺意识形态的控制、对文艺活动的领导。在此前后，高尔基被苏联授予"无产阶级作家"称号、列宁勋章，由"同路人"作家一跃为"普罗作家"，并成为苏共中央委员会成员，苏联举国为他庆祝了 60 岁的生日，许多单位、街道以其命名，其诞生地甚至被改名为高尔基市，设立高尔基文学院、高尔基文学基金会，他许多适合社会主义现实主义的作品被宣扬，《母亲》更是成为苏联文学的典范。

诚如罗曼·罗兰所说，没有一个作家曾得到过高尔基这样的尊荣。高尔基逝世后，斯大林亲自出席为他举行的盛大葬礼，其骨灰被安置在克里姆林宫的墙内，并被视为"在列宁逝世以后……我国和人类的最重大的损失"，"马克西姆·高尔基在俄国文学批评史上的重要性更多的并不在于他的实际著述，而是在于他作为十月革命之后的一位组织者和作家及文艺圈子的保护者，以及他在制定苏联文艺政策时所起的作用，甚至在界定社会主义现实主义这一名词的定义时所起的作用"[①]，这象征着文学与政治、文学家与政治家的完美联姻，寓意下层民众亦可直达文化最高峰，高尔基被神圣化、体制化，成为苏联官方精心打造的样板作家。

与之对应，莫斯科大学教授珂刚（又译戈庚，P. S. Kogan）笔下复杂、丰富的高尔基形象，经过冯雪峰翻译其著《玛克辛·戈理基》（收入1930 年鲁迅出版的《戈理基文录》一书），本来已为中国文坛所接受，然而，当 1932 年苏联举行高尔基文学事业四十周年纪念大会，V. 吉尔珀

---

① ［美］雷纳·韦勒克：《近代文学批评史》第 7 卷，杨自伍译，上海译文出版社 2006 年版，第 508 页。

汀、史铁茨基等联共（布）文学理论家将高尔基塑造成为无产阶级文学家与政治家之后，高尔基转瞬间便被推崇为中国左翼文学的导师和典范，后者论调迅速压倒前者，形象亦由丰富转向单一，其标志便是瞿秋白、周扬分别编选了《高尔基创作选集》《高尔基创作四十年纪念论文集》，"这种将高尔基的创作与当下政治性需要的融合性解释很大程度上影响到革命阵营对高尔基的认识"①。苏联对高尔基的如此礼遇亦为瞿秋白所体认，其直接表现便是，他译介发表了卢那察尔斯基评高尔基的经典论文《作家与政治家》，苏联高尔基文学事业四十周年纪念大会上 V. 吉尔珀汀《高尔基——伟大的普洛艺术家》、A. S. 布勃诺夫《高尔基的文化论》、史铁茨基《马克西谟·高尔基四十年的文学事业》这三篇著名演讲稿，并以权威定评的形式在中国人当中广泛传播，影响深远。可以说，苏联官方打造样板作家的做法，直接催生了瞿秋白对高尔基的推崇态度。

一是以列宁高度评价高尔基为推演前提，苏联官方试图证明"样板"塑造的方向正确性，瞿秋白亦澄清他们的争论，强调列宁对高尔基的肯定、两人之间的友谊。一方面，强调私人情谊上，"列宁对于高尔基是很亲热的。他对于他的作品总是很谨慎的研究着。他在给高尔基的信里，常常问起高尔基的健康和文学工作。他用一些劝告帮助高尔基。他们之间有很好的友谊"②，"列宁与高尔基的往返，是马列主义者与文化人相处的模范关系。列宁推扬高尔基的作品给他以正确高尚的评价，可是高尔基许多缺点，列宁是不断的予以善意诱导的忠告和批评"③。虽然高尔基曾经因为创作中篇小说《忏悔》宣扬"造神说"、对十月革命的悲观看法等，与列宁有过多次冲突，但其后的坦承错误，发表特写《列宁》《回忆列宁》，称颂列宁为"最爱戴的人"，被认为没有伤及高尔基与列宁的巨大友谊，无损高尔基的重要地位。关于这一点，美国当代著名学者雷纳·韦勒克在其巨著《近代文学批评史》中表达了不同看法，他强调"高尔基之于俄国文学的重要性与他和列宁关系的炎凉变化密切关联"，"列宁在高尔基的生活中扮演了重要的角色，在其早年既是友人又是鼓动者，后来两人则

---

① 陈春生、张意薇：《高尔基：被现实化的新样板——瞿秋白译介俄苏文学的策略选择》，《湖北师范学院学报》（哲学社会科学版）2009 年第 3 期。

② 《瞿秋白文集》（文学编）第 5 卷，人民文学出版社 1987 年版，第 312 页。

③ 陈毅：《关于文化运动的意见——在海安文化座谈会上的发言》，延安文艺丛书编委会编：《延安文艺丛书·文艺理论卷》，湖南人民出版社 1984 年版，第 179 页。

处于一种不可思议的爱憎参半的关系。没有可能提供一份全面而又不偏不倚的介绍来说明他们两人的关系，因为相关文献尚未全部开放"①，韦勒克的看法自然也只是一家之言，却发现了列宁与高尔基关系研究是否科学、可靠的症结。可见，瞿秋白上述认识的深度、准度、科学性建立在当时公开文献的基础之上，对此我们应有今人的鉴别眼光，更要坚持历史主义的分析态度。另一方面，归纳具体评价上，"关于高尔基，列宁十分明确地、毫不含糊地宣称说，他是一个无产阶级作家和无可争议的无产阶级文学权威，他过去对本阶级有过大功，将来还会立下大功"②，"列宁说高尔基是无产阶级艺术的最大权威，说他的创作使他和俄国工人阶级的运动密切的联系着，使他和全世界的工人运动联系着"，评价甚高，"列宁和高尔基的接近和友谊是很自然的。列宁很高的估量着高尔基的艺术创作"③，在这里，列宁的盛赞为高尔基被塑造成"样板作家"提供了充分的合法性、明显的权威感。

二是以文学与革命的关系为论述核心，苏联官方认定高尔基为实践革命现实主义的典范作家，瞿秋白亦深以为然。一方面，在卢那察尔斯基等人看来，高尔基的事业服务于俄国革命运动，他用文学作品生动描绘了俄罗斯向苏联的伟大转变历程，某种意义上甚至就是这种巨大转变的现实象征体，高尔基把"斗争的热忱灌输到他的每一篇作品里"④，"为着人类，为着群众，为着被压迫者和被剥削者而感受苦痛，——这是高尔基的全部创作的动机"⑤，"革命精神在高尔基的作品里找着了自己的表现"⑥，他是"这个世界上空前的最伟大的政治家的作家"，不断追求进步。俄国社会的巨大变革造就了高尔基惊人的文学成就，"高尔基创作的紧急性和积极性也就造成了他在文学上的空前迅速的成功"⑦，"最近十年，这是我们国内社会主义建设的伟大和深刻的进展的十年，高尔基的创作升到了更高

---

① ［美］雷纳·韦勒克：《近代文学批评史》第7卷，杨自伍译，上海译文出版社2006年版，第510、509页。

② ［苏］卢那察尔斯基：《论文学》，蒋路译，人民文学出版社1978年版，第293页。

③ 《瞿秋白文集》（文学编）第4卷，人民文学出版社1986年版，第302页。

④ 《瞿秋白文集》（文学编）第5卷，人民文学出版社1987年版，第308页。

⑤ 《瞿秋白文集》（文学编）第4卷，人民文学出版社1986年版，第294页。

⑥ 《瞿秋白文集》（文学编）第5卷，人民文学出版社1987年版，第299页。

⑦ 《瞿秋白文集》（文学编）第4卷，人民文学出版社1986年版，第297页。

的顶点"①，高尔基"对于党有许多贡献，参加了党的出版部，帮助党创办几种杂志，帮助党建立秘密关系等等"②，"他分任着我们的共同的为着共产主义的工作。他的事业是很复杂的；他继续着做一个艺术家的工作，写新闻纸上的论文，编辑'工厂史'和'国内战争史'"③，表现得十分积极，高尔基"注意着新的工人文学，他说文学突击队的作品已经不是文学，而要'比文学更加伟大些'"④，其"向下"的文学眼光，值得充分肯定。总之，"高尔基的艺术活动，正是在俄国革命史上的这些最好的年代，发展了，前进了，生长了，而在艺术上和政治上巩固了"⑤，他是无产阶级伟大的革命艺术家。通过高尔基、法捷耶夫、肖洛霍夫、卢那察尔斯基等人的不懈努力和持续带动，十月革命后苏联现实主义文学的"建设作用"、积极向上，全面替代了未来主义文学流派的"破坏作用"、颓废衰败，文艺作品中的"多余人""过渡的人"形象被全面置换为"英雄人物""新人"，在斯大林解散拉普、成立苏联作家协会并提倡"社会主义现实主义文学"口号之前，当时苏联文学艺术界热情蓬勃、充满生机的发展状态、趋势令人欢欣鼓舞。另一方面，高尔基实践着革命的现实主义原则，堪称"最深刻的思想性意义上的艺术描写的代表"。高尔基是"一个革命的现实主义者，是这样一个艺术家，——他并不仅仅描写现实，而且还号召着前进，去实行现实里的矛盾的革命的解决"⑥，这与印象式的马赫主义完全不同，它力图反映事物本质，叙述真正生活。高尔基笔下的"这些形象令人惊叹之处，首先在于它们的真实或异乎寻常的逼真"⑦，完全可以与托尔斯泰的作品媲美，同时他"又使用了热情洋溢的浪漫主义的手法，即高大的、虚幻的、将美崇高的因素集于一身的形象这一手法"⑧，具有很强的艺术感染力。总之，在他们看来，高尔基的文学作品"是实际生活的一幅总的图画"，它是"真正社会主义的，有革命前

---

① 《瞿秋白文集》（文学编）第4卷，人民文学出版社1986年版，第319页。
② 同上书，第304页。
③ 《瞿秋白文集》（文学编）第5卷，人民文学出版社1987年版，第313页。
④ 同上书，第98页。
⑤ 《瞿秋白文集》（文学编）第4卷，人民文学出版社1986年版，第320页。
⑥ 《瞿秋白文集》（文学编）第5卷，人民文学出版社1987年版，第311页。
⑦ ［苏］卢那察尔斯基：《论文学》，蒋路译，人民文学出版社1978年版，第305页。
⑧ 同上书，第310页。

途的现实主义"，"为着另外一种的，更好的，社会主义的生活而斗争"①，深蕴着战斗精神。

三是高尔基以艺术性为创作着力点，重视文化建设与教育工作，的确拥有"样板"所应该具有之艺术水准、文化底蕴，瞿秋白也表示赞同。一方面，高尔基艺术才华出众，以大量的文艺创作实践做到了"必须在形式上多下工夫，一定非这样做不可"，用"创作的武器，艺术的文字"揭露黑暗、催人奋进，"这使得他的作品得到更大的力量"，他"很巧妙的描写了人的心理，但是，他并不迷惑在分析和描写琐屑的心理反应里"，其作品决不晦涩难懂，其人物描写"表现着全部的真实和个性，你觉得他创作了一个一般的艺术的典型"②，其水准决不逊色于恩格斯所称颂的巴尔扎克，如克里姆·萨姆金就是"一个名副其实的艺术典型"——它"尽可能细致而深刻地肖似同类的活人，同时又更鲜明地揭示出作者想要说明的那种有代表性的综合"③，颇具艺术魅力。另一方面，高尔基的文学作品广泛汲取民间文化营养，经常使用民族形式，善于挖掘民俗资源，"谁也没有他那么丰富的俄国言语的智识。然而高尔基的作品也是国际的"④，具有广泛而巨大的文化魅力，同时，高尔基遵循马克思列宁主义的文化理论，不仅"宝贵着过去文化遗产里的最重要的东西"，"外祖母的故事，歌谣，神话……以及俄国和世界的'上代'文学对于高尔基决不是一张白纸"⑤，"从民间的故事和歌谣里，高尔基却会吸取一些现代还有生命的东西，也因为这一类的上代文学里的确包含着一些现代的种籽"⑥，又主张用"极大的力量和毫无顾惜的态度，扔开过去文化里一切无用的没落的东西"⑦，"认识现代真正文化的负担者是工人阶级"⑧，强调"暴露资产阶级的根本敌视文化，而展开苏维埃国家的文化革命的

---

① 《瞿秋白文集》（文学编）第 4 卷，人民文学出版社 1986 年版，第 308 页。
② 《瞿秋白文集》（文学编）第 5 卷，人民文学出版社 1987 年版，第 302 页。
③ ［苏］卢那察尔斯基：《论文学》，蒋路译，人民文学出版社 1978 年版，第 365 页。
④ 《瞿秋白文集》（文学编）第 5 卷，人民文学出版社 1987 年版，第 312 页。
⑤ 《瞿秋白文集》（文学编）第 2 卷，人民文学出版社 1986 年版，第 107 页。
⑥ 同上。
⑦ 《瞿秋白文集》（文学编）第 4 卷，人民文学出版社 1986 年版，第 325 页。
⑧ 同上书，第 328 页。

胜利的进行"①，并"为着这种文化他正在不断的工作"②，他"这种对于创造的劳动，对于新文化的萌芽的高贵的估量，对于建设者的工作的赞赏，也就产生了，决定了高尔基对于儿童和青年的极端注意的态度"③，因而广受推崇。

综上可见，苏联当时将高尔基打造成"样板作家"的做法与风潮，很大程度上为瞿秋白的推崇提供了直接动因与认知资源，二者之间具有某种明显的对应性。

再次，立足建设新文艺的现实需要，瞿秋白的高尔基阐释聚焦中国文艺实践、承载文艺大众化的理想，针对性、指向性较强。

瞿秋白曾经两度访问苏俄，停留时间长达4年，即使身在国内，亦与总部设在莫斯科的共产国际相交甚密，他对俄苏政局与文坛的情形非常了解，其思想的确深受苏联的影响，在译介与崇拜高尔基这个问题上，尤其如此，然而这只是瞿秋白对高尔基的推崇逻辑之一。实际上，扎根中国革命语境、浸润社会时代氛围的瞿秋白，立足于中国革命新文学的建设需要，亦对高尔基进行了面向现实、达成理想的针对性解读，这体现了瞿秋白的独到思考与思想特色。

一是瞿秋白借推崇高尔基，用来批判苏汶等人主张的"文艺自由论"。在所撰写的《文艺的自由和文学家的不自由》（1932.10）一文中，瞿秋白举高尔基作品为例，说明文学作品的艺术价值与煽动价值是并行不悖的，"艺术和煽动并不是不能并存的"，用以反驳苏汶的"文艺自由"论调。瞿秋白强调，"象高尔基、绥拉菲摩维支的作品……是的的确确有艺术上的价值的。但是，这些东西同时就是煽动品。做了煽动家未必见得就不能够仍旧是一个作者——文学家"，二者并不矛盾，"高尔基等等虽然没有中国的'作者之群'那么死抓住了文学不肯放手，然而不见得就比中国的文学家低微到了什么地方去。同时，高尔基等等的确是些伟大的宣传家"，因为他"真正能够运用艺术的力量，那只是加强煽动的力量；同时，真正为着群众服务的作家，他在煽动工作之中更加能够锻炼出自己的艺术的力量"④，在高尔基的作品中，煽动宣传与艺术追求实现了和谐

---

① 《瞿秋白文集》（文学编）第4卷，人民文学出版社1986年版，第312页。
② 《瞿秋白文集》（文学编）第5卷，人民文学出版社1987年版，第314页。
③ 《瞿秋白文集》（文学编）第4卷，人民文学出版社1986年版，第326页。
④ 《瞿秋白文集》（文学编）第3卷，人民文学出版社1989年版，第68页。

统一。

　　二是瞿秋白之所以强调高尔基，意在映射当时中国的左翼文坛，以纠正革命文学的某些偏颇。恰如陈春生、张意薇、彭维锋指出的，瞿秋白思想与艺术并重式地解读高尔基，推崇他深厚生活积累、反映严酷现实的辩证把握，从中找到了"新现实主义的创作方法的正确运用"理想文本，具有直接的现实针对性，这反映了瞿秋白良好的文学修养、清晰的主体意识。一方面，为纠正 1930 年左联"八月决议""将斗争矛头直指小资产阶级等、造成左翼文坛生存空间狭小"的不良做法，在瞿秋白参与制订的 1931 年"十一月"决议中，特别强调了其他阶级参与革命的可能性。这一决议在遵循现实主义原则的前提下，提醒左翼作家转变观念，纠正机械主义认识，必须看到小资产阶级的革命要求，并在文学创作中加以表现，而高尔基不少作品正是这方面的典范。另一方面，在批评茅盾《三人行》、华汉《地泉》三部曲等时，瞿秋白以高尔基为审视参照，批评了当时中国的革命文学"没有将人物描写放置于更深切的社会关系，人物性格变化缺乏内在逻辑和现实基础"这个明显弱点，并视高尔基作品为新文学的理想样本，用来纠正中国革命文学创作的概念化、公式化弊端，努力建构一种既强调服务于革命斗争，又注重审美特性的理想文学文本。[1]

　　三是瞿秋白联系高尔基的文学创作与思想，以戏剧运动为突破点，进行过文艺大众化的丰富实践。瞿秋白不仅在创作、理论层面推崇高尔基，而且在中央苏区工农剧社等运动中，实践了高尔基的文艺思想，"在政治和阶级化语境中，在强调普罗现实主义的时候，高尔基的典型性无疑从具体实例层面支持了瞿秋白的文艺大众化构想"，"完成了瞿秋白在文艺大众化理论中谋求的知识分子主体的某种发展走向和指向"[2]，用以推行他十分看重的文艺大众化实践。根据李伯钊、赵品三等人的回忆，中央苏区创立戏剧学校时，瞿秋白提议应该以"高尔基"来命名，并以此规划教学方针和培养计划，他强调道，"高尔基的文艺是为大众的文艺，应该是

---

　　① 陈春生、张意薇：《高尔基：被现实化的新样板——瞿秋白译介俄苏文学的策略选择》，《湖北师范学院学报》（哲学社会科学版）2009 年第 3 期；彭维锋：《政治规范与文本诉求：瞿秋白的高尔基批判》，《哈尔滨工业大学学报》（社会科学版）2008 年第 5 期。

　　② 彭维锋：《政治规范与文本诉求：瞿秋白的高尔基批判》，《哈尔滨工业大学学报》（社会科学版）2008 年第 5 期。

我们戏剧学校的方向"，称颂高尔基小说《母亲》、戏剧《在底层》为"真正是表现劳动人民的小说和戏剧"，强调"没有丰富的社会体验，就不可能产生好的作品"，"高尔基就有极丰富的社会体验，所以他的作品质量很高"，要求作家深入体验生活，而"我们根据他的教导，按计划，以个人创作和集体创作两种方法，写出了很多剧本"。[①]瞿秋白对高尔基的推崇，以及高尔基对他的影响，显而易见。

总之，瞿秋白的高尔基崇拜，关涉批判文艺自由论、纠正革命文学的偏颇、文艺大众化实践等文艺现实，体现了他建设新文学的强烈主体意图，针对性明显，指向性突出。

三　瞿秋白与高尔基关系的总体评价

瞿秋白对高尔基的推崇，遵循样板化与大大众化的双重逻辑，既具有突出的历史进步价值，又产生了一定的负面影响，其文本指涉意义亦十分丰富，需要进行客观辩证的分析。

首先，瞿秋白对于高尔基的推崇，适应了当时的社会革命形势，服务于壮大无产阶级新文学的客观要求，基本建构了高尔基的中国定评形象，它是表态行为、信仰理念的有机统一体，并成为指明革命方向、寄托文学理想的精神寓示，具有明显的积极意义、突出的进步价值，值得历史地予以充分肯定。

在"五四"之后中国现代社会的演进历程中，工农运动不断高涨、马列主义广泛传播的同时，"五卅"运动、"四一二"反革命政变等重大历史事件，以血的教训、沉痛的代价，警醒中国无产阶级必须直面黑暗现实、独立领导革命，这从社会背景、时代精神上要求中国新文学必须从以思想启蒙、人性觉醒为主旨的"文学革命"，尽快过渡到以政治抗议、阶级觉醒为主题的"革命文学"，要求中国无产阶级必须及时提出自己的文学主张，要求无产阶级新文学应该趁势登台与迅速壮大。在从凸显个性转向集体本位、从艺术自为性转向服务于政治、从人道主义转向阶级论的这种文学趋势下，左翼文学因之登上历史舞台，并成为20世纪30年代初期

---

① 李伯钊：《回忆瞿秋白同志》，《忆秋白》编辑小组编：《忆秋白》，人民文学出版社1981年版，第324页；赵品三：《秋白同志领导中央革命根据地的话剧工作》，《忆秋白》编辑小组编：《忆秋白》，人民文学出版社1981年版，第329页。

中国文坛的主导文艺范式。服膺于十月革命后中国"以俄为师"的路径依赖，而俄罗斯古典文学此时已经难以满足中国革命的斗争需求，国人呼唤作为新范式的俄苏文艺尽快引入中国，夏衍等人曾经认为艺术上"不完整""粗杂""露骨的政治宣传"的高尔基，1927 年后，其地位突然急剧上升，中国文坛勃兴出一股"高尔基"热，即是这种文学需求与社会风潮下的产物。

　　其时，"抢译高尔基，成为风尚"（茅盾语），瞿秋白、茅盾、鲁迅、郭沫若、周扬、冯雪峰等一大批作家、翻译家、理论家，发表了大量的高尔基传记、纪念文集和研究文章。鲁迅说，"因为他是'底层'的代表者，是无产阶级的作家。对于他的作品，中国的旧的知识阶级不能共鸣，正是当然的事"①；茅盾说，"他的出现，实不亚于一个革命"②；郭沫若说，"高尔基在我们文艺工作者精神上所占的地位，在中国长远的文艺史上，似乎还找不出一个人可以和他匹敌"③……以评论为例，"仅以报刊上发表的由中国作家和评论家撰写的文章而言，总数就不下 200 篇，是同期有关屠格涅夫的文章的六倍，甚至超过了这一时期所有的有关俄国著名作家的评论文章的总和"④。除瞿秋白外，其他重要者还有茅盾《关于高尔基》《高尔基与现实主义》，周扬《高尔基的浪漫主义》，胡风《M. 高尔基断片》，戈宝权《高尔基与中国》等文章，各界进步人士纷纷推崇高尔基为无产阶级艺术代表、革命进步人士。

　　在这里，高尔基适应中国需要，时代潮流发现高尔基，得以成功对接。借助作品翻译、论述译介、思想评点等多种形式，基本完成了高尔基的中国式定评，"为中国左翼作家对于他的个人生涯、他走的文学与革命的道路、他的创作展开了无产阶级新文化想象的翅膀，从而为完成思想上的根本性转折发挥了巨大说服与'指导'的作用"⑤，产生了广泛而深远的影响。由此社会大势与文学潮流观之，瞿秋白的高尔基崇拜，堪称这股定评建构浪潮中的重要一脉，它旨在建设无产阶级新文学，"帮助中国的文学界，更深刻的提出许多从来没有人注意到的问题，例如反市侩主义的

① 《鲁迅全集》第 6 卷，人民文学出版社 2005 年版，第 417 页。
② 《茅盾文集》第 7 卷，人民文学出版社 1958 年版，第 216 页。
③ 郭沫若：《蒲剑集·中苏文化之交流》，《中苏文化》1942 年第 5 期。
④ 陈建华：《二十世纪中俄文学关系》，高等教育出版社 2002 年版，第 143 页。
⑤ 张娟：《高尔基形象在中国的嬗变》，《内蒙古社会科学》2005 年第 6 期。

问题等等"①，目的性突出；主要用于校正左翼文学发展中出现的若干不足，针对性明显；高尔基被塑造成为"无产阶级作家和文学的理想化身"，其影响甚至超越了文学领域，被视为"导师""最高典范"，象征着一种表态行为，负荷着某种信仰理念，"表示我们为着真正的文化革命而斗争"，"为中国几万万的劳动群众的文化生活而奋斗"② 的决心，成为指明革命方向、寄托文学理想的某种精神预示，显然具有充分的历史进步性，值得肯定。

其次，瞿秋白的高尔基崇拜，一定程度上遮蔽了高尔基革命观的复杂性，高尔基与列宁、斯大林关系的复杂性、丰富性被平面化、简单化处理。对于这种负面性，唯有联系俄国马克思主义文学理论的发展历程、高尔基研究的进程，进行历史唯物主义的深入审视，才能予以客观公允的评价。

高尔基积极谋划推翻沙皇封建政府的各种行动，拥护资产阶级式的"二月革命"，但对无产阶级式的"十月革命"曾经持反对态度，抱悲观看法，担心它蕴含的激进主义将破坏文化，引起内战而导致国家灭亡，事后几年内亲历新社会的各种变革，高尔基坦承自己的错误，强调"十月革命"的必要性，应该说，这里经历了三个不同的阶段：最初以实际行动，拥护反封建专制的资产阶级革命，其后以反对革命的言论与举动，抵制迅猛激进的无产阶级革命，最后又以悔过的形式，回到赞同无产阶级革命的立场上，这反映了高尔基对待革命的不同看法与复杂认识。然而，在瞿秋白这里，高尔基被塑造成为一位高大的革命者形象，其革命行为、进步主张被较多关注与传播，相对而言，"当他面对革命的非理性和社会秩序的混乱与无序时，敢于对革命发表独立的见解"③ 则基本上被遮蔽，即使偶尔提及，也是以高尔基反省错误的方式出场，它"过分强调高尔基对于无产阶级的意义，甚至把无产阶级的利益与全人类的利益对立起来，把高尔基置于这样人为设置的政治语境之中，从而削弱了高尔基学的科学和人文价值，也就削弱了高尔基学的学术价值"④，具有一定的负面性。

---

① 《瞿秋白文集》（文学编）第 5 卷，人民文学出版社 1987 年版，第 326 页。
② 鲁迅等：《高尔基的四十年创作生活》，《文化月报》1932 年 11 月创刊号。
③ 陈春生、张意薇：《高尔基：被现实化的新样板——瞿秋白译介俄苏文学的策略选择》，《湖北师范学院学报》（哲学社会科学版）2009 年第 3 期。
④ 邱运华：《中国高尔基学的建立与研究的学科意识》，《俄罗斯文艺》2003 年第 2 期。

　　事实上，以高尔基作为范例，论证中国革命需要，发动包括作家在内的一切民众参与革命、支持革命，成为瞿秋白撰述的出发点、落脚点。除胡风、萧三、巴金、缪灵珠、钱谷融等少数几位强调高尔基文学的"人学"价值之外，如，1936 年高尔基逝世之际，胡风认为，"在高尔基底长长的一生里面，在他底全部著作里面，贯穿着一条耀眼的粗大的红线，那就是追求'无限地爱人们和世界的'，在至高的意义上说的'强的''善良的'人"，"A·托尔斯泰在他底哀悼文还是谈话里面，说高尔基创造了苏维埃人道主义。读着那，我不禁至极同感地想了：没有比这句话更能描写高尔基底壮丽的生涯，也没有比这句话更能说出对于高尔基的真诚的赞仰罢"①，他对中国文学界发出感慨道，"比较高尔基底艺术思想底海一样的内容，我们所接受的实在太少，比较我们所接受的，我们底误解或曲解还未免太多罢"②，可以说，"胡风是较早洞察到我国文学界对高尔基的理解和接受与作家本人的思想实际之间存在偏差的批评家，然而他的声音却未能引起人们的注意"③，这无疑是一种遗憾。1956 年，巴金在《燃烧的心——我从高尔基的短篇中所得到的》一文中说："其实谈到高尔基的短篇，甚至谈到高尔基的一切作品，我觉得用一句话就够了。这是他自己的话。这是他在小说《读者》中对一个陌生读者的回答：'一般人都承认文学的目的是要使人变得更好'。"④ 1982 年巴金又重复强调这句话，视高尔基为"万人景仰的巨大存在"，强调高尔基作品的理想性、人性追求。然而，包括瞿秋白在内的众多评论者更多强调其"歌颂人民""打击敌人"的现实功用，并以此种论调基本框定了高尔基的文学观，高尔基被政治符号式地人为拔高，其复杂性、丰富性几乎被抹杀，解读走向程式化、政治化，并产生了巨大影响。

　　实际上，正是沿着这一思路，1938 年至 1945 年高尔基逝世周年纪念时，以周恩来等人出席大会、《新华日报》刊发重要评论、《抗战文艺》杂志推出"纪念高尔基特辑"等形式，中国共产党赞扬高尔基为"无产阶级艺术最伟大的代表者""苏联文学史上最光辉的典范"，声称"我们对这世界新文艺的巨星是懂得的，尊敬的，也正说明我们的新文艺运动是

①　《胡风评论集》上册，人民文学出版社 1984 年版，第 330、331 页。
②　同上书，第 334 页。
③　陈建华主编：《中国俄苏文学研究史论》第 2 卷，重庆出版社 2007 年版，第 81 页。
④　巴金：《燃烧的心——我从高尔基的短篇中所得到的》，《文艺报》1956 年第 11 期。

和高尔基所指导的新文艺运动同其旨趣——为劳动人民而服务",强调"要学习高尔基大公无私的伟大精神,更亲切地团结起来,为了争取民族独立、民权自由及民生幸福,与我们的敌人——日本法西斯军阀及其走狗汉奸托派分子作坚决无情的斗争",借此领导了国统区的抗战文艺,高尔基成为联系群众、团结社会各界人士、沟通国际社会的重要纽带,亦为中国革命文学创作树立了典范。[1]

瞿秋白对于苏联将高尔基"样板"化、神圣化、体制化这一做法,未曾看到其实质,或者看到了而不愿意说出。此间原因,固然包括受制于接受视野、主体需求等各种因素,亦因为众多原初文本尚未面世,高尔基与列宁、斯大林关系的复杂性、丰富性在当时被平面化、简单化处理,对此,我们应该坚持历史唯物主义的观点,进行实事求是的审视、客观公允的评价。

虽然高尔基与列宁之间的关系,和他与斯大林之间的关系有着本质区别,前者建立在相对平等的基础之上,后者被利用与利用的关系色彩明显,但不论列宁赞赏与批评高尔基,还是斯大林神化与利用高尔基,其性质都是政治领袖对于文学的政治审视,其要旨均是利用文学服务于政治、革命,"一切作家都是政治家""艺术是意识形态的强有力的方式"[2]、"我们的艺术家,在艺术的作品之中一点不要害怕做政论家"[3] 等论调理所当然,政治标准高于一切,政治意义远重于艺术价值,因而不可能容忍高尔基"我是一个不好的马克思主义者""在政治上最没主见而且惯于感情用事""毫无共产党人气味,却有浓厚的反共性质""反对政府的红色恐怖政策,严重干扰新生政权工作"[4] 等观念与举动。反过来,高尔基同列宁、斯大林的交往,却以文化、教育问题为中心,其目的是尽可能地保护文化、促进教育,尽管高尔基曾经致信斯大林拥护其"农业集体化运动"等政治路线和方针政策、提醒他注意人身安全,但当高尔基听说列宁遗孀克鲁普斯卡娅开列的书单中,要把所有图书馆的《圣经》《可兰经》,但丁和叔本华著作统统下架,立即宣布放弃其苏联国籍,在他看

---

① 张娟:《高尔基形象在中国的嬗变》,《内蒙古社会科学》2005 年第 6 期。
② 《瞿秋白文集》(文学编)第 5 卷,人民文学出版社 1987 年版,第 95 页。
③ 同上书,第 97 页。
④ [苏]瓦季姆·伊里奇·巴拉诺夫:《高尔基传——去掉伪饰的高尔基及作家死亡之谜》,俄罗斯阿格拉乌出版社 1996 年版,第 28—39 页。

来，"所有我们这些艺术家，都是负不了多大责任的人"是理所当然的，1932 年鲁迅在庆祝中苏文学关系的一篇文章中也说"从高尔基感受了反抗"，可以说，双方的关注焦点与判断逻辑是不一样的，这决定了他们关系的性质、程度、命运。

另外，关于这一话题，因为瞿秋白所处的时代，中国高尔基学本身还处于不太学术化的"介绍、感想和影响"初级阶段，不可能如今日俄罗斯高尔基研究"更加注重考察高尔基与 20 世纪俄罗斯文学进程及同时代作家的关系，与俄国革命及其领袖人物的关系，作家晚期思想的矛盾、变化及其在创作中的体现，以及作家的死亡之谜，等等"①，当时的研究亟待不断走向深入，在此发展过程中出现若干偏差，往往是难以避免的。

再次，瞿秋白以推崇方式与高尔基文学作品与理论产生联系，其功能类似于一种开放式文本，负荷着较为丰富的指涉意义，它关联、呼应着瞿秋白的许多重要思想，为其核心理论的建构提供了话语支撑与思想资源，这体现了瞿秋白高深的理论修养、独特的思想认识、强大的创新精神。

高尔基的"市侩"批判，"最猛烈地反对小市民在文学上的影响，反对市侩主义的各色各样的表现"②，从短诗到作品，再至论文，悉数袭来，一显一隐地在瞿秋白身上发生作用：直接、表层作用是，瞿秋白指责这种非无产阶级的立场，主张从个体性、自利性过渡到集体性、责任性，强调转变、进步；间接、深层作用却是，在瞿秋白的心路历程中，由觉醒时"没落的士""忏悔的贵族"之感叹，到早期旅俄时翻译《市侩颂》为《阿弥陀佛》，慨叹俄国文学中常见的"多余人"现象，体味自己为中国之"多余人"，借着"与高尔基'小市民'批判相同的频率发声，瞿秋白本身亦可挥别固有的传统知识分子意识"③，由此"亦可批判并超越同时存在于己身的中国新资产阶级文化'市侩主义'"④，再至后期受到王明等人的排挤，转至上海领导中国左翼文艺运动时重译《市侩颂》，"直视革命中知识分子的自我定位问题"⑤，生命陨亡之前，作《多余的话》感叹

---

① 汪介之：《当代俄罗斯高尔基研究的透视与思考》，《外国文学研究》2008 年第 6 期。

② 周扬：《马克思主义与文艺》（序言），延安文艺丛书编委会编：《延安文艺丛书·文艺理论卷》，湖南人民出版社 1984 年版，第 213 页。

③ ［日］白井澄世：《20 世纪 20 年代瞿秋白之"市侩"观——以与高尔基之关系为中心》，《中国现代文学研究丛刊》2005 年第 1 期。

④ 同上。

⑤ 同上。

自己身上"士大夫意识"和"'城市的波希美亚'的气质"之间的斗争、挣扎与分裂。显然，瞿秋白想要克服"市侩"气，却难以克服，他处于政治家与文学家的身份旋涡中不能自拔，始终未曾妥善处理好文学与革命的关系，自为性与他向性，理想性与现实性，交织着心灵、身体的焦虑与衰弱，这不仅仅是一种贬损自身、放逐自我，亦体现了社会大变动时期的具体人性事实，外在理论与内在心性，启示他人与点拨自我，现实世界与精神体验，出现矛盾与纷争，也是自然的。

高尔基亦是如此，被全面"体制化"之前，在他看来，进步不仅可以依靠革命手段来获得，亦能够借助文化、宗教等方式来达成，革命的"进步性"与"血腥味"往往是同一个问题的两个方面，因之他区分了两种革命者，明确革命于文化的"建设性""破坏性"这双重指向，这些都是既深刻而又必要的思考维度。然而，高尔基作为"革命知识分子"的批判与担忧，却在其生命的中晚期，被以斯大林为代表的苏联官方所遮蔽、所清除，经由利诱与监视、偶像打造与类型构建，高尔基不再发出批判之声，也未曾出声，这是忍让、退缩、麻木，还是尽力而为、委曲求全、心怒极而不敢言，抑或二者兼有？无论何种作答，均为人性之常态，亦是高尔基自己热烈声讨的"市侩"所为，如列宁给他信中所批判知识分子所说的，"知识分子在我们党内的作用日益降低：知识分子从党内逃跑的消息在在皆是。这帮混蛋跑得正好。党清除掉这些市侩垃圾。工人将担负起更多的工作。职业工人的作用正在加强"①，历史玩起了"反讽"的游戏。革命是彻底的，与此相比，其他一切行为无疑都过于"保守"，均是市侩所为，均由心性使然，这本无足为奇，甚至还无可厚非。可见，以瞿秋白的本体思想为审视基础，重新探讨瞿秋白与高尔基的关系，势必得出某些全新的看法，这表明瞿秋白的高尔基崇拜具有可供开发的丰富意蕴。

瞿秋白评述高尔基文学作品、归纳与判定其文学理论，与他翻译的高尔基文学作品之间存在某些不对应性，在高尔基的作品与为人细节等方面，人道主义等丰富内涵得到普遍展现，它不仅局限于表现革命主题。

---

① 安徽大学苏联文学研究组编著：《列宁与高尔基通信集》，外国文学出版社 1981 年版，第 15 页。

"葛里基（M. Gorky）还预备亲自到伦敦巴黎去募捐"①，人道主义色彩浓烈；高尔基《劳动的汗》固然突出了工人与社会主义者天然的相近关系，但小说的重要魅力恐怕还在于，用很短的篇幅生动讲述了一个普通人生活中的人道主义故事，令人倍感温馨，回味无穷；高尔基《时代的牺牲》反映了信仰与理智、真挚爱情与革命事业之矛盾，描述现象、展示困境，远重于提供答案、解决问题。

　　此外，在高尔基看来，知识分子的批判精神亦非常重要，与现实政治保持一定的距离很有必要，这表明了高尔基文本的丰富性。瞿秋白对此的强调，体现了他良好的文学修养，也反映了他对高尔基的复杂认知心态。既可以将其说成瞿秋白主张文学的多维面向，也能够说是在高尔基这位"样板"作家创作的文学作品中，难以挑选出绝对典范作品的基本事实与具体心态。高尔基时常被描写为"资产阶级文学"的批判者，但他"'优秀的'法国文学——司汤达、巴尔扎克、福楼拜的作品对我这个作家的影响，具有真正的、深刻的教育意义；我特别要劝'初学写作者'阅读这些作家的作品"② 等类似言论比比皆是。联系"苏联把马克思主义阶级论运用于对高尔基精神的阐释中，使高尔基的作品和形象成为马克思主义阶级论的形象说明"③，试图解决人道主义这一横亘在马克思主义理论面前的突出难题，故而，诠解高尔基的共产主义道路选择时，"苏联的知识分子学者强调他与人道主义的个性观念的联系，而联共（布）的文艺批评家则突出两者之间的决裂"④，为此卢那察尔斯基甚至创作了剧本《解放了的堂·吉诃德》，"以这一艺术形象影射那些非议十月革命的思想和文学家，批判他们无立场的人道主义"⑤，"巧合"的是，瞿秋白亦翻译了这部作品，此间所蕴深意明显，在这里，阶级论与人道主义被对立起来，前者代表真理，后者则是谬论。⑥ 它生动地言说了此种事实，即文学是多维、丰富、具体的存在，它往往赶不上文学理论的"先进性""纯粹性""抽象性"，高尔基具有多维面向性，其思想难以定于一尊。

---

① 《瞿秋白文集》（文学编）第 1 卷，人民文学出版社 1985 年版，第 172 页。
② 高尔基：《论文学》，戈宝权译，人民文学出版社 1978 年版，第 182 页。
③ 李今：《中国左翼文学运动中的高尔基》，《中国现代文学研究丛刊》2000 年第 4 期。
④ 同上。
⑤ 同上。
⑥ 同上。

总之，瞿秋白的高尔基崇拜，是一定历史条件下的客观产物，它在中国现代历史上产生了广泛而深远的影响，具有明显的历史进步价值，应该予以充分肯定，但基于选择视野、呈现方式、传播结果等方面的原因，它遮蔽了高尔基某些思想观点的复杂性，对高尔基与列宁、斯大林的关系论述过于简单，正如 1968 年高尔基 100 周年诞辰之际，当代俄罗斯作家尤·特里丰诺夫在回答《文学问题》杂志征询意见时所说，"高尔基像一座森林，那里有野兽，也有飞鸟，有野果，也有蘑菇。可是我们从这座森林里只采了蘑菇"，对高尔基的理解与接受存在许多不足，凡此不必讳言，同时，在"市侩"观、人道主义等方面，瞿秋白对高尔基的推崇体现了他认识的独到性、思想的创新性，这些亦不容忽视。在 20 世纪的中俄社会历史语境中，高尔基、瞿秋白，以及瞿秋白的高尔基崇拜，都体现了文学与政治的多维纠结、复杂关涉，因而对其展开研究，便具有普遍的观照意义。

第三节　资源与语境的对接
——瞿秋白对普列汉诺夫文学理论的批评

1929 年至 1934 年，是普列汉诺夫文艺论著在中国翻译、出版、研究最集中的时期之一，冯雪峰、鲁迅、瞿秋白、克己等一批人做了大量工作。这方面，瞿秋白主要有三大贡献：一是翻译了普列汉诺夫的四篇文学理论文章，即《易卜生的成功》《别林斯基的百年纪念》《法国的戏剧文学和法国的图画》《唯物史观的艺术论》（第一讲）；二是撰写了一篇长文《文艺理论家的普列哈诺夫》，集中研究了普列汉诺夫文学理论；三是在批判胡秋原、弗理契等人文艺观点的同时，重点评价了普列汉诺夫文学理论。瞿秋白关于普列汉诺夫文学理论的译文有两个鲜明特点：它们大都是当时新发现、新出版的普列汉诺夫的文章或演讲大纲，内容比较新颖；与冯雪峰、鲁迅、克己等通过日文转译不同，瞿秋白直接从俄文翻译，可信度较高。瞿秋白对普列汉诺夫文学理论的评介，尤其是他撰写的《文艺理论家的普列哈诺夫》一文，"全面地论述了普列汉诺夫文艺理论的错误和价值，代表着二十世纪三十年代初期我国对普列汉诺夫文艺理论的认识水平"[1]。

---

① 刘庆福：《普列汉诺夫的文艺论著在中国之回顾》，《学术月刊》1985 年第 9 期。

目前我国学界一般认为，普列汉诺夫文学理论是马克思主义文学理论发展史上的重要一环，他是俄国最早以马克思主义学说研究文学理论、美学的思想家，是第一个将马克思主义理论应用于实践的俄国文学批评家，普列汉诺夫运用唯物史观对艺术起源、艺术发展规律、艺术与现实生活的关系、艺术与社会心理、艺术的本质与社会功能等进行了考察与论证，《没有地址的信》《艺术与社会》等著述中有许多观点值得肯定，有学者甚至认为，"马克思主义文艺学思想得到系统而严密的阐发，只是在普列汉诺夫这里才得到完成"。① 国外也有不少学者认为，普列汉诺夫"是俄国马克思主义文学批评的创立者，具体化了上述马、恩和俄国民粹派两方面的传统。作为马克思主义者，他将马、恩的世界观纳入了文学思想；作为俄国启蒙运动的继承人，他批判地吸收了别林斯基、车尔尼雪夫斯基等人的激进文学批评传统"②，"开启了俄国文学批评史的马克思主义新阶段"③。

需要注意的是，对于普列汉诺夫文学理论，瞿秋白批评远多于肯定，但同时代同为"左联"主要成员、同样译介与研究普列汉诺夫文学理论的鲁迅等人，却称颂远多于指责，称其"以救正我"，是"几个坚实的，明白的，真懂得社会科学及其文艺理论的批评家"之一，"用马克斯主义的锄铲，掘通了文艺领域的第一个"。④ 我们也正是从这种意义上，肯定瞿秋白在译介、评价普列汉诺夫文学理论等方面，对马克思主义文学理论传播的巨大功绩。瞿秋白如何批评？他为何相异于别人，侧重于批评呢？这值得深入追问和专门探讨。

一　瞿秋白对普列汉诺夫文学理论的批评内容

以通读普列汉诺夫全集、译介其多篇文学理论文章为基础，联系中国文学理论实际，瞿秋白在所撰《文艺理论家的普列哈诺夫》《文艺的自由

---

① 邱运华等：《19—20 世纪之交俄国马克思主义文学思想史论》，北京大学出版社 2006 年版，第 57 页。

② ［美］保罗·皮柯维支：《马克思主义文学思想与中国》，尹慧珉译，中国社会科学院文学研究所国外中国学（文学）研究组编：《国外中国文学研究论丛》（中国现代文学专辑），中国文联出版公司 1985 年版，第 6 页。

③ ［苏］尼·阿·戈尔巴涅夫：《普列汉诺夫和 1880—1890 年代文学斗争：俄国马克思主义文学批评史研究》，达吉斯坦国立大学出版社 1981 年版，第 3 页。

④ 《鲁迅全集》第 10 卷，人民文学出版社 2005 年版，第 347 页。

和文学家的不自由》《"自由人"的文化运动》《论弗理契》等多篇文章中，对普列汉诺夫文学理论进行了如下批评。

首先，在文艺与政治功利的关系层面，普列汉诺夫的文学理论坚持客观主义，强调"象形论"，忽视文艺的政治功利、能动性。

在马克思主义文学理论史上，文艺与政治的关系，一直被重点关注。对于普列汉诺夫文学理论，瞿秋白的批判同样涉及这一议题，它包括以下要点。

一是普列汉诺夫文学理论标榜客观主义，忽略文艺的政治功利。瞿秋白指出，就本质而言，普列汉诺夫文学理论是一种"艺术论的客观主义"，或称"虚伪的客观主义"：它宣扬生物学、地理学式的马克思主义，强调"练习的欲望"，其"五段论"公式，遗忘了"阶级"这一马克思主义理论的核心概念；它以"科学的文艺批评"为幌子，污蔑"党派的文艺批评"为"纯粹的主观主义立场"，放弃主观能动性；它标榜"艺术至上论"，不承认文艺的意识形态、阶级属性，而无产阶级文学的任务是"努力去揭穿敌人的假面具，揭穿机会主义分子，以及动摇分子的假面具"①。瞿秋白发现，基于这种认识，同样评价别林斯基，列宁与普列汉诺夫就大为不同：前者看重别林斯基在阶级斗争史上的地位和意义，后者认为别林斯基的伟大"首先因为他是个文艺批评家"，从中可以窥见二人相异的文艺批评观。通过援引列宁《党的组织与党的出版物》的观点，瞿秋白强调，文艺是阶级的宣传工具、教育群众的武器，虽然"文艺只是煽动之中的一种，而并不是一切煽动都是文艺"，但它仍然带有鲜明的意识形态属性，发挥宣传作用，无可厚非。总之，在瞿秋白看来，普列汉诺夫"艺术至上论的客观主义"，密切联系他"政治上的错误"②，这是认识问题的关键，也是"批评美学理论的根本原则"③。

二是普列汉诺夫兜售"象形论"，无视文艺的能动性。早期苏联文学界庸俗社会学流派的代表人物 B. 弗理契，自称是普列汉诺夫的学生，但他主要发展了普列汉诺夫观点的消极部分，弗理契 1926 年出版的《艺术社会学》一书中，虽然不乏一些正确、有趣的见解，但许多基本观点均

①　《瞿秋白文集》（文学编）第 2 卷，人民文学出版社 1986 年版，第 265 页。
②　《瞿秋白文集》（文学编）第 3 卷，人民文学出版社 1986 年版，第 72 页。
③　同上书，第 74 页。

是错误的，他"过于强调了社会经济与生产方面，而忽略了艺术本身的运动和发展"，"把艺术生产等同于物质生产，并认为艺术完全受经济的支配"①，其绝对化的看法迥异于马克思、恩格斯的辩证观点。在《论弗理契》等文章中，瞿秋白指出，由于信奉普列汉诺夫的"象形论"，弗理契犯了波格诺夫式的错误。在瞿秋白看来，受康德哲学等的影响，普列汉诺夫倡导"象形论"，在作用层面，将艺术等同于中国、埃及的象形文字。艺术固然依赖形象思维，但这种象征"没有现实世界那种丰富的内容"，"更不能够去影响现实世界"，它只能"消极地反映生活"。据此，瞿秋白强调，普列汉诺夫的这一观点，与列宁艺术"反映实质而且影响实质"的能动反映论背道而驰，因为艺术家"是个战士，而不是旁观者"，"是个'列宁派'，他要会抓住发展的倾向，而不是消极的照相机"，"要会理解社会现象，而把它溶化到艺术的形象里"②，应该具有鲜明的政治追求，承担重要的社会责任。进而，瞿秋白认为，无产阶级文艺不同于以前的任何文艺，因为它"各方面的最深刻的最充分的最高限度的去认识社会的现实，真正深入改造世界的过程，以及这个过程之中所有的一切矛盾和困难"，革命价值突出，政治功利明显。可见，在瞿秋白看来，普列汉诺夫无视文艺的主观能动性，反对发挥政治功用，不利于革命斗争，不可不予以批判。

其次，在文艺与阶级本位的关系层面，普列汉诺夫固守知识阶层本位，忽视普罗大众的正常需求，拘泥于文艺现状，没有发展眼光和未来战略。

文艺采取何种阶级本位，坚持哪种发展方向，是界定文艺属性、生成文艺价值的前提，因而一直被广泛研究。同样基于这种考量，瞿秋白对普列汉诺夫文学理论作出了如下批评。

一是普列汉诺夫以知识阶层为文艺本位，漠视大众。瞿秋白认为，文艺是坚持大众本位，还是知识本位，是他与胡秋原的分歧所在，也是问题的根本点。联系普列汉诺夫文学理论，他强调，普列汉诺夫贬低高尔基的文艺作品，指责俄国民众愚昧，说"布尔塞维克还不如唯心派的音乐家斯克里亚宾懂得马克斯主义"，污蔑列宁和布尔什维克文艺政策为"欺骗

---

① 李辉凡：《二十世纪初俄苏文学思潮》，社会科学文献出版社1993年版，第320页。
② 《瞿秋白文集》（文学编）第2卷，人民文学出版社1986年版，第265页。

群众的手段"，凡此种种，根源于普列汉诺夫是坚持和平革命的"机会主义者"、政治上的孟什维克"修正主义者"，他轻视普通百姓的力量。联系了解到的苏联文学突击队运动，瞿秋白认为，不少大众是很有文学才华的，他们"对于文艺非常之有兴趣，有很多文学的天才"①，在戏剧等民间文艺领域，其造诣尤其精湛。在他看来，即便面对稚嫩文艺作品，也应该"加重教育突击队的任务"，推动"加入文艺研究会的突击队员的创作进步"，促使其"作品的思想上艺术上的程度增高"，使他们"能够取得第亚力克谛唯物论的方法"，不断"吸引新的工人分子加入普洛文艺运动"，推动大众文艺运动的发展。

二是普列汉诺夫理论停留于"现在是什么样"，忽视文艺的发展。瞿秋白强调，普列汉诺夫"艺术至上论"的客观主义，只关注文艺现状，停留于"现在是什么样"，而无产阶级文艺更需关注"应是什么样"，那是一种建设性的、发展式的、理想态的文艺面向，"为着全人类的社会主义改造的利益，而去从事于艺术和文艺评论"，"坚决的站在真正为着这种社会主义改造而斗争的党派方面"②。在瞿秋白看来，普列汉诺夫文学理论的这种保守性、妥协性，势必影响大众文艺的发展，不利于无产阶级文化建设，需要多加批判。

再次，在文艺与哲学观念的关系层面，普列汉诺夫坚持笼统主义立场，抱守"不充分的辩证法"思维，缺少语境意识，不少文艺观念是错误的。

一定的文艺思想总是脱胎于特定的哲学观念，文艺与哲学历来联系紧密。所以，瞿秋白也对普列汉诺夫文学理论的哲学观念，做了如下清算。

一是普列汉诺夫理论坚持笼统主义的哲学立场，脱离具体语境。在《文艺理论家的普列哈诺夫》等文章中，瞿秋白指出，普列汉诺夫的政治家、哲学家这两大身份具有内在的关联性，其政治上的机会主义影响了他文学理论的正确性，"那种机械的分割哲学艺术和政治的观点，根本上就是错误的多元论"③。在他看来，普列汉诺夫的"象形论"表面上是"模仿律""相仿律"作祟的结果，"罪魁祸首"却是"笼统主义"哲学思

---

① 《瞿秋白文集》（文学编）第2卷，人民文学出版社1986年版，第291页。
② 《瞿秋白文集》（文学编）第3卷，人民文学出版社1986年版，第67页。
③ 同上书，第56页。

维。以列宁对普列汉诺夫哲学观念的批评观点为主要思想资源，瞿秋白强调，普列汉诺夫文学理论拘泥于逻辑主义、笼统主义的哲学观，总是试图找到所谓的一般规律，忽略了具体的历史事实，遗忘了复杂的环境条件，背离了马克思主义唯物史观的基本精神，决非"无产阶级的世界观和方法论"，决非"认识世界、改造世界的锐利武器"，需要对其进行哲学批判和理论清算。

二是普列汉诺夫崇尚"不充分的辩证法"思维，其文艺认识不科学。在《论弗理契》《文艺理论家的普列汉诺夫》等文章中，瞿秋白强调，普列汉诺夫关于列夫·托尔斯泰、民粹派、18 世纪法国戏剧的估量等文艺问题的看法，都违反了辩证法，普列汉诺夫倡导的所谓"唯物论的辩证法"，实际上是一种不充分的辩证法或者说"非辩证法"，它难以充分认识矛盾的各个方面，据此，普列汉诺夫主张"艺术作品和科学论文是互相对立的，情感和理智是互相抵抗的，艺术的社会分析和美学估量是互相分离的，内容和形式机械的分裂了的"①，自然是荒谬的。由此，在瞿秋白看来，普列汉诺夫依据这种哲学思维得出的文艺观点，认识绝对化，不够辩证，缺乏必要的历史语境意识，令人难以信服。

二 瞿秋白批评普列汉诺夫文学理论的成因探析

扎根于特定的历史现实，为具体的社会需要服务，任何理论的译介与研究，都存在选择性接受、理解、运用的情况。瞿秋白对普列汉诺夫文学理论的评价，也不例外。基于特定的历史语境，源自独特的主体条件，深受研究视界的影响，它们综合生成了瞿秋白的批评态度。

首先，基于现实斗争的需要，"批评普列汉诺夫"即"维护左联""促进中国革命文艺高涨"的逻辑指涉，很大程度上生成了瞿秋白对普列汉诺夫文学理论的批评态度。

1931—1933 年，瞿秋白和鲁迅一道，实际领导着中国左翼文艺运动。据茅盾回忆，因瞿秋白党内威望高、理论修养好，左联作家对他"人人折服"。基于这种独特身份，瞿秋白对普列汉诺夫的认识、评价，自然也就服务于左联斗争的现实需要，选取普列汉诺夫复杂观点的哪些部分进行何种评价，已经不再是一个单纯的学术问题，瞿秋白"想把普氏的艺术

---

① 《瞿秋白文集》（文学编）第 3 卷，人民文学出版社 1986 年版，第 61 页。

哲学与文学思维的经验与遗产翻译、介绍给中国的左翼文艺界时先努力尝试做一番严格的理论清理与价值判断"①，选择性接受、变形性阐释、差异性传播等，也就难以避免。更重要的是，当时自诩掌握了普列汉诺夫"唯物史观精髓"的胡秋原等人，尊奉、传播其"艺术至上论"，本就针对左联的文艺主张而来，他们批评左联对现实世界的干预与批判，过于倚重文艺作品的宣传价值等，来势汹汹，且"使他们感到惊异的是，胡秋原原来是一位持自由立场的马克思主义者，他掌握的马克思主义学问，远远超过了那些左联批评家。他读了普列汉诺夫、托洛茨基、渥隆斯基以及其他一些苏联理论家的著作之后，认为尽管文学有一种阶级基础，但文学创作不应当隶属于马克思主义经济或政治论文中的那种规律"②，情况"糟糕透顶"，决不可听之任之。

　　就理论目的而言，胡秋原以他采摘的普列汉诺夫局部观点为媒，旨在批评、攻击、瓦解左联，反对无产阶级的文化领导权。关于这一点，瞿秋白曾经明确指出，争论的核心是，是自由人还是工农大众担负反封建的文化革命任务，是资产阶级还是无产阶级领导反封建的文化革命。在他看来，问题"不在于你让不让一切种种的阶级和文学存在"，而在于"你为着那一阶级的文学而斗争"③，胡秋原等鼓吹"高尚情思的文艺"，以"文艺自由论"为幌子，客观上是帮助统治阶级"实行攻击无产阶级的阶级文艺"④。瞿秋白认为，胡秋原清洗了普列汉诺夫文学理论的优点，却极度推崇其孟什维克主义思想，已经蜕变为"资产阶级的虚伪的客观主义"，而他声称"不主张只准一种文学把持文坛"，臆测左联内部存在"理论家之群"与"作家之群"的矛盾，其实质还是"反对阶级文学的理论"。

　　可见，在这种现实情况下，瞿秋白的论辩逻辑就演化成为如下话语序列：批评普列汉诺夫，即维护左联，亦即促进中国革命文艺的高涨。这种逻辑关联、意义指涉，决定了瞿秋白对普列汉诺夫文学理论的批评态度，

---

　　① 胡明：《经典的流播与纠察——瞿秋白译介普列汉诺夫文艺理论的历史是非》，《陕西师范大学学报》（哲学社会科学版）2008年第1期。

　　② ［美］费正清：《剑桥中华民国史》第二部，章建刚等译，上海人民出版社1992年版，第471页。

　　③ 《瞿秋白文集》（文学编）第1卷，人民文学出版社1985年版，第501页。

　　④ 《瞿秋白文集》（文学编）第3卷，人民文学出版社1986年版，第55页。

至于它能否涵盖普列汉诺夫文学理论的全部，是否存在误解、夸大，在当时的历史语境下，也就显得不太重要，甚至是太不重要了。正是基于此，瞿秋白批评普列汉诺夫文学理论不重视文艺的阶级属性、忽视文艺的政治功利等，而实际上，事实恰恰相反，"普列汉诺夫的功利主义艺术观不同于通常的功利主义艺术观，乃是阶级分析和阶级斗争的功利主义艺术观"①。

　　另外，根据杨慧的中俄文对勘考证，瞿秋白所作文章《文艺理论家的普列哈诺夫》，是对伊颇里德《新发现的普列汉诺夫的文艺学著作》一文的撰述，"从文字上看，瞿秋白放弃了追随原文格局的对译，重新组织文字。从关注重心看，原文重在批判普氏文艺学的若干错误，如客观主义、唯心主义、艺术至上论等，并强调这种批评与现实的文艺斗争乃至捍卫列宁主义路线的斗争的紧密关联。而瞿译则重在强调对普氏之文学与政治分离原则的批评，关注重心转移到了文学的党性和政治性问题"②，对原著的改动巨大，它"对于苏联文学理论界的这一重要斗争（对普列汉诺夫'正统'的批判——引者注），瞿秋白只是一笔带过"，相反，该文"根据中国文坛现实，尽全力将其裁剪到自己的阐释框架中"③，主体选择性明显；1931年《文学遗产》总第1期刊登了普列汉诺夫尚未出版的论文11篇，瞿秋白选译了其中的4篇，"自有深意存焉"④，批评胡秋原、苏汶的相关论点，成为其落脚点、旨归点。

　　总之，现实斗争的需要，某种程度上促成了瞿秋白对普列汉诺夫文学理论的批评，催生了其主体态度。实际上，这也是由20世纪20、30年代中国社会语境中各种力量的格局所决定的，"马克思主义不仅似乎有伟大力量，而且正如我们所见，它的社会主义的一般意义也惊人地接近伟大共同体的理想。同时，马克思见到的资本主义的问题，基本上也同样是中国的激进派批判中国腐败的郡县制的问题：社会的分散化，普遍贫困，人类潜能的压抑，以及空洞非道德的气氛。在20、30年代，自由主义在面临马克思主义挑战时失去影响，主要原因恰恰是因为自由主义与资本主义相

---

① 代迅：《西方文论在中国的命运》，中华书局2008年版，第35页。
② 杨慧：《"现实"的诞生——再论瞿秋白对马克思主义文学理论的译介》，《中国现代文学研究丛刊》2008年第3期。
③ 同上。
④ 同上。

联系"①，通过同台斗争与反复较量，马克思主义取得了对自由主义的胜利，瞿秋白对文艺自由论的批判便是其中的重要工作，值得历史地予以肯定。

其次，当时苏联贬低普列汉诺夫文学理论的态度、做法，很大程度上影响了瞿秋白对普列汉诺夫的全面认知，从中可以窥见苏联风潮对中国文坛影响的深度、广度和直接性。

1928 年至 1930 年，瞿秋白在苏联工作、学习，十分熟悉其文艺界情况，"1928 年至 1932 年，瞿秋白堪称国内熟谙苏联文艺界最新动态的第一人"②。1932 年至 1933 年，撰写普列汉诺夫文学理论批评文章的时候，他阅读了涉及当时苏联文艺论争的大量书刊资料，深受苏联流行的文艺风潮及其观点的影响。正是在此前后，对于普列汉诺夫文学理论，苏联做出过截然不同的两种评价：1924 年至 1932 年马克思和恩格斯《1844 年经济学哲学手稿》《德意志意识形态》，致拉萨尔、敏·考茨基、玛·哈克奈斯的信在苏联陆续公之于世之前，列宁文学理论著述未被大规模辑录、整理、研究之前，普列汉诺夫先被尊为"正统派"，所处地位甚高，因此 1924 年 8 月瞿秋白曾翻译普列汉诺夫《辩证法与逻辑》《马克思主义辩证法的几个规律》这两篇哲学论文③，强调普列汉诺夫哲学思想的先进性、科学性；后因 20 世纪 30 年代开始，苏联内部局势有所好转，方便官方腾出手来进行意识形态整顿，曾经否定"十月革命"而犯过政治错误、尖锐批评列宁的普列汉诺夫，自然首当其冲地成为被批判的对象，加上法捷耶夫后期"拉普"思潮盛行，普列汉诺夫被德波林、米丁等斥为浅薄的庸俗社会学、"修正主义"，遭受全盘否定，这势必影响到瞿秋白的判断。

冯雪峰曾经回忆说，国内当时的文学理论，除马克思主义之外，"最多则来自苏联'拉普'中阿巴赫等人的理论"，瞿秋白讨论文艺问题"特别是在讨论创作方法时，也会不自觉地受到'拉普'的影响"④，他说"最近的文艺论战，在国际的范围里克服这种'正统论'，而继续开展反

① ［美］石约翰：《中国革命的历史透视》，王国良译，东方出版中心 1998 年版，第 188 页。

② Pickowicz, Paul G, *Marxist Literary Thought in China：The Influence of Ch'ü Ch'iu—pai*, Berkeley：University of California Press, 1981, p. 181.

③ 姚守中等编著：《瞿秋白年谱长编》，江苏人民出版社 1993 年版，第 147 页。

④ 马驰：《艰难的革命：马克思主义美学在中国》，首都师范大学出版社 2006 年版，第 5 页。

对一切种种机会主义的斗争"①，显然"国际的范围""克服这种'正统论'""反对机会主义的斗争"，即指苏联文艺界对于普列汉诺夫理论的贬低与批评，瞿秋白接受了这一态度与观点，"来自苏俄的这种单方面强调艺术阶级意识、艺术是阶级斗争的武器的片面认识，正好成为导致瞿秋白在特定历史条件下文艺观形成和文艺批评实践中难以去除的'左'的烙印的思想渊源"②。这方面的明显例证是，当时苏联官方评判高尔基的不少权威论文，如 V. 吉尔珀汀《高尔基——伟大的普洛艺术家》等，均被瞿秋白翻译过来，而这些文章披露了普列汉诺夫对高尔基的批评立场与冷淡态度，比如普列汉诺夫与高尔基碰面时反应是"客气的，冷淡的，形式的"③，他批评高尔基"很不行的消化了那无产阶级全世界的真理"④，不赞成判定其小说《母亲》的"布尔什维克"性质，"孟塞维克的普列哈诺夫嫌恶着高尔基的布尔塞维克的同情"⑤，凡此种种，它隐含着贬抑普列汉诺夫及其思想的判断。与之不同，冯雪峰、鲁迅的普列汉诺夫文学理论取自日本，引入的是肯定态度与推崇立场，相异的理论资源生成了相反的判断结论。

同时，20 世纪 20 年代末期开始，伴随斯大林提出"文艺服务于经济建设"等口号，苏联掀起了一股普罗文艺热潮。服务于反帝反封建斗争的现实需要，文艺大众化等观点被国内快速接受和大力倡导，而苏联普罗文艺欣欣向荣的景象，又带给中国人以乌托邦式的幻象，"春来第一燕"表征着信念式的存在，成为革命前行的动力性灯塔。对此，瞿秋白就曾经激动地写道，"俄国革命的文化事业，从此更无限量，是世界人类生活之艺术化的先河"⑥。因为这种强有力的情绪感染、逻辑指引，苏联文艺界的言与行，也就成为国内仿效的标杆，一定程度上导引着中国革命文艺的认知指向与情感方向。瞿秋白即曾指出，1931 年成立的苏俄普罗文学联盟响应斯大林号召，将"新的关于劳动力问题、苏联机器工业的发展、工人的工作态度"等作为文学的新题材，广泛建立文学突击队，他感慨

---

① 《瞿秋白文集》（文学编）第 1 卷，人民文学出版社 1985 年版，第 501 页。
② 韩斌生：《瞿秋白革命文艺观的形成与"苏俄文学情结"》，《艺术百家》2008 年第 8 期。
③ 《瞿秋白文集》（文学编）第 4 卷，人民文学出版社 1986 年版，第 303 页。
④ 同上书，第 306 页。
⑤ 同上书，第 307 页。
⑥ 《瞿秋白文集》（文学编）第 2 卷，人民文学出版社 1986 年版，第 251 页。

道，"中国的革命文学界应当特别深刻的了解苏俄普罗文学的新的阶段"①。在这里，"他者"式的苏联文艺风潮"内化"为下列推演序列：因为苏联各项事业的美好，因为文艺大众化、服务现实斗争的大有裨益，借鉴包括批判普列汉诺夫文学理论在内的苏联文艺界的做法，必然有助于推动中国革命文艺的发展，批判普列汉诺夫也就理所当然，瞿秋白"在处理普氏文学理论思维，或者说艺术哲学经验与遗产时无疑是与斯大林以及苏联官方对普氏的评估结论严丝合缝的"②。可见，当时苏联贬低普列汉诺夫文学理论的世风时潮，很大程度上误导了瞿秋白的全面认知。

正是对苏联语境的紧密关涉，瞿秋白眼中的普列汉诺夫形象迥异于卢那察尔斯基。作为俄国早期著名马克思主义文学理论家之一的阿·瓦·卢那察尔斯基，与普列汉诺夫、沃罗夫斯基并称为苏俄文学理论批评史上的"后三雄"，与19世纪的"前三雄"（三驾马车）别林斯基、车尔尼雪夫斯基、杜勃罗留波夫交相辉映。虽然卢那察尔斯基在苏联政治史、文学史上的地位也曾有过波动，但因其主要文学理论与批评活动均在十月革命之后，且长期担任苏联文化部门负责人，不存在托洛茨基、普列汉诺夫所谓"晚节不保"的问题，所以卢那察尔斯基长期被视为苏联正统马克思主义文学理论家。③ 上述情况直接反映在中国文学界对卢那察尔斯基的接受上，在瞿秋白这里便是卢那察尔斯基呈现为可敬长者、文艺理论家、戏剧家、政治理论家这四幅身份图景，这与普列汉诺夫、托洛茨基明显不同，其形象与评价具有比较确切的稳定性，反映了卢那察尔斯基"文学理论家"身份之外与他们的差异性，也体现了20世纪中国文学理论援用外域资源的外倾性、偶然性、体验性因素，同时，在推崇高尔基这一点上，于20世纪中国文坛而言，卢那察尔斯基是永远正确、不会过时的，托洛茨基、普列汉诺夫显然望尘莫及。具体而言，瞿秋白眼中的卢那察尔斯基形象如下：

第一幅图景中的"可敬长者"形象，主要缘于旅俄期间瞿秋白对卢那察尔斯基其人其行的直接感受。1921年3月2日，瞿秋白详细记载了再次拜会卢那察尔斯基的过程，"路氏招待我们坐下之后，我们就拿出问

①　《瞿秋白文集》（文学编）第2卷，人民文学出版社1986年版，第279页。

②　胡明：《经典的流播与纠察——瞿秋白译介普列汉诺夫文艺理论的历史是非》，《陕西师范大学学报》（哲学社会科学版）2008年第1期。

③　陈建华主编：《中国俄苏文学研究史论》第2卷，重庆出版社2007年版，第59—60页。

题请教：最近教育上的设施和东方文化的意趣。路氏是一演说的艺术家，谈吐非常的风趣，又简截了当，总谈不过十分钟，而所答已很完满不漏"①，瞿秋白观察十分仔细，发现卢那察尔斯基"面色灰白，似乎大不健康，所穿衣服非常朴素"②。卢那察尔斯基的说话内容更是令他印象深刻，"我们在文化上能尽力的地方都已尽到了，然而不敢自满，——实在战争与革命的破坏力非常之大，创造新文化也不是轻易的事，还得努力做去"③，谦虚、坚定的形象跃然纸上。卢那察尔斯基对东方文化的看法更是难得，"苏维埃俄国，不象其他欧美各国妄自尊大，蔑视东方，我们是对于东方民族极端平等看待，对于他的文化尤其有兴趣。现在极注意于促进两民族的相互了解，采用他的文化，已经设一东方学院。东方文化之'古'，'美'，'伟大'，'崇高'，诗文哲学，兴味浓郁"④，敦厚、善良、儒雅的"可敬长者"形象呼之即出。1921 年 4 月 3 日瞿秋白记载"教育人民委员会的职员刘白文纳女士送来好些书籍杂志，路纳察尔斯基的著作等"⑤，使他得以直接了解卢那察尔斯基文学理论，加上卢那察尔斯基对瞿秋白一行生活的照顾、细心安排参观等，更是令人感动。

第二幅图景中的"文学理论家"形象，则关联卢那察尔斯基对高尔基的推崇。在瞿秋白编译的《高尔基创作选集》一书开篇，便收录有卢那察尔斯基高度评价高尔基的序言《作家与政治家》。在《〈鲁迅杂感选集〉序言》中，瞿秋白又引用卢那察尔斯基《高尔基作品选集序》的一句话，"你想用什么来骂倒我呢？难道因为我要改造世界那种热诚的巨大火焰，它在我的艺术里也在燃烧着么？"⑥ 卢那察尔斯基对高尔基的推崇，类同于瞿秋白对鲁迅的高度肯定，而且前者的做法具有示范性，有助于自然引出后者、提供论证层面的某种合理性。冯雪峰也强调这一点，他在《〈艺术之社会的基础〉译者附记》中，称卢那察尔斯基"是一个著名的马克思主义者，更以马克思主义艺术论底建设者为世人所知，同时又是这方面的实际的指导者"。

---

① 《瞿秋白文集》（文学编）第 1 卷，人民文学出版社 1985 年版，第 125 页。
② 同上。
③ 同上。
④ 同上书，第 125—126 页。
⑤ 同上书，第 132 页。
⑥ 《瞿秋白文集》（文学编）第 3 卷，人民文学出版社 1989 年版，第 95 页。

第三幅图景中的"戏剧家"形象，则与瞿秋白曾经现场欣赏、亲自翻译卢那察尔斯基创作的戏剧有关。对于前者，1921年2月16日，瞿秋白记述道，"新艺术中的有政治宣传者，如路纳察尔斯基的《国民》一剧，我曾经在国家第二剧院，——旧小剧院看过，所用布景，固然是将来主义，已经容易了解些，剧本的内容却并非神秘性的，而是历史剧，演古代罗马贫民革命，且有些英雄主义的色彩"[①]，对于瞿秋白这位文人政治家而言，卢那察尔斯基戏剧的宣传鼓动性显得格外重要，因为它是沟通革命与文艺大众化的内在桥梁。至于后者，瞿秋白曾经翻译过卢那察尔斯基的长篇戏剧《解放了的董吉河德》，这说明在瞿秋白眼中，卢那察尔斯基是颇具戏剧创作才华的，卢那察尔斯基戏剧的宣传号召性很好地做到了为革命、现实、时代所用，值得充分肯定，可以借鉴应用。

第四幅图景中的"政治理论家"形象，则关联瞿秋白撰写文艺批评文章时对卢那察尔斯基政治观点的引用。在《郑译〈灰色马序〉》一文结尾，瞿秋白曾经引用卢那察尔斯基评价社会革命党的一大段话，却"对卢那察尔斯基关于路卜询与其小说的评论的实质内容有所删减"[②]，如卢那察尔斯基认为《灰色马》是"暧昧的"，其作者是"卑鄙的冒险家"与"市侩"，瞿秋白悉数删除了这些内容，特别强调卢那察尔斯基"政治理论家"的身份及其政治眼光，有意忽视其做出的具体文学评价。

在瞿秋白这里，引进与介绍卢那察尔斯基文学理论与文学批评资源，剪裁观点与材料，服从于中国新文学建设的现实需要。总之，经由瞿秋白文学视域而呈现的卢那察尔斯基形象，与著述繁多、被列宁称赞为"天赋异常丰富的人"[③] "无产阶级革命家和马克思主义文艺理论家和批评家"[④] 的经典形象是吻合的，这体现了瞿秋白对卢那察尔斯基本人的好感，也反映了卢那察尔斯基文艺理论与瞿秋白文学理论、20世纪中国文学实践的内在契合性、思维吻合度，更从一个侧面表现了苏联风潮对中国文坛影响的深度、广度和直接性。

---

① 《瞿秋白文集》（文学编）第1卷，人民文学出版社1985年版，第119页。

② ［斯洛伐克］玛利安·高利克：《中国现代文学批评发生史》，陈圣生译，社会科学文献出版社1997年版，第219页。

③ 高尔基：《列宁》，人民文学出版社1977年版，第30页。

④ 程正民、王志耕、邱运华：《卢那察尔斯基文艺理论批评的现代阐释》，北京大学出版社2006年版，第18页。

再次，受到研究视界的影响，批判胡秋原成为瞿秋白批评普列汉诺夫理论的出发点、旨归处，带有辩驳色彩的这种体认一定程度上影响评价的准确性。

1929—1930 年，胡秋原根据所搜集到的资料，编写了一本全面研究普列汉诺夫文学理论的专著，即《唯物史观艺术论——朴列汗诺夫艺术理论之研究》，全书 60 余万字、厚达 800 余页，包含"绪言""艺术理论家朴列汉诺夫之性质""艺术之本质""艺术与经济""艺术之起源""艺术之进化与发展""文艺底个性与社会性之考察""朴列汉诺夫与艺术批评""俄国科学底美学及社会底文艺批评之先驱""朴列汉诺夫之方法论"等 10 章，另附胡秋原从日文转译的《朴列汉诺夫传》，以及《艺术与无产阶级》《政治底价值与艺术底价值》《文艺起源论》《革命文学问题》等 6 篇普列汉诺夫文艺理论文章，1932 年底由上海神州国光社出版，在当时影响较大。该书称赞普列汉诺夫为"世界最初马克思主义艺术学的建设者""科学的美学的开山祖"，对普列汉诺夫文学理论的某些重要论题做了介绍、评价，不少章节有其独到、深刻之处。但因为普列汉诺夫文学理论的复杂性，前后期认识的大相径庭，选择哪些部分进行评价，所得结论也就大为不同。受日本理论界主流观点的影响，胡秋原总体上采用了普列汉诺夫"正统论"立场，更多选择的是普列汉诺夫关于艺术诉诸情感与形象、艺术起源等的科学见解，看重其后期孟什维克妥协思想下的一些文艺观点，胡秋原还放大、歪曲，甚至捏造了"艺术至上论"等一些论点，"用人性论代替了普列汉诺夫的阶级论"①，在"前记""编校后记"中，宣扬所谓他"自由人"的文艺观，借此兜售自身的理论，达到反对阶级文学论、打击左联之目的，普列汉诺夫俨然是胡秋原观点的保护神。

因此，批判胡秋原，首在批评普列汉诺夫理论，假若能批倒他笔下的普列汉诺夫，使其丧失论说基石，驳斥胡秋原即告成功过半，至于胡秋原对普列汉诺夫的理解是否准确、到位，反倒不是问题的关键。为此，一方面，瞿秋白精心编译了普列汉诺夫的 4 篇论文，他说"这里也有许多很

---

① 王秀芳：《美学·艺术·社会：普列汉诺夫美学思想研究》，河北人民出版社 1987 年版，第 28 页。

有意义的材料，可以和中国已经译出的普列哈诺夫著作参看"①，瞿秋白称这种编译为"参看"，明显针对胡秋原的普列汉诺夫观。《别林斯基的百年纪念》一文，旨在引出文艺批评家政治立场与文学批评科学性之间关系的讨论，用以破解胡秋原的"非政治主义"论断；《法国的戏剧文学和法国的图画》这篇被苏联官方文艺界当成"为艺术而艺术"思想的代表作，意在批判胡秋原的"艺术至上论"；作为普列汉诺夫艺术理论核心的《唯物史观的艺术论》一文，引入针对普列汉诺夫"唯物史观"的批评，就是要打掉胡秋原等人的理论武器，因为胡秋原这位普列汉诺夫研究专家的大部头专著即《唯物史观艺术论》。另一方面，瞿秋白不惜笔墨地撰写批评普列汉诺夫的长文，其中，他言辞犀利地写道，胡秋原是"从普列汉诺夫、弗理契出发的文艺理论家"，普列汉诺夫"唯物史观"对他影响很大，他有时说艺术用"形象去思索"，是"生活的表现、认识和批评"，又说艺术的最高目的是"消灭人类间一切的阶级隔阂"，"将艺术堕落到一种政治的留声机，那是艺术的叛徒"，观点互相矛盾，很难自圆其说。在瞿秋白看来，胡秋原"自由人"的立场"不容许他成为真正的马克思主义者"②，他"舍不得朴列汗诺夫"，不熟悉列宁文学理论，普列汉诺夫文学理论"包含着客观主义和轻视阶级性的成分，也包含着艺术消极论的萌芽"，到胡秋原那里，还夹杂着安得列耶夫和他自己的学说，变成了"百分之一百的资产阶级的自由主义"，它鼓吹"文学脱离无产阶级而自由，脱离广大的群众而自由"，危害巨大。

实际上，当时站在民族资产阶级、小资产阶级立场的胡秋原，倡导"在文艺或哲学的领域，根据马克思主义的理论来研究，但不一定在政党的领导之下，根据党的当前实际政纲和迫切的需要来判断一切"③，并非"反动派的走狗"，他声明"我决不反对普罗文学的存在及特权的，只要作得好；而且知道因还年轻，不大好也是不可避免的"④。1932 年 1 月 17日，以争取言论、出版、集会、结社自由，反对一切对于著作者的压迫等

---

① 《瞿秋白文集》（文学编）第 4 卷，人民文学出版社 1986 年版，第 225 页。
② 《瞿秋白文集》（文学编）第 3 卷，人民文学出版社 1986 年版，第 56—57 页。
③ 胡秋原：《浪费的论争——对于批评者的若干答辩》，李敏生编：《中华心——胡秋原政治·文艺·哲学文选》，社会科学文献出版社 1995 年版，第 213 页。
④ 同上书，第 218 页。

为宗旨的进步社团——中国著作者协会①发起成立之时，根据所得票数的多少，胡秋原与陈望道、王礼锡、施存统、冯雪峰、邓初民、孙师毅这7人，被推选组成筹备会②；1933 年，上海文化界组织营救丁玲、潘梓年时，胡秋原等"亦致电南京政府，请查明释放或移交法庭办理"，发表了"我们的作家是怎样被绑？怎样跌死！我们将怎样去营救？怎样去保障？"的质问③，等等事实，便是这方面的明证。

　　另外，胡秋原之所以"决舍马克思主义而取自由主义"④，既有亲历苏俄、目睹其所谓"阴暗面"而怀疑共产主义社会的优越性，"大审、个人崇拜，都使我惊异。买东西常须摆长龙，物品的素质甚至不如上海，使我断言我们不能实行苏俄的共产主义，最使我反感的，是在红军博物馆看见外蒙已划入俄国版图"⑤，更有中国被殖民化、有损民族自由的深层担忧（比如，1929 年中苏之间曾经发生激烈的军事冲突，即"中东路事件"），"西化，俄化乃是自甘永落他人之后，而且中国与西方与俄国社会传统不同，环境和需要不同，二化决不能为救国之用，只有促使中国殖民化之可能"⑥，主观体验、国家利益、民族情怀等多维交织，个中原因比较复杂，对其进行简单评判，肯定是不科学的。

　　此外，胡秋原主张"文学与艺术，至死也是自由的"，明显针对民族主义文学"是特权者文化上的'前锋'，是最丑陋的警犬，他巡逻思想上的异端，摧残思想的自由，阻碍文艺这自由的创造"，"用一种中心意识，独裁文坛"⑦，揭露民族主义文艺运动的实质是"买办金融阶级，军阀豪

　　① 另有一同名学术团体，于 1929 年 1 月发表《中国著作者协会宣言》（载后期创造社的综合性刊物《思想月刊》第 5 期《编辑后记》之后）。该协会由沈端先、沈起予、朱镜我等 42 人，在上海发起成立。

　　② 陈瘦竹：《左翼文艺运动史料》，南京大学学报编辑部，1980 年，第 171 页。

　　③ 同上书，第 217 页。

　　④ 1938 年，胡秋原出版《中国革命根本问题》一书，对其之前的思想历程进行了总结，他声称"余昔尝为自由主义之爱好者，亦马克思主义之爱好者。凡所为文，本斯二义。二者皆吾之所喜，故曾为马克思主义的自由主义之说。西行以后，余信二者有合作必要，但无合一可能。二者不可得兼，深思之余，决舍马克思主义而取自由主义。然余深信，倘无民族自由，则一切自由均为梦幻。故余今日仅为一纯民族主义者，或民族的自由主义者。"参见李敏生编《中华心——胡秋原政治·文艺·哲学文选》，社会科学文献出版社 1995 年版，第 20 页。

　　⑤ 胡秋原：《自序》，李敏生编：《中华心——胡秋原政治·文艺·哲学文选》，社会科学文献出版社 1995 年版，第 2 页。

　　⑥ 同上书，第 3 页。

　　⑦ 胡秋原：《阿狗文艺论》，《文化评论》（创刊号）1931 年 12 月 25 日。

绅，流氓三位一体"的"土司政治"在文化领域的呈现，同时，亦强调"一切文学都是有阶级性的"①，但中国左翼文坛却认为"它对左翼文坛所力倡的文艺的阶级论、文艺的党派性等等也将起一种消解的作用"，"这种政治上的过度敏感，就使许多左翼作家将胡秋原的'文艺自由论'置于一种敌对观点的位置上加以抨击"②。

从这些方面综合视之，瞿秋白说胡秋原"反对普罗文学，已经比民族主义者站在更前锋"，对其口诛笔伐，显然不够公允。

总之，胡秋原笔下的普列汉诺夫，成为瞿秋白体认的主要出发点、批评的视界靶心，这使其看法带有明显的辩驳色彩，用语相对夸张，认识比较情绪化，一定程度上影响了他的准确评价。

三 瞿秋白批评普列汉诺夫文学理论的简要评价

立足于中国文艺现实，借助列宁的相关论述，瞿秋白集中评价了普列汉诺夫文学理论，他研究目的明确，分析视角多维，这些都值得充分肯定，但当时革命斗争的救亡主题，统领了超脱审美的启蒙方案，前者对文学理论的建构提出了方向，强调了重点，设定了对象。服务于国内现实斗争的需要，受苏联贬抑普列汉诺夫理论风潮的影响，加上普列汉诺夫思想的复杂性、不同时期的差异性，又因胡秋原对普列汉诺夫文学理论的选取、阐释、变形而影响瞿秋白的评价视界，他的研究视线集中于普列汉诺夫的后期文学理论，对其批判远多于肯定。它并非简单的学术研究行为、纯粹的理论探讨工作，而是一种时代需要与思想资源的对接策略，牵涉甚为广泛，情况比较复杂。

事实上，早在20世纪20年代初期，在译介果戈理所著《仆御室》的后记、《序沈颖译〈驿站监察吏〉》等文章中，瞿秋白援用俄国社会历史批评观点，强调文学对于社会生活的反作用，此时的他"深受普列汉诺夫的影响，在文学与社会生活的关系中，刻画了社会——思想——文学的认识路线"③，对普列汉诺夫取肯定态度。可见，瞿秋白对普列汉诺夫

---

① 胡秋原：《浪费的论争——对于批评者的若干答辩》，李敏生编：《中华心——胡秋原政治·文艺·哲学文选》，社会科学文献出版社1995年版，第212页。

② 朱晓进：《政治化思维与三十年代中国文学论争》，《中国社会科学》2002年第6期。

③ 张亚骥：《瞿秋白的文艺思想与文化领导权》，博士学位论文，苏州大学，2010年，第20页。

文学理论的译介与研究，立足于具体的历史语境，承载着特定的社会使命，按他自己的话说——"这里不免略为关涉到中国文学界的现象"①，它以一种批评性、否定式的独特方式而展开，服膺于 20 世纪 30 年代中国文学论争"各派所依据的常常是其政治文化立场，而文学自身的要求则往往被隐去。其间，备受重视的是说话人的政治态度，即站在何种立场上讲话，是论争各方最关注的"② 之整体氛围，其推导逻辑往往建立在政治立场、阶级身份的基础上，加上普列汉诺夫首先是政治理论家，其思想与革命斗争实践的巨大"隔膜"，主张俄国革命走资产阶级、无产阶级"分进合击"与平行领导之路，曾经尖锐批评十月革命，与列宁思想存在不少根本性的分歧，因而被贴上"孟什维克"投降主义思想标签，苏俄官方所作的此种政治评价，势必直接影响对其文学理论的判定，这种情况在中国当时风起云涌、激情澎湃的革命语境中尤甚，"谈论、品评政治的热情在以'艺术问题'为由头的探讨中得到发挥，人们的政治情绪在以'艺术问题'为由头的探讨中得到宣泄"③，非常普遍。

以今天的眼光视之，这种以政治判定取代学术考量的评判方式，不恰当地放大了普列汉诺夫的政治错误、贬低了他的思想贡献，所得结论有时比较片面、不够公允，使普列汉诺夫"被逐渐淡化乃至被遮蔽"，受此种体认与评价的直接推动，"普列汉诺夫对中国革命文艺的影响，从一开始奔腾喧嚣的江水，逐渐转化为水面下沉默然而坚韧的河床"④，它进一步强化了 20 世纪中国文学理论的政治化色彩，产生了不小的负面影响，导致 1935 年之后 20 年之内我国普列汉诺夫著作译介与研究的停滞状态，文学理论界仅引用 1944 年周扬编《马克思主义与文艺》一书中所收录普列汉诺夫的 5 段文艺论述，即"论原始艺术与劳动之不可分离，劳动早于艺术"（2 段），"论艺术之形象的特质"（2 段），"论革命期资产阶级的艺术与政治斗争"（1 段），接受出现明显偏离，"这种错位现象在上述瞿秋白的评论中已初现端倪，随后则衍化为一种带有普遍性的认识"⑤，必

　　①　《瞿秋白文集》（文学编）第 4 卷，人民文学出版社 1986 年版，第 226 页。

　　②　朱晓进等：《非文学的世纪：20 世纪中国文学与政治文化关系史论》，南京师范大学出版社 2004 年版，第 8—9 页。

　　③　同上书，第 117 页。

　　④　代迅：《西方文论在中国的命运》，中华书局 2008 年版，第 31 页。

　　⑤　陈建华主编：《中国俄苏文学研究史论》第 2 卷，重庆出版社 2007 年版，第 53 页。

须承认这一点，然而，它客观上却促进了马克思主义文学理论在 20 世纪中国的快速传播，所引出的众多思想命题直接推动中国现代文学理论逐步走向成熟，恰如李何林高度评价瞿秋白"在现代中国的文化批评、社会批评和文艺批评上，和鲁迅占着同等重要的地位"，"假使说鲁迅是中国的高尔基，那么，他可以算是中国的蒲列汉诺夫了"①，在李何林眼中，瞿秋白竟颇为吊诡地俨如他批判甚多的普列汉诺夫，瞿秋白文学理论、普列汉诺夫文学理论均对 20 世纪的中国产生了广泛影响，它们促使马克思主义文学理论以相对独立的思想体系、新兴的学科面貌登上历史舞台，参与了中国马克思主义文学理论的早期话语实践和价值建构，迄至马克思主义文学理论中国化的典型体现，即毛泽东《在延安文艺座谈会上的讲话》的出现，仍然有其意义。这启示我们，在理论发展史上，不同时空下的继承与批判，意味着选择性的接受与变异，唯有适应新环境、新要求，方能发挥作用。

第四节　外域资源与本土策略
——瞿秋白与拉普文学理论的关系研究

拉普是"俄国无产阶级作家联合会"俄文缩称（RAPP）的音译，它是 20 世纪 20 至 30 年代初统治苏联文坛的文学派别和团体。② 拉普在倡导、建设无产阶级文学等层面，确实发挥过一定作用，它在若干文艺问题上的确进行过不少有益探索，然而正如它之前的苏联无产阶级文化派一样，也犯了庸俗社会学、教条主义和宗派主义的"左"倾错误，曾经给苏联文艺运动带来严重损失，并对西方和东方一些国家的无产阶级文艺运动产生过巨大的负面影响。作为俄国马克思主义文学理论思潮的拉普文学理论，就曾经对 20 世纪 30 年代的中国左翼文坛产生过普遍而巨大的影响，故此，对于瞿秋白与拉普文学理论的关系，值得进行专门探讨与深入研究。

---

① 李何林：《近二十年中国文艺思潮论（1917—1937）》（序），陕西人民出版社 1981 年版，第 15 页。

② 这里取狭义拉普的定义，广义拉普是"莫普"、拉普（早期为"瓦普"）、"伏阿普"的统称。参见李辉凡《二十世纪初俄苏文学思潮》，社会科学文献出版社 1993 年版，第 203—204 页。

一　作为俄国马克思主义文学理论思潮的拉普文学理论

1925 年 1 月，在全苏第一次无产阶级作家代表会议上，拉普正式宣告成立。但文学史界一般将 1922 年 12 月 12 日《真理报》刊登 15 位文学青年致编辑部的信，视为拉普的实际开端，因为就是这封信，奠定了拉普文学运动、文艺思潮的基础与主调。直到 1932 年 4 月 23 日，联共（布）中央作出《关于改组文学团体》的决定，宣布正式取消拉普，与此同时，苏联文艺界成立了以高尔基为首的苏联作家协会筹备委员会，负责组织召开第一次苏联作家代表大会，存在长达十余年之久的拉普，才在所谓的被清算"错误"当中，宣告正式解散。

学界一般以 1925 年 6 月联共（布）中央《关于党在文学方面的政策》发表而导致拉普内部的分裂为界，根据其活动特点，将拉普划分为前后两个时期：前期（1922—1925 年）主要围绕批评刊物《在岗位上》而活动，代表人物是罗多夫、沃林、列列维奇和瓦尔金等人，统称为"岗位派"；后期（1925—1932 年）集中围绕评论刊物《在文学岗位上》而展开，代表人物有阿维尔巴赫、李别进斯基、法捷耶夫等人。前后期的拉普差异巨大，它经历过"从自封为无产阶级文学的化身，一味强调文学的阶级性，与其他文学派别展开的思想斗争中脱身出来，注目于实践，注目于创作"[①] 这种迥异的转变。

具体而言，前期拉普的弊端主要在于"把文学与生活、文学与革命的关系庸俗化，把文学的阶级性简单化"[②]，它不仅没有同无产阶级文化派划清界限，反而打上其深刻烙印。其部分重要成员对人类文化遗产，采取虚无主义的粗暴否定态度，宣称"我们要烧毁拉斐尔"，要"把普希金、陀思妥耶夫斯基、列夫·托尔斯泰从现代轮船上扔出去"。他们呐喊要建立所谓"纯粹"的无产阶级文化，并提出只有具备无产阶级成分者，才有资格创造无产阶级文化等荒谬理论。后期拉普虽然批判了"岗位派"对待文化遗产的虚无态度，并提出"向古典作家学习"的口号，但在"同路人"等问题上依然故我，同样没有摆脱庸俗社会学等错误思潮的束

---

① 艾晓明：《中国左翼文学思潮探源》，北京大学出版社 2007 年版，第 226 页。
② 汪介之：《回望与沉思：俄苏文论与 20 世纪中国文坛》，北京大学出版社 2005 年版，第 130 页。

缚。在文学创作与文艺批评领域，它提出了所谓的"辩证唯物主义创作方法"口号，混淆艺术手段与哲学方法，将创作方法与作家的世界观等同，并认为只要掌握了马克思主义的辩证唯物法，便能创作出"崭新"的无产阶级文学，并以"无产阶级性"来评判所有文学作品，推行打击、排斥"同路人"作家的宗派主义路线。①

就理论本质而言，拉普文艺思潮是庸俗社会学、教条主义和宗派主义的混合物，带有浓厚的"左"倾色彩，是俄国十月革命胜利后不久"共产主义运动中的'左派'幼稚病"在文艺上的集中反映。它的形成和发展具有多方面的原因②：20 世纪 20 年代俄苏社会的斗争非常复杂，文艺团体林立，理论主张繁多，苏联无产阶级文化派的力量日渐衰微，以无产阶级文艺运动主导力量面目出现的拉普可望崛起，这是时代原因；拉普领导人及其成员大都是 20 岁左右的青年，且多为党团员，满怀革命豪情，有政治优越感，但文化水平、教育程度普遍不高，缺乏基本的马克思主义素养，难以科学看待文艺创作问题，不曾掌握强有力的文学理论武器，很难正确理解党的文艺政策，因而容易萌生许多古怪、过激的看法，这是主体原因；马克思、恩格斯的许多重要文艺遗著，因第二国际的蓄意封锁，大都直到 20 世纪 30 年代初才得以公之于世，因而此前的拉普对此一无所知，这是理论原因。

拉普的这些文艺观念，集中体现在它那些独具特色、影响极坏的口号上。实际上，"辩证唯物主义创作方法"口号，便是拉普文学理论的核心所在，而"撕下一切假面具""活人论""无产阶级诗歌杰米扬化""工人突击队员进入文学界"等其他口号，同样反映了它的重要文艺主张。

"辩证唯物主义创作方法"口号的提出，曾经在苏联经历过一个变化过程。在此之前，苏联文艺界曾经提出过许多设想和方案，如无产阶级现实主义、革命现实主义、英雄现实主义、新现实主义、红色现实主义、宏伟现实主义、倾向现实主义、浪漫主义现实主义等。这方面，拉普也曾经作过有益的探索，如推崇现实主义理论、强调现实主义和浪漫主义的结合等，但这种思路并没有被延续下来，重点推出的是"辩证唯物主义创作

①　谭一青：《怎样看待瞿秋白与拉普文艺思潮的关系》，《理论月刊》1988 年第 1 期。
②　吴元迈：《拉普文艺思潮简论》，《文学评论》1983 年第 1 期。

方法"。① "辩证唯物主义创作方法"这一术语，最早见于 1929 年《在文学岗位上》编辑部发表的《为普列汉诺夫的正统而斗争》一文，由拉普领导人之一的阿维尔巴赫最先提出。该文谈及创造新风格时，认为新风格"应该是辩证唯物主义的新风格"，并且提出"创造与这种新风格最为适合的创作方法"，即"辩证唯物主义创作方法"。关于"辩证唯物主义创作方法"，虽然也有人认为它的内涵很复杂，不能一概视之，在阿维尔巴赫那里"将艺术方法与哲学方法混为一谈，将艺术方法与作家世界观相等同"，但就法捷耶夫而言，"可以发现对这一方法与现实主义美学遗产联系的强调"。② 作为这一理论的主要阐释者，法捷耶夫在《打倒席勒》《赞成做辩证唯物主义的艺术家》等论文中，从黑格尔、列宁关于现象与本质关系的论述出发，主张"无产阶级艺术家与过去伟大的现实主义者不同，将能够看到社会发展的进程和推动这一进程并决定它的发展的基本力量"③，"最彻底的，即辩证唯物主义的方法可以而且将要成为这种最先进的、主导的艺术方法"④，"我们掌握辩证唯物主义世界观的无产阶级艺术家，比任何一个别的艺术家都更能扬弃一切偶然的、'浮在事物表面上的'东西，撕掉'事物本质上的罩布'，弄清实际运动的真实规律"⑤，强调辩证唯物主义世界观对于艺术创作的重要性。关于"辩证唯物主义创作方法"，当代学界的态度更多的侧重于批判，并将其错误主要归纳为以下几点⑥：把哲学方法和文艺方法混为一谈；将世界观和创作方法等同；忽视生活是文艺的唯一源泉这个客观真理；把"辩证唯物主义创作方法"说成是无产阶级文学"最先进、主导"的方法，认为只有无产阶级作家才能掌握这种方法，为排斥和打击"同路人"作家提供了理论根据。"辩证唯物主义创作方法"提出了一个看似"辩证""全面"因而影响更加深远、覆盖更为广泛的"公式化"创作框架。

"撕下一切假面具"是拉普围绕"辩证唯物主义创作方法"而提出的

---

① 吴元迈：《拉普文艺思潮简论》，《文学评论》1983 年第 1 期。

② 艾晓明：《中国左翼文学思潮探源》，北京大学出版社 2007 年版，第 226 页。

③ ［苏］A. 法捷耶夫：《打倒席勒》，张捷编：《十月革命前后苏联文学流派》，上海译文出版社 1998 年版，第 147 页。

④ 同上。

⑤ ［苏］A. 法捷耶夫：《赞成做辩证唯物主义的艺术家》，张捷编：《十月革命前后苏联文学流派》，上海译文出版社 1998 年版，第 160 页。

⑥ 吴元迈：《拉普文艺思潮简论》，《文学评论》1983 年第 1 期。

一个创作口号。拉普从列宁《列夫·托尔斯泰是俄国革命的镜子》一文中，生硬取出"撕下一切假面具"这句话。事实上，这句话在列宁的原初语境中，是视托尔斯泰创作为反对沙皇专制强有力的控诉书，肯定托尔斯泰"清醒现实主义"的批判力量和巨大价值，拉普却不顾时间、地点、条件，直接把这种无情揭露现实的手法，作为无产阶级的一个具体创作口号提出，显然是片面理解了列宁著作中的表述，因为"无产阶级文学当然也需要对新现实中的某些消极的、反面的现象进行揭露和批评，但这同对旧制度的批判有着原则性的区别"①，二者具有明显的差异性。

"活人论"是拉普围绕"辩证唯物主义创作方法"而推出的另一个创作口号。拉普认为，无产阶级作家若想掌握辩证唯物主义创作方法，关键在于写"活人"，"表现活人的任务"是争取文艺领导权的中心任务。从20世纪20年代苏联文艺界的整体态势视之，虽然这一主张"旨在认识人的复杂性，它重视人物形象的具体性和个性化特征，力求深入探讨社会生活与人物的生理、心理复杂的相互关系"②，不乏积极意义：一方面，就文学理论主张的演变来看，拉普之前的无产阶级文化派反对描写人，他们只对机器感兴趣，其文艺观因而被称为"机器美学"，列夫派则主张写事实和事业，同样回避人本身，拉普倡导的"活人论"有其历史进步性；另一方面，从文学创作实践来说，20世纪20年代的许多苏联文艺作品当中，的确存在"对人的公式主义表现手法"，经常描写"穿皮上衣或不穿皮上衣的有铁一般个性的共产党员"，"数不尽的'邱马柯夫式'英雄"和"孪生的亲兄弟亲姐妹"式的共青团员，拉普强调的"活人论"有其现实针对性，但问题的关键却在于，拉普的"活人论"建立在唯心主义哲学基础上，他们号召摹写"活人"，目的是"要在文学领域内实施彻底的辩证唯物主义方法"，亦即按照辩证法的基本范畴，反映人的意识斗争、心理运动，他们一再倡导的"心理现实主义"，主要是为了挖掘人物的理性和直觉、意识和下意识之间的对立统一。③ 在这里，概念强势，目的先行，哲学主张压倒一切，错误之处可谓众多。

拉普还提出了"无产阶级诗歌杰米扬化""工人突击队员进入文学

---

① 李辉凡：《二十世纪初俄苏文学思潮》，社会科学文献出版社1993年版，第224页。

② 艾晓明：《中国左翼文学思潮探源》，北京大学出版社2007年版，第224页。

③ 吴元迈：《拉普文艺思潮简论》，《文学评论》1983年第1期。

界"等文艺口号。"无产阶级诗歌杰米扬化"独尊苏联诗人杰米扬·别德纳依的诗歌创作，将其视为无产阶级诗歌创作的典范模式，一切诗人都必须如他那样"按照共产主义的方式描绘现实和改造现实"，都应该学习他的诗歌对"辩证唯物主义创作方法"的运用。杰米扬·别德纳依的确创作过《关于土地、关于自由、关于工人的命运》《牵引力》等著名的诗体小说，受到列宁、斯大林等人的表扬，也写过《从热炕上爬下来》《不讲情面》《比里尔瓦》等讽刺性诗歌，在当时引发过巨大争议①，但拉普领导人李别进斯基却一味地对其极度推崇，强调他的典范意义。我们认为，即便不论杰米扬·别德纳依作品是否具有文本丰富性、艺术多样性，值不值得推崇，问题的关键更在于，没有必要，也不应该独尊一家，苏联文学也需要马雅可夫斯基、叶赛宁等式的诗歌类型，还有奥斯特洛夫斯基等著名作家，还需要小说、戏剧、散文等其他文体的创作。在"工人突击队员进入文学界"口号中，拉普领导人阿维尔巴赫、李别进斯基等认为，"应该毫不迟缓地吸收他们参加领导无产阶级作家协会，不考虑工人作家的文学实践拟订的那些创作纲领，其价值是微不足道的"，结果一年之内，拉普会员人数急剧增加 1 万人，其中，大多数的新会员是地地道道的普通工人，其文化水平很低，不可能创作出像样的文学作品，反过来，倒是影响了他们生产任务的正常完成。拉普试图用这种突击办法来进行文艺建设，这同无产阶级文化派杜撰"无产阶级文化"的做法一样，都是狂飙冒进、不切实际的表现。②

二　拉普文学理论与中国左翼文学理论批评

根据艾晓明的考证，拉普前身——"岗位派"的文学观点曾经反映在中国"革命文学"论争当中，拉普 1926 年之后关于创作方法的讨论，也曾经通过太阳社介绍日本藏原惟人"新写实主义"主张而折射入中国，不过，两者大规模的关联则在 1930 年"左联"成立之后，经瞿秋白、冯雪峰、鲁迅、黄芝威等人的撰述与翻译，它主要包括拉普在苏联文学新阶段的理论路线，关于弗理契、普列汉诺夫批判，拉普创作方法理论等。③

---

① 1930 年 12 月 12 日，斯大林致信杰米扬·别德纳依，声称这些诗歌诽谤了苏联社会，侮辱了无产阶级和劳动人民。

② 吴元迈：《拉普文艺思潮简介》，《文学评论》1983 年第 1 期。

③ 艾晓明：《中国左翼文学思潮探源》，北京大学出版社 2007 年版，第 234 页。

在援用俄苏思想文化资源进行中国社会文化建设的大背景下，中国左翼文艺视拉普文学理论为苏联文学理论发展的最新成果而引入中国，并在革命文学理论建构、文学创作与文艺批评实践中不断介绍、援用，其影响是普遍而巨大的，这在郑伯奇、阳翰笙、冯雪峰、丁玲、瞿秋白、茅盾等人身上均有明显体现。

　　1930 年 11 月，国际革命作家联盟在苏联哈尔科夫召开代表大会，正式认可并更加广泛地推行拉普提出的"辩证唯物主义创作方法"，萧三代表中国"左联"参加了这次会议，会后他向国内做了长篇报告，格外强调要实行"辩证唯物主义创作方法"。中国"左联"作为国际革命作家联盟的一个支部，对其决定是要执行的，因而"辩证唯物主义创作方法"也就顺理成为中国左翼文学"法定"的创作方法，并在 1931 年、1932 年，得到了广泛提倡。① 郑伯奇声称，革命作家实践的第一步便是要掌握辩证唯物主义法，"把握唯物的辩证法是克服这些错误倾向的唯一方法。把握唯物辩证法去观察社会认识社会，自然不会得到观念论的。把握着唯物的辩证法去处理题材表现题材，作品自然不会堕入观念论的陷阱，更不会跑到唯美的非大众化的歧途"②；穆木天认为，"我们要辩证法地去把握一切的社会过程，而辩证法地去把它再现在作品里面"③；周扬强调，"只有站在革命阶级的立场，把握住唯物辩证法的方法，从万花缭乱的现象中，找出必然的、本质的东西，即运动的根本法则，才是到现实的最正确的认识之路，到文学的真实性的最高峰之路"④ ……当时这股思潮十分强劲，就连左翼批评阵营中较为清醒、稳健、务实的冯雪峰，同样未能保持独立的接受识见。他在 1931 年 11 月译出拉普后期领导人法捷耶夫的《创作方法论》一文，系统介绍了拉普倡导的"辩证唯物主义创作方法"，并将其作为文学批评的主要依据，在丁玲小说《水》中发现了"辩证唯物主义创作方法"的初步"现兑"，强调《水》是丁玲从"离社会，向'向社会'，从个人主义的虚无，向工农大众的革命的路"，"从浪漫谛克

---

　　① 　温儒敏：《新文学现实主义的流变》，北京大学出版社 2007 年版，第 108 页。

　　② 　郑伯奇：《"创作不振之原因及其出路"之笔谈"郑伯奇部分"》，《北斗》1932 年第 2 卷第 1 期，1932 年 1 月 20 日。

　　③ 　穆木天：《"创作不振之原因及其出路"之笔谈"穆木天部分"》，《北斗》1932 年第 2 卷第 1 期，1932 年 1 月 20 日。

　　④ 　《周扬文集》第 1 卷，人民文学出版社 1984 年版，第 73 页。

走到现实主义，从旧的写实主义走到新的写实主义的一个路标"。① 与此同时，1931 年、1932 年这两年内，"左联"创作了一批以重大社会问题为题材，反映工农群众觉悟、注重用阶级眼光审视的作品，这与倡导"辩证唯物主义创作方法"是分不开的。

拉普阐释"辩证唯物主义创作方法"时，充斥现象与本质、偶然与必然、个别与典型的思辨，要求作家尽可能地去图解那些不证自明的答案，否则，便不"本质"、不"必然"、不"典型"。对此，冯雪峰、丁玲等左翼文艺家，谓之看到了"力量及其出路"。于是，某种现实主义的变异——"革命现实主义"便在《水》的创作与批评中初具雏形。而依赖瞿秋白的导引，茅盾《子夜》则是这一创作方法终成的"正果"。瞿秋白认为，"辩证法唯物论的文学创作方法，比较资产阶级现实主义的创作方法，更高出一个阶段"，唯有无产阶级"才能够最深刻的最切实的了解到社会发展的遥远的前途"。基于此，他批评茅盾的小说《三人行》，声称"作者的革命的政治立场，没有能够在艺术上表现出来"，结果是"三人行，而无我师焉"②；他对《子夜》原来的结局不满意——吴荪甫与赵伯韬的握手言和，希望改为一胜一败的结局，以便驳斥托派宣扬的中国已经走上资本主义道路的谬论。③

近年来，关于拉普与中国左翼文学批评的关系研究，又有一些新的突破。有学者指出，基于针对拉普本身的认识片面性，对"'拉普'指责的多，对它在斯大林权威下的困境认识不够，对它在艺术上的探索所做的评价不够公允"，"它对中国左翼文学批评曾经有过的积极影响被轻描淡写地放过"，而"中国左翼文学批评受制于政治关系，这规定了它的发展方向并成为它接受拉普影响的政治基础，对这一根本问题学者没有给予充分重视，一般不愿从文学与政治的关系方面深入探讨中国左翼文学批评与拉普所共同存在的失误"④。在这种观点看来，20 世纪 20 年代末期我国关于"革命文学"的论争，之所以很容易受到苏联拉普文艺思潮的影响，其原

---

① 《冯雪峰论文集》上册，人民文学出版社 1981 年版，第 72—73 页。

② 《瞿秋白文集》（文学编）第 1 卷，人民文学出版社 1985 年版，第 454 页。

③ 张直心：《喧哗与沉默——"左联"接受辩证唯物论创作方法面面观》，《学术探索》2001 年第 1 期。

④ 陈国恩：《拉普和中国左翼文学批评的历史反思》，《重庆三峡学院学报》2004 年第 5 期。

因在于它们面临同样的问题，即"处理好文艺与政治的关系，使无产阶级文艺承担起重大的历史使命而又不失去艺术自身的特点"①。李初梨将"为革命而文学"与"为文学而革命"对立，强调获得"无产阶级的阶级意识"，都是搬用"岗位派"和拉普观点。这种论调在当时相当流行，如冯乃超《艺术与社会生活》、成仿吾《从文学革命到革命文学》、蒋光慈《关于革命文学》、钱杏邨《死去了的阿Q时代》等文章中，都包含了与李初梨上文大致相同的观点。由于把文艺理解为"阶级实践意欲"的表现，所以他们都过于强调文艺的宣传作用，并以之衡量文艺价值的大小，遮蔽了文艺的审美特性。为了确保"革命文学"的政治方向，他们强调无产阶级世界观的指导作用，把文学与政治、文学与阶级的关系简单化、直接化，导致了艺术主体性的丧失，使文艺"异化"为政治概念的图解。在世界观的改造和转变上，他们过于简单化，认为只要获得所谓的无产阶级意识，立即就能成为名副其实的无产阶级作家，如此偏离了批评实践的正确方向，以为自己是百分之百的正确，一切不合己意者便被扣上"反革命"帽子。②

对于1930年前后的拉普而言，顶住左翼少数派的压力，维护自己的固有主张，跟上联共（布）中央社会主义建设的思想路线，这些因素多方交错与内在纠结，使其处境非常尴尬，难以选择：如果彻底否定左翼反对派的意见，意味着与党的反右倾路线对立；如果全面贯彻党的反右倾路线，意味着彻底否定自己。在这种"左冲右突"当中，拉普不断摇摆，进一步向"左"发展，走得越来越远。③ 20世纪30年代初中国左翼文艺界接触到的拉普，正是身处矛盾旋涡之中的拉普，是进行理论路线与方针大调整的拉普，它"面临的两难处境使得他们反左又反右的矛盾取向同时带有左右兼顾、向各方面指责让步的特色"④。文学理论与思想路线的这种矛盾性，同样反映在中国左翼文学当中，并且直接影响了中国左翼文艺运动的发展，集中表现是后者对"辩证唯物主义创作方法"的大力倡导与广泛践行，郑伯奇、阳翰笙、冯雪峰、瞿秋白、茅盾等均是如此。

---

① 陈国恩：《拉普和中国左翼文学批评的历史反思》，《重庆三峡学院学报》2004年第5期。

② 同上。

③ 同上。

④ 艾晓明：《中国左翼文学思潮探源》，北京大学出版社2007年版，第235页。

"辩证唯物主义创作方法"从苏联输入中国之后，"对纠正'革命的浪漫谛克'倾向，克服创作中的公式化、概念化和标语口号等不良现象，坚持写生活真实的现实主义路线，推动作家转变世界观，清除小资产阶级思想情调等诸多方面起到了积极作用"①，而且，在"文学工具论、生活本质论、世界观代替创作方法、独尊现实主义而排斥浪漫主义为唯心主义、重大题材和描写英雄人物，强调集团主义而否定创作个性等方面，都在不同程度上有所发展"②。显然，这些问题的背后，是"左"的政治路线在发挥主导性作用，正是后者构成了拉普影响中国左翼文学的政治基础。从这一层面视之，渴望单纯在文学范围内解决上述问题，指望"辩证唯物主义创作方法"自我杜绝这些流弊的产生，也就根本不切实际。

"转机"出现在 1932 年 4 月，联共（布）中央决定解散拉普，筹建苏联作家协会。关于拉普解散的原因，比较通行的说法是，排挤、打击"同路人"，犯下了严重的宗派主义错误，"辩证唯物主义创作方法"以世界观代替创作方法，影响了新形势下文艺的健康发展。这些都是苏联当时流行的官方说法，实际上，真正的要害是拉普的所作所为妨碍了斯大林对文艺界的掌控。它被解散，不是因为"左"，而是因为"右"，当然也因为与苏联大多数作家关系紧张而很难有效影响他们，更因为在苏联最高当局看来，它在文艺界建立了某种垄断性权力，成为贯彻中央新路线的重大障碍。由此观之，解散拉普是一项政治决定，批判"辩证唯物主义创作方法"则主要是为了解散拉普。作为替代品，斯大林提出了"社会主义现实主义"，其思想要旨仍然在于规范政治与文学的关系，用以确保苏联文学的无产阶级本质。

苏联文艺界的上述动向很快传到了中国。联共（布）中央解散拉普后不久，1932 年 10 月，"左联"《文学月报》1932 年第 3 号即刊载了有关消息。同年 11 月，《文化月报》创刊号也介绍了这些最新动向。中国共产党的一些领导人和"左联"领导层也开始反思中国左翼文学的问题。歌特（张闻天）在中共中央机关报《斗争》第 30 期上，发表了署名文章《文艺战线上的关门主义》，对"左联"关门主义倾向提出了严肃批评，明确指出当时的文艺界存在一些中间力量，不应该视其为敌人，必须加以

---

① 林伟民：《中国左翼文学思潮》，华东师范大学出版社 2005 年版，第 192 页。
② 同上。

团结和争取。张闻天等人的文章，反映了中国共产党在新形势下克服文艺领域"左"倾教条主义的努力，为他们提供政策依据、思想范式的，无疑是苏联对于拉普的清算。① 1933 年 9 月，根据苏联对外文化协会 C. 则林斯基的论文，周扬在《文学》第 1 卷第 3 号发表《十五年来的苏联文学》一文，对拉普的形成、主张、作家、发展、不足进行了简单叙述与梳理，积极宣传拉普倡导的所谓"辩证唯物主义创作方法"。1933 年 11 月，《现代》第 4 卷第 1 期，又刊载了周扬《关于"社会主义现实主义与革命的浪漫主义"——"唯物辩证法的创作方法"的否定》一文，它依据吉尔珀汀《关于社会主义现实主义》一文的主要观点，对苏联集中批判拉普"辩证唯物主义创作方法"口号、提倡"社会主义现实主义"等情况作了详细介绍，周扬一方面强调"这个提倡无疑地是文学理论向更高的阶段的发展，我们应该从这里面学习许多新的东西"，同时认为"这个口号是有现在苏联的种种条件做基础，以苏联的政治——文化的任务为内容的。假使把这个口号生吞活剥地应用到中国来，那是有极大的危险性的"②，从中可见他强调"文学的发展、对阶级关系的反映及其社会功能"③。之后，"社会主义现实主义"正式取代"辩证唯物主义创作方法"，成为中国进步文坛尊奉的主导创作方法，并围绕创作方法这个中心问题，进行过几次大的深入讨论，广泛涉及形象、典型等若干重要范畴，直至毛泽东文学理论这一马克思主义文学理论中国化的集大成者出现而宣告结束，期间产生了重大而深远的影响。

三　瞿秋白受拉普文学理论负面影响的主要表现

拉普文学理论进入中国文坛之时，正是瞿秋白离开中央领导岗位、投身左翼文艺运动的时期，他对拉普文学理论路线非常了解，这从他当时撰述的《斯大林与文学》《论弗理契》《苏联文学的新的阶段》等文章便可明显看出。中国左翼文艺运动曾经普遍受到拉普文学理论的巨大负面影响，并且犯有与拉普类似的错误，如忽视文艺创作自身的特点与规律，文

---

① 陈国恩：《拉普和中国左翼文学批评的历史反思》，《重庆三峡学院学报》2004 年第 5 期。

② 《周扬文集》第 1 卷，人民文学出版社 1984 年版，第 114 页。

③ Raman Selden, Peter Widdowson, *A Reader's Guide to Contemporary Literary Theory*, 3th ed. Guildford & King's Lynn: Biddles Ltd, 1993, p. 73.

艺组织上的关门主义、宗派主义，倡导"辩证唯物主义创作方法"等。瞿秋白也不例外，他的确受过拉普的不良影响，其主要表现如下。

首先，对于作为拉普文学理论核心的"辩证唯物主义创作方法"口号，瞿秋白最初没有认清它的庸俗社会学性质，在思想认识、批评实践等多个领域，一定程度上受其直接误导。

瞿秋白曾经说，"无产作家"应该"把握住辩证法唯物论的方法"，"辩证法唯物论的文学创作方法，也比资产阶级现实主义的创作方法，要高出一个阶段"①，未能科学区分世界观与创作方法。瞿秋白的这种错误观点尤其体现在他对具体作家作品的评价上。评论茅盾小说《三人行》时，瞿秋白说，"如果《三人行》的作者从此能够用极大的努力，去取得普罗的唯物辩证法的宇宙观和创作方法，那么，《三人行》将要是他的很有益处的失败，并且，这是对于一般革命的作家的教训"②。分析华汉《地泉》三部曲时，瞿秋白撰写了《革命的浪漫谛克——评华汉的三部曲》一文，开头即以后期拉普理论代表法捷耶夫《打倒席勒》一文中的一段话作为评价《地泉》的依据，批评它"对于社会现象的解释是根本没有的，更不用说深刻的去理解社会现象之中的辩证的过程"③，强调"新兴文学要在自己的错误里学习到正确的创作方法，要在斗争之中锻炼出锐利的武器"④，"我们应当走上唯物辩证法的现实主义的路线，应当深刻的认识客观的现实"⑤。

其次，论述现实主义、浪漫主义两种风格时，瞿秋白也受过拉普的负面影响，一味贬低浪漫主义，并错误地将其与"现实主义"创作方法对立。

在拉普看来，世界文学史上，浪漫主义属于唯心主义路线，现实主义归属唯物主义路线，而无产阶级艺术方法"不需要有任何的浪漫主义杂质"。瞿秋白虽然曾经提到革命现实主义应该包含革命理想的成分，但政治家、革命家的审思视角，加上"亲身体验到左倾路线的切肤之痛"使

---

① 《瞿秋白文集》（文学编）第4卷，人民文学出版社1986年版，第18页。
② 《瞿秋白文集》（文学编）第1卷，人民文学出版社1985年版，第454—455页。
③ 同上书，第458页。
④ 同上书，第457页。
⑤ 同上书，第459—460页。

他"对于将革命理想化、浪漫化有着强烈的反感"①，很难区分美学意义上的"浪漫主义"和政治、社会意义上的"浪漫主义"。基于此，他视"浪漫主义"文学为主观主义的唯心论文学，强调其背叛革命、附和反革命的小资产阶级文学属性，称它把"丑陋的现实神秘化了，把他们变成了时代精神的号筒"，宣传的是"自欺欺人的'高尚理论'"，是"浅薄的浪漫主义"，认为"这种浪漫主义是新兴文学的障碍，必须肃清这种障碍，然后新兴文学才能够走上正确的路线"②，并且要求无产阶级"应当深刻的认识客观的现实，应当抛弃一切自欺欺人的浪漫谛克"③，错误地将"浪漫主义"与"现实主义"创作方法对立起来。

总之，正如有学者归纳的，瞿秋白"对'劳工派'文学的推崇，对诗人杰米扬·别德纳依的肯定，对'同路人'作家的评价，对文学'表现五年计划的英雄'的赞美，对'文学突击队运动'的宣扬，对'创造布尔什维克的大艺术'的神往，等等"④，都体现了拉普和"无产阶级文化派"庸俗社会学理论对他的不良影响，这必须实事求是地予以承认。

四　瞿秋白对拉普文学理论错误的清算

瞿秋白的确受过拉普文学理论的负面影响，这无须避讳，但他更多的是在字面上强调应用"辩证唯物主义创作方法"，或者将它当成批判"革命的浪漫谛克"的口号，或者视为"革命现实主义"的代名词，而且曾经投入巨大精力用以纠正这种影响，"作为接受影响的主体，瞿秋白对'拉普'创作方法理论的吸取和改造最为积极和主动"⑤，是他"比较早地开始从理论上清算'拉普'文艺思潮对我国文艺运动的影响"⑥。这主要表现在以下几个方面。

首先，对于拉普文学理论，瞿秋白并非被动式接受，而是联系经典的马克思主义文学理论，致力于强调与发展它的积极内涵。

瞿秋白在《革命的浪漫谛克——评华汉的三部曲》一文开头，确实

---

① 艾晓明：《中国左翼文学思潮探源》，北京大学出版社 2007 年版，第 267 页。
② 《瞿秋白文集》（文学编）第 1 卷，人民文学出版社 1985 年版，第 459 页。
③ 同上书，第 460 页。
④ 汪介之：《回望与沉思：俄苏文论与 20 世纪中国文坛》，北京大学出版社 2005 年版，第 103 页。
⑤ 艾晓明：《中国左翼文学思潮探源》，北京大学出版社 2007 年版，第 252 页。
⑥ 谭一青：《怎样看待瞿秋白与拉普文艺思潮的关系》，《理论月刊》1988 年第 1 期。

引录了法捷耶夫《打倒席勒》一文中的一段话，但其后他的论述更为科学、明确、透彻。法捷耶夫将"辩证唯物主义创作方法"等同于现实主义创作方法，而瞿秋白依据当时苏联共产主义学院《文学遗产》上最新发现的马克思、恩格斯文艺书信，将"辩证唯物主义创作方法"理解为无产阶级所运用的现实主义方法，"唯物辩证法在瞿秋白看来，它不是外在于现实主义的要求，而就是现实主义力量的客观体现"①，"瞿秋白并没有照搬唯物辩证法的一般理念去套作品，而是把这些概念范畴理解为现实生活中客观规律的体现，当艺术作品传达这些客观规律时，它必须采用艺术的方式"②，由于他将唯物辩证法理解为关于事物发展变化的客观规律的认识，同时又从表现方式上将艺术方法与理论研究方法作了有效区分，因而正确把握了现实主义与唯物辩证法的关系。③ 此外，瞿秋白精通俄文，却没有"译介""引进"任何一篇"拉普"的论文或作品，也应该视为是他对"拉普"理论的抵制，瞿秋白并没有盲目地让"拉普"牵着自己的鼻子走，对于若干重要文艺问题，他依然坚持着自己的正确看法。④

其次，瞿秋白并没有像拉普那样，以"辩证唯物主义创作方法"抹杀文艺特点，否定文艺创作的内在规律，瞿秋白强调艺术与思想的统一，坚持倾向性与艺术性的统一。

这方面的主要表现有：一是论述文艺本质时，他一方面指出，一切阶级文艺"不但反映着生活，并且还在影响着生活"，另一方面又强调，"文艺的特殊任务在于'用形象去思索'"，"文艺的作品应当经过具体的形象，——个别的人物和群众，个别的事变，个别的场合，个别的一定地方的一定时间的社会关系，用'描写''表现'的方法，而不是用'推论''归纳'的方法，去显露阶级的对立和斗争，历史的必然和发展。"⑤要求作家从生活出发，注重艺术技巧的运用，尊重文艺的独特规律。二是强调世界观对作家创作影响时，与拉普否认艺术思维的重要性大为不同，

---

① 艾晓明：《中国左翼文学思潮探源》，北京大学出版社 2007 年版，第 273 页。

② 同上书，第 274 页。

③ 同上书，第 275 页。

④ 王明堂：《瞿秋白对马列文论的翻译与传播》，汤淑敏、蒋兆年、叶楠主编：《瞿秋白研究新探》，南京大学出版社 2003 年版，第 417 页。

⑤ 《瞿秋白文集》（文学编）第 1 卷，人民文学出版社 1985 年版，第 476 页。

瞿秋白强调艺术与思想的统一。如在《拉法格和他的文艺批评》一文中，瞿秋白通过引述拉法格关于"辩证唯物主义创作方法"的论述，强调唯物辩证法与现实主义之间的特殊联系，指出马克思"不但看见表面，而且深入到内部，他研究组成部分的互相的关系和互相的影响。他先把每一个组成部分隔离起来，研究它的发展的历史。此后，他再去研究事物和它的环境，而考察环境对于事物的影响以及事物对于环境的影响。然后，他回到这个对象的发生，变化，进化和革命，一直到这个对象的最远的影响。他所看见的，并不是各个的'自己为自己'，'自己在自己之内'的，和周围没有联系的事物，而是整个的复杂的永久运动着的世界。马克斯竭力把这个世界的生活，表现在它的各种各样的不断变换的行动和反行动之中。……要有非常的思想力量，才能够这样深刻的了解真实的现象；要有同样少有的艺术力量，才能够传达他所看见的，他所要说出来的"。① 三是反对左翼文艺运动的错误倾向时，他严肃批评了其忽视文艺特点的机械论错误。瞿秋白认为，"要求文学家无条件地把政治论文抄进文艺作品里去"，是不了解文艺的特殊任务，"实际上取消了文艺，放弃了文艺的特殊工具"②，强调"假定在文艺之中尚且给群众一些公式化的笼统概念，那就不是帮助他们思想上武装起来，而是解除他们的武装"。③

　　再次，对于当时存在简单化、概念化等不足的某些文艺作品，瞿秋白还进行了具体分析和中肯批评，指责其公式主义、机械主义失误。

　　瞿秋白形象地说，在这些作品中，"英雄主义的个人忽然象'飞将军从天而下'，落到苦恼的人间，于是乎演说，于是乎开会，于是乎革命，于是乎成功"④，这种公式主义的创作方法违背了现实主义创作原则，其原因是一些左翼作家保持"浮萍式"的"气派"，脱离生活，脱离实际。同时，对于文学作品的艺术价值，他一直十分看重。如批评茅盾《三人行》这篇小说时，瞿秋白就认为其人物描写失之主观随意，人物转变过程缺少内在的逻辑性，造成了性格上的前后不一致，他提出"然而仅仅有革命的政治立场是不够的，我们要看这种立场在艺术上的表现是怎

---

① 《瞿秋白文集》（文学编）第 4 卷，人民文学出版社 1986 年版，第 137—138 页。
② 《瞿秋白文集》（文学编）第 3 卷，人民文学出版社 1989 年版，第 59 页。
③ 《瞿秋白文集》（文学编）第 1 卷，人民文学出版社 1985 年版，第 479 页。
④ 同上书，第 477 页。

样?"① 批评张天翼创作的小说《鬼土日记》时，瞿秋白强调，"六分之五的世界虽然有共同的社会公律和历史过程，可是，这里的现实生活是复杂到万分，发展上是有许多方面的不平衡的。这些共同规律的意义，正在于适应着最繁杂最变动的现象，而能够给我们一个了解社会现象的线索。如果把这些公律机械的表演在文艺的形象里，那么，自然要走到庸俗的简单化方面去"，"当做社会科学的参考材料看，这末始不是一本'发松的'好书。而当做文艺创作来看，那就不能够不说是失败的了"。②

另外，在扩大革命文艺队伍的实际工作中，瞿秋白亦致力于清算拉普的错误，团结、争取同路人作家，破除左联的"关门主义"流弊，贡献不小。

在对待"同路人"问题上，他既反对"调和主义态度"，又反对过火的批评，如批评"夸大他们的个别错误""说他们是阶级敌人"等"左"倾做法。正是在他这种正确思想的有力指引下，瞿秋白和左联执委制订了《中国无产阶级革命文学的新任务》决议，并且在实际工作中纠正了关门主义、宗派主义的错误。1931 年 9 月出版的左联刊物《北斗》，不仅刊登了左翼作家的文学作品，还刊载了徐志摩、叶圣陶、冰心、郁达夫等非左联作家的作品。此外，瞿秋白还积极支持左翼文艺运动成员走出去，进入各种合法的中间性报刊和电影、戏剧部门，扩大了统一战线的队伍，这为革命文艺的大发展、大联合做出了重要贡献，以实际行动清算拉普的"关门主义"错误。

总之，正如艾晓明指出的，瞿秋白对"革命的罗曼蒂克"发起攻击，他对于"辩证唯物主义创作方法"的阐述，借鉴了拉普文学理论资源，但由于他批评的彻底性和从新的理论高度起步，在倡导现实主义的坚定性方面远远超过了拉普。③ 拉普文学理论本身十分复杂，瞿秋白深受拉普文学理论的影响，提出了一些错误主张，我们不要苛求"在开创中国无产阶级文学道路时的筚路蓝缕的先行者，但上述现象从一个侧面说明了当时特定的条件下，'左'的东西确实迷惑了相当一部分热情的介绍者"④，目前学术界大可不必为此辩护或讳言，但值得注意与挖掘的是，瞿秋白文学

① 《瞿秋白文集》（文学编）第 1 卷，人民文学出版社 1985 年版，第 449 页。
② 同上书，第 356—357 页。
③ 艾晓明：《中国左翼文学思潮探源》，北京大学出版社 2007 年版，第 276 页。
④ 陈建华：《中俄文学关系》，学林出版社 1998 年版，第 116—117 页。

理论当中也具有对抗、纠正拉普文学理论的创新因子，它表现为瞿秋白在理论与实践这两个层面，对拉普文学理论错误展开的清算，这与其理论水平、文学修养、反思精神、俄语优势等紧密相关。瞿秋白受"辩证唯物主义创作方法"的影响，错误评价浪漫主义，需要从 20 世纪 20、30 年代左联思潮、现实斗争等方面进行综合考察，"观'辞'（text）必究其'终始'（context）"（钱锺书语），对其做出细致梳理。瞿秋白以其关切现实的情怀、良好的理论修养、敏锐的问题意识、得天独厚的条件，在借鉴与改造拉普文学理论的过程中，促进了 20 世纪中国文学理论的发展、完善，并使其不断走向成熟、走向科学。

第三章　俄国马克思主义文学理论影响下的瞿秋白与 20 世纪中国文学理论批评

　　20 世纪中国马克思主义文学理论批评为瞿秋白与俄国马克思主义文学理论的关系研究，提供了理论场域、历史语境、审视观照。立足于整个 20 世纪中国文学理论，探讨瞿秋白文学理论对 20 世纪中国马克思主义文学理论批评的影响，具体分析它们之间的复杂关涉与多维联系，拟从瞿秋白的文学理论成就、瞿秋白的"五四"观、瞿秋白与 20 世纪 30 年代中国武侠小说批评热潮、瞿秋白与毛泽东文学理论比较研究这四个方面进行详细论述。

　　瞿秋白文学理论的巨大成就，奠定了它在 20 世纪中国马克思主义文学理论批评中的重要地位。瞿秋白的"五四"观研究强调"向前回溯"，瞿秋白与 20 世纪 30 年代中国武侠小说批评热潮的分析凸显"当下审视"，瞿秋白与毛泽东文学理论的比较研究注重"影响考量"，这三者既全面反映了瞿秋白文学理论与 20 世纪中国马克思主义文学理论批评的多维关涉，更表明了研究瞿秋白与俄国马克思主义文学理论的关系，旨在检视与反思 20 世纪中国马克思主义文学理论批评、建设与发展 21 世纪中国马克思主义文学理论。实际上，瞿秋白多方借鉴与积极援用俄国马克思主义文学理论，也是为了建设中国新文学，推动革命事业的发展，促进社会文化进步。由此观之，我们的研究逻辑与研究对象的逻辑具有明显的异质同构性，这有助于提升研究的广度、深度、准度。

第一节　马克思主义文学理论中国化
——瞿秋白的文学成就

瞿秋白坚持历史唯物主义和辩证唯物主义的原则、立场、方法论，运用马克思主义的基本原理指导中国革命文艺实践，他开创性地提出了许多重要的文学论点、理论命题，被学界视为连接列宁文学理论与毛泽东文学理论的主要中间环节，在推动马克思主义文学理论的中国化方面，发挥了重大作用。

一　建构文艺大众化理论

早在 1905 年，列宁在《党的组织和党的出版物》一文中便提出了"文艺要为千千万万劳动人民服务"的著名观点，强调文艺的大众化方向。1928 年，成仿吾发表了文章《从文学革命到革命文学》，该文指出"作家要以农工大众为服务对象"，致力于文艺大众化。然而，在 20 世纪中国文学理论发展史上，对文艺大众化问题最早进行自觉、广泛、深刻研究的，当属瞿秋白，而且他"决不是在泛泛而论，或仅仅是发表一些原则性的意见"①。

瞿秋白认为，文艺大众化是"普洛大众文艺的现实问题"，是建设革命文学最重要的任务，并从"用什么话写""写什么东西""为着什么而写""怎么样去写""要干些什么"等五个方面，进行了细致分析。他指出，在具体样式上，鼓动作品、为着组织斗争而写的作品、为着理解人生而写的作品是大众文艺作品的主要类型；在创作的基本要求上，需要克服感情主义、个人主义、团圆主义、脸谱主义等各种"轻率态度"；在文艺活动上，大众文艺运动主要包括开展俗话文学革命运动、街头文学运动、工农通讯运动、自我批评的运动等；在核心问题上，大众文艺要建立"新中国文"，表现群众的生活、理想、希望，要善于描写英雄、揭露敌人、反映反帝反封建的革命战争（如，在《热血日报》发表第一首小调时，瞿秋白特意加"我们很想收集这种平民作品，因为在这种作品里，我们才能够看见国际帝国主义压迫下得思想和情绪"的编者按语），革命

---

①　严慈：《瞿秋白：学者兼革命家》，上海教育出版社 1999 年版，第 89 页。

作家必须深入群众、融入生活，进行观察体验（如，瞿秋白最喜欢夫人杨之华穿着百姓服装到工人群众中去工作，并幽默、形象地宣称"我们的爱就建筑在这里"）。

瞿秋白的文艺大众化理论，源于其马克思主义文学观，堪称当时最具原创性的文学思想，是其文学理论的核心，直接影响了他的"五四"观、武侠小说批评、高尔基的接受与研究、汉字字母改革运动等，在他的文学批评与创作、文学翻译及其研究中亦多有体现，并对 20 世纪 30 年代的中国文学理论界产生了很大反响："不管是国民党还是共产党，它们对当时普通民众的文化生活状况的认识和判断是一致的，都承认民间流行的文艺形式对民众的思想和生活有着极大的影响和塑造作用，同时又都不满于自然生长的民间文艺的内容，并希望能用本党意识形态去加以改造。民间文艺遂成为两党争夺的一个文化领域，其政治意义是不言而喻的"①，"国民党以正统自居，故思想、语言要复古；左翼以劳动阶级、广大群众为旗帜，故语言要大众化，这其中所隐含的就是争夺话语权的斗争"②，意义重大；李长夏曾经围绕大众化问题给周扬写信，称瞿秋白的理论"最有条理，有最大的影响"③；茅盾称瞿秋白引发了当时文艺大众化问题的热烈讨论，瞿秋白《普洛大众文艺的现实问题》《文学的大众化问题》等文章篇幅很长，内容丰富，对"诸如大众文艺的内容、语言、形式，创作方法，以及当时的具体任务等等，他都做了比较详细的阐述，提出了许多宝贵的意见"④，这些意见直接进入中国左翼作家联盟制定的纲领、方针当中（参见瞿秋白和左联执委起草的《中国无产阶级革命文学的新任务》），"它要求文学的'大众化'——这个思想可能来自瞿秋白——但是这个问题被限定在语言方面"⑤，实际上，语言问题（瞿秋白强调"汉字拉丁字母化"）固然是重点，但文学创作的大众情感、立场、方法亦为瞿秋白所重视，并且通过多用群众口语、揉进方言俗语等方式，创作《东洋人出兵》《上海打仗景致》《可恶的日本》《五卅小调》《救国十二月花

---

① 倪伟：《"民族"想象与国家统制：1928—1948 年南京政府的文艺政策及文学运动》，上海教育出版社 2003 年版，第 201 页。

② 朱晓进：《政治化思维与三十年代中国文学论争》，《中国社会科学》2002 年第 6 期。

③ 李长夏：《关于大众文艺问题》，《文学月报》1932 年第 1 期。

④ 茅盾：《我走过的道路》（中），人民文学出版社 1984 年版，第 149 页。

⑤ ［美］李欧梵：《现代性的追求》，三联书店 2000 年版，第 258 页。

名》等不少内容全新的通俗歌谣和大众故事，瞿秋白大胆进行了大众化作品的写作尝试，受当时"大众化运动主要还不是一个文学运动，而是把文学当作组织手段来发动工人，发展党组织，培植自身力量的一个政治性运动"① 的总体氛围影响，虽然其中某些作品宣传味过浓、艺术性偏弱而并不都为知识分子、普通群众所接受，但作为艺术实践整体而言，其正面示范功能是主要的，是不能抹杀的。

二　推动马克思主义文学理论中国化

瞿秋白是马克思主义文学理论中国化的重要开创人。从马克思主义文学理论的中国化历程视之，最初传播马克思主义文学理论的并不止瞿秋白一人，还有李大钊、恽代英、邓中夏、沈泽民等人，但他们的翻译或论述尚不够系统、完整。鲁迅、冯雪峰等人也曾经通过日文转译了普列汉诺夫、卢那察尔斯基等人的一些文学理论论著，但大部分都不是经典原著，多为阐释性文本，普遍存在翻译传播的双重间接性情况②，且他们的翻译不少地方不够精确，可信度尚嫌不够。与之不同，瞿秋白从俄文直接翻译了马克思、恩格斯、列宁、普列汉诺夫等人的马克思主义文学理论著作，数量较多，而且可信度更高，涉及文艺本质论、作品论、作家论、创作论、接受论、发展论等各个方面，在体系上具有相对完整性。

这方面，最著名的是瞿秋白编译的论文集《"现实"——马克思主义文艺论文集》，它由经典马克思主义原著的译文和瞿秋白的阐释性论文即"撰述"等两部分组成，包括《马克思、恩格斯和文学上的现实主义》《恩格斯论巴尔扎克》《恩格斯和文学上的机械论》《恩格斯论易卜生的信》《文艺理论家的普列哈诺夫》《拉法格和他的文艺批评》《左拉的〈金钱〉》等 13 篇文章和瞿秋白自己撰写的后记，全部论文之所以冠以"现实"二字，取意于马克思主义文艺观对于"现实"和"现实主义"之认同、坚持与捍卫，"瞿秋白不用'写实'而用'现实'，原因很明显，因为'写实'带有纯粹经验的、自然主义的意味，他对写实主义概念的弃用，表明他在寻求新的理论话语与建立新的理论体系"，"这一术语的

---

① 倪伟：《"民族"想象与国家统制：1928—1948 年南京政府的文艺政策及文学运动》，上海教育出版社 2003 年版，第 199 页。

② 季水河：《百年反思：20 世纪马克思主义文艺理论在中国的传播、发展与问题》，《湖南师范大学社会科学学报》2005 年第 1 期。

翻译与使用变化，正是现实主义的思想内涵与功能的界定过程，与中国现代思想界的思想变迁与意识形态的发展相关联"①。该书第一时间将恩格斯等人的重要文艺思想引入中国，也成为中国最早的一部马克思主义文艺论文集。鲁迅在 1936 年秋他去世前出版的瞿秋白文学译文集《海上述林》上卷书讯中对其高度评价，这样写道，"本卷所收，都是文艺论文，作者既系大家，译者又是名手，信而且达，并世无两。其中《写实主义文学论》与《高尔基论文选集》两种，尤为煌煌巨制。此外论说，亦无一不佳，足以益人，足以传世。"② 对于其价值，瞿秋白在《"现实"》后记中写道："恩格斯论巴勒札克和易卜生的两封信都是最近发现的，这里包含着很宝贵的指示，可以看见恩格斯以及一般马克思主义对于文艺现象的观察方法，并且说明文艺理论不但要'解释和估量文艺现象'，而且要指示'文艺运动和斗争的方法'。文艺理论不但要说明'文艺是什么'，而且要说明'文艺应当怎么样'。"③ 可见，瞿秋白翻译与撰述此书的目的，主要在于"别求新声于异邦"（语出鲁迅《摩罗诗力说》），希望能够运用马克思、恩格斯的文学理论，来探寻文学本质、获得方法钥匙，"力求应用马克思主义于中国所谓国情"④。这符合他引进外域思想的一贯思路，即"先知道中国是什么然后说'怎么样'"，再去寻求中国"现实社会问题的解决"⑤。

这本论文集，是瞿秋白根据苏联公谟学院（Комакадемия）所主办《文学遗产》（《Литературное Наследство》）杂志第 1、2 期的材料编译而成的，该杂志是"充满现实斗争精神的官方出版物"，"主要刊登十月革命前的广义的马克思主义文艺学经典文献及其研究文章"，"还包括'革命前俄国文学史和苏联文学史以及社会思想史方面未发表过的文献资料'"，"《文学遗产》发掘、整理、译介、编辑和评注了大量的马克思主义经典文献，最为关键的是，其所刊发的文献很多都是首次出版"⑥，但

---

① 张亚骥：《瞿秋白的文艺思想与文化领导权》，博士学位论文，苏州大学，2010 年，第 44 页。
② 《鲁迅全集》第 7 卷，人民文学出版社 2005 年版，第 489 页。
③ 《瞿秋白文集》（文学编）第 4 卷，人民文学出版社 1986 年版，第 225 页。
④ 《瞿秋白自选集》，人民出版社 1985 年版，第 310 页。
⑤ 《瞿秋白文集》（政治理论编）第 4 卷，人民出版社 1989 年版，第 145 页。
⑥ 杨慧：《"现实"的诞生——再论瞿秋白对马克思主义文学理论的译介》，《中国现代文学研究丛刊》2008 年第 3 期。

刊载的论文具有很高的学术水准，它认为"阶级敌人利用一切机会与无产阶级革命为敌"，故而利用"文学遗产"是"为巩固马克思列宁主义文艺学的领导权而奋斗"①，意识形态色彩浓重。1926 年趁养病之际，瞿秋白准备撰写一直想写而未能动笔的《俄国革命运动史略论》时，曾对杨之华说，"中国共产党员连我自己在内，都需要认真地多读一些马克思列宁主义的著作，帮助我们研究和解决中国当前革命中的问题"，已萌芽出马克思主义中国化的思想。1929 年 12 月，在写给库西宁的信中，瞿秋白围绕中国劳动者共产主义大学的办学问题，强调可从"通俗易懂的涵盖所有最基本的必要的知识领域的政治常识性读物"，"翻译和修改共产主义大学的教科书和参考书"，"翻译马列主义经典作家著作"这三个方面，做好"培养翻译和建立人民群众明白易懂的中文和相应其他文字的马克思主义文献"这项工作。②

另外，瞿秋白还撰有《马克思文艺论底断篇后记》《文艺的自由和文学家的不自由》《"自由人"的文化运动》《并非浪费的论争》《论弗理契》等 10 余篇马克思主义文学理论学习心得或运用马克思主义文学理论原理进行文艺论战的文章。通过这些著译与论辩，尤其借助"撰述"这种文体形式，瞿秋白致力于争夺文学理论领域的无产阶级文化领导权，扩大了马克思主义文学理论的社会影响，而他本人则初步树立了马克思主义文学理论的基本立场，坚持文艺的"劳动起源说"，强调文艺的阶级性、特殊的意识形态性本质，牢固树立了文艺大众化的发展方向，认同现实主义的创作原则，瞿秋白文学理论"已组成相对完整的体系：文艺的起源、本质、特征，文艺大众化的方向、途径、语言、现实主义的创作方法等"③。实际上，早在 20 世纪 20 年代初在苏联采访期间，瞿秋白就萌生出用马克思主义的立场、观点、方法来分析中国文艺的想法。对此，曹靖华曾回忆说："他曾谈到用马克思主义观点来研究中国古典文学作品如《红楼梦》、《水浒》等等，是多么有意思，从来模糊不清的问题，在这观

---

① 编者前言：《文学遗产》杂志（苏联）1931 年第 1 期。

② A. M. 格里戈里耶夫等编著：《联共（布）、共产国际与中国苏维埃运动（1927—1931）》，中共中央党史研究室第一研究部译，中央文献出版社 2002 年版，第 325 页。

③ 叶楠：《瞿秋白在马列文论"中国化"进程中的地位》，《徐州工程学院学报》2007 年第 3 期。

点的光辉的照耀下，都一目了然了。"①

三　践行"文艺社会学"式的文学批评

瞿秋白撰写政治论文、决议、政策文告等之余，撰写有主题集中、短小精悍的很多文学评论。它涉及鲁迅、茅盾、高尔基、张天翼、泰戈尔、德莱塞、托尔斯泰、蒋光慈等一大批作家，评论了鲁迅杂文、茅盾小说、高尔基小说，以及德莱塞《美国悲剧》、托尔斯泰《战争与和平》、蒋光慈《短裤党》等许多作品。瞿秋白的文学批评，涉及作品题材、社会环境、创作心理、艺术手法、人物形象等各个层面，强调文艺作品具有"支配社会心理"的强大功用，提醒"现在的文学家应该大大注意这一点"，并视其为"这是现在文学家的责任啊"②。基于一贯的文艺本质观和当时的社会环境，瞿秋白的文学批评侧重于主题分析，注重文艺作品对社会内容、阶级斗争、人物地位的反映，它是一种以"文艺社会学"批评为主的"外部规律"研究范式，具有鲜明的马克思主义文学批评品格。瞿秋白文学批评的这种特征，与其"中国马克思主义社会学重要奠基人"身份密切相关，如著名学者温济泽在纪念瞿秋白就义 50 周年研讨会上指出的，"他是我国应用马克思主义系统地研究社会学的第一个人"③。瞿秋白"把一切社会问题作为一个整体来看"，"尽一份引导中国社会新生路的责任"，大量运用观察、访谈等社会学调查方法，主持上海大学社会学系工作，出版《现代社会学》著作和发表一系列社会学论文，讲授《社会科学概论》和《社会哲学》课程，最早设计我国马克思主义社会学理论体系，成为我国早期著名的社会问题研究专家。④ 这些必然影响并生成瞿秋白倡导"文艺社会学"批评模式，这方面的标志性成果有：

第一，瞿秋白"操马克思主义批评枪法"，为《鲁迅杂感选集》写作了 1.7 万字的长篇序言，建立在充分占有研究对象材料（瞿秋白与鲁迅有长期、直接、深入的交往，"无话不谈"，合作写作 14 篇杂文；撰写序

---

① 钟子硕、李联海：《曹靖华访问记》（一），《新文学史料》1981 年第 1 期。

② 瞿秋白：《小小一个问题——妇女解放的问题》，《新社会》第 7 号，1920 年 1 月 1 日。

③ 温济泽：《在纪念瞿秋白同志就义五十周年学术讨论会上的讲话》，《中国社会科学院研究生院学报》1985 年第 5 期。

④ 叶南客、韩海浪：《瞿秋白是中国社会学的奠基人》，汤淑敏、蒋兆年、叶楠主编：《瞿秋白研究新探》，南京大学出版社 2003 年版，第 118—129 页。

言前，瞿秋白用了将近 1 个月的时间，"反反覆覆地重读了他的杂感"，并且"不断向鲁迅探讨研究，分析鲁迅代表时代的前后变化，广泛阅览他的作品，当面询问经过"①，深入了解鲁迅杂文的文本内容、作者主体意识②），尊重历史事实及其史料（将鲁迅杂文放到当时的社会背景和历史条件之下，从"急遽的剧烈的社会斗争"的情势出发，结合鲁迅参与各种社会实践的具体情况，关联中国现代文学发展的实际状态及其趋势，对鲁迅杂文进行客观研究、细致分析，这一点是 1936 年出版李长之所著《鲁迅批判》等同时代鲁迅论名著所难以企及的）的基础之上，思想性、科学性、文学性兼备，"源自瞿秋白与鲁迅的日常交往、精神上的感应、对共同问题的爱好、相似的生活经历，在这样的诸多条件的基础上，再加上革命的需要，才形成了瞿秋白的创作冲动，并付之实践，完成了这篇划时代的鲁迅研究专文"③，在中国文学史上最先高度评价鲁迅，除"文化大革命"中不值一驳的谬说之外，一直被公认为科学评价鲁迅的第一人和典范之作。

　　事实上，此前的正面评价包括，傅斯年肯定鲁迅"能做内涵的文章"，吴虞彰显鲁迅小说"反封建"的思想主题，茅盾从思想意义、艺术形式两方面挖掘鲁迅小说的价值，胡适称颂鲁迅短篇小说为白话小说的典范，周作人注重阿 Q 形象的世界文学价值，张定璜评价鲁迅"是新文学的第一个开拓者"，王任叔看重鲁迅《呐喊》《彷徨》等作品细腻深刻、生动描写的艺术风格；负面评价则有，成仿吾批评鲁迅作品重描写的自然主义色彩、语句不够顺畅，钱杏邨指责鲁迅大部分作品已经过时、是"小资产阶级恶习"的"完全暴露"。④ 与之不同，在深化正面评价、批判负面评价这两个方面，在《〈鲁迅杂感选集〉序言》这篇中国现代文学批评史上具有里程碑意义的经典文献中，瞿秋白将鲁迅精神精当、权威地概括为"最清醒的现实主义""'韧'的战斗""反自由主义""反虚伪的精神"等四个方面，强调"我们应当向他学习，我们应当同着他前进"，

---

　　① 许广平：《秋白同志和鲁迅相处的日子》，《语文学习》1959 年第 4 期。
　　② 王铁仙：《关于科学评价鲁迅的若干思考——重读瞿秋白的〈《鲁迅杂感选集》序言〉》，汤淑敏、蒋兆年、叶楠主编：《瞿秋白研究新探》，南京大学出版社 2003 年版，第 248 页。
　　③ 张亚骥：《瞿秋白的文艺思想与文化领导权》，博士学位论文，苏州大学，2010 年，第 95 页。
　　④ 同上书，第 78—85 页。

在研究态度和方法论上，在落后阶级孕育与进步思想萌生的接点与机制上，丰富了马克思主义文艺思想，"鲁迅之于瞿秋白的文化领导权，那是画龙点睛，有了鲁迅，文化革命的龙就活了，就能飞起来了，就能播云洒雨，泽披大地"①，"瞿秋白选择从文化政治的角度来确立鲁迅的地位，是完全符合他的文化政治逻辑的"②。

瞿秋白的鲁迅论与1937年毛泽东《论鲁迅》演讲中对鲁迅的经典评价非常相似。毛泽东称鲁迅是"民族解放的急先锋"，"党外的布尔什维克"，反帝反封的"高等的画家"，并概括了鲁迅的三个特点：政治远见、斗争精神、牺牲精神，并将其称为"鲁迅精神"。在1940年发表的《新民主主义论》中，毛泽东将"鲁迅的方向"进一步鉴定为"中华民族新文化的方向"，再次高度评价鲁迅为"这个文化新军的最伟大和最英勇的旗手"，"鲁迅是中国文化革命的主将，他不但是伟大的文学家，而且是伟大的思想家和伟大的革命家"，"鲁迅的骨头是最硬的，他没有丝毫的奴颜和媚骨，这是殖民地半殖民地人民最可宝贵的性格"，"鲁迅是在文化战线上，代表全民族的大多数，向着敌人冲锋陷阵的最正确、最勇敢、最坚决、最忠实、最热忱的空前的民族英雄"。③ 另外，毛泽东还说过，"我的心是与鲁迅相通的"，鲁迅著述陪伴毛泽东度过大半生。④ 即便是在毛泽东《新民主主义论》发表之后的1941年11月，曹靖华曾对周恩来说，"论鲁迅先生的文章，在思想和艺术上，能赶上瞿秋白同志写的《〈鲁迅杂感选集〉序言》的，还没有"，周恩来表示"我有同感"。⑤ 瞿秋白这篇序言的影响可见一斑。

虽然鲁迅在试作几条遗嘱中表达了"不要做任何关于纪念的事情"，"忘记我，管自己的生活"的愿望，然而实际情况却是，鲁迅去世之后，全国、全民族甚至全世界的逝世、诞辰周年纪念活动盛况空前，全集、单行本、手稿的出版、重印不绝如潮，发表纪念文章、修建博物馆和陈列室此起彼伏，儿童读物、照片画册、雕塑电影、音乐话剧、邮票纪念章等不

---

① 张亚骥：《瞿秋白的文艺思想与文化领导权》，博士学位论文，苏州大学，2010年，第95页。

② 同上书，第111页。

③ 《毛泽东文艺论集》，中央文献出版社2002年版，第31页。

④ 温乐群：《"我与鲁迅的心是相通的"——毛泽东与鲁迅》，《湖南科技大学学报》（社会科学版）2008年第2期。

⑤ 曹靖华：《往事漫忆——鲁迅与瞿秋白》，《光明日报》1980年3月26日。

一而足，"很难想像世界上还有任何其他现代作家能在整个民族范围内受到这样的殊荣"。①

鲁迅"中国共产党思想革命之祖""真正的马克思主义者"的身份以及与之关联的"神化"和鲁迅崇拜，这一重要认定与建构的开启者当属瞿秋白，具有巨大的历史进步性，但也"产生了一种狭窄的观点，降低了鲁迅的人格和思想的巨大复杂性，变成一套简单的英雄色彩"②，彰显鲁迅著名"思想家""革命家"身份（在瞿秋白之前，国内茅盾、冯雪峰、郁达夫，国外山上正义、丸山昏迷、青木正儿等理论家、批评家、作家，都推崇鲁迅为伟大的"文学家"）的同时，较少论述其作品的艺术造诣和文化价值，部分论述看起来比较粗糙，存在一定的局限性，但需要特别指出的是，瞿秋白的鲁迅评价建立在对杂文（瞿秋白称其为"阜利通"，即 Feuileton 的音译）这种特殊文体的创作实践基础上，本就容易造成对文学审美性、艺术性的相对忽视，杂文的流行体现了思想论争对文学的直接影响，其结论本就不追求对鲁迅其他类型文学作品（短篇小说、散文、诗歌）的普遍适用性，瞿秋白的这种审慎思考、准确眼光尤其值得称赞。所以，鲁迅肯定地说"分析是对的。以前就没有人这样的批评过"，看到瞿秋白这篇文章时，非常投入，陷入沉思，显露出深刻的感激和满意的神情，竟没有感觉到点燃着的香烟快烧着手指头了。③ 许广平回忆说："党了解鲁迅，秋白同志了解鲁迅。作为旧知识分子不断分析解剖自己严于对别人的鲁迅，是党所需要的。秋白代表了党的精神，对鲁迅分析，批评，鼓励，写成《〈鲁迅杂感选集〉序言》精辟论断，以告世人。鲁迅读了，心折不已。"④ 这其中的缘由，固然因为第一次有人这么高度评价、颇感欣喜，更有鲁迅深以为然的因素，这恐怕也是瞿秋白评价鲁迅杂文的这篇奇文轰动当时、影响深远的原因之一。

第二，瞿秋白围绕茅盾《子夜》一书的创作，从小说结局、人物刻画、情节描写等许多角度，提出了不少很好的建议，使《子夜》主题更加鲜明，揭露更加深刻。《子夜》发表后，他又撰写《〈子夜〉与国货年》《读〈子夜〉》等多篇文章进行评论，肯定《子夜》的巨大价值与重

①　［美］李欧梵：《铁屋中的呐喊》，尹慧珉译，岳麓书社 1999 年版，第 223—224 页。

②　同上书，第 225 页。

③　冯雪峰：《回忆鲁迅》，河北教育出版社 2002 年版，第 75 页。

④　许广平：《秋白同志和鲁迅相处的时候》，《语文学习》1959 年第 4 期。

要意义，强调《子夜》是"中国第一部写实主义的成功的长篇小说"，
"应用真正的社会科学，在文艺上表现中国的社会关系和阶级关系，在
《子夜》不能够不说是很大的成绩"，认为"从'文学是时代的反映'上
看来，《子夜》的确是中国文坛上新的收获，这可说是值得夸耀的一件
事"。此外，瞿秋白还对茅盾《路》《三人行》等小说提出了不少中肯的
建议。

第三，瞿秋白撰写了具有开创意义的学术著作《俄罗斯文学史》，该
书从马克思主义唯物史观出发，采用社会历史批评、文学比较等方法，研
究了俄罗斯文学的起源及其民族性形成的多种要素，细致论述了俄罗斯批
判现实主义文学，为中国人了解"俄国文学与俄国社会运动的关系"提
供了基本线索，其"社会思潮—生活经历—作品分析"的编撰模式，深
刻影响了我国的外国文学史编写体例。正是基于此，1923 年李大钊希望
为瞿秋白在北京大学俄国文学系谋取教授席位，所申请执教的课程便是俄
国文学史，后因思想保守的教务长顾某视瞿秋白这位到过俄国的青年为危
险人物、迟迟不发聘书而未成。

四　进行对接"俄苏经验"的文学创作

瞿秋白创作了散文、杂文、诗歌等各种体裁的大量文学作品，成绩突
出。正因为如此，学者、散文家梁衡曾在《觅渡，觅渡，渡何处》一文
中这样评价瞿秋白，"如果他一开始就不闹什么革命，只要随便拔下身上
的一根汗毛，悉心培植，他也会成为著名的作家、翻译家、金石家、书法
家或者名医"。

首先，散文创作上，他早期的两部作品——《饿乡纪程》《赤都心
史》，堪称五四时期最优秀、最具分量的散文作品之一，在我国散文史上
占有重要地位。它的确反映了瞿秋白对"俄苏"某种程度的乌托邦想象，
体现了"五四"大背景下对真理的现代性追求，[①]"西方与非西方的大多
数社会都具有双重性，即它们都是现代与传统的混合，而不是要么完全现
代要么完全传统的。它们是文化变革在其中发生的系统，而且正是每个社
会内部之'现代'与'传统'的因素间的不同关系类型把它们彼此区别

①　张历君：《镜影乌托邦的短暂航程——论瞿秋白游记中的乌托邦想象》，《当代作家评
论》2006 年第 1 期。

开来……从这种观点来看，最好将现代化理解为一种向现代性的境界的导向，但却不能完全达到"①，这两部作品"不仅第一次以文学的笔触真实描绘了当时苏俄'社会的画稿'和作者'心弦的乐谱'，在内容和题材上具有创新意义，而且在散文创作理念及文体方面，也有其独特的价值"，"瞿秋白的早期散文典型地代表了五四散文'意在表现自己'的创作主张，但这'表现'中包含着极为可贵的自我解剖、自我否定、自我超越的精神，在'表现'个人'心史'变迁的同时，折射出社会'心史'变迁的投影"②，瞿秋白认为"散文具体而论，是记'自中国至俄国之路程'，抽象而论，是记著者'自非饿乡至饿乡之心程'"③。这些作品与瞿秋白当时在国内报刊发表的几十篇新闻报道、通讯、特写一道，成为介绍苏联、传播马克思主义的窗口，"不仅在它们发表的当时对于中国和中国新文学界有特殊的意义，而且在今天和今后也要作为中国思想史上的资料和优秀的文学作品而存留"④，价值巨大。

其次，杂文创作上，作为中国新文学史上较早的杂文写作者之一，瞿秋白撰写了大量政治论文性质的杂文，虽然鲁迅曾经指出瞿秋白杂文深刻性欠缺、大部分过于直露、较少解剖具体事实的不足，但也充分肯定其尖锐、清楚、流畅的优点。被人誉为"可以和鲁迅的杂文比拟""双峰插云的一代文宗"。他在杂文创作实践中，还总结出了丰富的杂文理论，视杂文为社会和政治斗争的"阜利通"，现实斗争"感应的神经、攻守的手足"。他的杂文，往往是思想随笔与文艺杂著的共生物，特点鲜明，体现了一位"文化人"负荷的政治家身份，注重对现实政治斗争的直接介入，"形象描绘上，抓住特征，略加勾勒；叙事、议论上，大处落墨，单刀直入；感情抒发上，急切明朗，热情洋溢；语言上则常常直言不讳，言必尽意"，离开中央领导岗位后，"作为政治家的瞿秋白已失去了发言权，而杂文家的瞿秋白仍然迫切地关心、思考着中国革命的许多问题，并在杂文

---

①　[美] 柯文：《在传统与现代之间——王韬与晚清革命》，雷颐、罗检秋译，江苏人民出版社 1994 年版，第 134 页。

②　刘小中：《从〈饿乡纪程〉〈赤都心史〉看瞿秋白早期散文理念的独特性和文体的独创性》，《西南民族大学学报》（人文社会科学版）2004 年第 10 期。

③　陈铁健等：《瞿秋白研究文集》，中央党史资料出版社 1987 年版，第 244 页。

④　《瞿秋白文集》（文学编）第 1 卷，"文学编"说明，人民文学出版社 1985 年版，第Ⅲ页。

里敏锐地表达了自己的思想"①,罗兰·巴特所谓"介于战斗者和作家之间的新型作者"况味比较突出,政治式写作风格明显,"鲁迅的杂文确如匕首和投枪那样,刺向敌人的心窝,深入事物的底蕴;瞿秋白的揭露性杂文,与其说是匕首和投枪,还不如说是照见魔怪的明镜"②,发挥了现实主义文学理论强调的反映现实、揭露黑暗、激励反抗的文学功用。身处上述杂文创作高峰期的瞿秋白"已经不同于《饿乡纪程》、《赤都心史》时代的秋白了,思想的迷惘、博杂似乎已化为陈迹,马克思主义的世界观和方法论已经广泛地影响着像他这样的一代中国先进的知识分子"③,"我是江南第一燕"的瞿秋白颇得风气之先。

再次,诗歌创作上,瞿秋白撰写了大量诗篇。据不完全统计,瞿秋白保留下来的诗歌约四五十首。按主题内容,可分为两类:一类以《赤潮曲》《铁花》《天语》《寄××》《群众歌》等诗篇为代表,想象和写实并重,深情讴歌了工人阶级和其他劳动者;另一类包括《狱中题照》《失题》《过去》等作品,是诗人审视内心、鼓舞革命斗志、抒发情感的形象诗篇。尤其值得注意的是,在诗歌创作实践的后期阶段,瞿秋白抛舍了他最喜欢、最习惯的古典诗歌题材,反而选用最浅近的语言,辅以最丰沛的感情,创作了《群众歌》《东洋人出兵》《上海打仗景致》《国民革命歌》《"向光明"》《救国十二月花名》等一系列通俗唱词性的大众诗歌。这些诗歌通俗易懂,语汇丰富,形象生动,与口语结合紧密,非常便于传播,易于发动群众。这些诗歌服务于抗战、反封建的紧迫革命任务,是揭露敌人、团结同志的强有力宣传与教育工具。瞿秋白以其丰富的诗歌创作活动,实践了他的文艺大众化理论,体现了他建设革命新文学的自觉意识、准确眼光,瞿秋白如是说,"革命的大众文艺,应当运用说书,滩簧等类的形式。自然,应当随时创造群众所容易接受的新的形式。例如,利用流行的小调,夹杂着说白,编成功记事的小说;利用纯粹的白话,创造有节奏的大众朗诵诗;利用演义的体裁创造短篇小说的新形式"④。

---

① 唐宝林、陈铁健:《陈独秀与瞿秋白》,中国青年出版社 1997 年版,第 331 页。
② 王铁仙:《瞿秋白文学评传》,百花文艺出版社 1987 年版,第 214—215 页。
③ 唐宝林、陈铁健:《陈独秀与瞿秋白》,中国青年出版社 1997 年版,第 332 页。
④ 《瞿秋白文集》(文学编)第 3 卷,人民文学出版社 1989 年版,第 18 页。

五　开展俄罗斯文学的翻译研究

一方面，瞿秋白翻译了高尔基、普希金、托尔斯泰、果戈理等许多俄罗斯现实主义作家的经典作品，他直接从俄文翻译，译文比较准确，文质兼备，翻译速度惊人，有时一个晚上能翻译上万字，而且译稿字体端正秀气，校稿时几乎一字不用改，因其良好的文学修养、丰富的文学知识，使其译作明晓、流畅，在当时同类作品的翻译当中，堪称质量上乘，鲁迅曾经多次邀请瞿秋白翻译俄罗斯文学作品，并嘱其为曹靖华译《铁流》一书赶译序言等事实，便是力证。需要特别指出的是，五四运动前后，"悲欢原有别，天地岂无私"，"由沉醉于吟咏那种排挤个人积郁的旧体诗词，到热心地翻译和介绍俄罗斯文学作品，使文学活动面向中国的知识界和中国人民大众，这在瞿秋白来说，无疑是一个重大转折"①，翻译俄罗斯现实主义文学作品使瞿秋白走出佛学"菩萨行"式的厌世观，帮助其初步完成从"没落的士"到新时代知识人的转变，他强调"现在中国文学很需要这种文学"（果戈理名剧《钦差大臣》），"以文学的艺术的方法变更人生观，打破社会习惯"，"要在旧宗教，旧制度，旧思想的旧社会里杀出一条血路，在这暮气沉沉的旧世界里放出万丈光焰"②，直接推动了其人生观、社会观、政治思想的转变，具有重大意义。

另一方面，瞿秋白在与鲁迅等的书信往来过程中，围绕翻译标准、效果、方法等，比较深入地研究了文学翻译的理论问题。他从文艺大众化的总体观点出发，主张翻译应该忠实于原文，提倡用"绝对的白话"进行文学翻译，强调翻译实践应该有助于形成"新的中国现代言语"，提出翻译标准的"信顺神"三因素说，关注翻译的社会功利性，强调翻译为政治服务。在瞿秋白的翻译观当中，关于翻译与政治关系等的某些看法，夸大了翻译的政治功利性，但就当时的整体语境、社会背景而言，翻译确实有助于传播先进理论、鼓舞群众、推动革命，此种论断仍有其合理价值，而他的"信顺神"三因素说无疑是十分正确的，在鲁迅等人当时提出的"信还是顺"翻译标准的大争鸣中，它获得了普遍肯定，并被有效运用于翻译实践，积极意义突出。

---

① 陈铁健：《从书生到领袖——瞿秋白》，上海人民出版社 1995 年版，第 85 页。
② 瞿秋白：《自杀》，《新社会》第 5 号，1919 年 12 月 11 日。

总之，瞿秋白主要的文学理论成就可以简单归纳为，以文艺大众化理论建构了自身的文学理论；以翻译与撰述的双重方式，推动了马克思主义文学理论的中国化；以强调文艺的阶级性、意识形态性，注重文学的政治功能，崇尚现实主义的创作原则，践行了"文艺社会学"式的文学批评；以散文、杂文、诗歌等各式体裁的创作，对接了"俄苏经验"；以文学翻译及翻译研究为基础，提出了翻译标准的"信顺神"三因素说，强调了翻译服务于社会政治。瞿秋白的上述文学理论成就，在反思"五四"、批评 20 世纪 30 年代中国武侠小说热潮、直接影响毛泽东文学理论的形成等方面，以理论资源、文学观念、思维方法等多种形式发挥了重要作用，有力生成了瞿秋白文学理论在 20 世纪中国马克思主义文学理论批评中的巨大价值。

第二节　资源批判与语义转移
——瞿秋白的"五四"观

在中国现代历史上，五四运动具有至关重要的作用，它在政治、社会、文化、思想等多个层面都发挥了转折点的功能，对各社会阶层都产生了巨大影响。关于这一点，正如美国著名汉学家石约翰教授所深刻指出的，"五四运动之所以具有极大的重要性，除了它标志全国范围内有组织的革命活动的复兴之外，还有一个原因，即五四运动领导人发现国内人民生活于艰难困苦之境地。他们断定中国的问题不是来自清朝的特殊弊端，甚至不是产生于郡县制，而是产生于中国文化的更深层次，产生于社会整体及整个历史时期的文明方式。他们开始把过去看成一个整体，并把它作为传统与现代对立起来，认为传统与现代的尖锐断裂是必要的也是可能的"，"五四一代人代表了青年、妇女，更广泛地说，代表了所有受混乱、军阀、帝国主义践踏之苦的下层人民的愿望与利益"①。

作为当时学生运动代表之一，瞿秋白身先士卒、亲身参与过五四运动，高呼"中国的土地可以征服而不可以断送！中国的人民可以杀戮而

---

① ［美］石约翰：《中国革命的历史透视》，王国良译，东方出版中心 1998 年版，第 179 页。

不可以低头！"①，虽曾两次被捕，仍不改批评段祺瑞当局政府、顽强斗争之精神，从这种意义上来说，瞿秋白是典型形态的"五四之子"，但瞿秋白后来又猛烈批判，甚至全盘否定"五四"，堪称标准样式的"五四逆子"，前后期反差巨大。同时，瞿秋白研究"五四"的文章不下20篇，超过10万字。"五四"研究贯通瞿秋白的革命生涯与精神生命，并内在关联其文化思想和政治研究，因而很有必要对瞿秋白的"五四"观进行专题研究。这方面，国内彭维锋、胡明、胡传胜等学者，侧重于叙述与归纳瞿秋白关于"五四"的具体观点，已有过广深兼具的不少研究成果，相对而言，关于瞿秋白"五四"观的历史语境、理论逻辑、总体评价的探讨还不够，尤其缺乏挖掘它与俄苏文化建设经验、俄国马克思主义文学理论资源的关联效应。故此，笔者拟作再探讨。

一　瞿秋白视野中的"五四"面孔

　　"五四"是一个指涉丰富、意蕴复杂的重要概念："'五四'首先是一个时代概念，即指五四时代或五四时期，这个时期以影响深远的五四运动命名。其次，'五四'也指五四运动，以及与它相关联的文化活动或历史事件的集合"②，它至少包括"思想启蒙，文学革命，政治抗议"这三层含义，世界主义与民族主义并举，"对于五四运动阐释权的争夺，与一时代的意识形态建构纠合在一起"，其阐释"有遮蔽，有扭曲，也有意义转移"③，情况非常复杂。瞿秋白关于"五四"的论述，视角多维，关涉广泛，集中见于他20世纪30年代初期写作的《鬼门关以外的战争》《中国文学的古物陈列馆》《学阀万岁！》《罗马字的中国文还是肉麻字中国文？》《普通中国话的字眼的研究》《普洛大众文艺的现实问题》《大众文艺的问题》《大众文艺和反对帝国主义的斗争》《"我们"是谁？》《哑巴文学》《财神还是反财神？》《欧化文艺》《"自由人"的文化运动——答覆胡秋原和〈文化评论〉》《"五四"和新的文化革命》《再论大众文艺答止敬》《文艺的自由和文学家的不自由》《〈鲁迅杂感选集〉序言》等文章之中，也散见于他20世纪20年代中期撰写的《荒漠里》《五四纪念与民族革命

---

① 陈铁健：《从书生到领袖——瞿秋白》，上海人民出版社1995年版，第54页。
② 洪峻峰：《思想启蒙与文化复兴——五四思想史论》，人民出版社2006年版，第1页。
③ 陈平原：《波诡云谲的追忆、阐释与重构——解读"五四"言说史》，《读书》2009年第9期。

运动》等评论当中，指涉复杂，内容丰富。依笔者的归纳，它主要呈现为如下三副面孔。

首先，"五四"是中国资产阶级的文化革命运动，肩负着资产阶级民权革命任务，需要飞跃为无产阶级的新"五四"。

"五四"的性质归属，是一个重大的理论与现实问题，它是评价"五四"的前提。瞿秋白的"五四"观，也建立在这一基础之上。他的具体观点如下：

一是从革命结果来看，瞿秋白认为，"这个文化革命也和一九二七年的革命一样，是失败了，是没有完成它的任务，是产生了一个非驴非马的新式白话"①，即"'不战不和，不人不鬼，不今不古——非驴非马'的骡子文学"，并未实现五四运动的目标。他强调，五四运动是"没有完成的事业"，要继续、彻底地予以完成，但前进的道路还很漫长，"'五四'之后，从'文学革命'发展到'革命文学'，这是前进的斗争。但是，几几乎正是在革命文学的营垒里，特别的忽视文学革命的继续和完成"②，问题十分严重，虽然从"文学革命"发展到"革命文学"，的确前进了一大步，但文学革命必须继续和彻底完成。

二是从领导力量来看，以绅商阶级为构成主体的所谓"五四"新知识分子已经蜕变，或者过度批判传统而"从狂人到疯狗"，或者过分西化而"从狂人到面首"，"他们或者是'民族意识'的代表，他们或者是艺术至上主义的神仙；他们或者是反对马路文学——礼拜六主义的健将，其实，他们自己就是'高级趣味的礼拜六派'"③，已与往昔大不相同。在瞿秋白看来，"现在中国资产阶级早已投降了封建残余，做了帝国主义的新走狗，背叛了革命，实行着最残酷的反动政策。光荣的五四的革命精神，已经是中国资产阶级的仇敌。中国资产阶级在文化运动方面，也已经是绝对的反革命力量"④，"不是红匪的大红旗，而恰恰是国民党的青白旗"，不可小觑所谓"诗古文词"和"礼拜六"派的负面影响，必须注意领导力量立场的内在嬗变。

三是从发展前途来看，资产阶级已经没有能力完成民权革命任务，无

---

① 《瞿秋白文集》（文学编）第 1 卷，人民文学出版社 1985 年版，第 465 页。
② 《瞿秋白文集》（文学编）第 3 卷，人民文学出版社 1989 年版，第 14 页。
③ 同上书，第 26 页。
④ 同上书，第 22 页。

法领导反帝反封建的文化革命任务，"新的文化革命已经在无产阶级领导之下发动起来，这是几万万劳动民众自己的文化革命，它的前途是转变到社会主义革命的前途"①，从资产阶级革命走向无产阶级革命，是发展的必然趋势。总之，瞿秋白进行革命与思想创造时，"有一批不想革命的人窃取了革命的果实，变成了反革命。于是，革命的下一个任务，就是对革命中的反革命进行革命"，"因为革命阵营本身发生了分裂，必须挖掘新的革命力量。结果，新兴的、人数少得可怜的、也最为悲惨的产业工人和饱受战乱之苦的农民，就成了革命的主力"②，伴随革命阵营的分裂，一批产业工人和农民跃升为革命主力，中国革命由旧民主主义过渡到了新民主主义阶段。基于此种时代背景，瞿秋白清晰界定了"五四"新文化运动的资产阶级性质。在他看来，必须从民权革命转向反帝反封建，由资产阶级革命的"五四"，过渡到社会主义革命的无产阶级新"五四"，方能完成未竟的文化事业。事实上，当时的茅盾、彭康等人也提出了类似观点。茅盾认为，五四运动"完全是新兴资产阶级意识形态的'五四'，在一般文化问题上的口号当然是资产阶级的"③；彭康强调，"'五四'文化革命运动是资产阶级领导的反封建阶级的运动"④。

其次，"五四"紧密关联"欧化"，"五四"推动了欧化文艺的盛行，真正的"欧化"需要挖掘民间资源、借鉴国际经验、创造大众文艺。

"欧化"追求为近代中国从传统走向现代、从秩序走向革命，提供了重要的外源性动力，它亦是"五四"时代的主潮之一。瞿秋白的"五四"观，同样深蕴着"欧化"视域审察的色彩。

一是在瞿秋白看来，"五四"前后的 20 年当中，新文学发生的两次大分裂都与"欧化"相关：第一次在 1915—1925 年间，其标志为"文学革命"和"五四"新文化运动，主要矛盾是古今之变，基于当时"反映着群众的革命情绪和阶级关系的转变"，中国的智识阶层分化为"国故派和欧化派"；第二次为"五四"到"五卅"前后，新文化阵营分化为"工农民众"和"依附封建残余的资产阶级"，"这新的反动思想，已经披

---

①　《瞿秋白文集》（文学编）第 3 卷，人民文学出版社 1989 年版，第 22 页。
②　胡传胜：《瞿秋白与五四理想的终结》，《南京社会科学》2009 年第 4 期。
③　茅盾：《"五四"运动的检讨》，《文学导报》第 1 卷第 2 期，1931 年 8 月 5 日。
④　彭康：《五四运动与今后的文艺运动》，《流沙》第 4 期，1928 年 5 月 1 日。

了欧化，或所谓五四化的新衣服"①，其实质是当时革命过程的思想反映，是五四式智识阶层的最终分化——"一些所谓欧化青年完全暴露了自己是'丧家的'或者'不丧家的''资本家的乏走狗'，替新的反动去装点一下摩登化的东洋国故和西洋国故"，"另外一些革命的智识青年却更确定更明显的走到劳动民众方面来，围绕着革命的营垒"②，对立性明显。

二是"五四"催生了欧化文艺的盛行，形成了"新式的欧化的'文艺上的贵族主义'"。它"在言语文字方面造成了一种半文言（五四式的假白话），在体裁方面尽在追求着怪癖的摩登主义，在题材方面大半只在智识分子的'心灵'里兜圈子"③。绅商知识分子"弄些什么象征主义，表现主义，印象主义……等类的'魔道'玩耍玩耍"④，于是欧化作品中，"体裁是神奇古怪的，没有头没有脑的"，人物"没有说明'小生姓甚名谁，表字某某，什么省什么县人氏'"，风景"并不是清清楚楚的说'青的山，绿的水，花花世界'，而是象征主义的描写，山水花草都会变成活人似的忧愁或者欢喜，皱眉头或者亲嘴"，对话"并不说明'某某道'，'某某大怒道……'"，"句法是倒装的，章法是'零乱的'"⑤，新异式的"搞怪"遍地蔓延。

三是开掘民间文化资源，注重国际经验，创造普罗革命的大众文艺，才是真正的"欧化"。在瞿秋白看来，即使"意识正确"的欧化文艺作品，也"只能够做普洛革命文学的次要工作，为的是在敌人营垒里去捣乱后防"，它"尚且要努力大众化，扩大自己的读者社会"，"必须打进大众的文艺生活之中去——跳过那一堵万里长城，跑到群众里面去"⑥，革命的大众文艺是其发展方向。一方面，必须以民俗主义、反精英主义的态度，改造欧化作品。普罗大众文艺应当是"旧式体裁的故事小说，歌曲小调，歌剧和对话剧等"，"还应当运用连环图画的形式"，"竭力使一切作品能够成为口头朗诵，宣唱，讲演的底稿"，所写题材是"朴素的东西——和口头文学离得很近的作品"⑦。另一方面，必须吸取俄苏文化经

---

① 《瞿秋白文集》（文学编）第 3 卷，人民文学出版社 1989 年版，第 106 页。
② 同上书，第 111 页。
③ 《瞿秋白文集》（文学编）第 1 卷，人民文学出版社 1985 年版，第 492 页。
④ 同上书，第 493 页。
⑤ 同上书，第 470 页。
⑥ 同上书，第 463 页。
⑦ 同上书，第 471 页。

验，变"欧化"为国际化。"真正运用国际的经验"来"表现现代的无产阶级的社会关系"，站在全人类解放事业的高度，"使广大群众能够理解国际劳动群众的生活和斗争，理解国际的一般社会生活"，从而实现真正的"欧化"，因为"革命文艺的'大众化'，不但不和'欧化'发生冲突，而且只有大众化的过程之中方才能够有真正的欧化"①。

再次，"五四"后文艺生活等级森严、宗派林立，小资产阶级文艺压制大众文艺，继承"五四"遗产必须清算自由主义的流毒。

瞿秋白关联当时的文化现实，从文艺宗派论争角度，探讨"五四"对文艺生活及其组织架设、文艺大众化实践等的具体影响，对"五四"进行了如下解读。

一是从文化的现实态势视之，一方面，"五四"后中国人的文艺生活划分为不相混杂、"中间隔着一堵万里长城"的两个等级："'五四式'的白话文学和诗古文词——学士大夫和欧化青年的文艺生活"，"章回体的白话文学——市侩小百姓的文艺生活"②，文化等级对立；另一方面，文艺成果"被掌控在少数几个专业文学组织，像创造社和文学研究会等团体的手中"，"文学生活仍然受到狭小的文学团体的限制"，"作家的倾向使文学界形成了宗派性的社会团体"③，文艺宗派林立。

二是从文艺大众化的实现程度视之，一方面，它之所以成绩不佳，"最主要的原因，自然是普洛文学运动还没有跳出智识分子的'研究会'的阶段，还只是智识分子的小团体，而不是群众的运动"④，"市面上的大众文艺是多么努力的在宣传宗法主义和市侩主义"，它是"小资产阶级的幻想"，是"'安分守己'甘心做奴隶的主义，是非政治主义的情绪"⑤，"五四"知识阶层与真正的大众文艺明显对立；另一方面，必须向那些反动的大众文艺宣战，"同着群众一块儿提高艺术的水平线"，欧化文艺的大众化和革命大众文艺并驾齐驱，"用坚决的刻苦的斗争去消灭'非大众文艺'和'大众文艺'之间的对立和隔离"⑥。

---

① 《瞿秋白文集》（文学编）第 1 卷，人民文学出版社 1985 年版，第 494 页。
② 同上书，第 462 页。
③ 彭维锋：《瞿秋白的"五四"批判》，《开封大学学报》2008 年第 4 期。
④ 《瞿秋白文集》（文学编）第 1 卷，人民文学出版社 1985 年版，第 486 页。
⑤ 同上书，第 471—472 页。
⑥ 同上书，第 496—497 页。

三是从与胡秋原继承"五四"遗产的论争视之，在瞿秋白看来，胡秋原等人以自由主义为旗帜，自称"继续五四精神"，实则"不过是实行愚民政策的别动队"，是所谓的"新式诸葛亮"①。在选择"脱下五四的衣衫"，还是把"五四"变成"自己的连肉带骨的皮"面前，瞿秋白坚持前者而注重批判，胡秋原强调后者而倡导继承。通过援引列宁《党的组织和党的出版物》中文艺党性原则的论述，瞿秋白强调，胡秋原"自由人"、知识阶级的立场，即"智识阶级的特殊使命论"的立场，"正是'五四'的衣衫，'五四'的皮，'五四'的资产阶级自由主义的遗毒。'五四'的民权革命的任务是应当澈底完成的，而'五四'的自由主义的遗毒却应当肃清"②，指出了问题的实质。

二　瞿秋白"五四"观的理论逻辑

扎根于特定的历史现实，脱胎自独特的主体视界，为具体的社会需要服务，瞿秋白的"五四"观关涉文化领导权、文化影响力、文化借鉴性等议题，具有思路清晰、个性鲜明、表征丰富等特点，它遵循自身的理论逻辑。

首先，文化领导权的争夺，阐释、彰显文化在时代变革中的多维价值、重要意义，致力于意识形态的塑造和宣传。

《论语》有言，"名不正则言不顺，言不顺则事不成"。在半殖民地半封建社会的中国，要想取得革命的胜利，必须整合一切的力量、因素、资源，必须付出加倍的努力。在此大的语境背景之下，文化领导权就发挥着这样的意识形态"正名"功能，致力于合理性的塑造和强化。

"文化领导权"（cultural hegemony），常称"文化霸权"，是指一个阶级通过控制文化内容、建构风俗习惯，用以统一意见、主宰另一个阶级的意识形态及其文化精神，以达到支配目的。根据佩里·安德森考证，是普列汉诺夫首次提出这一概念，视其为推翻沙皇制度的策略之一，之后列宁使用它意指无产者不要避开资产阶级革命、不能把革命领导权交给资产阶级，应该以理论家、宣传员、鼓动师、组织者的身份，领导社会各阶级争取革命胜利，再至葛兰西那里，它并不限于指称直接的政治控制或统治支

---

① 《瞿秋白文集》（文学编）第 3 卷，人民文学出版社 1989 年版，第 23 页。
② 《瞿秋白文集》（文学编）第 1 卷，人民文学出版社 1985 年版，第 501—502 页。

配，而是更为普遍性的操纵，包括特定的观看世界、人类特性及其关系的方式。通过亲身交往、著述译介、学习研究，瞿秋白选择性汲取了列宁的"文化领导权"思想，关联对国民党右派戴季陶主义的批判，并完全区别于中国共产党党内彭述之的无产阶级"天然"领导权理论、陈独秀的放弃无产阶级领导权思想，瞿秋白站在中共领袖的高度，论证、强调文化在社会革命中的战略功能、突出作用。

在瞿秋白看来，资产阶级与无产阶级，谁是"五四"的领导阶级，它关涉"五四"的文化领导权，这一点很重要。虽然最初的"五四"是资产阶级文化革命，但因为"资产阶级不需要再澈底的文字革命，而且还在反对这个革命"，完成"五四"的革命任务只能寄望于无产阶级，所以"革命的大众文艺问题，是在于发动无产阶级领导之下的文化革命和文学革命"[1]，普通俗语运动也"必须无产阶级的文化运动来领导"[2]，无产阶级应该掌握"五四"的文化领导权。

一是就本质属性而言，"五四"文艺的发展，必须"由无产阶级反对资产阶级而完成资产阶级民权革命的任务"，诉诸普罗大众文艺"在思想上，意识上，情绪上，一般文化问题上，去武装无产阶级和劳动民众"，进行力量积蓄，以便进行社会主义革命。瞿秋白强调，得益于无产阶级这支"一般革命斗争的强有力的队伍"的领导，以"反对一切封建残余的文化上的束缚，肃清封建残余对于群众的意识上的影响，打倒一切帝国主义和买办阶级的奴才思想"[3]为主要内容的无产阶级新"五四"，将使旧"五四"的"资产阶级的自由主义启蒙主义的文艺运动"，质变为"无产阶级的革命主义社会主义的文艺运动"，无产阶级必须掌握"五四"的文化领导权。

二是就主体经验而言，一方面，在躬行实践上，"十年来的政治经济的斗争，锻炼出了绝对新式的'下等社会'里的'英雄'"，这就是以无产阶级身份出现的"真正的群众的领导者"，他们是中国社会新文化革命的力量，"只有他们自己的斗争，才能够完成这种文化革命"[4]；另一方面，在文化自信上，无产阶级"有一个坚定的自信力"，坚信"他们口头

①　《瞿秋白文集》（文学编）第3卷，人民文学出版社1989年版，第14页。
②　《瞿秋白文集》（文学编）第1卷，人民文学出版社1985年版，第468页。
③　《瞿秋白文集》（文学编）第3卷，人民文学出版社1989年版，第30页。
④　同上书，第27页。

上所讲的话，一定可以用来写文章，而且可以写成很好的文章，可以谈科学，可以表现艺术，可以日益进步而创造出'可爱的中国话'，并用不着去学戏台上的明朝人的说白"①，无产阶级可望掌握"五四"的文化领导权。

三是就领导方式而言，既要真切"理解群众的转变、行动、作用"，以"无产阶级的集体主义"克服个人主义倾向，而"正确的显露无产阶级政党的集体的领导作用"②，又要"有一个广大的反帝国主义的国际主义，反封建宗法的劳动民众的民权主义和社会主义的文艺运动——苏维埃革命文艺运动"③，多维推进，全面落实，无产阶级方能掌握"五四"的文化领导权。总之，在瞿秋白看来，"五四"最初的性质固然是资产阶级民权革命，但着眼于之后高涨的国内外革命形势，无产阶级必须夺取"五四"的文化领导权，以推动"五四"使命的彻底完成。

其次，文艺大众化的具象法则，遵从文学革命到文腔革命，再至文字革命的发展脉络，通过创新语言形式、培育普罗文艺，推动文艺的大众化。

遵循文学革命到文腔革命，再至文字革命的演进逻辑，瞿秋白认为，必须来一场"第三次文学革命"，以完成第一次文学革命、第二次文学革命（五四运动）未竟的文化事业，创造普罗大众的革命文艺，"建立真正现代普通话的新中国文"，这具体表现了他的文艺大众化思路。

一方面，要改革语言形式，进行文腔、文字革命。在瞿秋白看来，新的文学革命不但要"推翻所谓白话的新文言""反对旧小说式的白话"，还要改进"五四式的新文言"这种哑巴语言，更要"废除汉字采用罗马字母"。源于汉字制度"阻碍中国字的读音的简单化"，"使单音节制度僵尸化"，"保存着幼稚的原始的文法"，"现代普通话的新中国文"文要"适应从象形文字转变到拼音文字的过程"，必须"真正现代化"，"用正确的方法实行欧洲化"，"罗马化"，它"应当是习惯上中国各地方共同使用的现代'人话'的，多音节的，有语尾的，用罗马字母写的一种文字"④。基于此，瞿秋白强调，"文学革命的任务，决不止于创造出一些新

---

① 《瞿秋白文集》（文学编）第 1 卷，人民文学出版社 1985 年版，第 469 页。
② 同上书，第 478 页。
③ 同上书，第 476 页。
④ 《瞿秋白文集》（文学编）第 3 卷，人民文学出版社 1989 年版，第 169 页。

式的诗歌小说和戏剧，他应当替中国建立现代的普通话的文腔"①，这是第三次文学革命的责任。

另一方面，要创造普罗文艺，实现文艺的大众化。从"五四式"新体白话书籍"至多的充其量的销路只有两万"② 的认识出发，瞿秋白描绘了当时大众"连环图画，最低级的故事演义小说，时事小调唱本，以至于《火烧红莲寺》等类的大戏，影戏，木头人戏，西洋镜，说书，滩簧，宣卷等等"③ 的文化消费现实，强调普罗大众文艺运动"必须立刻回转脸来向着群众，向群众去学习，同着群众一块儿奋斗"，要用"更浅近的普通俗话"，解决"大众文艺应当用什么话来写"这个"一切问题的先决问题"④。可见，恰如"五四文学革命的语言观其本身，并不在于文字书写形式的通俗与否，而是在于文字使用权力的归属问题"⑤ 一样，瞿秋白"唤起工人、农民用人民战争的方法摧毁权力结构"的语言思想，预示"实现着现代化的内在要求"⑥，它具象式地体现了瞿秋白文艺大众化思路的内在逻辑：花费巨大精力改进语言形式，以提升教育水平，使更多的工农大众能听得懂、看得明白，从而唤醒与发动他们进行暴力革命，以推动社会变革。

再次，俄苏文化建设经验的资源平移，强调俄苏文化实践经验的范式指导性、发展超越性、理想引领性。

站在中外文化交流、古今天人之变的节点上，瞿秋白积极汲取俄苏文化养分并应用于中国社会实践。俄苏文化建设经验是瞿秋白审视"五四"的参照系和资源库，意义重大。

一是他经常援引俄苏文化建设的具体经验，作为分析"五四"的佐证材料，以增强说服力。比如，引"俄国在十七八世纪时候，欧化贵族只读斯拉夫文的典籍和法文的小说，而平民读俄文"⑦，倡导汉字拉丁化；说中国需要"象俄国洛孟洛莎夫到普希金时代的那种文字革命"⑧，前者

---

① 《瞿秋白文集》（文学编）第 3 卷，人民文学出版社 1989 年版，第 138 页。
② 《瞿秋白文集》（文学编）第 1 卷，人民文学出版社 1985 年版，第 376 页。
③ 同上书，第 463 页。
④ 《瞿秋白文集》（文学编）第 3 卷，人民文学出版社 1989 年版，第 15 页。
⑤ 宋剑华：《五四文学革命：传统文化的突围与重构》，《社会科学辑刊》2007 年第 1 期。
⑥ 胡传胜：《瞿秋白与五四理想的终结》，《南京社会科学》2009 年第 4 期。
⑦ 《瞿秋白文集》（文学编）第 1 卷，人民文学出版社 1985 年版，第 465 页。
⑧ 同上。

清理俄语词汇，吸收科学领域的外来术语，在民间语基础上创造一种口语化、大众化的文学语言，后者以灵活翻译实践为基础，创立标准而又出色的文学语言，如屠格涅夫1880年在莫斯科普希金纪念像揭幕时所说"毫无疑问，他（普希金）创立了我们的诗的语言和我们的文学语言"，瞿秋白号召以俄为鉴，将中国的文学革命进行到底；叹"如果能够象《静静的顿河》那样，运用平常的不怪癖的形式"①，强调文艺大众化；举"普希金，托尔斯泰，屠格涅夫的'优美的可爱的言语'到现在还是'有用'"②，强调文艺是群众"学习文字的楷模"；讲苏联十月革命前的普罗文学创作于"一般贫民的文艺生活，起了革命的作用"③，具有揭露功能，倡导革命文艺；举"俄国十九世纪六十年代，也有过相象的新文化运动"，列宁强调"这种宝贵的遗产我们是不放弃的"④，主张不放弃继承"五四"的文化遗产。

二是借鉴苏联文化建设的若干做法，以具体行动超越"五四"，对应性明显。苏联建国初期进行大规模的扫盲工作，积极组织学龄儿童入学，建立了较为完善的文化教育机构网络，于是，瞿秋白对汉字改革产生了浓厚兴趣，强调语言的大众化，重视文化教育工作；苏联为许多人提供亲身参与民间创作的机会，丰富了专业的戏剧艺术，注重发挥其社会功能，因此，瞿秋白重视工农剧社运动，广泛进行大众文艺实践；苏联主张"文化革命的实质就是社会精神生活的根本变革，变革之结果就是社会主义文化的确立"⑤，强调二者之间的联系，所以，瞿秋白坚信文化革命是"意识形态的文化革命""社会的文化革命"的二维对接。

三是关联苏联文化建设的大好局面，缔造无产阶级新"五四"，目的性明确。瞿秋白认为，苏联"已经走到了经济兴盛的时期，而且是真正劳动民众的经济的繁荣，真正消灭了人剥削人的制度，真正能够打击一切帝国主义的进攻的企图"⑥，在当时的世界格局中，中国的普罗文艺应当捍卫苏联的建设成果，"反对进攻苏联"，"宣传苏维埃革命，宣传社会主

---

① 《瞿秋白文集》（文学编）第1卷，人民文学出版社1985年版，第495页。

② 《瞿秋白文集》（文学编）第3卷，人民文学出版社1989年版，第50页。

③ 同上书，第462页。

④ 同上书，第24页。

⑤ ［苏］М. Р. 泽齐娜、П. В. 科尔曼、В. С. 舒利金：《俄罗斯文化史》，刘文飞、苏玲译，上海译文出版社2005年版，第233页。

⑥ 《瞿秋白文集》（文学编）第3卷，人民文学出版社1989年版，第29页。

义和反帝国主义的国际主义"，"要同着群众去运用国际的无产阶级的经验，取得理论上的武器"①，尽力发挥文艺功用。显然，"苏俄的政治外交和革命榜样是中国人无法拒绝的诱惑"，中国"思想文化界先驱和政治革命领袖也开始纷纷踏上了'以俄为师'的探索道路"②，多次实地考察苏联的瞿秋白更是如此，加上他有时"对苏联实践与国际共产主义运动基本失去独立判断"③，俄苏文化建设经验的资源平移于瞿秋白的"五四"观，他者视角内化为主体视域，也就合乎逻辑。

三　瞿秋白"五四"观的总体评价

瓦尔特·本雅明在《文学史与文学》中说："不是要把文学与它们的时代联系起来看，而是要与它们的产生，即它们被认识的时代——也就是我们的时代——联系起来看。这样，文学才能成为历史的机体。使文学成为历史的机体，而不是史学的素材库。"④ 唯有返回历史语境，还原社会、文化、主体的特性和征兆，阐发与研究才能存真祛魅。在瞿秋白"五四"研究的语境中，社会转型的焦虑切思，"中国走向何方"的丛云疑窦，新文化阵营的分化重组，意识形态的操控管制，构成了艾兹拉·庞德所谓的"明澈的细节"（Luminous Detail）。国共合作及其破产、共产国际的东方路线及其纷争、中国社会性质的论战、新兴马克思主义文论阵营与主张的纷繁芜杂、中国新文学的分化与重组、文艺团体的合作与对峙、文艺追求与政治功利的心神冲突、文化民族主义的价值取向等，综合生成了瞿秋白的"五四"观及其总体评价语境。⑤ 在瞿秋白的研究视野中，"五四"具有多重面向，它多维指涉着当时的社会现实、时代语境、思想风潮，负荷着多层意蕴。瞿秋白的"五四"观，遵循自身的分析逻辑与判定标准，集中反映了他对于中国社会、中国文化的具体思考与独特认识，既有明显的历史进步意义，体现了他较高的理论水平，也存在一定的偏颇、偏激之

---

① 《瞿秋白文集》（文学编）第 3 卷，人民文学出版社 1989 年版，第 28 页。
② 朱献贞：《文化整体视野中的五四新文化运动及其命运》，《湘潭大学学报》（哲学社会科学版）2009 年第 3 期。
③ 胡传胜：《瞿秋白与五四理想的终结》，《南京社会科学》2009 年第 4 期。
④ ［德］本雅明：《经验与贫乏》，王炳钧、杨劲译，百花文艺出版社 1999 年版，第 251 页。
⑤ 关于瞿秋白文艺思想历史语境的详细考察，可参见彭维锋《瞿秋白左翼时期的文艺思想研究》，博士学位论文，北京师范大学，2006 年。

处，产生了一定的负面影响。

首先，瞿秋白的"五四"观，体现了他分析问题的综合性与策略性，反映了他认真的研究态度和高超的理论水平。

一方面，与"五四一代人更多地在西方寻找思想体系来指导社会分析和政治变革，并选择了与中国传统实行彻底决裂的目标"① 不尽相同，瞿秋白坚持"继承""批判""超越"三位一体的态度，这表现了他的诚恳态度与史家眼光。一是在瞿秋白看来，即使继承"五四"远不如批判、超越重要，但他仍然尽可能地尊重历史，强调"中国的文化生活在'五四'之后，的确开辟了一条新的道路"②，肯定它"确有一期的大发展的事实"③，主张"无产阶级决不放弃'五四'的宝贵的遗产"④，无产阶级要秉持一往无前的反抗精神，"用自己的斗争，领导起几万万群众，来肃清这种龌龊到万分的中世纪的茅坑"。二是瞿秋白全面批判了"五四"，倡导以无产阶级的新"五四"代替资产阶级的旧"五四"，这是他"五四"观的核心，虽有偏激、与历史事实不符之处，"在批判儒学过程中，新文化运动领导人都只强调儒学维护现存秩序和等级方面的内容，而忽视其强调德性与教育方面的内容"⑤，在瞿秋白这里也存在这种情况，但其论述颇具深度与震撼性，且绝大部分时候亦能自圆其说。三是瞿秋白"对五四运动的评价主要不是学理上的，也不是历史主义的，而是用发展的眼光，从中国革命的实际需要出发来论定五四运动的性质"⑥，他将革命的新内涵赋予"五四"，挖掘其无产阶级文化运动的新属性，以语义转移的方式，强调对"五四"的超越，这"与其说是文化斗争，还不如说是政治斗争，其实质是要与国民党争夺中国革命的合法领导权，以便完成中国革命的任务"。⑦

另一方面，瞿秋白面对社会现实，审时度势地分析"五四"问题，

---

① ［美］石约翰：《中国革命的历史透视》，王国良译，东方出版中心 1998 年版，第 177 页。

② 《瞿秋白文集》（文学编）第 3 卷，人民文学出版社 1989 年版，第 24 页。

③ 《瞿秋白文集》（政治理论编）第 3 卷，人民出版社 1989 年版，第 459 页。

④ 《瞿秋白文集》（文学编）第 3 卷，人民文学出版社 1989 年版，第 23 页。

⑤ ［美］石约翰：《中国革命的历史透视》，王国良译，东方出版中心 1998 年版，第 181 页。

⑥ 彭维锋：《瞿秋白的"五四"批判》，《开封大学学报》2008 年第 4 期。

⑦ 同上。

这体现了他的知识素养与革命追求。关于这一点，彭维锋认为，其一，瞿秋白之所以批判"五四"新文学，服务于推进文艺大众化，是一种功利性的"话语策略"。据茅盾回忆："有一天，在某地遇到他，我就问他，难道你真正认为'五四'以后十二年间的新文学一无可取么？他回答说：不用猛烈的泻药，大众化这口号就喊不响呀！那么，他自己也未尝不觉得'五四'以后十二年间的新文学不应估价太低，不过为了要给大众化这口号打出一条路来，就不惜矫枉过正。但隔了一年，在论'大众文艺问题'时，他的主张就平稳得多了。"① 其二，瞿秋白之所以强调继承"五四"遗产，主要考虑"国民党自 1927 年起即已背弃'五四'，政治上日益反动，思想文化上也日趋保守。共产党在揭批国民党反动本性的同时，宣布继承和发扬'五四'精神，并以'五四'继承人自居，这是顺理成章的事"，共产党宣布继承和发扬五四精神，不失为一种高明的斗争策略。其三，瞿秋白之所以将"反封建"作为"五四"观的切入点，还在于"五四"概念的复杂性，作为理性主义与浪漫主义、怀疑精神与"新宗教"、个人主义与群体意识、民族主义与世界主义多种"两歧性"的统一体②，它"既有科学、民主、反封建的内容，也有个人主义、自由主义、抽象的人道主义的内容。前者仍然是民族救亡的精神资源，而后者则被视作民族主义的消解力量，与无产阶级革命思想难以相容"，尤其"不利于反帝这一革命事业"，因此他才声称，"我们没有理由停留在'五四'……我们即将迈出的一步与'五四'无关"，"'五四'必须被超越"。③

其次，瞿秋白的"五四"观，生动诠释了 20 世纪 30 年代思路与"五四"思路理论范式的对立性，服务于当时的革命语境与现实追求，具有鲜明的列宁主义色彩，代表了当时中国马克思主义者的最高水平。

一方面，如学者彭维锋指出的，以"人性觉醒"为中心的"五四"思路"对探讨思想问题有独特的深刻之处，而在处理社会政治问题时也不免有时捉襟见肘"，以"阶级意识觉醒"为内核的 20 世纪 30 年代思路"对解释制度背后的思想文化问题固然显得力不从心，但它对社会现实的变革具有直接有效性"，深谙 20 世纪 30 年代思路的瞿秋白"注重从政治

---

① 茅盾：《瞿秋白在文学上的贡献》，《人民日报》1949 年 6 月 18 日。

② 张灏：《重访五四——论"五四"思想的两歧性》，许纪霖编：《二十世纪中国思想史论》上册，东方出版社中心 2000 年版，第 3—30 页。

③ 彭维锋：《瞿秋白的"五四"批判》，《开封大学学报》2008 年第 4 期。

化、阶级性、政治革命的角度来看问题"①，他的"五四"论述"与其说是在对'五四'以来的文学革命作评价，毋宁说是替现实中的文艺大众化运动鸣锣开道"②，故而特别重视解决现实问题，加上"'五四'后期开始，无产阶级及其政党在文化运动与政治取向上已经清楚地认识到'五四'文化与普洛革命互不相容的本质与同床异梦的追求"③，而"三十年代初期，人们（包括瞿秋白和我）却普遍认为'五四'运动是中国新兴资产阶级的革命，这个革命是先天不足的，短命的，到'五卅'运动时，它就退出了历史舞台，让位于新崛起的无产阶级革命运动"④，如此种种，必然导致对"五四"传统的更多否定。

　　另一方面，瞿秋白广泛借鉴俄苏文化建设经验，"以俄为师"，试图将列宁殖民地、半殖民地民族解放运动理论援用于中国革命，他的"五四"观相比于李大钊、陈独秀等人，更多一些列宁主义的色彩，输入的理论资源促使其更"喜欢凸现其反帝的色彩和世界革命的背景"。在瞿秋白看来，"民国七八年来的思想革命运动，经过五四运动之后，得到一时期的充分发展……然而单认五四是学生爱国运动及思想革命的纪念，未免减少了五四之政治上的意义"⑤，五四运动是一场不断前行的更广泛、更深刻的社会政治革命，"五四运动的爆发，在世界史上实在是分划中国之政治经济思想等为前后两时期的运动"⑥。但他又指出，发生具有连续性、同样"有重大的政治上、文化上的意义"的"五四"与"五卅"运动，其意义却是不同的，"五四时代，大家争着谈社会主义，五卅之后，大家争着辟阶级斗争"⑦，前者侧重于思想启蒙与方案描绘，后者强调政治革命与现实斗争，在这两相对比之中，瞿秋白"似乎不太注意前期新文化运动及其对'五四'事件的影响，而是侧重于后'五四'时期中国政治

---

① 彭维锋：《阶级性和政治化视角：瞿秋白"五四"观的出发点》，《湖南文理学院学报》（社会科学版）2008 年第 1 期。

② 彭维锋：《瞿秋白的"五四"批判》，《开封大学学报》2008 年第 4 期。

③ 胡明：《从"五四"到"无产阶级新五四"——瞿秋白"文化革命"情结剖析》，《社会科学辑刊》2008 年第 3 期。

④ 茅盾：《我走过的道路》上册，人民文学出版社 1981 年版，第 73—74 页。

⑤ 《瞿秋白文集》（政治理论编）第 3 卷，人民出版社 1989 年版，第 155 页。

⑥ 同上书，第 156 页。

⑦ 同上书，第 460 页。

运动的发展"①，显见其深受列宁主义革命思想的影响，关涉文艺与政治、文艺与革命、文艺与传统、文艺与大众等重大命题，"代表了当时中国马克思主义者的最高水平"②。

再次，瞿秋白的"五四"观，偏激地主张废除汉字而倡导拉丁化，轻视"五四"的思想文化革新意义，表征"五四"激进革命话语的初步确立，"意味着作为启蒙运动的'五四'新文化遗产在中国的'中断'"。

一方面，瞿秋白花费巨大精力，致力于创造现代普通话的新中国文，应该说，他的初衷和出发点是很好的，其文艺大众化的思路也值得肯定，但他试图通过挖掘语言与阶级的关系，在欧化视域与文艺论争的时代语境中，借助废除汉字、倡导拉丁化而实现文艺大众化，这种语言目标和达成途径却是错误的，"它把语言的拼音化或拉丁化当作现代文化发展的目标，把'走向世界'视为中国现代文化的神圣使命，把西方文化话语作为自身模仿的范本"③，它是一种以"现代化"为外衣、以"西方化"为内核的简单思维形式，将无可避免地损害民族性，尤其不利于中华传统文化的保存与流播、中华民族的文化认同，亦将严重影响以"方言"为传播载体的民间交流与大众生活，从而在普罗大众阶层中催生出更多的新文盲，是不科学的偏激看法，确实需要严加批判。

另一方面，在"五四"意义的多元阐释体系中，"'思想启蒙'说代表了马克思主义者或激进主义者的诠释，'文艺复兴'说代表了自由主义者的诠释，'反传统'说则代表了文化保守主义者的诠释"④，瞿秋白在世界革命的宏阔视野中评判五四运动，初步确立了"五四"阐释范式中的激进革命话语，与自由主义、文化保守主义"五四"观分庭抗礼，并逐步将其"思想文化革新意义"挤到意蕴群的边缘，他这种"中国化"的马列主义分析视角"主要承继乃是政治意义上的'五四运动'的遗产，与'五四'新文化运动在价值取向上有着根本的不同"——"'五四'启蒙主义是以'个人'为主体的，所以现代知识分子成了历史的主体，

---

① 彭维锋：《阶级性和政治化视角：瞿秋白"五四"观的出发点》，《湖南文理学院学报》（社会科学版）2008 年第 1 期。

② 同上。

③ 王一川：《中国现代学引论——现代文学的文化维度》，北京大学出版社 2009 年版，第 43 页。

④ 洪峻峰：《思想启蒙与文化复兴——五四思想史论》，人民出版社 2006 年版，第 12 页。

但中国化的马克思主义却是以'大众'为主体的，工农兵是历史的主体。'中国化'的马克思主义，实际上意味着作为启蒙运动的'五四'新文化遗产在中国的'中断'"①。后来，毛泽东将五四运动界定为中国近现代史的分界点、中国共产党的起步点，并赋予其鲜明的革命内涵，强调它"是在当时世界革命的号召之下，是在俄国革命号召之下，是在列宁号召之下发生的。……是当时无产阶级世界革命的一部分"②，无产阶级革命的新"五四"涵盖、取代了资产阶级的旧"五四"，这种看法显然承继了瞿秋白的"五四"观，"瞿秋白激烈地批评五四文学，这为毛泽东的延安讲话奠定了基础"③，集中体现了中国共产党解释"五四"的话语权力，表征着无产阶级的文化领导权，具有巨大的历史进步意义，但它过于强调无产阶级革命对资产阶级民权革命的替代性、先进性，"在提升了'五四'的革命性的同时，也挤压和抽取了'五四'内涵中的思想文化含量"④，贬低了"五四"的思想启蒙价值。此种观点与做法，伴随"救亡压倒启蒙""救亡促进启蒙""救亡无涉启蒙"等学术论题的争鸣与交锋，在理论与现实领域，都产生了巨大而深远的影响。

　　总之，一方面，瞿秋白的"五四"论述，遵循"顺现代性"（以"进化论"为宗旨）而非"逆现代性"（以"回到古典"为核心）的审视逻辑，是为了应对现实、面向未来，其探究态度是诚恳的，它借鉴以列宁主义为核心的俄苏文化建设经验，这种路径选择也是有效而可取的，这些都值得历史地予以充分肯定。另一方面，瞿秋白的"五四"审视，带有明显的阶级立场与强烈的价值预设，资源批判服膺于语义转移，其政治考量远多于文化审视，现实抉择远重于原初探寻，社会科学范式取代了人文科学思路，很大程度上遮蔽了作为复调场域的"五四"之多元意蕴，因而很难做到研究的客观性、结论的公允性。瞿秋白的"五四"观，紧密关涉20世纪中国马克思主义文学理论批评整体，生动体现了瞿秋白文学理论的内在逻辑、核心追求、现实品格。瞿秋白"五四"观的研究与反思，必须考量语境与资源、政治与学术的丰富张力。

---

　　①　田刚：《"五四"新文化运动与现代中国的命运——从"五四"的"反传统"说起》，《鲁迅研究月刊》2009 年第 7 期。

　　②　《毛泽东选集》第 2 卷，人民出版社 1991 年版，第 699 页。

　　③　［美］李欧梵：《现代性的追求》，三联书店 2000 年版，第 269 页。

　　④　郑家建：《中国文学现代性的起源语境》，上海三联书店 2002 年版，第 112 页。

第三节　政治化与大众化
——瞿秋白与 20 世纪 30 年代中国武侠小说批评热潮

　　1921 年《武侠世界》月刊问世，1922 年《星期》周刊开辟"武侠专号"，中国现代武侠小说自此发端，并迅速风行天下。据不完全统计，1921 年至 1949 年，中国武侠小说家就多达 200 余位，出版作品逾千部，字数超过 3 亿，其优秀者，如平江不肖生《江湖奇侠传》、宫白羽《十二金钱镖》、还珠楼主《蜀山剑侠传》等，更是名冠一时，为社会大众所广泛阅读、顶礼膜拜。然而，各种批评从未停息，尤以 20 世纪 30 年代为甚，或撰文进行直接批驳，或创作小说用以隐晦指责，前者如瞿秋白《吉诃德的时代》《鬼门关以外的战争》《谈谈〈三人行〉》等，鲁迅《流氓的变迁》《新的"女将"》《上海文艺之一瞥》，茅盾《封建的小市民文艺》，郑振铎《论武侠小说》，郑逸梅《武侠小说的通病》，钱杏邨《上海事变与鸳鸯蝴蝶派文艺》，后者如耿小《滑稽侠客》，老舍《断魂枪》等，责难纷至沓来，文艺精英们坚持批评态度。

　　对此，当今学界的看法不一。有人认为，民国武侠小说是"一股文学逆流"，让五四新文学与"鸳鸯蝴蝶派的旧武侠、旧言情小说"比翼双飞，是对前者的亵渎。① 也有人认为，这些批评"从阶级论的观点出发"，"缺少客观分析的态度，其根本所在是对中国的传统文化精神缺少科学的认识"。② 还有人认为，要从"反武侠"的发生学机制辩证认识，不能"简单地以'封建小市民'来否认其价值"，以免"陷入另一种偏激"。③ 笔者认为，针对 20 世纪 30 年代中国武侠小说的上述批评，纠结于五四精神、革命话语、传媒现代性等重要课题，使问题变得更为复杂，瞿秋白以列宁社会主义文化建设思想为依据，依托其深厚的马克思主义文学理论修

---

　　① 袁良骏：《民国武侠小说的泛滥与〈武侠党会编〉的误评误导》，《齐鲁学刊》2003 年第 6 期。

　　② 汤哲声：《新文学对市民小说的三次批判及其反思》，《中国现代文学研究丛刊》2004 年第 4 期。

　　③ 韩云波：《改良主题·浪漫情怀·人性关切——中国现代通俗小说主潮演进论》，《江汉论坛》2002 年第 10 期。

养，参与到这场批评热潮当中，体现了马克思主义文学理论的指导作用与独特魅力，提出了政治化与大众化并举的新思路，旨在建设无产阶级新文学，值得专门研究。

一　20 世纪 30 年代的中国武侠小说批评

瞿秋白、郑振铎等认为，当时中国的武侠小说使人迷恋剑侠传说，忘记了正当出路、政党奋斗，"使强者盲动以自戕，弱者不动以待变"①。它具有以下多种危害：

第一，滋长"英雄好汉降临"的盲目等待情绪，助长个人主义，不利于群众动员和阶级斗争。因封建"剑仙"思想毒害甚深，普罗大众遇到不平时，总是"各不相问""各不相顾"，他们虽然"多得象沙尘一样"，可是"每一粒都是分离的"，是"一片戈壁沙漠似的散沙"②，其惯常心态是等待英雄降临、盼望奇迹出现，心理逻辑是"济贫自有飞仙剑，尔且安心做奴才"，后果只能是"欲知后事如何，请听来生分解"。对此，在评论茅盾小说《三人行》时，瞿秋白写道，虽然许姓主人公"为着正义而斗争"，他以一己之力救了几个苦人，值得钦佩，但这种侠义"妨碍着群众的阶级的动员和斗争，在群众之中散布一些等待主义——等待英雄好汉"③，"幻想着一把飞剑把日本十万大军一扫而光，还是砍尽了贪官污吏国贼民蠹的头颅，或者，只割掉他们的头发和胡须，把他们吓一吓，吓成精忠报国的岳飞"④，以一己之力逞英雄之能，解决不了根本问题。

第二，以虚幻安慰代替现实行动，掉进"逃避主义"的泥沼。一方面，"武侠小说上的飞剑和拳术，始终只能够在梦里安慰安慰穷人"⑤，小白龙等土匪形象，被描写得"如此之'深明大义'，如此之民族主义，如此之爱国主义，如此之国家主义，如此之马鹿……如此之对内不抵抗主义"，他们都"保护财神主义的基础"⑥。当时具体的社会现实，决定了武侠小说家们的创作基调。另一方面，阅读武侠小说时，普通民众"过屠

---

① 《郑振铎文集》第 6 卷，人民文学出版社 1988 年版，第 336 页。
② 《瞿秋白文集》（文学编）第 1 卷，人民文学出版社 1985 年版，第 377 页。
③ 同上书，第 499 页。
④ 《瞿秋白文集》（文学编）第 3 卷，人民文学出版社 1989 年版，第 4 页。
⑤ 《瞿秋白文集》（文学编）第 1 卷，人民文学出版社 1985 年版，第 400 页。
⑥ 同上书，第 414—415 页。

门而大嚼",颇有满足感,其血性刚强者更是入深山、访异人、求学道,加上大众传播的推波助澜,此类故事弥漫于整个社会,使"逃避主义"行动屡有发生,消极性明显。耿小《滑稽侠客》,记述了两位武侠小说迷求仙访道、出尽洋相、最后被遣送回京的故事,即批评了此种行为。

第三,小说中的武侠形象为"假吉诃德"们,提供了绝妙的行骗道具,祸害现实社会。得益于"非科学的神圣的武技和'善有善报,恶有恶报'的定命论"① 的"加味佐料","假吉诃德"流行一时,他们由"江湖派和流氓种子"组成,"知道大刀不能救国","却偏要舞弄着,每天'杀敌几百几千'乱嚷,还有人'特制钢刀九十九柄赠送前敌将士'",以"唐吉诃德"式的先锋姿态与斗争精神为幌子,大肆捞取所谓的活动经费,却屡因"武器不精良"而败退,愚弄了具有"唐吉诃德"情结的一大批老实人。② 武侠作家们"躺在烟榻上,眯着欲睡的双眼,于弥漫的烟气里,冥构着剑客们的双剑"不曾想过负面影响,出版家们忘却其对民族前途的危害,武侠电影工作者不顾其"勾心斗角的机关布景与乎明白欺人的空中飞行,飞剑杀人的举动,竟会在简单洁白的外省热𧶼的青年中发生出可怖的谬误观念"③。总之,"层出不穷的武侠小说",关系着民族运命、青年的思想轨辙,"充分的表现出我们民族的劣根性","更充分的足以麻醉了无数的最可爱的青年们的头脑"④,其意识形态"是充满着乌烟瘴气的封建妖魔和'小菜场上的道德'——资产阶级的'有钱买货无钱挨饿'的意思"⑤。

茅盾、郑振铎、瞿秋白等,探讨了当时武侠小说兴盛的原因。第一,社会环境动因。茅盾等认为,当时的武侠小说热及"武侠狂"现象,是特定历史条件、具体社会环境下"封建的小市民要求'出路'的反映"与"封建势力对于动摇中的小市民给的一碗迷魂汤"的对接。一方面,"小市民痛恨贪官污吏,土豪劣绅",这决定了武侠小说"攻击贪污劣绅"的作品主题,而"抬出了清官廉吏,有土而不豪,是绅而不劣,作为对照",则映射其"替统治阶级辩护"的价值立场;另一方面,"小市民渴

---

① 《茅盾全集》第19卷,人民文学出版社1991年版,第369页。
② 《瞿秋白文集》(文学编)第2卷,人民文学出版社1986年版,第81—82页。
③ 《郑振铎文集》第6卷,人民文学出版社1988年版,第336—337页。
④ 同上书,第333页。
⑤ 《瞿秋白文集》(文学编)第1卷,人民文学出版社1985年版,第463页。

望'出路'",它要求塑造"为民除害"的侠客形象,而"这些侠客一定又依靠着什么圣明长官,公正士绅,并且另一班'在野'的侠客一定又是坏蛋,无恶不作",则反映其认识的局限性。在这里,"暗示着小市民要解除痛苦还须仰仗不世出的英雄",而"侠客所保护者也只是那些忠孝节义的老百姓",如此必将"培厚那封建思想的基础"①。第二,接受心理动因。在郑振铎等看来,20世纪30年代中国武侠小说的流行,与普通民众的接受心理密切相关。因为他们"受了极端的暴政的压迫之时,满肚子的填塞着不平与愤怒,却又因力量不足,不能反抗",于是"悬盼着有一类'超人'的侠客出来,来无踪,去无迹的,为他们雪不平,除强暴",可见,"这完全是一种根性鄙劣的幻想;欲以这种不可能的幻想,来宽慰了自己无希望的反抗的心理"②。在这一点上,唐代藩镇跋扈之时盛行"传奇"等武侠小说,近现代西方列强纷纷入侵中国导致武侠文艺风行一时,具有相似的接受心理。第三,传播策略动因。郑振铎等强调,"'超人'的侠客,竟久盼而未至","徒然的见之于书册,却实在并未见之于现实的社会里",社会现实环境为武侠小说煊赫当时提供了可能;"民众中的强者们便天天在扼腕于自己的不能立地一变而成为一个侠客,为自己,为他人,一雪其不平",表明接受心理于侠义文艺流行的重要性;而武侠小说作者与出版家、武侠电影工作者等传播主体的商业策略,同样至为关键,这些"黠者们便利用了这一股愤气与希望,造作了'降神''授术''祖师神佑''枪炮不入'等等的邪说以引诱"社会大众,通过渗透传播,"不知有多少热血的青年,有为的壮士,在不知不识之中,断送于这样方式的'暴动'与'自卫'之中"③,最大程度地生成了武侠小说的影响与为患。

面对20世纪30年代中国武侠小说的"泛滥成灾",不少批评者还给出了解决对策。鲁迅强调,对于"闹得已经很久了的武侠小说之类",应该"详细解剖",认真研究。郑振铎主张,要延续五四精神,再进行一次启蒙运动,而"扫荡一切倒流的谬误的武侠思想,便是这个新的启蒙运动所要第一件努力的事"④。瞿秋白的论述最全面,最具代表性。他不仅

---

① 《茅盾全集》第19卷,人民文学出版社1991年版,第368—369页。
② 《郑振铎文集》第6卷,人民文学出版社1988年版,第334页。
③ 同上。
④ 同上书,第337页。

强调也"要有一个无产阶级的'五四'"，以便反对"武侠剑仙"式的青天大老爷主义，还做了详细设定：第一，文学目标。在他看来，"豪绅资产阶级的'大众文艺'之中，闹得乌烟瘴气的正是武侠剑仙的迷梦，岳飞复活的幻想"①，反对"武侠主义"势出必行，建立大众文艺迫在眉睫，应当"有一个广大的反帝国主义的国际主义，反封建宗法的劳动民众的民权主义和社会主义的文艺运动——苏维埃革命文艺运动"②，这一运动"在思想上武装群众，意识上无产阶级化"，实质是"无产阶级的革命主义社会主义的文艺运动"③，它能够导引武侠小说走上正轨。第二，应对策略。对于德国文学家皮哈"那些无名的反动意识的代表所出版的几百万本的群众读物，实际上却是最危险的毒菌，散布着毒害和蒙蔽群众意识的传染病"的观点，瞿秋白深以为然，他强调，封建式的"剑仙"幻想依仗"国术"光环，在武侠小说中大行其道，加上中国民众"受着封建余孽，——古文言和新文言的压迫"④，所以，对于武侠小说这种大众喜爱、中毒亦深的所谓"马路文学"，"不入虎穴，焉得虎子"，只有先做深入研究，其批判才有力。第三，创作方法。瞿秋白指出，一方面，要反对"个人主义"的创作态度，要把"一切种种的变相剑仙和变相武侠肃清，而正确的显露无产阶级政党的集体的领导作用"⑤，另一方面，联系茅盾小说《三人行》、华汉《地泉》的缺点，瞿秋白认为"侠义主义的贵族子弟差不多是中国现实生活里找不出的人物"⑥，他批判了"英雄主义的革命的浪漫谛克"，坚持"普洛的辩证唯物主义的宇宙观和创作方法"，要求"深刻认识客观的现实"，"抛弃一切自欺欺人的浪漫谛克"，以"群众英雄"取代"侠客剑仙"，"革命行动"置换"幻想逃避"，创作大众文艺作品。

二　20世纪30年代瞿秋白的中国武侠小说批评

因为"新文学作家对市民小说的读者群、市民小说的文化观缺乏科

① 《瞿秋白文集》（文学编）第1卷，人民文学出版社1985年版，第473页。
② 同上书，第476页。
③ 同上书，第475页。
④ 同上书，第416页。
⑤ 同上书，第478页。
⑥ 同上书，第454页。

学的分析"，斥责武侠小说的读者群为"小资产阶级""封建意识的小市民""游离不定的小市民以及一般闲者"，这次批评热潮"虽然炮火十分猛烈，但是收效甚微，并没有改变新小说阅读面狭小的局面，更没有瓦解市民小说的读者群"，武侠小说的创作、传播依然火热。① 但是，它最大的积极意义在于，引出了一个重要的新话题，即新文学必须善用现代传媒，以此实现大众化。大众传媒场域中，新文学与武侠通俗文学地位不同、功能相异：前者侧重于思考人生，关注思想、理念，往往表征时代之思，新式知识分子是其主要读者，堪称中国现代文学的"阅读先导"；后者偏向于传播效应，更加关注社会事件、身边故事，广大市民是其主体读者群，是为中国现代文学的"阅读主体"。②

　　正基于此，一方面，新文学作家进行批评的同时，也关注武侠小说的红遍天下，看到了大众传媒的威力。瞿秋白说，"城市的贫民工人看的是《火烧红莲寺》等类的'大戏'和影戏"③；郑逸梅说，"读者们大都喜欢读武侠小说"，"武侠小说的吸引力，多么可惊"；郑振铎说，"自《江湖奇侠传》以次，几乎每一部都有很普遍的影响"④；尽管茅盾彻底否定《火烧红莲寺》的思想主题、批评其局部内容"很觉沉闷，看客显然不欢迎，不感动"⑤，但他也说，"每逢影片中剑侠放飞剑互相斗争的时候，看客们的狂呼就同作战一般，他们对红姑的飞降而喝彩"、于观众而言"影戏不复是'戏'，是真实"。另一方面，武侠小说及其电影片的流行，决非偶然。根据程季华《中国电影发展史》的记载，自《火烧红莲寺》1928 年公映后 4 年间，上海拍摄了近 400 部影片，其中武侠神怪片约 250 部，这表明"中国全面接受了那种以金钱为本位、以观众的兴趣、时尚为中心的商业电影的创作观念"，反映半殖半封社会条件下"向中国传统文化中消极避世的弱者情结认同"⑥，而《火烧红莲寺》的热映，得益于作品主题、社会心理、讲述方式、演员挑选、摄制技术、广告宣传等众多方面，自发生学视之，其成功亦理所当然。在这里，新文学作家的关注视

　　① 汤哲声：《新文学对市民小说的三次批判及其反思》，《中国现代文学研究丛刊》2004 年第 4 期。

　　② 汤哲声：《中国现代通俗文学的"现代性"和入史问题》，《文学评论》2008 年第 2 期。

　　③ 《瞿秋白文集》（文学编）第 3 卷，人民文学出版社 1989 年版，第 3 页。

　　④ 《郑振铎文集》第 6 卷，人民文学出版社 1988 年版，第 335 页。

　　⑤ 《茅盾全集》第 19 卷，人民文学出版社 1991 年版，第 369 页。

　　⑥ 贾磊磊：《中国武侠电影史》，文化艺术出版社 2005 年版，第 60 页。

角，与武侠小说的流行事实，得以成功对接，前者借鉴后者的成功技巧，以扩大读者群、提升社会影响，结缘似乎水到渠成。然而，武侠小说政治功利与审美追求、"社会影响"与"品格操守"相互交织，二者好像难以兼顾。但值得注意的是，中国马克思主义文学理论奠基者之一的瞿秋白，以列宁社会主义文化建设思想为指导，结合苏俄普罗文学的理论与实践，直接"与他很重视苏联的工农通信员运动的经验有关"①，对此做出了前瞻性的回答。

瞿秋白批评武侠小说思想内容的同时，重视其艺术技巧。他认为，武侠作品"很广泛的传播到大街小巷轮船火车上"，"千万不要看轻它们"，因为它们"在文字技术上，它们往往比较的高明，它们会运用下等人容易懂得的话"，"可会用草台班上说白的腔调，来勾引下等人"②。在他看来，创造普罗大众文艺"应当向那些反动的大众文艺宣战"③，因为五四时期的文学革命"也和一九二七年的革命一样，是失败了，是没有完成它的任务，是产生了一个非驴非马的新式白话"④，所以要进行第三次文学革命，以便"消灭'非大众文艺'和'大众文艺'之间的对立和隔离"，整合新文学与武侠通俗文学，从而完成资产阶级民权革命的任务。为此，瞿秋白主张，"要用劳动群众自己的言语，针对着劳动群众实际生活里所需要答复的一切问题，去创造革命的大众文艺，去完成劳动民众的文学革命，造成劳动民众的文学的言语"⑤，而"打倒中国的中世纪式的文艺，取消欧化文艺和群众的隔离状态，肃清地主资产阶级的文艺影响"⑥ 是文学大众化的必由之路。在他看来，一方面要以助益革命实践、服务政治功利的先进内容，替换当时武侠小说的落后思想，使其品格良好、身正苗红，另一方面要研究武侠小说的影响力，以便建设普罗文艺，从而使其内容与形式、思想主题与呈现形态和谐统一，合时代所需，为革命所用。

总之，瞿秋白的武侠小说批评，提出了一条政治化与大众化并举的新

---

①　茅盾：《我走过的道路》中册，人民文学出版社 1984 年版，第 155 页。

②　《瞿秋白文集》（文学编）第 1 卷，人民文学出版社 1985 年版，第 415 页。

③　同上书，第 463—464 页。

④　同上书，第 465 页。

⑤　《瞿秋白文集》（文学编）第 3 卷，人民文学出版社 1989 年版，第 14 页。

⑥　《瞿秋白文集》（文学编）第 1 卷，人民文学出版社 1985 年版，第 493 页。

思路，其旨归与参照是建设无产阶级文学，反映了现代传媒影响下的"符号的文化和消费力量"。至于它是否合适，可行性有多大？这是英年早逝的他所无法回答的。在延安文艺座谈会上的讲话中，毛泽东全面接受了瞿秋白的文艺大众化思想，并提出"文艺为工农兵服务"口号，它对20世纪中国文学产生了积极而深远的影响，似乎回答了这个问题。但建国"十七年文学"的革命英雄传奇中，革命英雄人物成为当代版的侠客，武侠小说中侠客的个人道德行为，被赋予无产阶级集体主义的思想内容，某些艺术因素被主流话语体制"改写"为革命意识形态的言说方式，但"过分追求故事性，惊险的情节，新英雄的传奇色彩以及草莽英雄的那种气质，因此多少影响了作品的思想意义"①，"最终淡化或削弱了主流文学的意识形态的纯正性和权威性"②。这也不失为另一种作答。它启示我们，武侠小说不可能脱离政治、革命、阶级等，但也不能与之画等号，其发展深受外部环境的影响，更服膺于自身的内在规律。

三　20世纪30年代中国武侠小说批评的反思

20世纪30年代的批评家们，指责武侠小说滋生等待主义、个人主义、逃避主义等多种消极情绪，不利于革命动员和社会斗争，其实质是新文学作家阵营对通俗文学所作的"政治压倒审美"式批判。在这里，革命、行动、现实等成为批评关键词，文学的阶级论、工具论担纲主要批评武器，思想内容的正确性代替了艺术特性的考量，"民族—国家"观念的政治功利遮蔽了审美愉悦，外位性评价统领了一切。正是基于此种批评视野，他们断言"武侠小说和影片是纯粹的封建思想的文艺"，由《江湖奇侠传》改编的电影《火烧红莲寺》"主要作用是传播封建思想"③，存在一定合理性的武侠伦理完全被视为封建糟粕思想，武侠文学中颇具审美性、想象性的剑侠和剑术因"剑仙"的不良形象悉数被抹杀，武侠小说从"江山意识"延展到"江湖世界"本须肯定却未得认可。但关键问题是，"过分拔高并不能真正提高小说价值，反而促使通俗小说的娱乐品性作为一种审美的文化逻辑"，平江不肖生便是明证：他创作了"具有民族

---

① 侯金镜：《一部引人入胜的长篇小说》，《文艺报》1958年第2期。
② 陈国和：《侠客：从"草莽英雄"到"革命英雄"——政治语境下的武侠文化流变》，《湖北社会科学》2006年第5期。
③ 《茅盾全集》第19卷，人民文学出版社1991年版，第369页。

革命观念与爱国主义精神主体意识"的新型武侠文学《近代侠义英雄传》，作品主题先进，但"并未受到应有的欢迎"；而"以商业化、世俗化进行武侠民间性和江湖化回归"的《江湖奇侠传》，却"掀起了武侠世俗化的狂潮"，大获成功。①

此次批评的真正动因是，新文学对通俗文学读者群的争夺。"新文学虽然自'五四'以后取得了'正宗'的地位，但没有得到广大的市场，而失去了'正宗'地位的通俗小说还是有着广大的读者群"②，正是基于此，批评家们联系五四精神，纷纷指责武侠小说"使本来落伍退化的民族，更退化了，更无知了，更宴安于以外的收获了"，"滋养着我们自五四时代以来便努力在打倒的一切鄙劣的民族性"③，强调"在五四时代的初期，所谓'新文化运动'初起之时，'新人们'是竭了全力来和这一类谬误的有毒的武侠思想作战的"④，认为"所谓新文化运动至今似乎还只在浮面上的——并未深入民众的核心"，"一部分的青年学子""仍然在做着神仙剑客的迷梦"⑤。这些批评运行着表里两套逻辑，基于思想主题的具体内容构成了表意清晰、言说明确的显性逻辑，扩大新文学社会影响的批评指向表征着批垮武侠文学、争取更多读者的隐性逻辑，前者是手段、方式，后者是目的、旨归，前者服务后者，后者主导前者。我们以往的研究更多关注显性逻辑，侧重于批评内容的探究与还原，相对忽视了隐性逻辑，不太注意其批评旨归。实际上，在当时急功近利的历史大语境中，具体内容服务于批评旨归，新文学列出武侠通俗文学的种种危害，旨在提升打击力度、争夺读者群，至于批评是否全面、妥帖、准确，也就显得不太重要，甚至是太不重要。正是基于这样的批评目的，使它区别于国民政府"电影检查委员会"对武侠小说的批评，同样指责其"传播封建迷信""骗人访仙学道""祸害家庭社会"等，但一个是为了争夺读者群，另一个是担心颂扬的侠义行为隐射卑劣自我，激起老百姓反抗，二者迥然不同。

---

① 韩云波：《"反武侠"与百年武侠小说的文学史思考》，《山西大学学报》（哲学社会科学版）2004 年第 1 期。

② 汤哲声：《新文学对市民小说的三次批判及其反思》，《中国现代文学研究丛刊》2004 年第 4 期。

③ 《郑振铎文集》第 6 卷，人民文学出版社 1988 年版，第 336 页。

④ 同上书，第 334 页。

⑤ 同上书，第 335 页。

20 世纪 30 年代的中国武侠小说，是"反掉"封建思想而成为普罗大众文艺的生力军，还是"反掉""国家—民族"观念而更加虚幻化、奇侠化、浪漫化地追求自足审美呢？文学政治化，还是大众化，抑或两者的和合？这显然不是批评家们所能左右的，因为作为独立文体类型的武侠小说，有着自身的演进范式，并且已经为文学史所见证。这场批评热潮关涉革命、政治、社会、思想、文化等多维存在，其实质是新文学对通俗文学阵营展开的"政治压倒审美"式批判，真正动因是新文学与通俗文学争夺读者群，引出了新文学必须善用现代传媒、实现文学大众化的重要课题，需要对"现代中国的社会文化心理、知识分子的精神特征及其由个人主义的启蒙精英话语逐步纳入政治权力的意识形态话语体系的矛盾纠葛进行细致精微的体察"[1]，带来"现代性并不是理性设计的产物，而是有其自身的发展逻辑。文学的生产和演变是与现代性的展开过程交织在一起的，现代性的世俗化和市场化进程使得商品生产的原则渗透到社会的每一领域之中，文学生产当然也不例外"[2] 这样的启示。中国武侠小说在"反武侠"动力机制的作用下，总在积极调整，不断前进，直至今日的"盛世新武侠"。从这一角度视之，指责即进步，批评或许是永葆中国武侠小说活力的悖论式法宝。

在 20 世纪 30 年代中国武侠小说的批评热潮中，瞿秋白具体应用了他厚实的马克思主义文学理论学养，其内蕴的文艺大众化思路更是直接得益于列宁的相关思想，文学理论与批评实践在此得以良性互动，并产生了普遍而广泛的社会影响。在 20 世纪中国马克思主义文学理论批评的场域中，它从典型个案的微观角度，彰显了瞿秋白文学理论的现实品格、独特追求、重要价值。

第四节　历史语境与思想旨趣
——瞿秋白与毛泽东文学理论比较研究

瞿秋白与毛泽东文学理论的比较研究，是 20 世纪中国马克思主义文

---

① 陈夫龙：《新文学作家与侠文化关系研究的现状与前瞻》，《西南大学学报》（社会科学版）2007 年第 4 期。

② 倪伟：《"民族"想象与国家统制：1928—1948 年南京政府的文艺政策及文学运动》，上海教育出版社 2003 年版，第 190 页。

学理论的重要论题。瞿秋白与毛泽东先后同为中国共产党领袖，又都集政治家、理论家、文化人于一身，均热爱和重视文艺工作，且文艺创作实践丰富，撰有大量的文艺论著。瞿秋白是马克思主义文学理论"中国化"的第一人、奠基者，其文艺理论内涵丰富、开放性强，思维极具现代性张力，对 20 世纪中国文艺理论，尤其对毛泽东文艺理论，做出过开创性贡献，"如果把毛泽东文艺思想比作中国马克思主义文艺理论的里程碑的话，那么，瞿秋白的文学思想则是这里程碑上最为坚实的一块基石"①。毛泽东是马克思主义文学理论"中国化"的集大成者和创造性发展者，虽然他"对于瞿秋白的评价成为一种政治信号和批判武器、教育资源"②，前后期反差很大，但他始终高度认可瞿秋白的文化思想，多方汲取其文学理论精华，"当毛泽东 1942 年在延安文艺座谈会上作文艺理论讲话时，却更多地受到以瞿秋白和周扬等马克思主义者为代表的较为偏激的左翼思想的影响"，"毛泽东选择的是主要经过瞿秋白和周扬这些理论家解释的苏联模式。毛泽东并不准备写一部完整的诗学，而是要提供一个作为中心的思想体系"③，以"观点更准确、更辩证，语言更简洁、更流畅"④ 的方式，将其推向前进。笔者拟作专门探讨。

一　基本相似的理论命题

比较研究瞿秋白与毛泽东的文学理论，笔者发现，他们有着基本相似的理论命题，即都由反映论的文艺本质论、工具式的文艺属性论、大众化的文艺方向论等构成，这体现了瞿秋白文学理论对毛泽东的影响。

首先，反映论的文艺本质论，强调文艺的来源是社会生活，突出文艺对生活的能动影响。

从文艺与生活的关系角度界定文艺的本质，是现实主义文学理论的基本认识向度，也是马克思主义文学理论的一个重要特点。瞿秋白也是从文艺与社会生活的关系，来认识文艺源泉、分析文艺作品、评价文艺现

---

① 毛剑：《"左联"时期马克思主义文艺理论的引进与发展研究》，博士学位论文，山东大学，2006 年，第 122 页。

② 一木：《毛泽东对瞿秋白评价的思考》，江苏省瞿秋白研究会编：《瞿秋白研究》第 13 辑，上海社会科学院出版社 2005 年版，第 180 页。

③ ［荷］佛克马、易布思：《二十世纪文学理论》，林书武等译，三联书店 1988 年版，第 116、126 页。

④ 刘小中：《瞿秋白与中国现代文学运动》，南京大学出版社 2002 年版，第 116 页。

象的。

　　一方面，瞿秋白强调社会生活是文艺的来源。他说："文学只是社会生活的反映，文学家只是社会的喉舌。只有社会的变动，而后影响于思想，因思想的变化，而后影响于文学。没有因文学的变更而后影响于思想，而思想的变化而后影响于社会的。"① 另一方面，瞿秋白注重文艺对生活的能动影响。从马克思、恩格斯"存在"与"意识"、"经济基础"与"上层建筑"的著名学说出发，他强调，文艺"是被生产力的状态和阶级关系所规定的，可是，艺术能够回转去影响社会生活"，艺术"反映着现实，同时也影响着现实"，他希望广大作家要"深入到民间去"。毛泽东接受、继承了瞿秋白反映论的文艺本质论，他也认为，文艺是社会生活的能动反映。

　　一方面，"毛泽东认为，在文艺与现实的关系上，现实的社会生活是文艺的源泉，文艺是现实社会生活的反映"②。他说，"作为观念形态的文艺作品，都是一定的社会生活在人类头脑中的反映的产物。革命的文艺，则是人民生活在革命作家头脑中的反映的产物"③，生活是文艺"唯一的源泉"，"过去的文艺作品不是源而是流"。另一方面，毛泽东又强调，文艺对社会生活的反映，并非简单的机械反映，而是复杂的能动反映，文艺作品所反映出的生活"比普通的实际生活更高，更强烈，更有集中性，更典型，更理想，因此就更带有普遍性。革命的文艺，应当根据实际生活创造出各种各样的人物来，帮助群众推动历史的前进"④。

　　其次，工具式的文艺属性论，强调文艺对革命的实际助益，突出它在革命事业中的重要地位，特别看重其煽动、宣传价值。

　　中外文学理论史上，一直存在着文艺"功利""超功利"属性这两种激烈论争，前者强调文艺的具体功用，后者看重文艺的自为价值。马克思主义文学理论不偏废文艺形象性、情感性等艺术属性，但更重视文艺的工具属性，更强调其现实功用。

　　瞿秋白也是如此，他从无产阶级革命家身份的认识视角出发，以文艺助益于革命为落脚点，强调它在革命事业中的重要位置，尤其看重其煽

---

① 《瞿秋白文集》（文学编）第 2 卷，人民文学出版社 1985 年版，第 248—249 页。
② 季水河：《毛泽东与列宁文艺思想比较研究》，《文学评论》2008 年第 2 期。
③ 《毛泽东文艺论集》，中央文献出版社 2002 年版，第 63 页。
④ 同上书，第 64 页。

动、宣传价值。他说，"革命的政治口号要用文艺形式来传达，这是革命文艺的根本问题"①，"无产阶级的先锋队要用一切武器，以及文艺的武器，去进攻反动的思想"②，"文艺——广义的说起来——都是煽动和宣传，有意的无意的都是宣传。文艺也永远是，到处是政治的'留声机'"③。文艺的特殊性在于，用"具体的形象……用'描写'、'表现'的方法，而不是用'推论'、'归纳'的方法，去显露阶级的对立和斗争，历史的必然和发展"④，文艺只是煽动艺术的一种，但并不是一切煽动艺术都是文艺。

　　与瞿秋白一样，毛泽东也是以无产阶级革命领袖的身份，来认识文艺与中国革命事业之间的关系，论述文艺在无产阶级革命中的作用的。⑤ 他说，"革命文艺是整个革命事业的一部分……它是对于整个机器不可缺少的齿轮和螺丝钉，对于整个革命事业不可缺少的一部分"⑥。在他看来，虽然文艺有其独特属性，即用形象去思维，艺术作品必须具有动人的形象、曲折的情节，"马克思主义只能包括而不能代替文艺创作中的现实主义……"⑦"没有艺术性，那就不叫做文学，不叫做艺术"⑧，但就其实质功用而言，文艺不只是风花雪月、自娱自乐，更应该是宣传与塑造英雄形象、教育与团结革命力量、打击与消灭敌人的综合性工具。

　　再次，大众化的文艺方向论，坚持文艺的大众本位，主张文艺发展为人民、为普通劳动者服务。

　　文艺方向论是一个十分重要的文学理论命题，中外文学理论史上都有不少关于文艺方向的经典论述。马克思主义文学理论坚持唯物主义文艺发展论，强调文艺发展必须与社会形态相适应，主张为人民、为普通劳动者的文艺方向论。

　　瞿秋白也是坚持文艺的大众本位，主张大众化的文艺方向论。他说，

---

① 《瞿秋白文集》（文学编）第 1 卷，人民文学出版社 1985 年版，第 487 页。
② 同上书，第 489 页。
③ 《瞿秋白文集》（文学编）第 3 卷，人民文学出版社 1989 年版，第 67 页。
④ 《瞿秋白文集》（文学编）第 1 卷，人民文学出版社 1985 年版，第 476 页。
⑤ 季水河：《毛泽东与列宁文艺思想比较研究》，《文学评论》2008 年第 2 期。
⑥ 《毛泽东文艺论集》，中央文献出版社 2002 年版，第 70 页。
⑦ 同上书，第 79 页。
⑧ 同上书，第 91 页。

"普洛大众文艺的斗争任务，是要在思想上武装群众，意识上无产阶级化"①，文艺坚持大众本位很有必要，"必须立刻回转脸来向着群众，向群众去学习，同着群众一块儿奋斗"。在他看来，了解大众生活、跟群众感情相通是文艺大众化的关键。"作者生活的大众化自然是最中心的问题"②，革命作家应该向群众学习，"单是有无产阶级的思想是不够的，还要会象无产阶级一样的去感觉"。为此，文艺工作者必须熟悉群众的语言，大众文艺作品应该尽量通俗易懂。因为，"大众文艺应当用什么话来写，虽然不是最重要的问题，却是一切问题的先决问题"③，他形象地说，英国工人不能读懂中世纪的英文、拉丁文杂凑写出的小说，中国工人也就读不懂中国古文、欧化文法杂凑而出的作品，"普洛大众文艺要用现代话来写，要用读出来可以听得的话来写"④，这一点十分重要。

　　与瞿秋白相似，"文学的'大众化'将成为毛氏1942年的文艺政策的一个标志，而且由瞿氏发起但几乎毫无成功而言的第二场'文学革命'，则在延安重新发动，并且获得可观的结果"⑤，毛泽东借鉴列宁"要为千千万万劳动人民服务"的说法，提出了"文艺为工农兵"的著名方针，即"我们的文学艺术都是为人民大众的，首先是为工农兵的，为工农兵而创作，为工农兵所利用的"⑥，强调"为什么人的问题，是一个根本的问题，原则的问题"⑦。同时，他还把"向工农兵普及""从工农兵提高"，纳入"文艺为工农兵"的总要求，强调"普及是人民的普及，提高也是人民的提高"，尤其强调作家对大众的感情，"我们的文艺工作者的思想感情和工农兵大众的思想感情打成一片"，"就得把自己的思想感情来一个变化，来一番改造"⑧。同样，毛泽东也认为，文艺工作者"应当认真学习群众的语言"，"掌握语言的能力确是非常重要的。我看鲁迅先生便是研究过大众语言的"⑨，"文字必须在一定条件下加以改革，言语

---

① 《瞿秋白文集》（文学编）第1卷，人民文学出版社1985年版，第475页。
② 同上书，第488页。
③ 《瞿秋白文集》（文学编）第3卷，人民文学出版社1989年版，第15页。
④ 《瞿秋白文集》（文学编）第1卷，人民文学出版社1985年版，第469页。
⑤ ［美］李欧梵：《现代性的追求》，三联书店2000年版，第270页。
⑥ 《毛泽东文艺论集》，中央文献出版社2002年版，第67页。
⑦ 《毛泽东选集》第3卷，人民出版社1991年版，第857页。
⑧ 《毛泽东文艺论集》，中央文献出版社2002年版，第52—53页。
⑨ 同上书，第20页。

必须接近民众，须知民众就是革命文化的无限丰富的源泉"①，普罗文艺的语言必须大众化。

瞿秋白、毛泽东对文艺大众化的强调，与他们二人都重视开展农民运动、创立工人夜校、进行识字扫盲运动、注重满足群众需求等是分不开的。

二　不尽相同的理论观点

在文艺语言、文艺批评标准、文艺与统一战线的关系等方面，瞿秋白与毛泽东观点不同，这反映了在新的历史条件下，毛泽东对瞿秋白文学理论的发展。

首先，对于文艺语言，二人都重视其通俗性、大众化，但瞿秋白更加重视语言形式本身，毛泽东较为强调民族性、民间性。

瞿秋白认为，语言大众化是文艺大众化的"先决条件"，为此，甚至可以牺牲民间性，尤其是民族性。这与他低估五四运动有关。在他看来，"五四"后的革命文学营垒，忽视继续完成文学革命任务。革命的大众文艺，是要"创造新的丰富的现代中国文"，创造劳动民众自己的文学语言。秉持这一理念，从20世纪20年代初旅俄开始，他便倾注大量精力钻研汉文字，历经十多年，提出了一整套实施方案，主张创建全国性的普通话，要"采用罗马字母而废除汉字"，"现代普通话的新中国文，应当是习惯上中国各地方共同使用的，现代'人话'的，多音节的，有语尾的，用罗马字母写的一种文字。创造这种文字是第三次文学革命的一个责任"②。虽然瞿秋白掀起的"这股文字改革之风后来一直传到陕甘宁边区，创设新文字研究会；以后全国解放，成立文字改革委员会、推广普通话委员会等等。此风经久不衰，溯其源，秋白同志是有着极大的功劳的"③，但他废除汉字、改用拉丁文字母的做法，"这种天真的带有空想性质的语言理论，显然在30年代行不通，而且也从未成功地实行过。拉丁化的文字，充其量只能成为阅读汉字时的一种语音辅助，不能够取而代之"④，是以"现代化"为外衣、以"西方化"为内核的简单思维形式，无可避

---

①　《毛泽东文艺论集》，中央文献出版社2002年版，第43页。

②　《瞿秋白文集》（文学编）第3卷，人民文学出版社1989年版，第169页。

③　《萧三文集》，新华出版社1983年版，第70页。

④　［美］李欧梵：《现代性的追求》，三联书店2000年版，第269页。

免地损害了民族性，是不科学的偏激看法。

同时，瞿秋白之所以对语言进行阶级分析，除"否定五四文学所代表的语言形式"、急于开展文字改革的原因之外，可能也受到了当时苏联语言学研究的影响。20 世纪 20 年代中期，苏联科学院院士马尔创立所谓的"语言新学说"，认为语言是带有阶级性的上层建筑，这一思想与苏联20 世纪 30 年代盛行的政治意识形态相适应，1934 年马尔去世，他被视之为"马克思主义语言学的缔造者"而获得高度评价，所谓的马尔新学说长期统治苏联语言学界，迫害过大量持不同观点的语言学家，直至 1950年斯大林发表《马克思主义与语言学问题》，批判马尔语言学理论，通过大量事实论证语言的交际工具属性，它"替全社会服务"，使苏联语言学研究走上同欧美相融合的正常轨道。①

在民族性、民间性的双重旗帜下，毛泽东则主张创造更多具有中国作风、中国气派的文艺作品：关于前者，他推崇鲁迅，"鲁迅的小说，既不同于外国的，也不同于中国古代的，它是中国现代的"②，提倡"批判性继承"；对于后者，他看重戏曲、秧歌、春联、年画、木刻、民歌等多种民间文艺样式，主张汲取其丰富营养，为革命与建设所用。毛泽东的上述文艺遗产论，服务于当时团结全民族、共同御强敌的具体场域，体现了"中国共产党在抗战时期政治上的民族主义策略转变，是文化上的民族主义诉求的产物"③，在传承中华传统文化、建构民族认同、促进"西学"中国化等诸多方面，产生了长久的积极影响。

就问题实质而言，瞿秋白、毛泽东关于文艺语言的不同论述，主张拉丁化，抑或强调民族性，深刻体现了"五四"以来中国文艺现代化、民族化的紧张和悖论，反映了新的时代背景下个体主义文艺向集体主义文艺的转型。④

其次，关于文艺批评的标准，毛泽东提出了政治、艺术双重标准说，坚持政治标准第一、艺术标准第二，并进行了具体分析，较瞿秋白明确、辩证、系统。

---

① 张亚骥：《瞿秋白的文艺思想与文化领导权》，博士学位论文，苏州大学，2010 年，第27 页。

② 毛泽东：《毛泽东文艺论集》，中央文献出版社 2002 年版，第 154 页。

③ 石凤珍：《文艺"民族形式"论争研究》，中华书局 2007 年版，第 10 页。

④ 同上。

毛泽东认为，文艺的政治标准强调动机和效果统一，艺术标准看社会效果，两者区别明显，"政治并不等于艺术，一般的宇宙观也并不等于艺术创作和艺术批评的方法"①，但"总是以政治标准放在第一位，以艺术标准放在第二位"②，应该尽可能地做到"政治和艺术的统一，内容和形式的统一，革命的政治内容和尽可能完美的艺术形式的统一"③。毛泽东"既反对政治观点错误的艺术品，也反对只有正确的政治观点而没有艺术力量的所谓'标语口号式'的倾向"，这与马克思主义创始人"思想深度、历史内容、艺术表现、美学观念的完美融合"④的观念标准是一脉相承的。

相对而言，瞿秋白没有提出具体、鲜明的文艺批评标准，其看法比较模糊，缺少深入探究。有时，他认为可以因革命功利而抛弃艺术性，"最迅速的反映当时的革命斗争和政治事变，可以是'急就的'，'草率的'，大众文艺式的报告文学，这种作品也许没有艺术价值，也许只是一种新式的大众化的新闻性质的文章。可是这是在鼓动宣传的斗争之中去创造艺术"。⑤但有时，他又表示，"也应当尽可能的叫它艺术化"⑥，重视文艺的艺术审美功能。

毛泽东、瞿秋白的上述不同看法，都体现了一种注重文艺的政治属性、但不忘其艺术属性的辩证品格，但毛泽东关于"文艺批评标准"的认识更为清晰、相对科学，发现并圆满地回答了这一问题，且对"革命救国"与"思想启蒙"两大主题交织、"社会现代性"与"审美现代性"两种追求并立的20世纪中国文学理论，产生了非常重要的影响，强化了其政治化、注重外部研究的倾向。

再次，在文艺与统一战线关系上，与瞿秋白笼统揭露、整体批判资产阶级的文艺观不同，毛泽东视角比较多维，权宜从变，允许小资产阶级文艺的存在，并不排斥文艺界的"第三种人"，但重视对他们的思想教育与观念改造，主张文艺描写这一改造过程，思路相对灵活，策略权衡色彩

---

① 《毛泽东文艺论集》，中央文献出版社2002年版，第73页。

② 同上书，第73页。

③ 同上书，第74页。

④ 季水河：《论20世纪中国马克思主义美学发展的三个阶段》，《山东社会科学》2007年第10期。

⑤ 《瞿秋白文集》（文学编）第3卷，人民文学出版社1989年版，第19页。

⑥ 《瞿秋白文集》（文学编）第1卷，人民文学出版社1985年版，第472页。

明显。

一方面，就文艺对象而言，毛泽东"文艺为工农兵服务"中的"人民大众"，是"最广大的人民，占全人口百分之九十以上的人民，是工人、农民、兵士和城市小资产阶级"①，指称范围大于瞿秋白所说的"大众"，因为后者将"小资产阶级"排除在外。同时，毛泽东并不排斥文艺界的"第三种人"，不同于瞿秋白尖锐批驳"苏汶""胡秋原"等"第三种人""自由人"的文艺观。其原因在于，毛泽东的思路是，要利用好文艺界这条"文"的战线，来做好抗日文艺工作。在他看来，文艺界的统一战线，可以建立在"抗日""民主""社会主义现实主义艺术作风"这三者中的任何一个层面上，具有充分的灵活度。

另一方面，从文艺方针来看，对于小资产阶级文艺，与瞿秋白侧重于批评、指责的态度不同，毛泽东倾向于改造、教育。他在《在延安文艺座谈会上的讲话》中指出，从国统区到延安根据地的文艺工作者，他们所处环境和肩负任务都发生了改变，要努力克服以前的小资产阶级作风在文艺创作中的负面影响。其中最重要的是，要克服对大众的偏见，要深入群众生活，跟他们在感情上打成一片，这是一个艰难但必需的转变过程，"我们的文艺应该描写他们的这个改造过程"②。

毛泽东、瞿秋白的上述看法，体现了他们相似的无产阶级文化领导权思想，但其具体文艺方针却是不尽相同的。相对而言，毛泽东比瞿秋白更为灵活、务实，如瞿秋白母亲金衡玉认为瞿秋白"可以研究些学问"所言，"瞿秋白毕竟是一介书生，他那种过于重视理论思维，凡事总是力图在理论上寻求答案的思想方法"③，使其不如毛泽东变通、因地制宜，"毛泽东延续'五四'知识分子'借思想文化作为解决问题的途径'的道路，作为建构自己文化领导权理论的轴心，对传统实现继承的基础上，在实践中进行了推进和发展，促成了文化领导权理论的最终成型"④，这反映了在新的时代背景下，小资产阶级、知识分子"无产阶级化"的新要求，它开创了中国文化与文学现代性的新模式，对 20 世纪中国文学理论影响

---

① 《毛泽东文艺论集》，中央文献出版社 2002 年版，第 58 页。

② 同上书，第 50 页。

③ 唐宝林、陈铁健：《陈独秀与瞿秋白》，中国青年出版社 1997 年版，第 249 页。

④ 张亚骥：《瞿秋白的文艺思想与文化领导权》，博士学位论文，苏州大学，2010 年，第 126 页。

深远。①

三　历史规定的理论形态

在马克思主义文学理论中国化的历程中，瞿秋白文学理论为毛泽东文学理论的形成，做出了开创性贡献，二者具有明显的相似性。毛泽东文学理论以马克思主义文学理论中国化的成熟形态，发展了瞿秋白文学理论，二者存在一定的差异性。瞿秋白文学理论与毛泽东文学理论，都是受历史规定的理论形态，其"影响与发展"关系的产生，具有多方面的成因。

首先，瞿秋白文学理论与毛泽东文学理论的历史联系性、影响接受性，并不意味毛泽东文学理论是瞿秋白文学理论的简单重复，而旨在说明二者相似性明显，瞿秋白文学理论对毛泽东文学理论的萌芽、形成、成熟等，做出了开创性贡献。

一是立足于政治需要审视文艺活动，是身份同为政治家的瞿秋白与毛泽东论述文艺本质时的共同侧重点，看重文艺的工具属性，"从阶级的角度去看待文艺，用阶级分析的方法去分析文艺，这是马克思主义文艺理论的一个重要传统"②，也是瞿秋白与毛泽东文学理论发生联系的基本线索，决定了他们文艺观念类似的基本面貌③。因此，1927年春天瞿秋白为《战士》周报发表毛泽东《湖南农民运动考察报告》撰写序言，号召"中国的革命者，个个都应当读一读毛泽东这本书"，事实上，瞿秋白一贯重视农民运动，1922年依据俄国经验他便已认识到"无产阶级革命没有农民的辅助，不能有尺寸功效"，1923年起草中共三大党纲时指出"中国革命不得农民参加，不能成功"，1926年在发表的《中国革命中之农民问题》一文中强调"中国革命史是农民的革命史""中国革命的中枢是农民的土地革命"④；在中央苏区时期，"秋白同志是毛主席最接近的战友，在党的政策、方针、路线问题上，两人的观点经常是一致的"，"每次见到他们两人，总是面带笑容，还在一起谈笑咏诗呢"；⑤ 1929年11月，毛泽东致

---

① 石凤珍：《文艺"民族形式"论争研究》，中华书局2007年版，第11页。

② 季水河：《毛泽东与列宁文艺思想比较研究》，《文学评论》2008年第2期。

③ 韩斌生：《瞿秋白的文艺观与毛泽东文艺思想形成的历史联系》，《党的文献》2000年第5期。

④ 《瞿秋白文集》（政治理论编）第4卷，人民出版社1993年版，第390页。

⑤ 庄晓东：《瞿秋白同志在中央苏区》，《忆秋白》编辑小组编：《忆秋白》，人民文学出版社1981年版，第337页。

信中共中央，强调"惟党员理论常识太低，须赶急进行教育"，希望急寄党内出版物"布报，《红旗》，《列宁主义概论》，《俄国革命运动史》等"，并表示"我们望得书报如饥如渴，务请勿以事小弃置"，而"布报"即瞿秋白主持的《布尔塞维克》，《列宁主义概论》也由瞿秋白所译，《俄国革命运动史》亦是瞿秋白编写的著作；① 1935 年初毛泽东曾从遵义发电报给留守江西苏区的中央局同志，强调"要妥善安排秋白同志"；② 1945年 4 月毛泽东主持召开党的六届七中全会，通过《关于若干历史问题的决议》，指出"所谓犯'调和路线错误'的瞿秋白同志，是当时党内有威信的领导者之一，他在被打击以后仍继续做了许多有益的工作（主要是在文化方面），在一九三五年六月也英勇地牺牲在敌人的屠刀之下"③，对瞿秋白进行高度评价；在 1939 年 5 月的一个月夜，毛泽东与萧三在延安月夜下散步，说起瞿秋白的牺牲，无限惋惜地说，"假如他活着，现在领导边区的文化运动该有多好啊"；④ 1942 年在延安文艺座谈会召开前后，毛泽东同李又然讨论文艺问题，动情地说，"怎么有一个人，又懂政治，又懂艺术！要是瞿秋白同志还在就好了"，并曾阅读过瞿秋白的《海上述林》等译著⑤……可见，毛泽东对瞿秋白文艺文化思想及其人格、精神的肯定。

　　二是瞿秋白与毛泽东革命视野中的理想文艺及其创作理念，具有明显的相似性，即一种视无产阶级为革命文化生力军、意识形态领导阶级的自觉意识，一种借助文艺唤醒民众投身革命的积极情怀，一种致力于普罗文艺建设、服务于大众艺术普及与逐步提高的坚定信念，这使其文艺思想在呈现形态、论述基调、追求旨趣等方面，获得了某种基本相似的理论品格。

　　三是服膺于近现代中国反帝反封建的历史使命与时代际遇，扎根于五四运动以来现代性、民族化的社会实践和政治变革，关联于文艺大众化问题的广泛讨论和多维实践，成就了瞿秋白与毛泽东文学理论的共有品格，

---

① 余玉花：《瞿秋白学术思想评传》，北京图书馆出版社 2000 年版，第 301 页。
② 吴黎平：《忆与秋白同志相处的日子及其他》，《学习与研究》1981 年第 5 期。
③ 《毛泽东选集》第 3 卷，人民出版社 1991 年版，第 964—965 页。
④ 肖三：《秋风秋雨话秋白》，《忆秋白》编辑小组编：《忆秋白》，人民文学出版社 1981年版，第 176 页。
⑤ 李又然：《毛主席回忆录之一》，《新文学史科》1982 年第 2 期。

即强调文艺在革命斗争中的宣传、教育、团结、揭露功能，以革命为中心、以大众为本位、以反帝反封和救亡图存为主题，强调文学外部规律研究的文学思想形态。

其次，毛泽东文学理论与瞿秋白文学理论的历史发展性、理论推进性，决非表现毛泽东文学理论的种种高明，更不是批评瞿秋白文学理论的不足，而旨在说明二者具有差异性，毛泽东文学理论是瞿秋白文学理论的发展。

一是从产生的具体背景看，"左联"时期的瞿秋白为推动革命文艺的快速发展，其理论带有思想启蒙的性质，必然要将批判矛头直指左翼文化运动的"第三种人"，尚未具备20世纪40年代毛泽东倡导文艺界统一战线的现实条件，加上受当时"左"倾盲动主义错误、苏联拉普文艺思潮等的影响，瞿秋白的主张也就相对激进。

二是从理论的适用对象看，瞿秋白文学理论是针对上海国统区文艺现实的战斗檄文、宣言书，其写作目的往往是文艺论争，导致他对文艺与统一战线关系、浪漫主义创作方法等问题的态度较为急切，而毛泽东文学理论典范文本《在延安文艺座谈会上的讲话》是针对延安革命根据地文艺工作者的一篇演讲、一剂心疗良药，有"大小环境"考虑之别，分析也就更为稳妥、全面、相对柔和。

三是从两人的追求旨趣看，如果说，瞿秋白是"具有革命精神的真正文学家"，神采俊逸（瞿秋白在《赤都心史》中自述，"我生来就是一浪漫派，时时想超越范围，突进猛出，有一番惊愕歌泣之奇迹。情性的动，无限量"；所撰《〈鲁迅杂感选集〉序言》《赤都心史》等一批论著都显得十分空灵、飘逸；才思敏捷，从1919年7月在《晨报》发表《不签字后之办法》算起，瞿秋白从事著译的写作时间只有17个年头，平均每年写30多万字；富有辩才，文史哲修养深厚且富有艺术才华，"抉心而食，欲知本味"地坚持批评和自我批评；倡导民主集中制，1980年6月17日，在纪念瞿秋白同志就义45周年座谈会上，谭震林说："邓小平同志不久前说过，我们党内领导同志只有瞿秋白同志不搞家长制，他是最讲民主的。"① 李维汉也说，"我们党内从陈独秀到毛主席都搞家长制，唯

---

① 苗体君、窦春芳：《瞿秋白被错定为叛徒及平反始末》，《党史文苑》2009年第11期。

独瞿秋白不搞。"①），儒雅礼貌（布哈林曾戏称瞿秋白为"三楼上的小姐"似的文弱书生；根据胡乔木的回忆，"毛泽东曾批评瞿秋白在党内没有多大经验，是书生。王明、博古在党内没有什么地位，当时连中央委员也不是，结果让他们夺了权"。②），真诚率性［瞿秋白曾对儿时好友羊牧之说，"搞农运，我不如彭湃、毛泽东。搞工运我不如苏兆征、邓中夏。搞军事，我不如贺龙、叶挺（另说朱德）"，而在宣传马列主义方面，"我比陈独秀和李大钊等差距很大"，言语极度真诚，充满着对自己的严肃解剖、不断超越；许广平评价瞿秋白为"这样具有正义感，具有真理的光芒照射着人们的人，我们时刻也不愿离开！"］，那毛泽东则是"具有文学气质的真正革命家"，深沉严肃（美国《纽约时报》著名记者爱泼斯坦认为，"毛的性格内混杂着深沉的严肃性和俚俗的幽默，忍耐和决断，思想和行动，自信和谦逊"，"这人的主要特征是深思熟虑。他的声音和风度是沉静的"③），沉着果断（美国国务院所谓"中国通"约翰·斯图尔特·谢伟思表示，"他谈话机智俏皮，爱用中国古典譬喻，条理分明而又令人吃惊"，"那次谈话给我留下的最深刻的印象之一是，毛所特有的那种坚强镇定和从容不迫并不是故意做出的姿态"④；日本著名中国问题研究专家竹内实指出，"我注意到他浑身上下充满的沉静的氛围。其沉静的氛围很感染人，人也好像被吸进去了似的"⑤；毛泽东自己曾说，"革命不是请客吃饭，不是做文章，不是绘画绣花，不能那样雅致，那样从容不迫，文质彬彬，那样温良恭俭让。"⑥），感情热烈（"警卫员举了一些例子之后归结出'他也是个情感丰富的人。意志坚强如钢而心善良，这两者都很鲜明，很强烈。'"⑦）。瞿秋白文学理论虽然也非常重视文艺的政治性、阶级性，但毛泽东从更宏观的政治局面、更深远的政治视域看待文艺问题，是毛泽东而非瞿秋白提出了文艺批评政治、艺术双重标准说，从统

① 苗体君、窦春芳：《瞿秋白被错定为叛徒及平反始末》，《党史文苑》2009 年第 11 期。
② 《胡乔木回忆毛泽东》（增订本），人民出版社 2003 年版，第 46—47 页。
③ 边彦军、张素华编著：《中外名人评说毛泽东》，中央民族大学出版社 2003 年版，第 478、484 页。
④ 同上书，第 483、484 页。
⑤ 同上书，第 527 页。
⑥ 《毛泽东选集》第 1 卷，人民出版社 1991 年版，第 17 页。
⑦ ［日］竹内实：《毛泽东传记三种》（《竹内实文集》第三卷），韩凤琴等译，中国文联出版社 2002 年版，第 308 页。

一战线的政治全局高度看待文艺，从糊涂的政治观念层面分析当时延安文艺界存在的问题，从根据地建设与政治宣传的角度看待鲁迅杂文问题，从革命实践、政治情怀层面提倡积极浪漫主义。

马克思、恩格斯曾经说过："一切划时代的体系的真正的内容都是由于产生这些体系的那个时期的需要而形成起来的。所有这些体系都是以本国过去的整个发展为基础的，是以阶级关系的历史形式及其政治的、道德的、哲学的以及其他的后果为基础的。"[1] 瞿秋白、毛泽东文学理论的形成均是如此。通过瞿秋白与毛泽东文学理论的比较研究，给了我们一个重要的启示：在理论发展史上，必然存在若干重要中间环节，它们虽处于不同发展阶段，却又有可能心意相通、呈现出某种相似的品格，这为理论的前后传承、纵向联系提供了直接可能，但在不同时空条件下发生的这种继承，本身又意味着一种选择性的接受与变异，它是受历史规定的理论形态，必须适应于新环境、新要求，并在这种适应中得以发展，从而获得某种创新性。这一点，恰如马克思所说的，"极为相似的事情，但在不同历史环境中出现就引起了完全不同的结果"[2]。同时，它深刻揭示了瞿秋白文学理论在20世纪中国马克思主义文学理论中的重要地位，具体反映了马克思主义文学理论中国化的推进历程。

---

[1]　《马克思恩格斯全集》第3卷，人民出版社1960年版，第544页。

[2]　《马克思恩格斯全集》第19卷，人民出版社1963年版，第131页。

第四章 瞿秋白与俄国马克思主义文学理论关系的评价和启示

在福柯看来，知识生产即话语实践，思想建构即权力运作，没有本质的、内在的陈述，陈述只是一种功能，它必须处在一张陈述的关系网当中，方可发挥作用。① 任何一种外域理论被引进时，受同质性的再现逻辑之支配，它势必发生某种貌似"等值同量"式的位移，然而，接收方相异的知识构型，将具体决定其引进的内容、深度、结局。究其本质而言，这是一种建构性的呈现：一方面，引进与介绍得以完成之后，以阐释性再现样貌"出场"的外域文学理论，一定深蕴着鲜明的重构、改写色彩；另一方面，在具体的话语实践领域，再现的不同知识构型具体决定了重构和改写的方向、重点、成果，在这里，"知识构型不仅是一个形式结构和话语实践的问题，毋宁说，它更是一个受到文化诉求、权力关系、知识结构、认知能力、经验惯性和方法策略驱使的认识论问题"②，情况十分复杂。瞿秋白与俄国马克思主义文学理论的关系，亦是如此。

"历史不能只是给历史事件提供一个编年记录，而需要记载和分析在时间中发生的历史事件间的因果性"③。瞿秋白与俄国马克思主义文学理论发生联系，离不开主体思想品格和外来资源谱系的交流、冲撞、融通，它扎根于特定的历史文化现场，关涉于具体的社会现实背景，充满着选择性、对接性、变异性，这为我们对其作出总体评价、界定启示意义，提出了具体要求，增添了分析难度。

---

① Michel Foucault, *The Archaeology of Knowledge*, London: Tavistock, 1972, pp. 88 – 106.
② 赵淳：《话语实践与文化立场——西方文论引介研究：1993—2007》，南京大学出版社2008年版，第301页。
③ 高建平主编：《当代中国文艺理论研究（1949—2009）》（序），中国社会科学出版社2011年版，第1页。

第一节　文化领导与学术追求
——瞿秋白与俄国马克思主义文学理论关系的总体评价

身处特定的时代环境，缘于主体的具体接受，基于社会的实际需要，瞿秋白向中国译介、传播、应用俄国马克思主义文学理论，对于中国化的马克思主义文学理论、中国现代文学理论批评、20世纪中国文艺实践等多个方面的建设与发展，都产生了难以估量的影响，他遗留存世的巨大文化精神财富，早已彪炳史册，人所共仰，至今依然熠熠生辉，泽被后人。

一　正面价值

西方圣哲有言："忘掉历史的人势必重蹈覆辙。"（Those who forget history are condemned to repeat it.）作为俄国马克思主义文学理论在中国的翻译者、接受者、传播者，中国马克思主义文学理论的建设者、力行者、捍卫者，20世纪中国文学理论、中国现代文艺的参与者、推动者、实践者，瞿秋白与俄国马克思主义文学理论的关联，具有突出的正面价值。

首先，瞿秋白思想引入决心强烈，理论援用意识明确，通过与俄国马克思主义文学理论的广泛关联，大幅推动了马克思主义文学理论的中国化进程。

马克思主义文学理论的中国化，同步于马克思主义整体的中国化进程，李大钊、恽代英、萧楚女、沈泽民、瞿秋白、沈雁冰、鲁迅、冯雪峰、周扬、胡风、毛泽东等一大批人，"运用马克思主义的立场、观点和方法，对文艺与生活、文艺与政治、文艺的服务对象、文艺的内容与形式、文艺的继承与发展等问题进行了认真的探讨，作出了马克思主义的回答"①，均有过贡献。

其中，通过与俄国马克思主义文学理论的广泛关联，肩负"以文化救中国""引导中国社会新生路"等思想文化责任，秉持"社会科学本无国界"，关注"世界范围中的材料"，"使中国得有所借鉴"等理论引进理

---

① 季水河：《论20世纪中国马克思主义美学发展的三个阶段》，《山东社会科学》2007年第10期。

念，"世界的眼光"和"历史的眼光"兼备，瞿秋白翻译了恩格斯、列宁、普列汉诺夫、高尔基等一大批著名马克思主义文学理论家的很多经典文本，并借助撰述、评介等多种形式，进行了较为正确、清晰的诠解与阐发，这是马克思主义文学理论在中国第一次得到较为完整、深入的阐释与梳理，它奠定了马克思主义文学理论中国化的第一块基石，在 20 世纪 30 年代的中国左翼文学批评热潮中，"瞿秋白已自觉地运用马克思主义的科学方法来研究文艺问题，论述文学与生活的关系，指导文艺实践，开始了中国马克思主义文艺理论的建设"①，使马克思主义文学理论得到了有效贯彻与具体应用，产生了巨大的社会影响、积极的现实意义，并直接搭建了列宁与毛泽东文学理论关联的中间环节，有效指导了中国马克思主义文学理论的建设工作，直至马克思主义文学理论中国化的典型体现，即毛泽东文学理论成熟形态——《在延安文艺座谈会上的讲话》的出现，其作用依然巨大，其影响依然存在。

明代理学大师王阳明（王守仁）在《传习录》中记载，他的一个钱姓朋友想研究竹子生长的规律，便坐在竹前观察。"竭其心思至于三日"，没发现什么，"便致劳神成疾"只能放弃。王阳明指责他没耐心，自己接着观察。但七天后仍然没有发现竹子生长的规律，"以劳思致疾"，于是这位"大学问家"根据七天的"观察实践"便断言，知识并非由调查和实验而来，"其格物之功，只在身心上做"。王阳明自然哲学和伦理学不分，其"格物致知"效果自然难比博物学家、植物学家的格知，科学方法、理论资源的重要性在这里得以凸显。正是在这个层面上，通过与俄国马克思主义文学理论发生关系，瞿秋白快速推动了马克思主义文学理论的中国化进程，影响巨大。

其次，瞿秋白有效促成了列宁文学理论、高尔基文学理论批评等俄苏思想资源在中国的广泛传播与综合运用，指向性、针对性明显，有力推动了中国现代文学理论批评的迅速发展。

中国现代文学理论批评的产生与发展，"孕育于王国维，得益于西方近代哲学和文艺理论的影响，开始于李大钊、陈独秀等人，完成于瞿秋

---

① 季水河：《回顾与前瞻——论新中国马克思主义文艺理论研究及其未来走向》，中国社会科学出版社 2009 年版，第 14 页。

白、鲁迅、胡风、周扬、冯雪峰等人"①，它在思维范式、表达手段、批评方向等各个层面，都彻底区别于中国古代文学理论。在此转变与前行过程中，亲身经历世纪之交（19、20 世纪）、封建主义与民主主义之交、旧民主主义革命与新民主主义革命之交等三大历史转折点，亲自参与五四运动、第一次和第二次国内革命战争等重要社会实践，尤其通过与俄国马克思主义文学理论发生紧密联系，瞿秋白有效促成了列宁文学理论、高尔基文学理论批评、普列汉诺夫文学理论等外域思想资源在中国的广泛传播，所起作用重大而深远。

瞿秋白以列宁文学理论等为强大的思想武器与有力的理论工具，通过批判普列汉诺夫、弗理契等人的文学理论，"将马克思主义文艺理论的立场、观点、方法运用于中国现代文艺理论研究和文艺批评实践，推动了中国文艺理论批评的整体转型"②，致力于建构"科学的文艺论"，注重探讨文学的本质、属性、功能等重大问题，与梁实秋等站在新人文主义立场、强烈反对南京国民党政权 1929 年全国宣传会议上通过的"确定本党之文艺政策案"而彰显"文艺无关政治"的方式完全不同（梁实秋主张"文艺的价值，不在做某项的工具，文艺本身就是目的"，"以任何文学批评上的主义来统一文艺尚且不可能，用政治上的一种主义来统一文艺就更其不可能"③），瞿秋白强调文学的政治工具性、能动反映性、宣传教育性、人民大众性，它立足于具体的历史语境，承载着特定的社会使命，适应了当时中国的无产阶级争夺文化领导权的迫切需求。奥地利裔英国著名政治哲学家、经济学家哈耶克曾指出："理性主义的影响曾是如此之深广，甚至于总的说来，越是有知识的、受过教育的人，就越可能不仅是一个理性主义者，而且还持有社会主义的观点。我们在知识的阶梯上爬得越高，越是与知识分子交谈，就越可能碰到社会主义的信服者。理性主义者常常是聪明的知识分子，而聪明的知识分子则常常是社会主义者。"④ 瞿秋白的信仰选择建立在理性思量的基础之上，延续了近代以来中国知识界对社会

---

①　季水河：《回顾与前瞻——论新中国马克思主义文艺理论研究及其未来走向》，中国社会科学出版社 2009 年版，第 14 页。

②　同上。

③　梁实秋：《论思想统一》，《新月》第 2 卷第 3 号，1929 年 5 月 10 日。

④　F. A. Hayek, *The Fatal Conceit*, Routledge London: The University of Chicago Press, 1988, p. 53.

主义、马克思主义的不断接受趋势，使马克思主义文学理论以相对独立的思想体系、新兴的学科面貌，在 20 世纪 30 年代初期及时登上了中国历史舞台，与"唯物史观与进化论一样，不是作为具体科学，不是作为某种客观规律的探讨研究的方法或假设，而主要是作为意识形态、作为未来社会的理想来接受、来信仰、来奉行的"①，积极参与到中国马克思主义文学理论的早期话语实践和价值建构之中，从而快速推动了 20 世纪中国文学理论的迅猛发展，具有明显的进步意义、重大的历史价值。

再次，瞿秋白从俄国马克思主义文学理论当中汲取营养，旨在推动中国文艺事业向前发展，指导性、本土化特征明显，促成了 20 世纪中国无产阶级文艺的发展浪潮。

列宁曾经说过："生活、实践的观点，应该是认识论的首先的和基本的观点。"② 瞿秋白与俄国马克思主义文学理论发生关联，同样建立在推动中国文艺事业向前发展的实践基础之上。这方面，主要表现如下：

一是在理论引进方面，瞿秋白秉持本土化的正确意识，努力做到"诊者"与"治者"的角色合一，区别于当时很多知识分子"难免把期待一古脑儿寄托在西方，希望在西方找到一支神棒，一种仙丹，神棒一挥，仙丹一吃，中国的苦难和问题都可烟消云散"③ 的"西方求经"心理，瞿秋白强调对俄国马克思主义文学理论的充分借鉴、有效改造，注重发挥其文艺实践方面的指导价值。依据此种逻辑，列宁文学理论、高尔基文学理论批评等俄国马克思主义文学理论资源，在瞿秋白与"自由人""第三种人"等展开的文学论战中，担纲分析工具，充当先进武器，发挥了重要作用，同时又普遍提升了中国左翼文坛的理论水平，有力打击了污蔑普罗作家"受了苏俄的卢布的津贴，就甘心做赤色帝国主义的走狗、工具，鼓吹在中国不能运用的阶级斗争，和杀人放火的暴动，而来破坏中国三民主义的革命"④，"所谓左翼作家大联盟，更是甘心出卖民族，秉承着苏俄的文化委员会的指挥，怀着阴谋想攫取文艺为苏俄牺牲中国的工具，致使伟大作品之无从产生，正确理论之被抹杀"⑤ 等各种丑化言论及其险恶用

---

① 李泽厚：《中国现代思想史论》，三联书店 2008 年版，第 157 页。
② 《列宁选集》第 2 卷，人民出版社 1960 年版，第 142 页。
③ 张灏：《幽暗意识与民主传统》，新星出版社 2006 年版，第 184 页。
④ 管理：《解放中国文坛》，上海《民国日报》"觉悟"副刊 1930 年 5 月 14 日。
⑤ 《编辑室谈话》，《前锋周报》第 10 期，1930 年 8 月 24 日。

心，有效推动了当时中国无产阶级的文艺创作，促成了其快速调整、迅猛前行的发展浪潮。

二是瞿秋白对于高尔基的推崇，适应了当时的革命社会形势，主要用于校正左翼文学发展中出现的若干不足，旨在建设无产阶级新文艺，其影响甚至超越了文学领域，俨然成为指明革命方向、寄托文学理想的某种精神象征，而瞿秋白对高尔基"市侩"观、人道主义等方面的推崇与强调，则反映了他认识的独到性、思想的创新性，这对于当时中国左翼文学创作思想贫乏、过于偏激的不良倾向，也是一种有力的隐性纠正。

三是瞿秋白虽然深受拉普文学理论的影响，曾经提出过一些错误主张，但其文学理论体系中，也具有抗衡、纠正拉普文学理论的创新因子，它突出表现为，在理论与实践两个层面，瞿秋白对拉普文学理论错误的清算，同时，瞿秋白倡导现实主义的坚定性远远超过拉普，客观上有利于改变当时中国无产阶级文学创作的简单化、概念化倾向。

总之，瞿秋白"翻译苏联的有关文献信息事实上起到了为中国左翼文学运动提供指导性的理论纲领和动力的作用"[1]，为中国无产阶级文艺事业（即瞿秋白推崇的普罗文学运动）提供了坚实的理论基础，"其中最显著的标志就是改变了中国文艺的发展方向，使中国古代为封建地主阶级服务的文艺转向了现代为人民大众服务的文艺"[2]，瞿秋白以实际行动参与其中，意义重大。

二 负面影响

身处政治化的 20 世纪中国文学理论场域当中，深受苏联思想资源的直接影响，基于中国现代文学理论批评的外部研究倾向，瞿秋白与俄国马克思主义文学理论发生关系，客观上也产生了一定的负面影响。

首先，瞿秋白革命功利的接受图式决定了其俄国马克思主义文学理论的引进、传播、运用视野，客观上强化了 20 世纪中国文学理论的政治化色彩。

受阶级政治、民族政治的双重影响，在马克思主义文学理论的中国化

---

① 李今：《三四十年代苏俄汉译文学论》，人民文学出版社 2006 年版，第 34 页。

② 季水河：《回顾与前瞻——论新中国马克思主义文艺理论研究及其未来走向》，中国社会科学出版社 2009 年版，第 15 页。

历程中，几乎所有思想主张都在经典马克思主义式的"文艺应以艺术方式关注现实"、偏离经典马克思主义式的"文艺应以一般意识形态方式关注现实"这两种路径之间摇摆，两极性突出，对立性明显。

虽然瞿秋白也重视文艺的审美艺术功能，注重创建文学理论研究的"学术话语"，但就整体而言，他更侧重于后者，瞿秋白革命功利的接受图式决定了其俄国马克思主义文学理论的引进、传播、运用视野，那便是过于"注重马克思主义文艺理论中有关党性、政治性、阶级性方面的理论和观点，忽视马克思主义文艺理论中人性、艺术性、人道主义方面的理论和观点"①，他综合运用"翻译""撰述"这两种行文方式，紧密指涉以政治为核心的中俄社会语境，建构出的文学理论"政治话语"居于主导地位，它很大程度上"强化了文艺的意识形态内容，并将意识形态等同于阶级性和政治倾向性"②，客观上助长了 20 世纪中国文学理论的政治化色彩。这方面的突出表现有：

在引述材料、采纳观点的过程中，有时比较随意地对俄国马克思主义文学理论进行剪裁与取舍，突出强调文学与政治的联系；在"政治朝圣"式的时代风潮中，批评普列汉诺夫文学理论时，瞿秋白的推导逻辑更多建立在政治立场、阶级身份的基础之上，不恰当地放大了普列汉诺夫的错误，贬低了他的文学理论贡献，所得结论有时比较片面，部分评价不够公允；瞿秋白在援用列宁文学理论，批评普列汉诺夫、"自由人"、"第三种人"的文学理论时，基于立场、身份的推导逻辑，有时影响了他判断的准确性、评价的公允度；将列宁《党的组织与出版物》中的"出版物"误译为"文学"，漏译列宁把"写作事业"与"无产阶级总的事业"的关系比作"齿轮和螺丝钉"与"机器"关系时，又说"任何比喻都有缺陷"等重要内容，过于强调文艺的政治功用，很大程度上遮蔽了文学的艺术性及其内部规律。西方有个这样的哲理故事，三人见小山上有一人漫步，一同推测其上山之由。甲说"寻丢失的羊"，乙曰"找朋友"，丙道"乘凉"，各持己见，争执不下，遂一起上山问漫步者，答曰"走走而已，无它"。本无问题，何来答案？"历史上不少事的确可能真的本'不为什

---

① 季水河：《译注诠释与离经叛道——论新中国前 30 年的马克思主义文艺理论研究》，《湘潭大学学报》（哲学社会科学版）2005 年第 6 期。

② 季水河：《多维视野中的文学与美学》，东方出版社 2002 年版，第 308—309 页。

么'，如果一定'捉'出一个为什么来'凑'上去，不仅诬古人，而且误今人①。事实上，文艺领域也常有这种情况，这要求发挥文艺作品宣传教育、政治动员等方面功利性的同时，也要尊重其艺术审美性、自足超越性。

其次，在批评普列汉诺夫文学理论、评价托洛茨基文学理论、推崇高尔基、受拉普影响等方面，瞿秋白有的时候紧跟俄苏风尚，给中国文艺界带来了消极影响。

这方面的具体表现有：受苏联贬抑普列汉诺夫文学理论的风潮影响，瞿秋白对其批判远多于肯定，评价不够公允；评价托洛茨基文学理论时，瞿秋白前褒后贬，与苏联所做的政治评价高度合一，缺少以学理为基础的独立判断；受苏联官方打造"样板"作家的影响，瞿秋白亦非常推崇高尔基，但因之遮蔽了高尔基思想观点的丰富性、复杂性，对高尔基与列宁、斯大林的关系论述过于简单，过于官方化；借助俄苏文化建设经验资源的平移，尤其深受苏联无产阶级文化派观念的影响，瞿秋白轻视"五四"的思想启蒙价值，偏激否定"五四"文学遗产；拘泥于苏联学者的转述，解读马克思、恩格斯关于文学倾向性、莎士比亚化、席勒化等问题的重要论述时，有时或者比较生硬，或者不够准确；论述恩格斯致保尔·恩斯特的信时，受苏联"同路人"理论的影响，诠释比较牵强，有自相矛盾之处；缘于瞿秋白的极力倡导，左联初期"不根据中国当时的实际情况，硬搬苏联'工农通信员'的经验，把工农兵通信员运动的意义极端化，成为'左联'压倒一切的工作，而这一工作的实际内容又成了扫盲工作和启蒙工作"②，使中国左翼文艺的工作方向出现了一定的偏差；对于庸俗社会学和拉普文学理论的不良影响，瞿秋白有时认识不到，缺乏细致甄别、深入剖析，反而将它们统统视为"苏联文艺理论的最新成果"介绍到国内，并在一定程度上加以应用、予以推广，倡导"辩证唯物论创作方法"，混同世界观与创作方法，错误评价浪漫主义，曾给中国文艺界带来一定的消极影响。

再次，瞿秋白在中国引进与应用俄国马克思主义文学理论，更多强调文学的宣传、鼓动、感染价值，相对忽视文艺内部规律的探讨，客观加剧

---

① 罗志田：《近代中国史学十论》，复旦大学出版社 2003 年版，第 188 页。
② 茅盾：《我走过的道路》中册，人民文学出版社 1984 年版，第 57 页。

了中国现代文学理论批评的外部研究倾向。

　　有学者认为,"20 世纪的中国文学从来就没有被作为一个独立的领域得到自足性的发展。在 20 世纪文学的发展过程中,文学自身的本体性要求未能得到充分的张扬,文学的审美特性未受到足够的重视"①,视其为"非文学的世纪"。将 20 世纪称为"非文学的世纪",虽然不够准确,但20 世纪的中国存在着比较突出的"非文学化"倾向,却是一个不争的事实。在瞿秋白引进俄国马克思主义文学理论的 20 世纪 30 年代,基于"1921 年之后,共产党和国民党政党组织的发展使知识分子面临着痛苦的抉择:要么钻研学术不问政治,要么将学问从属于政治行动"② 的时代特征与发展趋势。这种"非文学化"倾向尤其十分明显:一方面,文学的"社会科学化"相当突出,由于"社会科学工作者与文学家之间的角色的兼容、兴趣的融合和从事专业的相互交叉"③,他们虽然也研究文学,但更多"关注的是社会的现实发展状况,关注的是社会政治制度和生产关系,着眼于人的现实的政治、经济和物质利益以及寻求满足人的物质需求和精神需求,强调改善人的生活质量、实现人的发展的重要手段等,注重的是社会分析的方法"④,针对文学采取的是外部研究范式,中国传统的实用理性精神,在这里被格外强调。另一方面,"跳出文学圈外看文学"成为当时普遍的观察视角,"文学不再具有独立意义和价值,而只是一种为了成全其他事业、其他工作、其他追求的一种工具和手段,正因为如此,文学的'功用'问题,几乎成了 30 年代文学论争的焦点"⑤,这些论争的出发点和旨归点,基本不是文学本身,而往往是文学所指向的革命事业、政治使命。除鲁迅等少数人坚持"一切文艺固是宣传,而一切宣传

---

　　① 朱晓进等:《非文学的世纪:20 世纪中国文学与政治文化关系史论》,南京师范大学出版社 2004 年版,第 3 页。

　　② [美]费正清、赖肖尔:《中国:传统与变革》,陈仲丹等译,江苏人民出版社 1992 年版,第 461 页。

　　③ 朱晓进:《政治文化语境与三十年代左翼文学批评》,《中国现代文学研究丛刊》2006 年第 5 期。

　　④ 朱晓进:《五四文学传统与三十年代文学转型》,《中国社会科学》2009 年第 6 期。

　　⑤ 朱晓进等:《非文学的世纪:20 世纪中国文学与政治文化关系史论》,南京师范大学出版社 2004 年版,第 119 页。

却并非全是文艺"，"要用文艺者，就因为它是文艺"① 而强调文艺的独特个性之外，其他人均特别强调文学的阶级性、革命性。他们纷纷表示，"文学，与其说它是社会生活的表现，毋宁说它是反映阶级的实践的意欲"②，"革命文学的任务，是要在此斗争的生活中，表现出群众的力量，暗示人们以集体主义的倾向"③，"支配阶级的文学，总是为它自己的阶级宣传，组织。对于被支配的阶级，总是欺瞒，麻醉"④ ……普遍存在"有革命热情而忽略于文艺的本质，或把文艺也视为宣传工具"⑤ 的不足，文学的外部研究在当时十分流行。

瞿秋白向中国译介与传播俄国马克思主义文学理论，同样如此。他引进俄国马克思主义文学理论这一极具现实性、实践性品格的文学理论，并以之为思想资源、理论武器，尽力挖掘文学与政治革命、党派斗争、社会进步之间的联系，用以彰显文学的社会功用，强调文学的宣传、鼓动、感染价值，相对而言，比较忽视研究文学作品的文本结构，不太注重分析其艺术技巧与审美形式，文艺内部规律的探讨往往服膺于文艺看法正确与否的辩驳，他在文学外部研究上投注的精力远多于内部研究方面，这强化了中国现代文学理论批评的外部研究倾向，客观上不利于 20 世纪中国文学理论全面、健康、均衡的发展。

---

① 鲁迅：《文艺与革命》，北京大学、北京师范大学、北京师范学院中文系中国现代文学教研室编：《中国现代文学史参考资料·文学运动史料选》第二册，上海教育出版社 1979 年版，第 96 页。

② 李初梨：《怎样地建设革命文学》，北京大学、北京师范大学、北京师范学院中文系中国现代文学教研室编：《中国现代文学史参考资料·文学运动史料选》第二册，上海教育出版社 1979 年版，第 32 页。

③ 蒋光慈：《关于革命文学》，北京大学、北京师范大学、北京师范学院中文系中国现代文学教研室编：《中国现代文学史参考资料·文学运动史料选》第二册，上海教育出版社 1979 年版，第 28 页。

④ 李初梨：《怎样地建设革命文学》，北京大学、北京师范大学、北京师范学院中文系中国现代文学教研室编：《中国现代文学史参考资料·文学运动史料选》第二册，上海教育出版社 1979 年版，第 35 页。

⑤ 茅盾：《从牯岭到东京》，北京大学、北京师范大学、北京师范学院中文系中国现代文学教研室编：《中国现代文学史参考资料·文学运动史料选》第二册，上海教育出版社 1979 年版，第 146 页。

第二节　历史资源与未来指向
——瞿秋白与俄国马克思主义文学理论
关系的当代启示

以现象学式的还原为思想武器与哲学方法，海德格尔重新界定了时间的本质、方向、意义等关键内容，并以此重构了时间性问题的知识谱系与言说话语。在他看来，"过去""现在""未来"这三者，在时间性的维度上具有内在的一致性、紧密的相关性、具体的延展性，"它们既不是相互隔绝的三个部分，也不是一个确定的时间线条上的线性过程"①，而是一个相互交织、难以分辨的存在整合体。由此观之，处在任何一个时间接点上的人物、事件，都必然连接到过去、关注着现在、寄望于未来，而在这三相交互的结构体系当中，未来以其多向性、流变性、未知性等特征，"从沉沦中抽回身来"，"源始而本真的时间性的首要现象是将来"②，往往最为重要。在服从于时间的这种规律方面，理论研究也不例外。胡适曾经说过，"今天人类的现状是我们先人的智慧和愚昧所造成的。但是后人怎样来评判我们，那就要看我们尽了自己的本分之后，人类将会变成什么样子了"。故此，从这种意义上来说，深入审视瞿秋白与俄国马克思主义文学理论关系所负荷的当代启示意义，最大可能地发挥其功能，也就显得相当必要。

一　加强马克思主义文学理论的中国化研究

瞿秋白对于俄国马克思主义文学理论的选择、接受、运用，是马克思主义文学理论中国化历程中的重要组成部分，它对于进一步加强马克思主义文学理论的中国化研究，具有如下多方面的启示价值。

首先，要立足于马克思主义中国化的全局，加强马克思主义文学理论中国化研究的广度。

马克思主义中国化，既是一个政治命题、社会命题、文化命题，又是

---

① 赵淳：《话语实践与文化立场——西方文论引介研究：1993—2007》，南京大学出版社2008年版，第300页。

② ［德］马丁·海德格尔：《存在与时间》，陈嘉映等译，三联书店1987年版，第392页。

一个哲学命题、思想命题、理论命题。在围绕这一命题而展开的各种理论探索和实践尝试之中，"形成了中国先进分子观察和解决中国问题的立场、观点和方法，制定了实事求是的思想路线，进而用中国化的马克思主义来整合和激活中国传统文化中具有生命力的因素和成分"①，马克思主义在中国的普遍传播与广泛运用，同时意味着中国社会、中华文化的现代转型。受此种时代主潮的影响，瞿秋白强调，"应用马克思主义于中国国情的工作，断不可一日或缓"②，马克思主义中国化具有紧迫性；中国马克思主义者必须善于"应用革命理论于革命实践"，"革命的理论永不能和革命的实践相离"③，马克思主义中国化具有必要性；"马克思主义的应用于中国国情，自然要观察中国社会的发展，政治上的统治阶级，经济状况中的资本主义的趋势，以及中国革命史上的策略战术问题"④，马克思主义中国化具有针对性。瞿秋白的这些认识，决定了其文学理论的主要内容与方向重点，并为其与俄国马克思主义文学理论发生关系提供了主体动力、理论目标、援用方法。从马克思主义中国化的全局出发，审察瞿秋白与俄国马克思主义文学理论的关系，有利于拓展视野、深化认识、准确评价。这启示我们当下的马克思主义文学理论中国化研究，必须从马克思主义中国化的全局出发，必须坚持以问题为中心、以问题意识为着力点，必须突破任何单一学科的藩篱，不断获得跨学科的开阔分析视野，俯瞰，仰视，横瞄，竖望，远眺，近观，"置身于外，神游于内"，"辨章学术，考镜源流"，唯此，才能强化马克思主义文学理论中国化研究的广度。

其次，要以个案研究、专题探讨为重点，提升马克思主义文学理论中国化研究的深度。

马克思主义文学理论的中国化进程，可以细分为引进、生成、整合、原创等许多阶段，它关联甚广、指涉丰富，值得深入研究。这方面，陈涌、董学文、朱立元、支克坚、马驰、冯宪光、王杰、季水河、黄力之、代迅等一大批知名学者，已进行了不少富有深度的专门研究。马克思主义文学理论在中国的传播，经历过"三途并立"（欧洲、日本、苏俄）到

---

① 熊焱生：《瞿秋白文化思想的当代意义》，《常州工学院学报》（社会科学版）2007年第2期。

② 《瞿秋白论文集》，重庆出版社1995年版，第1页。

③ 同上书，第2页。

④ 同上书，第183页。

"一途独进"（苏联）的转变过程，需要从代表人物、具体思潮、核心概念、影响接受等多种维度，进行深入研究、细致分析，这些已经成为目前学界的普遍共识。认同与延续这一思路，笔者以为，经过数十年的聚焦与研究，已经具备较好的研究基础之后，对于我们当下的马克思主义文学理论中国化研究而言，在问题意识、研究范式、思维方法等方面，需要进一步做出积极调整、主动改变。就此种意义而言，多开展一些像瞿秋白与俄国马克思主义文学理论关系这样的个案研究、专题探讨，多一些"抉隐钩沉，爬梳考辨""振叶以寻根，观澜以索源"，少一些"概念推演，凌空蹈虚""四平八稳，空话套话"，用以不断还原"文学理论变异体"所产生的历史场域，致力于探索中外文学交流的多重面向，尤其显得必要。在这里，个案研究以小切口、深挖掘为原则，注重细节分析、微观研究，致力于将研究做实、做细、做深；专题探讨以问题、线索为中心，坚持古今对照、中外融通、纵横比较，强调多维推进、稳中求变、异同比较。它们都有助于超越常识介绍、简单描述的初级阶段，克服空洞无物、人云亦云的研究偏颇，坚持、实践这些研究范式，必将有效落实、强力深化马克思主义文学理论中国化的研究。

再次，要树立科学的"传统—当代"观，增强马克思主义文学理论中国化研究的针对性。

瞿秋白文学理论及其与俄国马克思主义文学理论的关系，毫无疑问应该冠之以"传统"的标签。然而，"传统绝不是简单地指过去留给我们的静止不动的文化遗产，而是现代人从现实生存情境出发，为着自身的富有意义的生存而对过去文化遗产进行新的创造性继承的结果"①，"传统"与"当代"内在纠结，具有千丝万缕的联系。依据此种"传统—当代"观，瞿秋白与俄国马克思主义文学理论的关系研究，显然又是指向当下、着眼未来的，它对于增强马克思主义文学理论中国化研究的准确性，尤其具有启示意义。一方面，进行马克思主义文学理论中国化研究，旨在建设具有中国特色的当代马克思主义文学理论。"问题是时代的格言，是表现时代自己内心状态的最实际的呼声。"② 最近有学者指出，瞿秋白的大众化思

---

① 王一川：《中国现代学引论——现代文学的文化维度》，北京大学出版社 2009 年版，第 23 页。

② 《马克思恩格斯全集》第 1 卷，人民出版社 1995 年版，第 204 页。

想对于推进当代中国马克思主义的大众化，具有多方面的启示价值："掌握理论武装与群众实际的辩证关系，增强当代中国马克思主义的吸引力和感染力"，"掌握先进性和广泛性的辩证关系，增强当代中国马克思主义大众化的实效性"，"掌握连续性和适度性的辩证关系，增强当代中国马克思主义大众化的长效性"，"掌握规范化和通俗化的辩证关系，增强当代中国马克思主义大众化的渗透性"①。瞿秋白与俄国马克思主义文学理论关系研究，亦是如此。它以"中国体验""民族协同观"为分析重点，采用典型个案的方式，总结了马克思主义文学理论中国化的某些经验、若干教训，建设有中国特色的当代马克思主义文学理论是其研究的落脚点、旨归点。另一方面，进行马克思主义文学理论中国化研究，必须站在历史、现实、未来的交汇点上，进一步深化学术审思。在 20 世纪以来的不同时期，瞿秋白文学理论研究"基本上呈现出从政治评价到政治纪念性评价再到文艺思想史层面观照的转变路径"②，目前仍待整体开掘与综合观照的方面有三个："一是作为中国现代文学史上古典文人转为现代知识分子代表的思想史价值；二是在中国现代革命史上作为书生革命的文学家代表的文学史意味；三是作为马克思主义文论中国化的关节点、中国现代左翼文学批评的思想资源引进者的地位"③，由这种视域出发，以汇通过去、当下、将来的学术眼光，进一步深入研究瞿秋白与俄国马克思主义文学理论的关系，必将有利于增强马克思主义文学理论中国化研究的针对性，更加彰显其学术性、现实性、启示性。

二 辩证界定、多维实现文学理论的价值

瞿秋白与俄国马克思主义文学理论的关系，紧密关涉 20 世纪中国文学理论的演进历史、马克思主义文学理论的中国化过程、具有中国特色文学理论的建构路径，它对于辩证界定、多维实现文学理论的价值，具有如下的启示意义。

首先，应该破除"政治化""工具论"的流弊，在文学理论的社会功

---

① 金民卿：《瞿秋白的大众化思想及其对当代中国马克思主义大众化的启示》，《宁夏党校学报》2009 年第 4 期。

② 傅修海：《20 世纪以来的瞿秋白文艺思想研究述要》，《海南师范大学学报》（社会科学版）2009 年第 6 期。

③ 同上。

用、学术贡献这两大层面，求得新的统一与平衡。

在英国著名历史学家霍布斯鲍姆看来，19 世纪是"革命的时代"（Age of Revolution），20 世纪是"极端的年代"（Age of Extremes）。对于中国的 20 世纪而言，王一川甚至认为，它"同时既是'革命'的又是'极端'的，是'革命的年代'与'极端的年代'的奇特的叠加形态，因而可以说是一个'极端的革命的年代'"[①]，这种说法虽然存在夸大之处，但革命激情、政治思维、现实功利带给 20 世纪中国的巨大影响，却是一个不争的事实。瞿秋白与俄国马克思主义文学理论发生关系的 20 世纪二三十年代，"政治化"思潮特别明显，这种情况尤其突出。当时作为太阳社主将之一的蒋光慈，他的话很具有代表性，"在现在的时代，有什么东西能比革命还活泼些，光彩些？有什么能比革命还有趣些，还罗曼谛克些？"[②] 如是深情讴歌革命；"而革命这件东西能给文学，宽泛地说的艺术以发展的生命；倘若你是诗人，你欢迎它，你的力量就要富足些，你的诗的源泉就要活动而波流些，你的创造就要有生气些。否则，无论你是如何夸张自己呵，你终要被革命的浪潮淹没，你要失去一切的创作活力"[③]，如是激赏现实革命对于文艺的意义。身处此种社会思潮当中，加上我国传统的"文以载道"功能观的巨大影响，文艺和文学理论的革命化、政治性、工具论被格外强调，瞿秋白选择、接受、运用俄国马克思主义文学理论时，也是如此，其文论形态具有策略性的鲜明特征。这种文学理论范式在革命年代、战争岁月固然发挥过重要作用，值得历史地予以肯定，但它"过分强调文艺的功利观，甚至把文艺沦为政治的附庸和经济的仆从，消解了艺术的审美特性"[④]，带有明显的偏激色彩，客观上产生了较大的负面影响，不能不予以反思和进行批判。如许纪霖、金安平等学者所指出的，"中国知识分子如同足球比赛中的防守点球的守门员，明知有义务守住大门左右两个角落，但在最后的一瞬间只能舍弃一边，飞身扑向另一边。而事实上，他们大都选择了'天下大任'这一边。"

但结合中国近现代社会的历史语境，遭遇民族危机这样的大变动时，

---

①　王一川：《中国现代学引论——现代文学的文化维度》，北京大学出版社 2009 年版，第101—102 页。

②　蒋光慈：《无产阶级革命与文化》，《创造月刊》1926 年第 1 卷第 2 期。

③　同上。

④　杨建生：《瞿秋白文艺思想的价值及当代评价》，《南京社会科学》2010 年第 2 期。

放下书本，投身政治，是承担社会责任的表现。正是基于此，法国年鉴学派大师马克·布洛赫在反法西斯战争中毅然弃笔投戎最后在战场牺牲，其行其果虽令人惋惜，但其志其心确实值得敬佩。① 正是在肩负责任、奉献社会这个点上，瞿秋白强烈谴责中国古代"学而优则仕"理念下出现的某些不合理现象，他曾在《中国知识阶级的家庭》一文中生动描写两位中举未任实官的知识分子"老爷"（七老爷和周老爷）的百无聊赖："一个问：老七！你在家么。今天到什么地方去逛呢？一个答：新世界，好么？那个说：新世界也没有什么意思，还是到×××……叮当，叮当，两个人坐着马车出去了。"瞿秋白愤怒地说："一个人等到百事不做，那种颓放不堪的样子，我们只要一听见那句'我们今天到什么地方去呢'，顿时就要毛骨悚然受不住了。"② 承担社会责任、发挥文学理论推动文艺实践的实际价值毫无疑问是正确的、必须的，但价值是多维的，学术性、学科建设的价值也应该坚守和受到重视，应该尽力做到现实责任、专业意识二者的平衡与配合，中国现代历史上涌现过不少这样的榜样。中国地质学界泰斗翁文灏关心政治，还做过大官（曾任南京国民政府行政院院长等职），但一直抱定"以人的力量开发地的资源，而后国家始可发生力量"的信念，坚持从事专业工作，取得举世瞩目的学术成就。当朝阳门外日本军人打靶的枪声传入北大红楼教室时，著名历史学家、宗教史学家陈垣沉沉地对学生们说，"一个国家是从多方面发展起来的；一个国家的地位，是从各方面的成就累积的"，"我们必须从各方面就着各个所干的，努力和人家比"，"我们是干史学的，就当处心积虑，在史学上压倒人家"③。

建设具有中国特色文学理论的今天，必须彻底破除文学"政治化""工具论"的流弊，清算这些观点的负面影响，在文学理论的社会功用、学术贡献上，求得新的统一与平衡：一方面，瞿秋白忧思社会现实、注重发挥文艺社会作用的思想，对于矫正当前文学创作中追求"纯文学"倾向、主张身体写作等不良倾向，仍然具有突出的积极意义，文学理论应该以其特有的方式，继续肩负社会责任，尽力发挥社会功用；另一方面，在

① 金安平：《从批判的武器到武器的批判——二十世纪前半期中国知识分子与政党政治》，黑龙江人民出版社 2000 年版，第 16 页。
② 《瞿秋白文集》（政治理论编）第 1 卷，人民出版社 1987 年版，第 10、14 页。
③ 晋阳学刊编辑部编：《中国现代科学家传略》第一辑，山西人民出版社 1982 年版，第 198 页。

思想淡出、学术凸显的今天，研究瞿秋白与俄国马克思主义文学理论的关系，必须以学术评价、思想审察为标准，而不是以政治判断、工具考量为中心，必须强调文学理论的内在价值，重返科学研究、学术探讨的轨道。

其次，必须以解答文学理论的"元问题"为核心，保持开放式的吸收姿态，确保马克思主义文学理论的主导性和指导地位。

以列宁文学理论为代表的俄国马克思主义文学理论，为瞿秋白审视文艺现象提供了参照坐标、思想武器、批判工具，意义重大。瞿秋白从俄国马克思主义文学理论当中，汲取了丰富的思想营养，找到了大量文艺方法，全面论述了文学的本质、主体、方向、价值、技巧等重要问题，致力于创建"科学的文艺论"，促使马克思主义文学理论以相对独立的思想体系、新兴的学科面貌得到快速传播与广泛运用，并逐渐成为主导性的文学理论形态，贡献巨大。它启示我们，要想确保马克思主义文学理论的主导性和指导地位，应该像瞿秋白最初建构中国化马克思主义文学理论体系那样，继续深化文学理论基础问题的研究，进一步增强其圆满解答各种"元问题"的核心竞争力，"并据此一步步构建出具有原创性和方法论支撑的当代形态的马克思主义文艺学的宏大的理论体系"①；应该向瞿秋白学习，应该广泛吸收俄国马克思主义文学理论等外域思想文化资源，强化"问题域"意识，保持开放式的吸收姿态，从"二元对立思维"走向"多元对话思维"，从"贫乏理论资源"走向"多重资源整合"，从"单一研究方法"走向"多种方法综合"②，坚持辩证唯物主义与历史唯物主义的体系统一性，"运用宏观、辩证、综合、创新的思维方式"③，夯实马克思主义文学理论的学科基础，在"一元主导""多元共生"的张力结构中，增强马克思主义文学理论的科学性、权威性、有效性、针对性。

再次，需要关注当下的文艺创作实践，重视文艺的大众化，尽可能地发挥文学理论的作用。

马克思在《关于费尔巴哈的提纲》中说："哲学家们只是用不同的方式解释世界，而问题在于改变世界。"瞿秋白对于俄国马克思主义文学理论的译介与传播，是与当时的文艺创作实践紧密结合的。一方面，以马克

---

① 杨建生：《瞿秋白文艺思想的价值及当代评价》，《南京社会科学》2010 年第 2 期。

② 季水河：《回顾与前瞻——论新中国马克思主义文艺理论研究及其未来走向》，中国社会科学出版社 2009 年版，第 221—283 页。

③ 陆贵山：《马克思主义文艺学的理论创新》，《文学评论》2009 年第 4 期。

思主义文学理论为指导，瞿秋白以文艺大众化理论建构了自身的文学理论，撰写了大量的文学批评文章，涉及鲁迅、茅盾、高尔基等许多作家，这些文章注重文艺作品对社会内容、阶级斗争、人物地位的反映，践行的是一种以"文艺社会学"批评为主的"外部规律"研究范式。另一方面，以"俄苏经验"为范式，瞿秋白创作了散文、杂文、诗歌等各种体裁的大量文学作品，以实际行动推动文艺的大众化，从社会文化大视野出发，发挥了文艺的社会功用。它启示我们，要想最大可能地实现文学理论的价值，应该将文学理论的建设与当下的文学创作实践紧密结合起来，倾听实践呼声，因为"'事理究竟能否知道'这个问题，不是以争辩所可解决的，只有诉之于经验才能有望"①，由此来强化文学理论对于文学创作的指导作用，解决文学创作实践中遇到的各种新问题、新情况，以促进现实文艺的健康、快速发展。如著名平民教育家、留美学者汤茂如 1926 年指出"梁启超是一个学者，梅兰芳不过是一个戏子。然而梁启超所到的地方，只能受极少数的知识阶级的欢迎；梅兰芳所到的地方，却能受社会上一般人的欢迎"② 所启示的那样，应该倡导文艺的大众化，大力发展大众文艺，以满足人民群众日益增长的文学文化需要；应该像瞿秋白当年那样，严厉批判"宗法主义和市侩主义"带给大众文艺的低俗化，不断发挥文学理论的指导作用、规范功能、导向价值，尽力消除或减少商业经济、消费主义对于文艺的负面影响，有效防止大众文艺的低俗化，致力于建设具有中国特色的大众新文艺。

三　重视外域文学理论资源的输入及其本土式转换

在中国现代文学理论发生史上，异域/本土的互动关系贯穿始终，异域体验、本土需要相互交织。与"五四"新文学运动时期中国作家"日本体验""英美体验"共同发生作用不同，瞿秋白的思想建构、文艺实践是以"俄苏体验"为中心的。瞿秋白与俄国马克思主义文学理论发生关系，通过"内在转化"以便有效适应"外在冲击"、消除中国近现代知识分子普遍存在的"百事不如人"挫败感，"破""立"结合，"技""艺"并举，以典型个案的方式，对于我们科学处理援引外域文学理论资源与服

---

① ［英］弗朗西斯·培根：《新工具》，关琪桐译，商务印书馆 1936 年版，第 31 页。
② 汤茂如：《平民教育运动之使命》，《晨报副刊》1927 年 1 月 25 日。

务本土语境、汲取俄苏文学理论营养与输入西方文学理论等多种关系，提供了如下的有益启示。

首先，建设具有中国特色的文学理论，离不开援引外域文学理论资源。

"一切陌生未知的事物都是本源的、未曾分化的，超越于经验范围之外的；一切事物要比我们先前已知的实在有着更多的蕴涵。"① 中国现代文学理论批评的产生与发展，受益于西方文学理论与近现代哲学的推动，"促使了文学工作者有意追问文学的定义、性质和功用，文学从包罗万象的史、哲、政的混杂中独立出来，文学理论与批评的形式不再是诗意和自由的'诗文评'"②。瞿秋白对于俄国马克思主义文学理论的接受、传播、运用，同样如此，它是典型的中外文学理论交流个案。实际上，即便是马克思主义文学理论本身，也不是中国土生土长的文学理论形态，其创始人马克思、恩格斯是德国人。经由李大钊、陈独秀、瞿秋白、鲁迅、胡风、周扬、冯雪峰等一大批人持续不断地向国内引介与传播，马克思主义文学理论才以本土化、民族化、大众化的姿态，在中国文学理论界产生了巨大而深远的影响，并最终成为主导性的文学理论形态，改变了整个 20 世纪中国文学理论的基本格局与总体走向。马克思主义文学理论中国化的历史表明，输入外域文学理论资源对于建构自身的文学理论，具有重大意义。事实上，推而广之，如王一川指出的，在中国审美现代性的生成过程中，整个革命主义话语都"博采"了外域文化资源的"众长"，"法国式的政治革命在这里主要涉及根本的政体制度及相应的文化观念的变革，如西方美学观、艺术观、教育观、文化观等；英国式的工业革命主要体现为传媒技术和文化产业的变革，如机械印刷媒介取代传统雕版印刷技术、摄影与电影等新媒介的运用、艺术的机械复制等；苏俄式社会主义革命则为以专政手段推翻旧趣味而推行新趣味提供了合法性"，"中国审美现代性中的革命主义应当是一种由政体—文化革命、传媒革命和阶级趣味革命合力驱动的'三轮革命'"③，在这里，外域文学与文化理论资源是至关重要的发

① ［德］马克斯·霍克海默、西奥多·阿道尔诺：《启蒙辩证法》，渠敬东、曹卫东译，上海人民出版社 2003 年版，第 12 页。
② 傅莹：《中国现代文学理论发生史》，上海文艺出版社 2008 年版，第 137 页。
③ 王一川：《中国现代学引论——现代文学的文化维度》，北京大学出版社 2009 年版，第 106 页。

生源。借鉴这些经验，彻底破除"华夏中心主义"的束缚，在建设具有中国特色文学理论的今天，继续援引俄国马克思主义文学理论、现当代西方文学理论的最新成果等外域文学理论资源，彻底摈弃"中华百产丰盈，万事不求人"的黄粱美梦心态，始终保持开放的姿态，如傅斯年所强调"上穷碧落下黄泉，动手动脚找东西"的学术原则，放眼世界，关怀人类，从多侧面、多角度、多层次深化文艺认识，用以不断增强马克思主义文学理论的科学性、权威性、有效性，完成中国古代文学理论的现代转换，实现马克思主义文学理论、中国古代文学理论、西方文学理论三者之间的汇流、融通、互补，显然具有突出的积极价值。

其次，建设具有中国特色的文学理论，离不开汲取俄苏文学理论的养分。

当前我国文学理论界存在一种不好的现象，那就是习惯性地将俄苏文学理论排斥在外域文学理论资源之外，在中外文学理论的性质归属结构中，俄苏文学理论难以找到自身的位置。瞿秋白与俄国马克思主义文学理论的关系史告诉我们，这是很不正常的，这是不利于建设中国特色文学理论的。在瞿秋白那里，作为西方文学理论（欧化文学理论）的一部分，俄苏文学理论被引入中国。随后，受意识形态、地缘政治等多种因素的影响，俄苏文学理论逐渐从西方文学理论中剥离出来，被视为与之相异的思想形态。新中国成立前后一段较长的时间内，受"亲苏"政治的直接推动，与西方文学理论的被排斥形成鲜明对比，俄苏文学理论被奉为圭臬、视为典范，成为当时中国文学理论界的一统模式，它加速了马克思主义文学理论的普及化，也带来了庸俗社会学和教条主义。以群主编、1964 年出版的全国高等院校文科教材《文学的基本原理》一书，就大量引用列宁、斯大林、别林斯基、车尔尼雪夫斯基、杜勃罗留波夫等俄苏文学理论批评家的言论，其中列宁的话被引用 48 次，别林斯基 23 次，斯大林、车尔尼雪夫斯基各 10 次，杜勃罗留波夫 6 次，此外，该书还引用屠格涅夫、列夫·托尔斯泰、契诃夫等许多俄苏作家的有关文学批评言论，便是这方面的典型例证。[①] 改革开放新时期以来，我国理论界的风向完全改变，西方文学理论以其先锋的姿态、时髦的外表、"解放"的属性，如洪水般不断向我们涌来，为中国文学理论界顶礼膜拜，其研究之热令人惊诧，相

---

① 庄桂成：《周扬接受俄苏文学批评的三个维度及反思》，《长江学术》2006 年第 3 期。

反，俄苏文学理论则往往被当成一种过时的理论范式，不断被冷落，在有些人那里，它甚至被视同于庸俗社会学和教条主义，来了一个180度的大转弯。文学理论由"向外转"，变化为"向内转"。① 变幻的政治语境、相异的理论风向，催生了不正常的极端化思维，影响了人们的正确判断。事实上，俄苏文学理论渊远流长、派别众多、思想丰富，其价值与地位具有相对稳定性。它产生过别林斯基、车尔尼雪夫斯基、杜勃罗留波夫、安年科夫、亚·维谢洛夫斯基、波捷勃尼亚、米哈伊洛夫斯基、别尔嘉耶夫、罗赞诺夫、维·伊凡诺夫、艾亨瓦尔德、别雷、伊凡诺夫·拉祖姆尼·克、沃隆斯基、什克洛夫斯基、卢那察尔斯基、巴赫金等一大批著名文学理论家，他们提出的不少理论范式产生过世界性影响，这是普遍公认的。19世纪的俄苏文学理论中，既有别、车、杜的革命民主主义文学理论，还有学院派、斯拉夫派、唯美派、根基派等派别。20世纪的俄苏文学理论中，除了传统的马克思主义文学理论之外，另有象征派、宗教文化，形式主义、结构符号等流派。在我国文学理论界向西方文学理论"一边倒""中心发生置换"的今天，当国内文学理论界存在"偏食"现象时，俄苏文学理论因其具有鲜明的社会激情和深厚的历史主义传统等独特的理论价值，汲取俄苏文学理论的养分将对西方文学理论起到明显的纠偏、互补作用，"百虑而一致，同归而殊途"，"会通以求超胜"，必将有利于建设具有中国特色的文学理论。②

再次，必须立足中国语境，对外域文学理论资源进行本土式转换。

在译介与传播俄国马克思主义文学理论的整个过程中，瞿秋白目的性明显，使命感强烈，具有明确的本土语境意识。参与、指导当时的文艺论争，建设中国新文学，推动中国文学理论的发展，外域文学理论资源的这种本土式转换，在瞿秋白这里体现得非常明显。它以雄辩的事实表明，任何外域文学理论资源，只有与中国社会实际和时代特征相结合，只有密切关注中国文艺实践，有效平衡内部张力和外部拉力，才能发挥效力、站稳脚跟、生根发芽。离开中国语境的考量，脱离本土的具体实际，任何外域理论都只能是空谈，断然不能"开花结果"。"时间不能完全脱离和独立

---

① 欧阳友权：《中西文论60年行进态势及成因》，《贵州社会科学》2009年第10期。
② 程正民：《识见·立场·旨归——俄苏文学理论批评研究和教学30年》，《俄罗斯文艺》2009年第2期。

于空间，而必须和空间结合在一起形成所谓的时空的客体"①，"中国是不能仅仅用西方术语的转移来理解的，它是一种与众不同的生灵。它的政治必须从它内部的发生和发展去理解"②。可以说，对于任何外域文学理论资源，都普遍存在一个"本土式转换"的问题，这是确保外域文学理论在输入语境中重新迸发活力、拥有效力、发生影响的关键。在这里，需要我们综合运用发掘分离、多重整合、对应阐释、中外沟通等多种方法，以实现外域文学理论资源的本土式转换，使其在播迁、冲突、认同、融摄、变化的过程中，适应新环境，发生新效力，不至于"水土不服"，反过来，亦能被土本文学理论与文化资源所统摄、所改造、所应用，得以发挥、增强中华文化的世界影响力。如克罗齐所言，"历史也像从事工作的个人一样，一次只做一件事情，对于当时来不及照顾的问题则加以忽视或临时稍加改进，任其自行前进，但准备在腾出手来的时候给以充分的注意"③，在多元并举、众语并存的今天，以本土式转换的姿态，积极引进外域文学理论资源，尽量做到"互诠互释""互融互汇"，对于快速、健康、有序地建设有中国特色的文学理论，不仅具有紧迫性，而且具有必要性。"天下万事万物，皆在空间，又在时间。"④ 瞿秋白与俄国马克思主义文学理论的关系，为我们提供了这方面的直接启示。

---

①　［英］史蒂芬·霍金：《时间简史》，许明贤、吴忠超译，湖南科学技术出版社 2002 年版，第 21 页。
②　［美］费正清、罗德里克·麦克法夸尔主编：《剑桥中华人民共和国史：1949—1965》，王建朗等译，上海人民出版社 1990 年版，第 14—15 页。
③　［意］贝奈戴托·克罗齐：《历史学的理论与实际》，傅任敢译，商务印书馆 1982 年版，第 229 页。
④　《梁启超全集》第 2 册，北京出版社 1997 年版，第 739 页。

结　　语

　　俄国著名思想家、文学家赫尔岑曾说，充分地理解过去——我们可以弄清现状；深刻认识过去的意义——我们可以揭示未来的意义；向后看——就是向前进。本书从瞿秋白与俄国马克思主义文学理论的整体把握、瞿秋白与俄国马克思主义文学理论的微观研究、俄国马克思主义文学理论影响下的瞿秋白与20世纪中国文学理论批评的关系、瞿秋白与俄国马克思主义文学理论关系的总体评价与当代启示等四个方面，全面研究了瞿秋白与俄国马克思主义文学理论的选择、接受、运用关系。在结构上，全书细分为以下部分：绪论，主要围绕研究缘起、国内外研究现状述评、主要研究内容和方法、几个关键术语的界定等内容，就瞿秋白与俄国马克思主义文学理论的关系进行了研究设定。第一章，进行了瞿秋白与俄国马克思主义文学理论的整体研究，具体探讨了瞿秋白与俄国马克思主义文学理论关系的动因、特征。第二章，开展了瞿秋白与俄国马克思主义文学理论的个案研究，具体分析了瞿秋白与列宁文学理论的关系、瞿秋白的高尔基崇拜、瞿秋白对普列汉诺夫文学理论的批评、瞿秋白与拉普文学理论的关系。第三章，分析了深受俄国马克思主义文学理论影响的瞿秋白与20世纪中国文学理论批评的关系，具体研究了瞿秋白的文学理论成就、瞿秋白的"五四"观、瞿秋白与20世纪30年代中国武侠小说批评热潮、瞿秋白与毛泽东文学理论的关系。第四章，对瞿秋白与俄国马克思主义文学理论的关系，进行了包括正面价值、负面影响的总体评价，并揭示了它的几点当代启示意义。

　　瞿秋白与俄国马克思主义文学理论发生关系，是特定时代与主体选择对接的产物。俄国十月革命的胜利，引发了国人"以俄为师"的学习热潮，这为俄国马克思主义文学理论，以俄苏思想形态的样貌输入中国提供了可能条件。肇始于20世纪20年代中后期，中国掀起了一股大规模译介、传播马克思主义文学理论的时代热潮，这为俄国马克思主义文学理论，以马克思主义文学理论形态进入中国创造了便利条件。瞿秋白两次长时间的旅俄经历、精通俄语、仰慕俄罗斯文化，为其结缘俄国马克思主义文学理论提供了直接便利、语言基础、心理条件。瞿秋白良好的文学修养、浓厚的文艺兴趣、扎实的理论功底，为其译介与传播俄国马克思主义文学理论提供了内在动因、审察视野、知识储备。对于理论引进与付诸实践，瞿秋白具有突出的责任感、紧迫感，目的意识比较明确，这为他选择、接受、运用俄国马克思主义文学理论提供了巨大的主体动力。相比同时代其他人，瞿秋白对于俄国马克思主义文学理论的译介、传播、应用，具有翻译的直接性、撰述的重要性、语境的指涉性、话语的复调性等明显特征。翻译的直接性是指，就译介语言而言，瞿秋白对俄国马克思主义文学理论的翻译，属于由"俄文"向"中文"的直接翻译；就翻译对象而言，瞿秋白译介的俄国马克思主义文学理论中，有相当一部分属于马克思主义文学理论的重要著作与经典文本。瞿秋白译介与传播俄国马克思主义文学理论时，既有准确、忠实、严谨的"等值"翻译，更有以翻译为外衣、却有意增删、故意变形、面目全非的"撰述"。对待经典文本，瞿秋白坚持"翻译"；对于俄国研究者所作的序言等，瞿秋白运用"撰述"。"翻译"旨在宣传，以学术标准衡量；"撰述"接近鼓动，以动员效果取胜。在瞿秋白文艺大众化思路的总体框架下，"撰述"是快速实现马克思主义文学理论"大众化"的有效方法，它发挥着与理论翻译异曲同工的功能。在理论可信度、实践针对性两大维度上同时发力，"撰述"是马克思主义文学理论中国化早期阶段的现实策略。瞿秋白译介与传播俄国马克思主义文学理论的语境指涉性是指，一方面，他根据当时中国的革命社会语境，策略性地引进适合需要的俄国马克思主义文学理论，并注重对其灵活改造，以便发挥更大的现实斗争作用；另一方面，他不仅熟谙俄国马克思主义文学理论的生成语境、实际效用，而且密切关注俄苏文坛、理论界、政治界的最新动向，以便了解与掌握俄国马克思主义文学理论各种资源的评价语境，采用消息报道、理论阐释、思想溯源等多种形式，在中国语境框架内作出适当调整。瞿秋白走的是一条"理论资源"与"现实语境"对接的路子：既重视作为思想资源的俄国马克思主义文学理论本身，亦强调其评价语境、应用语境，试图求得一种平衡式的"和谐"对接。然而，它侧重于从现实政治层面而非学术思想视域，去把握理论、界定问题、评判现象，相对缺乏以深入的学术研究为基础的独立审视，阶段性的现实逻辑、动态式的政治倾向居于主导地位，容易生出影响与接受、紧随与自创的二元对立式焦虑，这体现了瞿秋白作为"政治家的理论家"和作为"文学家的理论家"之间的矛盾，亦反映出马克思主义文学理论中国化的艰巨性、曲折性，还与瞿秋白"半政治家""半知识分子"的特殊身份及其分裂有关。在瞿秋白与俄国马克思主义文学理论的关系中，存在"译介话语""政治话语""学术话语"等多种话语，体现了话语的复调性。瞿秋白依据俄国马克思主义文学理论资源，以"文艺阶级性"为核心，注重发挥文艺的煽动、宣传功能，致力于建构文学理论的"政治话语"，意识形态化倾向浓烈。面对俄国马克思主义文学理论资源，瞿秋白从文学批评、哲学观念等多个角度，在具体行文上彰显了他对于文艺内部规律的同样尊重与独特理解，强调文学理论"学术话语"的重要性，具有一定的学术色彩，为其赢得了"卓越的马克思主义文学理论家"的巨大声誉。

　　瞿秋白接受了列宁反映论的文艺本质论，正确认识了文艺与现实的关系，完成了自身文学理论体系的核心建构；继承了列宁阶级性的文艺属性论，强调文艺与阶级、政治、意识形态的紧密关联，确立了自身文学理论的基本品格；借鉴了列宁大众化的文艺方向论，强调无产阶级文艺为劳动者、为人民服务的价值取向，体现出鲜明的人民性特征。列宁文学理论为瞿秋白文学理论输入了大量的思想观点，成为其审视文艺的参照坐标；列宁文学理论为瞿秋白的普列汉诺夫文学理论批判，提供了强有力的思想武器；在瞿秋白与"自由人""第三种人"的文艺论战中，列宁文学理论发挥了犀利批判工具的巨大功用。瞿秋白全面接受与广泛运用列宁文学理论，在于列宁文学理论的科学性、生命力，基于所处时代的迫切需要，源于瞿秋白对列宁及其理论的推崇。瞿秋白译介、传播列宁文学理论，应用于中国文艺批评实践，具有突出的正面价值：它促进了列宁文学理论在中国的广泛传播，推动了中国文学理论的向前发展，搭建了毛泽东与列宁文学理论关联的中间环节。瞿秋白全面接受、广泛运用列宁文学理论，客观上也产生了一定的负面影响：它相对忽视文学的审美艺术功能，强化了20世纪中国文学理论的政治化色彩；基于立场、身份的推导逻辑，影响了判断的准确性、评价的公允度；范式转换预示着理论独尊，开始了20世纪中国文学理论的苏联模式支配期，体现了文学与政治的博弈。瞿秋白眼中的高尔基主要呈现为无产阶级的普罗作家、现实主义文学理论的实践者、革命者这三幅形象，瞿秋白对高尔基的推崇，源于高尔基自身的主体因素、苏联打造"样板"的影响、建设新文艺的现实需要等各种原因，它遵循样板化与大众化的双重逻辑，进步意义与消极影响并存，同时具有丰富的文本指涉意义。瞿秋白从文艺与政治功利、阶级本位、哲学观念等关系维度，围绕客观主义、象形论、智识本位、笼统主义、不充分的辩证法等论题，深入批判了普列汉诺夫文学理论，其主要成因是现实斗争的需要、苏联风潮的误导、研究视界的影响。瞿秋白的这种批评服务于具体的历史语境，体现了资源与语境的对接，其推导逻辑往往建立在政治立场、阶级身份的基础之上，有失公允，但客观上促进了普列汉诺夫文学理论在20世纪中国的传播与运用，参与了马克思主义文学理论中国化的话语实践与价值建构。深受拉普文学理论的影响，瞿秋白提出了一些错误主张，但其文学理论同时具有对抗、纠正拉普文学理论的创新因子，表现为理论与实践两个层面，对于拉普文学理论错误的清算。

20世纪中国马克思主义文学理论批评为瞿秋白与俄国马克思主义文学理论关系研究，提供了理论场域、历史语境、审视观照。瞿秋白以文艺大众化理论建构了自身的文学理论；以翻译与撰述的双重方式推动了马克思主义文学理论中国化；以强调文艺的阶级性、意识形态性，注重文学的政治功能，崇尚现实主义的创作原则，践行了"文艺社会学"式的文学批评；以散文、杂文、诗歌等各式体裁的创作，对接了"俄苏经验"；以文学翻译及翻译研究为基础，提出了翻译标准的"信顺神"三因素说，强调了翻译服务于社会政治。瞿秋白的上述理论成就，在反思"五四"、批评20世纪30年代中国武侠小说热潮、直接影响毛泽东文学理论的形成等方面，以理论资源、文学观念、思维方法等多种形式发挥了重要作用，有力生成了瞿秋白文学理论在20世纪中国马克思主义文学理论批评中的巨大价值。瞿秋白主要从资产阶级革命、"欧化"视域、文艺宗派论争等角度审视"五四"，它遵循文化领导权的争夺、文艺大众化的具象法则、俄苏文化建设经验的资源平移等理论逻辑。瞿秋白的"五四"观，坚持"继承""批判""超越"三位一体的态度，诠释了20世纪30年代思路与"五四"思路理论范式的对立性，具有鲜明的列宁主义色彩，代表了当时中国马克思主义者的最高水平，同时，它偏激地主张废除汉字而倡导拉丁化，社会科学范式遮蔽了人文科学思路，轻视"五四"的思想文化革新意义，资源批判服膺于语义转移，表征着"五四"激进革命话语的初步确立。针对20世纪30年代中国武侠小说的激烈批评，其实质是新文学阵营对通俗文学的"政治压倒审美"式批判，动因是新文学对通俗文学读者群的争夺，引出了新文学必须善用现代传媒、实现文学大众化的重要课题。在政治功利与审美追求、"社会影响"与"品格操守"的二律背反中，瞿秋白结合苏俄普罗文学经验，以马克思主义文学理论为思想武器与批评工具，体现了马克思主义文学理论的指导作用与独特魅力，提出了政治化与大众化并举的新思路，旨在建设无产阶级文学。瞿秋白与毛泽东文学理论的命题基本相似，都由反映论的文艺本质论、工具式的文艺属性论、大众化的文艺方向论等构成，这体现了瞿秋白文学理论对毛泽东的影响。在文艺语言、文艺批评标准、文艺与统一战线的关系等方面，毛泽东发展了瞿秋白文学理论。毛泽东与瞿秋白文学理论的相似性、差异性，其成因是多方面的。

瞿秋白对俄国马克思主义文学理论的选择、接受、运用，具有推动马克思主义文学理论的中国化进程、推动中国现代文学理论批评的迅速发展、促成20世纪中国无产阶级文艺的发展浪潮等正面价值，也产生了强化20世纪中国文学理论的政治化色彩、因紧跟俄苏风尚给中国文艺界带来过消极影响、加剧了中国现代文学理论批评的外部研究倾向等负面影响，政治与学术，革命与审美，在瞿秋白这里多相交织、复杂关联，这需要我们如陈寅恪指出"所谓真了解者，必神游冥想，与立说之古人，处于同一境界，而对于其持论所以不得不如是之苦心孤诣，表一种之同情，始能批评其学说之是非得失，而无隔阂肤廓之论"①的那样，如钱锺书所强调的"史家追叙真人实事，每须遥体人情，悬想事势，设身局中，潜心腔内，忖之度之，以揣以摩，庶几入情合理"②，"返其旧心，不思近世"（鲁迅语），尽量做到"了解的同情""美学的理解"，使"知人论世""以意逆志"二者完美统一。瞿秋白与俄国马克思主义文学理论关系的当代启示意义在于，需要加强马克思主义文学理论中国化的研究，必须辩证界定、多维实现文学理论的价值，应该重视外域文学理论资源的输入及其本土式转换。

---

① 陈寅恪：《金明馆丛稿二编》，上海古籍出版社1980年版，第247页。
② 钱锺书：《管锥篇》第1册，中华书局1979年版，第166页。

　　瞿秋白与俄国文学文化的关系是一个颇为复杂的课题，俨如一道深邃难测的幽谷，谷中风景绝佳，神秘陆离，引来众人争先恐后地小心探险、穷心解奥，但能否觅得真谛、满载而归，却有如世人饮水、冷暖自知。本书从马克思主义文学理论角度切入，就整个课题而言，只是迈出了很小的一步，期待更多人的参与，同时本书还存在一些不足：第一，受俄语水平、俄文资料所限，对于俄国马克思主义文学理论、俄苏文学理论、俄苏文学与社会文化等，笔者的熟谙程度还不够，文本细读亦需加强。第二，虽已运用政治文化、心理分析等研究方法，但论述还不够深入、全面，一定程度上影响了探讨效果。以上这些不足，有些是研究条件的限制，有些是研究方法的局限。诚以为憾。希望在今后的学习、工作中，笔者能较好地解决上述问题，交上一份比较令人满意的答卷。笔者认为，围绕本书的选题，尚有以下研究领域需要强化或值得开掘：第一，对于瞿秋白与列宁文学理论、高尔基文学理论批评、普列汉诺夫文学理论、拉普文学理论关系这四个最重要的具体论题，笔者已进行了较有深度的专门研究，但关于瞿秋白与托洛茨基、卢那察尔斯基、布哈林文学理论的关系，虽然已经涉及，但研究深度还不够，尚待加强。第二，瞿秋白与卢卡奇、葛兰西等西方马克思主义思想家接受俄国马克思主义文学理论的比较研究，需要开掘。总之，恰如赫尔岑在《来自彼岸》中所写到的，"不要在这本书中寻找解决之道——它里面没有，总体来说，现代人根本不会有任何解答。所有被解决的，所有结束的，都只不过是剧烈转折的开端而已"，瞿秋白与俄国马克思主义文学理论的关系研究，也是一个继续拥有研究潜力的选题，值得进一步垦拓，使探讨不断走向深入、完善、全面。

参考文献

一 著作类

（一）瞿秋白著作

1. 《瞿秋白文集》（文学编）第1—6卷，人民文学出版社1985—1989年版。
2. 《瞿秋白文集》（政治理论编）第1—8卷，人民出版社1987—1998年版。
3. 《瞿秋白自选集》，人民出版社1985年版。
4. 《瞿秋白论文集》，重庆出版社1995年版。

（二）国内著作

5. 艾晓明：《中国左翼文学思潮探源》，北京大学出版社2007年版。
6. 艾晓明：《中国左翼文学思潮探源》，湖南文艺出版社1991年版。
7. 北京大学、北京师范大学、北京师范学院中文系中国现代文学教研室编：《中国现代文学史参考资料·文学运动史料选》，上海教育出版社1979年版。
8. 《曹靖华译著文集》第1—11卷，北京大学出版社、河南教育出版社1989—1993年版。
9. 陈寅恪：《金明馆丛稿二编》，上海古籍出版社1980年版。
10. 程正民、王志耕、邱运华：《卢那察尔斯基文艺理论批评的现代阐释》，北京大学出版社2006年版。
11. 陈荒煤：《中国现代文学期刊目录汇编》，天津人民出版社1988年版。
12. 陈建华：《二十世纪中俄文学关系》，高等教育出版社2002年版。

13. 陈建华：《中俄文学关系》，学林出版社 1998 年版。

14. 陈建华：《中国革命话语考论》，上海古籍出版社 2000 年版。

15. 陈建华主编：《中国俄苏文学研究史论》，重庆出版社 2007 年版。

16. 陈瘦竹：《左翼文艺运动史料》，南京大学学报编辑部，1980 年。

17. 代迅：《西方文论在中国的命运》，中华书局 2008 年版。

18. 邓丽兰：《域外观念与本土政制变迁：20 世纪二三十年代中国知识界的政制设计与参政》，中国人民大学出版社 2003 年版。

19. 丁守和：《瞿秋白思想研究》，四川人民出版社 1985 年版。

20. 方维保：《红色意义的生成——20 世纪中国左翼文学研究》，安徽教育出版社 2004 年版。

21. 《冯雪峰论文集》，人民文学出版社 1981 年版。

22. 傅修海：《时代觅渡的丰富与痛苦——瞿秋白文艺思想研究》，中国社会科学出版社 2011 年版。

23. 高军：《中国社会性质问题论战》（资料选辑），人民出版社 1984 年版。

24. 何继龄：《马克思主义中国化问题研究》，中国社会科学出版社 2006 年版。

25. 洪峻峰：《思想启蒙与文化复兴——五四思想史论》，人民出版社 2006 年版。

26. 韩斌生：《文人瞿秋白》，中央文献出版社 2000 年版。

27. 胡秋原：《唯物史观艺术论——朴列汗诺夫及其艺术理论之研究》，神州国光社 1932 年版。

28. 江苏省瞿秋白研究会编：《瞿秋白研究》第 13 辑，上海社会科学院出版社 2005 年版。

29. 贾磊磊：《中国武侠电影史》，文化艺术出版社 2005 年版。

30. 吉明学、孙露茜：《三十年代"文艺自由论辩"资料》，上海文艺出版社 1990 年版。

31. 金安平：《从批判的武器到武器的批判：二十世纪前半期中国知识分子与政党政治》，黑龙江人民出版社 2000 年版。

32. 季水河：《多维视野中的文学与美学》，东方出版社 2002 年版。

33. 季水河：《回顾与前瞻——论新中国马克思主义文艺理论研究及其未来走向》，中国社会科学出版社 2009 年版。

34. 季甄馥：《瞿秋白哲学思想评析》，华东师范大学出版社 1998 年版。

35. 邝新华：《1928：革命文学》，山东教育出版社 1998 年版。

36. 柳国庆：《马克思主义中国化历史经验研究》，浙江大学出版社 2006 年版。

37. 黎皓智：《20 世纪俄罗斯文学思潮》，北京大学出版社 2006 年版。

38. 李何林：《近二十年中国文艺思潮论（1917—1937）》，陕西人民出版社 1981 年版。

39. 李何林：《中国文艺论战》，北新书局 1929 年版。

40. 李辉凡：《二十世纪初俄苏文学思潮》，社会科学文献出版社 1993 年版。

41. 李敏生编：《中华心——胡秋原政治·文艺·哲学文选》，社会科学文献出版社 1995 年版。

42. 李今：《三四十年代苏俄汉译文学论》，人民文学出版社 2006 年版。

43. 李泽厚：《中国现代思想史论》，三联书店 2008 年版。

44. 林伟民：《中国左翼文学思潮》，华东师范大学出版社 2005 年版。

45. 刘锋杰：《中国现代六大批评家》，北京大学出版社 2005 年版。

46. 刘福勤：《从天香楼到罗汉岭——瞿秋白综论》，广西师范大学出版社 1995 年版。

47. 刘禾：《跨语际实践：文学、民族文化与被译介的现代性》，宋伟杰等译，三联书店 2002 年版。

48. 刘晔：《知识分子与中国革命：近代中国国家建设研究》，天津人民出版社 2005 年版。

49. 刘小中、丁言模：《瞿秋白年谱详编》，中央文献出版社 2008 年版。

50. 刘小中：《瞿秋白与中国现代文学运动》，南京大学出版社 2002 年版。

51. 刘学军：《政治文明的文化视角：中国现代化进程中的政治文化走向》，江西高校出版社 2004 年版。

52. 刘勇：《中国现代文学的心理学研究》，北京大学出版社 2006 年版。

53. 龙德成：《马克思主义者瞿秋白》，中共党史出版社 2005 年版。

54. 陆贵山、周忠厚：《马克思主义文艺论著选讲》，中国人民大学出版社 2007 年版。

55. 鲁迅博物馆编：《鲁迅译文全集》，福建教育出版社 2008 年版。

56. 《鲁迅全集》，人民文学出版社 2005 年版。

57. 罗志田：《激变时代的文化与政治——从新文化运动到北伐》，北京大学出版社 2006 年版。

58. 罗志田：《近代中国史学十论》，复旦大学出版社 2003 年版。

59. 罗志田：《权势转移：近代中国的思想、社会与学术》，湖北人民出版社 1999 年版。

60. 马驰：《艰难的革命：马克思主义美学在中国》，首都师范大学出版社 2006 年版。

61. 马良春、张大明编：《三十年代左翼文艺资料选编》，四川人民出版社 1980 年版。

62. 马嘶：《百年冷暖——20 世纪中国知识分子生活状况》，北京图书馆出版社 2003 年版。

63. 茅盾：《我走过的道路》（上），人民文学出版社 1981 年版。

64. 茅盾：《我走过的道路》（中），人民文学出版社 1984 年版。

65. 《茅盾全集》第 19 卷，人民文学出版社 1991 年版。

66. 《茅盾文集》第 7 卷，人民文学出版社 1958 年版。

67. 《毛泽东文艺论集》，中央文献出版社 2002 年版。

68. 《毛泽东文集》第 7 卷，人民出版社 1999 年版。

69. 《毛泽东选集》第 2 卷，人民出版社 1991 年版。

70. 倪稼民：《从建构到失语：文化传统背景下的俄罗斯革命知识分子与斯大林模式》，江西人民出版社 2007 年版。

71. 倪伟：《"民族"想象与国家统制：1928—1948 年南京政府的文艺政策及文学运动》，上海教育出版社 2003 年版。

72. 潘一禾：《观念与体制——政治文化的比较研究》，学林出版社 2002 年版。

73. 钱理群、吴福辉、温儒敏：《中国现代文学三十年》，北京大学出版社 1998 年版。

74. 钱锺书：《管锥篇》，中华书局 1979 年版。

75. 邱运华等：《19—20 世纪之交俄国马克思主义文学思想史论》，北京大学出版社 2006 年版。

76. 石凤珍：《文艺"民族形式"论争研究》，中华书局 2007 年版。

77. 孙正甲：《政治文化》，北方文艺出版社 1992 年版。

78. 谭好哲、任传霞、韩书堂：《现代性与民族性：中国文学理论建设的双重追求》，社会科学文献出版社 2005 年版。

79. 汪介之：《回望与沉思：俄苏文论与 20 世纪中国文坛》，北京大学出版社 2005 年版。

80. 王观泉：《一个人和一个时代——瞿秋白传》，天津人民出版社 1991 年版。

81. 王宏志：《鲁迅与"左联"》，新星出版社 2006 年版。

82. 王宏志：《重释"信、达、雅"：20 世纪中国翻译研究》，清华大学出版社 2007 年版。

83. 王礼锡、陆晶清：《中国社会史的论战》第一辑，神州国光社 1932 年版。

84. 王铁仙：《瞿秋白论稿》，华东师范大学出版社 1982 年版。

85. 王铁仙：《瞿秋白文学评传》，百花文艺出版社 1987 年版。

86. 王秀芳：《美学・艺术・社会：普列汉诺夫美学思想研究》，河北人民出版社 1987 年版。

87. 王一川：《中国现代学引论——现代文学的文化维度》，北京大学出版社 2009 年版。

88. 温儒敏：《新文学现实主义的流变》，北京大学出版社 2007 年版。

89. 吴岳添：《法国现当代左翼文学》，湘潭大学出版社 2007 年版。

90. 夏衍：《懒寻旧梦录》，三联书店 1985 年版。

91. 许纪霖：《二十世纪中国思想史论》，东方出版中心 2000 年版。

92. 许京生：《瞿秋白与鲁迅》，华文出版社 1999 年版。

93. 徐宗华：《现代化的政治文化维度》，人民出版社 2007 年版。

94. 严慈：《瞿秋白：学者兼革命家》，上海教育出版社 1999 年版。

95. 杨凤城：《中国共产党的知识分子理论与政策研究》，中共党史出版社 2005 年版。

96. 杨洪承：《文学社群文化形态论——现代中国文学社团流派文化研究》，安徽文艺出版社 1998 年版。

97. 杨慧：《思想的行走：瞿秋白"文化革命"思想研究》，商务印书馆 2012 年版。

98. 杨之华：《回忆秋白》，人民出版社 1984 年版。

99. 姚守中等编著：《瞿秋白年谱长编》，江苏人民出版社 1993 年版。

100. 《忆秋白》编辑小组编：《忆秋白》，人民文学出版社 1981 年版。

101. 俞可平：《权利政治与公益政治》，社会科学文献出版社 2000 年版。

102. 余虹：《艺术与精神》，社会科学文献出版社 2000 年版。

103. 余玉花：《瞿秋白学术思想评传》，北京图书馆出版社 2000 年版。

104. 张大明：《西方文学思潮在现代中国的传播史》，四川教育出版社 2001 年版。

105. 张国立、钟桂松编：《沈泽民文集》，浙江文艺出版社 1997 年版。

106. 张灏：《幽暗意识与民主传统》，新星出版社 2006 年版。

107. 张捷编：《十月革命前后苏联文学流派》，上海译文出版社 1998 年版。

108. 张杰、汪介之：《20 世纪俄罗斯文学批评史》，译林出版社 2000 年版。

109. 张琳璋：《瞿秋白》，中央文献出版社 2005 年版。

110. 张秋华等编：《"拉普"资料汇编》，中国社会科学出版社 1981 年版。

111. 张秋实：《瞿秋白与共产国际》，中共党史出版社 2004 年版。

112. 赵淳：《话语实践与文化立场——西方文论引介研究：1993—2007》，南京大学出版社 2008 年版。

113. 郑家建：《中国文学现代性的起源语境》，上海三联书店 2002 年版。

114. 《郑振铎文集》第 6 卷，人民文学出版社 1988 年版。

115. 《周扬文集》第 1 卷，人民文学出版社 1984 年版。

116. 《周扬文集》第 5 卷，人民文学出版社 1994 年版。

117. 周永祥：《瞿秋白年谱新编》，学林出版社 1992 年版。

118. 周质平编：《胡适早年文存》，台北远流出版公司 1995 年版。

119. 周子东等：《三十年代中国社会性质论战》，知识出版社 1987 年版。

120. 朱晓进：《政治文化与中国二十世纪三十年代文学》，人民出版社 2006 年版。

121. 朱晓进等：《非文学的世纪：20 世纪中国文学与政治文化关系史论》，南京师范大学出版社 2004 年版。

（三）译著

122. ［美］阿尔蒙德·鲍威尔等：《比较政治学：体系、过程和政策》，曹沛林等译，上海译文出版社 1987 年版。

123. ［美］阿里夫·德里克：《革命与历史：中国马克思主义历史学的起

源（1919—1937）》，翁贺凯译，江苏人民出版社 2005 年版。

124. ［美］保罗·皮科威兹：《书生政治家——瞿秋白曲折的一生》，谭一青、季国平译，中国卓越出版社 1990 年版。

125. ［苏］鲍·索·梅拉赫：《列宁和俄国文学问题》，臧仲伦等译，中国社会科学出版社 1982 年版。

126. ［英］希·萨·柏拉威尔：《马克思和世界文学》，梅绍武等译，三联书店 1980 年版。

127. ［苏］尼古拉·伊万诺维奇·布哈林：《布哈林文选》，人民出版社 1981—1983 年版。

128. ［美］费正清：《剑桥中华民国史》第二部，章建刚等译，上海人民出版社 1992 年版。

129. ［美］费正清：《中国：传统与变迁》，张沛等译，世界知识出版社 2002 年版。

130. ［荷］佛克马、易布思：《二十世纪文学理论》，林书武等译，三联书店 1988 年版。

131. ［苏］乔·采·弗里德连杰尔：《马克思恩格斯和文学问题》，郭值京译，上海译文出版社 1984 年版。

132. 《高尔基文集》，刘辽逸等译，人民文学出版社 1981 年版。

133. ［苏］高尔基：《论文学》，泳夷等译，人民文学出版社 1979 年版。

134. ［德］克劳斯·冯·柏伊姆：《当代政治理论》，李黎译，商务印书馆 1990 年版。

135. 《列宁论文学与艺术》，人民文学出版社 1983 年版。

136. 《列宁选集》第 1 卷，人民出版社 2012 年版。

137. 《列宁选集》第 2 卷，人民出版社 2012 年版。

138. ［美］林毓生：《中国意识的危机》，穆善培译，贵州人民出版社 1988 年版。

139. ［苏］卢那察尔斯基：《论文学》，蒋路译，人民文学出版社 1978 年版。

140. ［美］罗森邦：《政治文化》，陈鸿瑜译，台湾桂冠图书股份有限公司 1984 年版。

141. ［苏］M. 卡冈：《马克思主义美学史》，汤侠生译，北京大学出版社 1987 年版。

142. ［德］马丁·海德格尔：《存在与时间》，陈嘉映等译，三联书店 1987 年版。

143. 《马克思恩格斯全集》，人民出版社 1956—2004 年版。

144. 《马克思恩格斯选集》，人民出版社 2012 年版。

145. ［斯洛伐克］玛利安·高利克：《中国现代文学批评发生史》，陈圣生译，社会科学文献出版社 1997 年版。

146. ［苏］M. P. 泽齐娜、Л. В. 科尔曼、В. С. 舒利金：《俄罗斯文化史》，刘文飞、苏玲译，上海译文出版社 2005 年版。

147. ［俄］尼·别尔嘉耶夫：《俄罗斯思想：19 世纪末至 20 世纪初俄罗斯思想的主要问题》，雷永生、邱守娟译，三联书店 2004 年版。

148. ［俄］蒲力汗诺夫：《艺术论》，鲁迅译，光华书局 1930 年版。

149. ［俄］普列汉诺夫：《普列汉诺夫美学论文选》，程代熙译，陕西人民出版社 1983 年版。

150. ［俄］普列汉诺夫：《普列汉诺夫美学论文集》，曹葆华译，人民出版社 1983 年版。

151. 《斯大林选集》，人民出版社 1979 年版。

152. ［苏］斯·舍舒科夫：《苏联二十年代文学斗争史实》，冯玉律译，上海译文出版社 1994 年版。

153. ［韩］宋荣培：《中国社会思想史》，李丽秋等译，中国社会科学出版社 2003 年版。

154. ［英］特里·伊格尔顿：《马克思主义与文学批评》，文宝译，人民文学出版社 1980 年版。

155. ［苏］托洛茨基：《文学与革命》，刘文飞等译，外国文学出版社 1992 年版。

156. ［美］王斑：《历史的崇高形象：二十世纪中国的美学与政治》，孟祥春译，三联书店 2008 年版。

157. ［加］谢少波：《抵抗的文化政治学》，陈永国、汪民安译，中国社会科学出版社 1999 年版。

（四）外文著作

158. Anna Louise Strong, *The Chinese Conguer China*, Beijing：Foreign Languages Press, 2003.

159. Ellen Widemer, *Qu qiu-bai and Russian Literature Modern Chinese Literature in the May Fourth Era*, Boston：Harvard University Press，1977.

160. Israel Epstein, *The Unifinished Revolution in China*, Beijing：Foreign Languages Press，2003.

161. Jamie Greenbaum, *Qu qiu-bai：Superfluous Words*, Canberra：the Australian National University，2006.

162. Nick Knight, *Marxist Philosophy in China：From Qu qiu-bai to Mao Zedong 1923 – 1945*, The Netherlands：Springer，2005.

163. Nym Wales, *China Bulids for Democracy：A Story of Cooperative Industry*, Beijing：Foreign Languages Press，2004.

164. Pickowicz Paul G, *Marxist Literary Thought in China：The Influence of Ch'ü Ch' iu-pai*, Berkeley：University of California Press，1981.

165. PG Pickowicz, *Chu Chiu-pai and the Origins of Marxist Literary Criticism in China*, Mich：University Microfilms International Ann Arbor，1978.

166. Raman Selden Peter Widdowson, *A Reader' s Guide to Contemporary Literary Theory*, 3th ed. Guildford & King' s Lynn：Biddles Ltd，1993.

167. ［苏］M. E. 施奈德：《瞿秋白：革命家、作家、战士》，莫斯科知识出版社 1960 年版。

168. ［苏］彼得·尼古拉耶夫：《马克思主义文艺学在俄罗斯的出现》，莫斯科大学出版社 1970 年版。

169. ［苏］米哈伊尔·巴赫金：《文学与美学问题》，苏联国家文艺出版社 1975 年版。

170. ［苏］尼·阿·戈尔巴涅夫：《普列汉诺夫和 1880—90 年代文学斗争：俄国马克思主义文学批评史研究》，达吉斯坦国立大学出版社 1981 年版。

171. ［苏］O. 谢缅诺夫斯基：《捍卫现实主义的斗争：十月革命前马克思主义文学批评史》，摩尔多瓦出版社 1981 年版。

172. ［俄］瓦季姆·伊里奇·巴拉诺夫：《高尔基传——去掉伪饰的高尔基及作家死亡之谜》，俄罗斯阿格拉乌出版社 1996 年版。

173. ［俄］C. B. 丘丘金：《格·瓦·普列汉诺夫——一个俄罗斯马克思主义者的命运》，俄罗斯政治百科全书出版社 1997 年版。

二 论文类

（一）学位论文

174. 邓晓成：《现代性视域中的大众化诗潮（1917—1949）》，博士学位论文，苏州大学，2006 年。

175. 耿彦君：《唯物辩证法论战研究》，博士学位论文，中国社会科学院，2003 年。

176. 顾震宇：《瞿秋白的文艺探索与苏俄左翼思潮的关系》，硕士学位论文，首都师范大学，2007 年。

177. 李夫生：《现代中国文论中的马克思主义话语（1919—1949）》，博士学位论文，四川大学，2006 年。

178. 李国宏：《列宁斯大林文化革命思想与实践研究》，博士学位论文，吉林大学，2008 年。

179. 彭维锋：《瞿秋白左翼时期的文艺思想研究》，博士学位论文，北京师范大学，2006 年。

180. 毛剑：《"左联"时期马克思主义文艺理论的引进与发展研究》，博士学位论文，山东大学，2006 年。

181. 赵晓春：《瞿秋白人格研究》，硕士学位论文，华东师范大学，2003 年。

（二）期刊论文

182. ［日］白井澄世：《20 世纪 20 年代瞿秋白之"市侩"观——以与高尔基之关系为中心》，《中国现代文学研究丛刊》2005 年第 1 期。

183. ［日］长堀佑造：《试论鲁迅托洛茨基观的转变——鲁迅与瞿秋白》，王士花译，《鲁迅研究月刊》1996 年第 3 期。

184. 陈春生、张意薇：《高尔基：被现实化的新样板——瞿秋白译介俄苏文学的策略选择》，《湖北师范学院学报》（哲学社会科学版）2009 年第 3 期。

185. 陈夫龙：《新文学作家与侠文化关系研究的现状与前瞻》，《西南大学学报》（社会科学版）2007 年第 4 期。

186. 陈国和：《侠客：从"草莽英雄"到"革命英雄"——政治语境下

的武侠文化流变》,《湖北社会科学》2006 年第 5 期。

187. 陈国恩:《拉普和中国左翼文学批评的历史反思》,《重庆三峡学院学报》2004 年第 5 期。

188. 陈平原:《波诡云谲的追忆、阐释与重构——解读"五四"言说史》,《读书》2009 年第 9 期。

189. 程正民:《识见·立场·旨归——俄苏文学理论批评研究和教学 30 年》,《俄罗斯文艺》2009 年第 2 期。

190. 丁言模:《瞿秋白与普列汉诺夫的"五项式"》,《上海师范大学学报》(哲学社会科学版) 1991 年第 4 期。

191. 傅修海:《20 世纪以来的瞿秋白文艺思想研究述要》,《海南师范大学学报》(社会科学版) 2009 年第 6 期。

192. 高放:《"马克思列宁主义"提法的来龙去脉》,《文史哲》2001 年第 3 期。

193. 何萍:《马克思主义哲学中国化:传播与创新——重读瞿秋白》,《马克思主义与现实》2009 年第 1 期。

194. 何云波:《苏联模式与中国文论话语转型——兼谈张冠华〈否定之后的思考〉》,《俄罗斯文艺》2003 年第 1 期。

195. 胡传胜:《瞿秋白与五四理想的终结》,《南京社会科学》2009 年第 4 期。

196. 胡明:《从"五四"到"无产阶级新五四"——瞿秋白"文化革命"情结剖析》,《社会科学辑刊》2008 年第 3 期。

197. 胡明:《从文学革命、文腔革命到文字革命——瞿秋白文化革命路线图诠解》,《中国文化研究》2008 年第 3 期。

198. 胡明:《经典的当时与未来——重读瞿秋白马克思主义文艺观的译介与诠释》,《清华大学学报》(哲学社会科学版) 2007 年第 5 期。

199. 胡明:《经典的流播与纠察——瞿秋白译介普列汉诺夫文学理论的历史是非》,《陕西师范大学学报》(哲学社会科学版) 2008 年第 1 期。

200. 韩斌生:《瞿秋白的文艺观与毛泽东文艺思想形成的历史联系》,《党的文献》2000 年第 5 期。

201. 韩云波:《"反武侠"与百年武侠小说的文学史思考》,《山西大学学报》(哲学社会科学版) 2004 年第 1 期。

202. 韩云波:《改良主题·浪漫情怀·人性关切——中国现代通俗小说主

潮演进论》，《江汉论坛》2002 年第 10 期。

203. 姜建：《立场观念的较量——20 世纪 30 年代瞿秋白、鲁迅二人与胡适的一次交锋》，《江西社会科学》2007 年第 2 期。

204. 蒋霞：《瞿秋白在马克思主义中国化中的地位和作用》，《广西社会科学》2005 年第 7 期。

205. 季水河：《百年反思：20 世纪马克思主义文艺理论在中国的传播、发展与问题》，《湖南师范大学社会科学学报》2005 年第 1 期。

206. 季水河：《论 20 世纪中国马克思主义美学发展的三个阶段》，《山东社会科学》2007 年第 10 期。

207. 季水河：《毛泽东与胡风文艺理论比较研究》，《山东社会科学》2010 年第 1 期。

208. 季水河：《毛泽东与列宁文艺思想比较研究》，《文学评论》2008 年第 2 期。

209. 季水河：《译注诠释与离经叛道——论新中国前 30 年的马克思主义文艺理论研究》，《湘潭大学学报》（哲学社会科学版）2005 年第 6 期。

210. 季甄馥：《瞿秋白与布哈林》，《马克思主义研究》1989 年第 1 期。

211. 李丽：《论俄罗斯文学对瞿秋白散文创作的影响》，《江西社会科学》2008 年第 3 期。

212. 李今：《翻译的政治与翻译的艺术——以瞿秋白和鲁迅的翻译观为考察对象》，《河北学刊》2007 年第 2 期。

213. 李今：《中国左翼文学运动中的高尔基》，《中国现代文学研究丛刊》2000 年第 4 期。

214. 刘岸挺：《〈多余的话〉："回家"之歌——论瞿秋白的诗性生命形式》，《中国现代文学研究丛刊》2007 年第 5 期。

215. 刘进才：《汉字，文化霸权抑或符号暴力？——以鲁迅和瞿秋白关于大众语和拉丁化新文字的倡导为例》，《鲁迅研究月刊》2007 年第 7 期。

216. 刘小中：《瞿秋白与左联》，《甘肃社会科学》2003 年第 1 期。

217. 刘庆福：《普列汉诺夫的文艺论著在中国之回顾》，《学术月刊》1985 年第 9 期。

218. 刘永明：《论瞿秋白文艺思想的译介形态》，《文艺理论与批评》1995 年第 5 期。

219. 骆晓会：《论瞿秋白的俄苏情结》，《云南社会科学》2002 年第 1 期。

220. 陆贵山：《马克思主义文艺学的理论创新》，《文学评论》2009 年第 4
期。

221. 鲁云涛：《瞿秋白在中国马克思主义文艺理论建设中的历史作用》，
《西南民族大学学报》（人文社会科学版）2008 年第 8 期。

222. 马驰：《艰难的革命：马克思主义美学在中国》，《山东社会科学》
2007 年第 5 期。

223. 马驰：《马克思主义文艺思想在中国的传播与发展》，《文艺研究》
2000 年第 4 期。

224. 欧阳友权：《当代马克思主义文艺学：问题与契机》，《湖北大学学
报》（哲学社会科学版）2009 年第 1 期。

225. 欧阳友权：《中西文论 60 年行进态势及成因》，《贵州社会科学》
2009 年第 10 期。

226. 彭维锋：《"中间人"的隐喻与瞿秋白思想的转变——瞿秋白〈"矛
盾"的继续〉的修辞学阅读》，《济南大学学报》（社会科学版）2008
年第 2 期。

227. 彭维锋：《欧化文艺与左翼文学：瞿秋白的"五四"批判》，《社会
科学辑刊》2008 年第 3 期。

228. 彭维锋：《瞿秋白的"五四"批判》，《开封大学学报》2008 年第
4 期。

229. 彭维锋：《政治规范与文本诉求：瞿秋白的高尔基批判》，《哈尔滨工
业大学学报》（社会科学版）2008 年第 5 期。

230. 郄智毅：《中国马克思主义文艺理论传播史中的一次关键转折——评
瞿秋白对马列文论的译介》，《河北大学学报》（哲学社会科学版）2007
年第 3 期。

231. 邱运华：《中国高尔基学的建立与研究的学科意识》，《俄罗斯文艺》
2003 年第 2 期。

232. 秦正为：《瞿秋白与马克思主义中国化》，《湖南师范大学社会科学学
报》2008 年第 3 期。

233. 商金林：《瞿秋白和文学研究会》，《北京大学学报》（哲学社会科学
版）2003 年第 6 期。

234. 宋剑华：《五四文学革命：传统文化的突围与重构》，《社会科学辑
刊》2007 年第 1 期。

235. 孙淑：《瞿秋白在中国传播列宁主义的历史功绩》，《南京大学学报》（哲学人文社会科学版）1995 年第 4 期。

236. 谭桂林：《论三十年代左翼诗学与俄苏诗学的关系》，《长江学术》2007 年第 4 期。

237. 谭桂林：《论 20 世纪中国文学思潮论战的中西之辩》，《湖南师范大学社会科学学报》2006 年第 4 期。

238. 谭一青：《怎样看待瞿秋白与拉普文艺思潮的关系》，《理论月刊》1988 年第 1 期。

239. 汤哲声：《新文学对市民小说的三次批判及其反思》，《中国现代文学研究丛刊》2004 年第 4 期。

240. 汤哲声：《中国现代通俗文学的“现代性”和入史问题》，《文学评论》2008 年第 2 期。

241. 田刚：《“五四”新文化运动与现代中国的命运——从“五四”的“反传统”说起》，《鲁迅研究月刊》2009 年第 7 期。

242. 汪介之：《当代俄罗斯高尔基研究的透视与思考》，《外国文学研究》2008 年第 6 期。

243. 汪介之：《高尔基的文学理论与批评在中国的接受》，《吉林大学社会科学学报》2005 年第 4 期。

244. 汪介之：《人文关怀：高尔基笔下的“东方”与中国》，《学习与探索》2009 年第 3 期。

245. 王彬彬：《从瞿秋白到韦君宜——两代“革命知识分子”对“革命”的反思之一》，《文艺争鸣》2003 年第 1 期。

246. 王观泉：《是领导，还是被尊为领导？——瞿秋白与左翼文化的思考之一》，《鲁迅研究月刊》1988 年第 4 期。

247. 王观泉：《天下一知己——瞿秋白与左翼文化思考之二》，《鲁迅研究月刊》1988 年第 6 期。

248. 王宏志：《论瞿秋白翻译理论的中心思想》，《中国比较文学》1998 年第 3 期。

249. 王强：《瞿秋白：“镜像”与“真相”——纪念瞿秋白就义 70 周年并兼论对他的理解问题》，《鲁迅研究月刊》2005 年第 6 期。

250. 王铁仙：《瞿秋白的大众文艺论与葛兰西的文化霸权思想》，《华东师范大学学报》（哲学社会科学版）2005 年第 5 期。

251. 王铁仙：《在政治与文学之间——左联时期的瞿秋白》，《华东师范大学学报》（哲学社会科学版）2004 年第 1 期。

252. 吴元迈：《拉普文艺思潮简论》，《文学评论》1983 年第 1 期。

253. 吴岳添：《马克思主义对法国现当代左翼文学的影响》，《外国文学评论》2007 年第 3 期。

254. 徐娟：《中俄革命知识分子的思想苦斗——瞿秋白的〈多余的话〉和高尔基的〈不合时宜的思想〉》，《俄罗斯文艺》2006 年第 1 期。

255. 杨慧：《"现实"的诞生——再论瞿秋白对马克思主义文学理论的译介》，《中国现代文学研究丛刊》2008 年第 3 期。

256. 杨慧：《瞿秋白对现实主义的正名和对自然主义的批评——从〈"现实"〉的中俄文文本对勘说起》，《中国现代文学研究丛刊》2009 年第 2 期。

257. 杨建生：《瞿秋白文艺思想的价值及当代评价》，《南京社会科学》2010 年第 2 期。

258. 袁良骏：《民国武侠小说的泛滥与〈武侠党会编〉的误评误导》，《齐鲁学刊》2003 年第 6 期。

259. 余玉花：《论俄苏思想家及其作品对瞿秋白思想的影响》，《上海师范大学学报》（哲学社会科学版）2000 年第 3 期。

260. 张建荣：《瞿秋白与列宁的新经济政策》，《浙江社会科学》2007 年第 5 期。

261. 张娟：《高尔基形象在中国的嬗变》，《内蒙古社会科学》2005 年第 6 期。

262. 张历君：《镜影乌托邦的短暂航程——论瞿秋白游记中的乌托邦想象》，《当代作家评论》2006 年第 1 期。

263. 张铁夫：《再论普希金的文学人民性思想》，《外国文学评论》2003 年第 1 期。

264. 张小红：《瞿秋白与左联》，《华东师范大学学报》（哲学社会科学版）1999 年第 1 期。

265. 张亚骥：《瞿秋白策略性文论的建构》，《社会科学论坛》（学术研究卷）2009 年第 8 期。

266. 张志忠：《在热闹与沉寂的背后——葛兰西与瞿秋白的文化领导权理论之比较研究》，《文艺争鸣》2008 年第 11 期。

267. 张永泉：《瞿秋白与鲁迅思想分期》，《甘肃社会科学》2002 年第
6 期。

268. 钟菲：《接受·失却·创造——瞿秋白早期文学批评与俄国文学》，
《常州工学院学报》（社会科学版）2005 年第 3 期。

269. 钟菲：《瞿秋白精神世界中异质文化资源探寻》，《江西社会科学》
2005 年第 12 期。

270. 周冰心：《高尔基〈海燕〉与中国现代语言文学——以瞿秋白、戈宝
权的译文为例》，《俄罗斯文艺》2008 年第 2 期。

271. 朱献贞：《文化整体视野中的五四新文化运动及其命运》，《湘潭大学
学报》（哲学社会科学版）2009 年第 3 期。

272. 朱晓进：《五四文学传统与三十年代文学转型》，《中国社会科学》
2009 年第 6 期。

273. 朱晓进：《政治化思维与三十年代中国文学论争》，《中国社会科学》
2002 年第 6 期。

274. 朱晓进：《政治文化语境与三十年代左翼文学批评》，《中国现代文学
研究丛刊》2006 年第 5 期。

（三）外文部分

275. Binghui Song, *The ideal of Esperanto and the translation of the literatures of minor nationalities into Chinese*, Frontiers of Literary Studies in China, 2007. 5.

276. Ping He, *Ideas of revolution in China and the West*, Frontiers of History in China, 2008. 3.

277. Rumin Wen, *A review of the modern literary studies in the 1980s from the perspective of the disciplinary history*, Frontiers of Literary Studies in China, 2007. 5.

278. Shaobo Xie, *Displacement, transformation, hybridization: Translation and Chinese modernity*, Neohelicon, 2007. 12.

后　记

本书的基础是我 2010 年答辩获得通过的博士学位论文，四年多前撰写论文的样子如在眼前，让我至今记忆深刻。请允许我照录当时的心情：

农历三月的莲城，早已艳阳高照、热气袭人。即将交上读博三年的毕业答卷，我的心情也和炎热的天气一样，有喜悦灿烂，也有焦躁不安。在电脑键盘上敲完论文最后一个字之后，看着电脑屏幕上闪烁跃动的文字，望着收集整理的一堆堆资料，我并没有获得想象与期待中的那种清晰、轻松。一方面，我感到了知识储备的"捉襟见肘"、行文笔力的"言不尽意"、论文质量的"粗陋肤浅"。"山重水复"之后，未必就能"柳暗花明"，这种痛楚不时向我袭来。另一方面，面对神圣浩瀚的书山学海，我的内心纵有百般憧憬、千般渴慕，然而，当自己尝试着真正走近时，却发现涉猎的知识越多，自己的无知也就愈发明显。仰视学术的敬畏，时常让我感到战战兢兢、如履薄冰。然而，当考试结束的钟声敲响的那一刻，在羞于见人、忐忑不安的忙度中，勇敢地交上自己的答卷，是历史赋予每一位"受检者"的"光荣"使命。于我也不例外。我想，不安既然无法消除，也就不必刻意赶走它。如海德格尔诗文所言，"歧路与思量，踏阶与慎想，在幽径之路上相随。勇敢前行莫停留，困惑与试错，在你独行之道上碰撞"，让它存留心间、系于思弦，为自己今后的学术之路增添几抹警戒色，未尝不是一件好事。

"寂寞寒窗十年功，学有小成岂忘师"。在这里，我首先要郑重感谢我的导师季水河先生、师母杨力女士。先生赋予我一个继续求学的宝贵机会——对于许多人而言，不是没有进一步发展的才智，而是缺少这么好的机遇。先生是我人生路上的精神灯塔。人在命运困境面前，不能没有精神支柱——也许是某种抽象的宗教观念，也许是某位具体拯救你的人。先生自2000年起担任我大学美学课教师，从本科，到硕士，再至博士，至今我俩的师生情缘已逾十个年头，真心感谢先生导引我进入文学、美学、哲学的奇妙殿堂，传以知识、授以门径、给以鼓励，教授我为学、做人、行事的许多道理，先生宽厚善良的高尚人格、博学严谨的治学境界、坚韧宽容的处事作风、幽默达观的生活情趣，都在我心灵深处刻下了无法磨灭的印记，极其深远地影响了我的人生走向。湛如渊泉，穆如清风；润之不竭，拂之无尽。十年来，先生总在最关键的时刻，以最雄健的魄力，给予我极富价值的指导与点拨，使悟性愚钝、性格急躁、缺乏远见的我得以战胜各种困难，放飞一个又一个的梦想。人生旅程中，得遇一位好的导师，是幸运，更是幸福。我时常扪心自问，小子何幸，小子何德？师母为人淳朴善良、行事严谨周到，对导师数十年如一日的悉心照顾和默默支持，对我的学习生活关怀备至，于我的为人处世多有指点，为我的工作精心铺设平台，回忆起来总令人倍感亲切、记忆深刻。先生和师母对我的恩情，早已化作一曲曲悠扬的音乐、一幕幕美好的场景，令我沉醉其中、没齿不忘。

读博期间，有幸得到导师小组张铁夫先生、吴岳添先生、何云波先生、罗婷先生等诸位老师的无私教诲、悉心指导，你们渊博的知识、崇高的风范、严谨的精神，值得我用这一生去崇敬、学习、效仿。论文开题，受益于张铁夫先生、马驰先生、何云波先生、王洁群先生、胡强先生的充分鼓励、悉心指导、中肯建议。非常感谢马驰先生、欧阳友权、谭桂林先生对我学习与论文写作的格外关切、多方点拨，有幸得遇先生，学生之福矣。多年来，曾簇林先生、盛新华先生、何纯先生、李伯超先生、李剑波先生、张海良先生、王建平先生、章育良先生、童真先生、喻几凡先生、王洁群先生、雷磊先生、何振先生、赵成林先生、吕斌先生、樊昌志先生、王勇先生等对我关爱有加。感谢伍琼英、唐晓玲、王苑丞、尹红、唐春、孙丰国、廖运华、梁海燕等老师多年来对我的关心与帮助。感谢云霞、凌云、胜清、向荣、刘舸、德发、先来、雷勇、刘璐、曾莹等学兄、好友对我的真情厚爱与多方关照。感谢恒白、小红、仁雄、如春、朝辉、顾夏等同门师兄师姐，琼华、艺华、林峰、陈娜、胜兰、覃岚、丁亮、立平等同门师弟师妹对我的许多帮助。施惠之恩，感激之情，定当长驻心间！

我还要特别感谢我的父母、岳父母，感谢我的妻子丽琴、儿子沛禹。父母之恩，不是区区一个"谢"字所能回应的，犹如面对天空与大地，万物只能以默默地拔节生长，以报其生生之德。多年来，岳父母一直默默支持我从事这个陌生而又看上去无足轻重的研究。感谢我的妻子和学习伙伴丽琴对我的鼓励和支持！从多年前的青葱生涩到如今的为人父母，很幸运的是，我们能在互相砥砺、相互理解中共同成长、合渡难关。感谢我的儿子小禹，他让我深切体会到了血缘的含义、天伦的力量，并告诉我，何时必须勇敢担当，何时应该无所畏惧。如果说取得博士学位是值得一说的成果，那完全是因为我有幸生长在由他（她）们共同浇灌的生命之树上。如同传统的中国家庭一样，我很少用言语表达对他们的谢意和心中的愧疚。这些是我永远偿还不清的深恩至爱。得亲如此，夫复何求。

逝者如斯，不舍昼夜。抬首窗外，正是江南的旺春，风含新雨，绿满枝头，青草如茵，好一片生机盎然景象。海德格尔说，"人，诗意地栖居"。面对美丽、澄澈、曼妙的大自然，我忽然有所感悟。在人的一生当中，读书其实也是一个漫长的修行过程。倘若真有那么一天，感觉到读书不再为功名所累，不再受生计左右，而能读出快乐，品出情怀，兴之所至，意之所由，风卷云舒，山高水长，那应该就拥有了"诗意栖居"的生活方式。或许，这才进入季师水河先生所云"会读书""好读书"之境界。在这种境界中，什么"古今之争"，什么"中西之别"，都将泯于无形、化为风影。本雅明说，幸福就是不被自己惊吓而能进入自己的内心。云山苍苍，江水泱泱；草木蔓发，夏山可望。意犹非宁，机缘未到，虽不能至，心向往之

始料未及的是，论文的完成已然不易，修改之路同样艰难。四年多来，在字数、内容、观点、结构、方法、格式等各个方面，我对博士学位论文进行了大幅修改。现在呈送诸君面前的这部书即是上述修改后的产物，然而囿于学养不够、俄语水平所限等原因，本书还有诸多不足，我已在结语中言明了自知部分，也许此部分还只是冰山下的一角。我深知，自己在这个领域的研究还只是刚刚起步，且行且努力。

　　本书是我 2009 年获准主持的国家社会科学基金项目"瞿秋白与俄国马克思主义文学理论关系研究"的最终成果，有幸获得优秀结项等级。本书主要章节作为该项目的阶段性成果，已发表在《文史哲》《马克思主义美学研究》《西南大学学报》《东北师大学报》《湖南大学学报》《求索》等 CSSCI 来源刊物，其中，被《人大复印资料·文艺理论》全文转载 5 篇，被中国社会科学网、中华人民共和国国史网、中共中央文献研究室网站、CSSCI 学术论文网等网站全文转载 30 多篇（次）。该项目能够顺利完成并产生一些社会反响，离不开许多领导、师长、朋友的指导、帮助和关心，在此致以衷心感谢。感谢全国哲学社会科学规划办公室、湖南省哲学社会科学规划办公室、湘潭大学及湘潭大学社会科学处的领导，没有他们的支持和资助，本项目无法开展。感谢陆贵山教授、季水河教授、高建平教授、马驰教授、欧阳友权教授、胡亚敏教授、王杰教授、赖大仁教授、张永清教授、聂珍钊教授、王坤教授、赵树勤教授、周平远教授、张铁夫教授、吴岳添教授、何纯教授、杨力教授、李剑波教授、何云波教授、谭桂林教授、蒋洪新教授、王洁群教授、何振教授、韩云波教授、邹芙都教授等，没有各位先生的鼓励和指导，本项目难以完成。其中，尤其要特别感谢的是季水河教授、马驰教授、张永清教授。季水河教授是我的硕士、博士导师，本项目的选题拟定、申报论证、开展完成均倾注了他的大量心血，这次又在百忙中为本书赐序，季水河教授是我学术研究的引路人、事业发展的设计师、性格品质的锻造者，毫不夸张地说，没有他的关心、指导，就没有我今天的一切。马驰教授是近 10 年来我接触最多的前辈学者之一，他在我人生的许多关键时刻都给予了重要指导、直接帮助，他的人品、学问、口才都令我无比崇拜。张永清教授知识渊博，思想深邃，我每次向他请教都获益颇丰，他为人真诚、细致，对我关怀备至，令人感动。这里，还要提及的是，我的硕士研究生陈思用心翻译了本书的英文目录，国防科技大学陈娜博士、湘潭大学王志勇博士认真审校了英文目录。最后，非常感谢本书责任编辑罗莉女士，她的严谨治学精神和负责编校态度，使本书增色不少。

刘中望

2014 年 10 月 10 日